Juliet Blackwell lebt in Kalifornien, wo sie auch aufgewachsen ist. Nach ihrem Studium arbeitete sie unter anderem in Frankreich, ließ sich dort von wunderschönen antiken Karussells verzaubern und zu ihrem Roman *Das Karussell der verlorenen Träume* inspirieren.

JULIET BLACKWELL

Das Karussell der verlorenen Träume

ROMAN

Aus dem Amerikanischen
von Veronika Dünninger

PENGUIN VERLAG

Die amerikanische Originalausgabe erschien 2018 unter dem Titel
The Lost Carousel of Provence bei Berkley, New York.

MIX
Papier aus verantwortungsvollen Quellen
FSC® C014496
FSC
www.fsc.org

Klimaneutral*
Druckprodukt
ClimatePartner.com/14044-1912-1001

Penguin Random House Verlagsgruppe FSC® N001967

1. Auflage 2021

This edition published in arrangement with Berkley,
an imprint of Penguin Publishing Group,
a division of Penguin Random House LLC.
Umschlag: Bürosüd
Umschlagmotiv: Ilina Simeonova/Trevillion Images; www.buerosued.de
Redaktion: Sigrun Zühlke
Gesamtherstellung: GGP Media GmbH, Pößneck
Printed in Germany
ISBN 978-3-328-10486-5
www.penguin-verlag.de

Dieses Buch ist auch als E-Book erhältlich.

Für CJ

Du hast mich gehalten, als ich nicht stehen konnte,
mich getragen, als ich nicht gehen konnte.

Mi alma es un carrusel vacío en el crepúsculo.

Meine Seele ist ein leeres Karussell bei Sonnenuntergang.

– PABLO NERUDA, *CREPUSCULARIO*

(Ediciones Revista Claridad: Santiago, Chile, 1923)

Kapitel 1

1901
PROVENCE, FRANKREICH
CHÂTEAU CLÉMENT

Joséphine Clément

Niemand hat es gesehen.

Zu den üblichen Gärtnern und Bediensteten, Traubenpflückern und Küchenangestellten des Châteaus hat sich Monsieur Bayols Trupp gesellt, dessen Leute an dem neu eingetroffenen Karussell hämmern, sägen, schmirgeln und malen. Die Katzen, Hunde, Schweine und Kaninchen wurden in Bayols Fabrik in Angers geschnitzt, bemalt und vergoldet, aber neun Männer waren erforderlich, um die einzelnen Teile mit der Eisenbahn und dann mit einem Dampftraktor vom Bahnhof zum Château zu bringen und das Gerät vor Ort zusammenzubauen. Es wird noch einmal zwei Wochen, einen Monat vielleicht, dauern, den kunstvoll gestalteten Salon fertigzustellen, der das Karussell beherbergen wird.

Joséphine wünschte, es würde länger dauern. Sie würde sich freuen, wenn sie ewig blieben. Vor allem der Lehrling des Schnitzers.

Sie und der Lehrling haben sich einander anvertraut. Sie werden das ihnen Anvertraute hüten.

Joséphine weiß, dass ihre Nachbarn sie für geheimnistuerisch und durchtrieben halten, weil sie nicht hier geboren ist. Sie stammt aus der fernen Bretagne, und doch hat sie das Herz ihres Lieblings gewonnen, des begehrten Junggesellen Yves Paul Clément, Erbe von Château Clément. Die Bretagne und die Provence sollten jetzt eigentlich zu Frankreich gehören, aber tief sitzende regionale Vorurteile und Loyalitäten scheren sich nicht um willkürlich gezogene Grenzen.

Sie versteht das. Schließlich hatte Joséphine, bevor Yves sie als junge Braut nach Château Clément heimführte, selbst gedacht, die Leute in der Provence seien faul, unfreundlich und mit einem harten Akzent geschlagen.

Sie hat festgestellt, dass der Akzent und die Unfreundlichkeit zutreffen, aber auch wenn ihr Mann jeden Nachmittag seine *sieste* hält, ist er doch alles andere als faul. Yves steht früh auf, um das Licht der Morgendämmerung mit seiner Kamera einzufangen, und arbeitet bis spät in die Nacht in seiner Dunkelkammer. Er ist ein gebildeter Gutsherr: Er liest in seiner Bibliothek, er verfasst Gedichte, er zeichnet. Anders als die meisten Männer in dieser Gegend geht er nicht auf die Jagd. Stattdessen beobachtet er die Vögel, die im Geäst der Platanen und Olivenhaine sitzen, und macht sich Notizen zu ihnen: der Kurzzehenlerche und dem Brachpieper im Frühling, der Kolbenente und dem Mariskenrohrsänger im Herbst.

Yves' aufmerksame Augen beobachten die Geschöpfe des Waldes, das Verfärben der Blätter, den Wechsel des Lichts im Laufe des Tages, im Laufe der Jahreszeiten. Mit dem unentwegten Klicken seiner Kameras hält er die Welt um sich herum fest.

Und doch sieht er es nicht.

Kapitel 2

GEGENWART
OAKLAND, KALIFORNIEN

Cady Anne Drake

Cady war nie bewusst gewesen, wie viele leere Worthülsen die Leute von sich gaben, wenn sie mit Trauer konfrontiert wurden, wie sie sich gezwungen fühlten, etwas zu sagen, *irgendetwas* zu sagen, um auf eine Situation zu reagieren, für die es keine Antwort, keine Reaktion gab. Keine Lösung.

Die brutale Wahrheit war, dass es nichts zu sagen gab. Maxine war gestorben.

Eben war sie noch da gewesen, Cadys allgegenwärtiger Fels im Treibsand des Lebens. Und im nächsten Augenblick war sie hinter der Kasse zusammengebrochen, zu Boden gestreckt von einem Herzinfarkt. Maxine war in den Äther entschwunden, einfach so, zusammen mit ihren kauzigen Kommentaren und ihrem weisen Blick und ihrer ruhigen, leicht hochnäsigen Art, die Cadys innere Dämonen stets besänftigte. Sie war nicht mehr da. Niemand sonst in diesem Leben würde das Glück haben, Maxine Caroline Clark zu kennen.

Alles, was von der alten Frau geblieben war, war ihr Laden, »Maxines Schätze« genannt, sein schrottreifes (oder kreativ-künstlerisches, je nach Sichtweise) Inventar und das Hinterzimmer, in dem Cady ihr Fotostudio und ihre Dunkelkammer eingerichtet hatte. Cady hatte nicht die Absicht, Maxines Antiquitätenladen zu übernehmen und weiterzuführen, aber sie war auch nicht bereit, ihr Studio aufzugeben. Ganz abgesehen davon, dass sie – was streng genommen nicht legal war – im Hinterzimmer des Ladens lebte, seit sie vor ein paar Monaten ihre relativ günstiges Apartment verloren hatte, als das Haus in Eigentumswohnungen umgewandelt worden war.

Was jetzt? Wohin sollte sie gehen? Was sollte sie tun?

Maxine war ihre Familie. Sie war alles, was Cady hatte.

Eine verzweifelte, atemlose Erschöpfung streckte ihre eisigen Finger nach Cadys Knochen aus und legte sich darum. Und sie kam nicht von der Anstrengung, Gus zu schleppen, ihre hölzerne Karussellfigur. Die Glasaugen des Kaninchens blickten sie vorwurfsvoll an, während sie es in den Laden bugsierte. Konnte das Schwinden dieses letzten Funkens Hoffnung die wohlverdiente Strafe dafür sein, dass sie versucht hatte, es zu verkaufen?

Maxine hatte ihr Gus vor zehn Jahren zur Hochzeit geschenkt. Die Ehe hatte nicht lange gehalten, und das Einzige, was Cady daraus mitgenommen hatte, abgesehen von einer bitteren Erfahrung, war Gus, das Kaninchen.

Es war peinlich zuzugeben, aber Gus hatte ihr immer das Gefühl gegeben … geliebt zu sein.

Maxine zufolge war Gus ein echtes Stück Karussellgeschichte, handgeschnitzt von dem berühmten französischen Bildhauer Gustave Bayol. Was bedeutet hätte, dass er Tausende, vielleicht *Zehn*tausende, wert war. Aber heute Morgen waren Cadys letzte finanzielle Träume von einem ernsten jungen Mann namens Scott Ripley zerschlagen worden. Durch ein riesiges Vergrößerungsglas hatte der anerkannte Experte des Antiquitäten-Forums für europäische Schnitzkunst des 19. und 20. Jahrhunderts die sich lockernden Fugen des Kaninchens betrachtet, hatte gesehen, wie sich die Lindenholzstreifen oben an den Beinen voneinander lösten, und die Lücke bemerkt, wo die Halspartie in den Körper überging. Karussellfiguren sind innen hohl, ähnlich wie Kisten aus Holzlatten gebaut, die zusammengefügt, beschichtet, dann geschnitzt und schließlich grundiert werden, um die Fugen zu überdecken. Gus zerfiel nicht nur in seine Bestandteile – seine Ohren waren kaum noch mit seinem leicht schief hängenden Kopf verbunden –, sondern auch die leuchtende Farbe und die Vergoldung blätterten ab, stellenweise schimmerte bereits die Gessogrundierung hindurch.

Schließlich hatte sich Ripley aufgerichtet, mit den Schultern gezuckt und verkündet: »Das ist kein Bayol.«

»Sie täuschen sich«, erwiderte Cady. »Sehen Sie noch einmal genau hin.«

»Ihr Kaninchen ist aller Wahrscheinlichkeit nach europäisch und stammt aus Bayols Epoche, um die Wende zum 20. Jahrhundert. In mancher Hinsicht ähnelt es durchaus seinem Stil; Bayol hat Bauernhoftiere mit süßen Gesichtern wie diesem hier geschnitzt, das kommt also hin. Aber ein typisches Merkmal von Bayols Holzskulpturen war ihre Schlichtheit. Sein Werk beinhaltete fast nie Verzierungen wie dieses Maiglöckchen hier.« Er zeigte auf die beanstandete Blume. »Und diese im Hochrelief geschnitzte Rose, mit den detaillierten Dornen? Ich weiß gar nicht, was ich *dazu* sagen soll.«

»Aber Bayol hat doch Auftragsarbeiten angefertigt, oder?«, entgegnete Cady. »Könnte es nicht sein, dass ein Kunde um die Blumen gebeten hat?«

Er schüttelte den Kopf. »Ich kenne Bayols Werk gut; und ich bin auch sehr vertraut mit den amerikanischen Schnitzern Dentzel, Looff und Carmel. Wie alle Künstler drücken auch Karussellschnitzer ihrem Werk ihren Stempel auf, wie eine Signatur. Bayol hat an den Sätteln seiner geschnitzten Tiere fast immer eine kleine Plakette angebracht, und Ihres trägt keine. Ihr Kaninchen könnte von einem von Bayols Lehrlingen geschnitzt worden sein oder von einem Konkurrenten – wenn Sie seine Herkunft nachweisen könnten, wäre es mehr wert.«

Cadys erster Impuls war es, sich mit Ripley anzulegen, ihn zu beschimpfen, seine beruflichen Qualifikationen und seine Abstammung mit abfälligen Bemerkungen in Zweifel zu ziehen.

Aber es war nicht seine Schuld. Maxine hatte sich getäuscht. Das war kein Wunder: Maxine hatte immer darauf beharrt, in dem Gerümpel, das andere Leute wegwarfen, Chancen zu sehen.

Daher hatte Cady sich darauf konzentriert, ihre Emotionen zu zügeln und gegen einen fast überwältigenden und gänzlich untypischen Drang anzukämpfen, in Tränen auszubrechen.

Reiß dich zusammen, Drake, schalt sie sich. *Wir haben schon Schlimmeres überstanden. Viel, viel Schlimmeres. Wir müssen uns einfach einen anderen Plan einfallen lassen.*

Als Kind hatte Cady die Marotte entwickelt, im königlichen Pluralis Majestatis mit sich selbst zu sprechen; abgesehen davon, war das Wir in ihrer Welt reines Wunschdenken. Später bedeutete das Wir Cady und Maxine, und jetzt waren es Cady und Gus, das Kaninchen. Es war eine alberne, kindische Angewohnheit, aber Cady hatte in letzter Zeit ganz andere Sorgen, wie zum Beispiel die Frage, woher sie das Geld nehmen sollte, um der sündhaft teuren San Francisco Bay Area zu entkommen, um in eine Stadt zu ziehen, wo normale Leute einer regelmäßigen Arbeit nachgehen und sich eine anständige Bleibe leisten konnten und wo sie eine Pflegemutter werden oder vielleicht sogar ein Kind adoptieren könnte. Der Gedanke an Veränderung machte ihr Angst, aber sie sehnte sich verzweifelt danach, die Art Familie zu schaffen, die sie sich immer gewünscht hatte. Als Fotografin zu arbeiten, war vielleicht nicht die beste berufliche Option in einer Kleinstadt, aber es war ihr egal, womit sie ihren Lebensunterhalt verdiente. Sie war nicht wählerisch.

Am wichtigsten war es, einen Neuanfang zu machen. Sich selbst neu zu erfinden. Cady sehnte sich nach der Anonymität einer zweiten Chance, einem sauberen Schnitt, einer Tabula rasa. Danach, sich irgendwo ein Zuhause zu schaffen, wo niemand wusste, woher sie kam, wo niemand wusste, dass sie nichts und niemanden hatte.

Keine familiären Bindungen, keine Maxine, kein … Baby.

Ihre Hand glitt unwillkürlich zu ihrem Bauch. Die einzige Wölbung dort rührte daher, dass sie vor lauter Stress unzählige Tüten Kartoffelchips und Packungen mit Petit-Écolier-Keksen – von denen sie in einem peinlich kindischen Ritual die Schokolade abgekratzt hatte – in sich hineingestopft hatte, während sie wochenlang auf der Couch gesessen und sich endlose Wiederholungen von *Leben im Chaos* angesehen hatte.

Die Schwester in der Notaufnahme hatte nach Desinfektionsmittel gerochen und war sehr nett gewesen, auf die unpersönliche Art eines freundlichen Menschen, der viel zu viel um die Ohren hatte. Sie hatte Cady angewiesen, die Antibiotika wie verschrieben zu Ende zu nehmen, sechs Wochen auf Sex zu verzichten (kein Problem – Cady konnte sich ohnehin nicht vorstellen, überhaupt wieder mit irgendjemandem intim zu sein), sich viel Ruhe zu gönnen und auf plötzliche Hormonschwankungen vorbereitet zu sein, während sich ihr Körper an das anpasste, was auf ihrem Krankenblatt als »SAB« verzeichnet wurde: Spontanabort.

Das Baby, das Cady bei einem außerordentlich seltenen One-Night-Stand ungeplant empfangen hatte, das sie zu behalten und zu lieben nach Wochen voller Angst und Zittern entschieden hatte, hatte sie in einem grauenhaften Schwall aus Schmerz und Krämpfen und Blut verloren, eine zutiefst aufwühlende Erfahrung, die schlicht als SAB bezeichnet wurde.

Ein SAB.

Cadys entsetzlicher, ungewohnter Drang zu weinen musste auf Hormonschwankungen beruhen. Nichts weiter. Na klar.

Erst war Maxine gestorben. Dann hatte Cadys Körper sie im Stich gelassen. Und jetzt hatte sich sogar ihr kostbares Karussellkaninchen nicht als das entpuppt, wofür sie es immer gehalten hatte.

Cady hatte das Gefühl, sich selbst auf einem Karussell zu befinden, und egal, wie schnell sie galoppierte, sie landete immer wieder an derselben Stelle.

Ihre Augen brannten, Tränen drohten zu fließen. *Also* …

okay. Vielleicht würde sie es sich gestatten, im Hinterzimmer des Ladens ein paar Minuten zu weinen, während sie Mr. Scott Ripley vom Antiquitäten-Forum und seine sogenannte Expertise verfluchte.

Und dann würde sie einen neuen Plan machen.

Kapitel 3

GEGENWART
OAKLAND

Cady

Das Hämmern an der Tür hörte einfach nicht auf. Cady hatte das GESCHLOSSEN-Schild an die Scheibe der Ladentür gehängt, zusammen mit einer Notiz über Maxines Tod. Aber einige von Maxines Stammkunden konnten so hartnäckig und lästig wie ein abgebrochener Zahn sein.

»Gehen Sie weg!«, brüllte sie aus dem Hinterzimmer.

Das Hämmern hielt an. Sie stellte den Fernseher lauter.

»Cady?« Die Stimme einer Frau. Olivia.

Cady sah Maxine oft als die einzige Person auf der Welt, von der sie geliebt wurde, aber es gab auch noch Olivia Gray.

Sie hatten sich vor Jahren, unmittelbar nach Cadys Scheidung, bei einem Fotokurs kennengelernt – richtige, altmodische Fotografie und Filmentwicklung, unterrichtet von einem kauzigen alten Mann, der nichts von dem hielt, was er »diesen modernen digitalen Schwachsinn« nannte.

Olivia war alles, was Cady nicht war, aber schon immer sein wollte: hübsch, zierlich, immer schnell bereit, zu lächeln und über sich selbst zu lachen. Damals begriff Cady zum ersten Mal, was es hieß, für ein anderes Mädchen zu schwärmen; sie war ganz vernarrt in Olivia, warf Olivia unter ihrem Pony hervor verstohlene Blicke zu und folgte ihr in den Pausen zu den Süßigkeitenautomaten.

Eines Abends schluckte der Automat Olivias zerknitterten Dollarschein. Sie hämmerte erfolglos dagegen und brüllte: »*Verflixt und zugenäht!*«

Cady hatte noch nie jemanden so etwas sagen hören, außer im Fernsehen.

»Frühkindliche Erziehung«, erklärte Olivia Cady mit einem verlegenen Lächeln und einem leicht verärgerten Schulterzucken. »Meine Mom nimmt es sehr genau, was höfliche Sprache betrifft. Wenn sie richtig, richtig sauer wird, sagt sie vielleicht: ›*Verdammt!*‹ Aber gleich darauf ergänzt sie jedes Mal: ›Entschuldige meine Ausdrucksweise!‹«

Cady lächelte und schlug gegen den Automaten, während sie von hinten hineingriff, wie sie es als böses Kind ohne Taschengeld gelernt hatte. Der Mechanismus begann zu rasseln, und ein Schokoriegel fiel scheppernd in die Metallschale.

»Bitte sehr.«

»Danke! Netter Trick. Wie heißt du eigentlich?«

Olivia wusste nicht einmal ihren Namen? Das passte. *Eingebildete Zicke*.

Aber an den Rändern ihrer Wut nagte Scham. Sosehr sie sich auch bemühte, Cady nahm soziale Signale einfach nicht so wahr wie andere Leute. Sie fragte sich oft, ob es angeboren war – irgendein geheimnisvoller genetischer Code, den sie von ihren unbekannten Eltern geerbt hatte – oder ob es aus ihrer gefühlsarmen, rastlosen Kindheit herrührte. Letztendlich spielte es keine Rolle. Sie hatte schon immer gewusst, dass sie nicht ... *liebenswert* war.

Sie machte auf dem Absatz kehrt und marschierte zurück zum Kursraum.

Nach dem Unterricht, während Cady ihre Sachen zusammenpackte, kam Olivia zu ihr. »Also, ich bin eine Idiotin. Und Namen kann ich mir sowieso nie merken.«

Cady zuckte die Schultern und zog den Reißverschluss des ramponierten Lederrucksacks zu, den sie für fünf Dollar auf dem Flohmarkt ergattert hatte.

»Aber ich bin auch eine kleine Spürnase. Und stur.« Olivia streckte die Hand aus. »Freut mich, dich offiziell kennenzulernen, Cady Drake. Ich bin Olivia Gray. Wie geht es dir?«

Cady starrte einen Moment auf ihre Hand.

»Wie ich bereits sagte, ich weiß, dass ich keine Peilung habe«, fuhr Olivia fort. »Aber da wir in diesem Kurs die Einzigen unter vierzig sind, habe ich mich gefragt, ob wir vielleicht noch was trinken gehen wollen.«

Maxines Stimme flüsterte in ihrem Kopf: *»Spring über deinen Schatten, Mädchen. Geh nicht immer davon aus, dass jeder dir Böses will.«*

Daher nickte Cady, und sie gingen zu George O's. Es war eine schmuddelige Spelunke, typisch für diese Gegend von Oakland, aber als sie hineingingen, leuchteten Olivias Augen auf wie die eines Kindes am Weihnachtsmorgen.

»Das ist ja toll«, meinte sie, während sie die Dartscheibe, die veralteten Halloween-Dekorationen und ein halbes Dutzend Männer, die an der Bar hingen, in Augenschein nahm. Sie bestellte einen Bourbon on the rocks und Cady dasselbe.

»Also«, begann Olivia, während sie ihre Drinks zu einem Tisch trugen, »›Cady‹ ist ein hübscher Name. Auf der Teilnehmerliste habe ich gesehen, dass du ihn nicht auf die traditionelle Weise K-A-T-Y schreibst.«

»Ja«, antwortete Cady. »Ich meine, den hatte ich schon immer.«

Olivia lächelte. »Ich habe meinen Namen immer gehasst.«

»Warum?«

»Die Kinder in der Schule haben mich damit aufgezogen, haben mich Olivenöl oder Eulia genannt«, sagte sie leise, als würde sie Cady ein peinliches Geheimnis anvertrauen.

»O Gott«, gab Cady prompt zurück, »das muss ja schwer traumatisch für dich gewesen sein.«

Olivia blickte verblüfft, dann begann sie zu lachen. »Du hast eben einen Witz gemacht! Und ich dachte schon, du wärst immer ganz ernst.« Sie erhob ihr Glas. »Lass uns anstoßen. Um es mit Humphrey Bogart zu sagen: ›Ich glaube, das ist der Beginn einer wunderbaren Freundschaft.‹«

Und seltsamerweise war es das tatsächlich. Nach dem Ende des Fotografiekurses schrieben sie sich für Französisch ein, dann für thailändisches Kochen, dann für Botanik. Olivia und ihr Freund, Sebastian, luden Cady und Maxine zum Essen zu sich ein, und als sie heirateten, war Cady im Rathaus ihre Trauzeugin. Olivia liebte es, mit Cady über Antiquitäten-Flohmärkte zu bummeln, während sie Fragen stellte und ihr baufälliges viktorianisches Haus in West Oakland mit einem Teil nach dem anderen einrichtete. Schließlich zog sie einen Job beim *Sunset*-Magazin an Land und schob Cady hin und wieder einen freiberuflichen Fotografie-Auftrag zu.

Über die Jahre hinweg witzelten sie immer wieder darüber, wer bei ihrer »Trauma-Olympiade« die Nase vorn hatte, und jedes Mal wenn sie ihre Kindheit anführte, ging Cady klar als Siegerin hervor. Aber Olivia hatte ihre eigenen Kämpfe auszutragen.

»Cady!«, rief Olivia wieder durch die Tür von »Maxines Schätzen«. »Mach auf. Ich habe Kaffee mitgebracht, eigenhändig gekocht.«

Widerstrebend tauchte Cady aus dem Hinterzimmer auf und durchquerte den vollgestopften Verkaufsraum.

»Ich will keinen«, sagte Cady durch die Glasscheibe der Ladentür.

»So ein Pech aber auch. Mach auf.«

Cady schob den Riegel zurück und bückte sich, um den Gummistopper zu entfernen, den sie immer unter die Tür schob. Er gab ihr ein Gefühl von Sicherheit.

»Hier«, sagte Olivia, sobald die Tür offen war, hielt ihr einen Thermobecher hin und drängte an Cady vorbei in den Laden. »Das ist französische Röstung, dein Lieblingskaffee. Gern geschehen.«

»Ich habe geschlafen.«

»Nein, das hast du nicht«, sagte Olivia. Sie zog eine Augenbraue hoch, während sie den Blick über das verstreute Inventar schweifen ließ. »Und du hast offensichtlich nicht viel Zeit mit Aufräumen verbracht.«

»Nicht meine Stärke.«

»Also, hast du gearbeitet?«

»Ein bisschen.«

Olivia ging voran ins Hinterzimmer, wo sie sich an den kleinen Tisch neben der Kochnische setzten. Zu spät erkannte Cady, dass überall Beweise für ihr Lotterleben in jüngster Zeit herumlagen: zerknüllte Cheetostüten und Kekspackungen, alte Schachteln vom Chinesen, eine leere Wodkaflasche.

»Lügnerin«, erklärte Olivia, während sie den Anblick in sich aufnahm. »Was hast du *wirklich* gemacht?«

»Geweint.« Cady ließ sich aufs Sofa fallen.

»Aber das ist doch etwas Gutes, oder?« Mitgefühl glänzte in Olivias großen schokoladenbraunen Augen. »Früher hast du nie geweint. Das betrachte ich als persönliches Wachstum.«

Cady lachte humorlos auf. »Nur du könntest Weinen als etwas Positives sehen.«

»Also, ich habe nachgedacht«, sagte Olivia, während sie mit ihrem Kaffeebecher spielte, auf dem das leuchtend orange-schwarze Logo des Baseballteams von San Francisco prangte. »In Paris gibt es viele Karussells. Jede Menge. Ich weiß es noch von damals, als Sebastian und ich auf Hochzeitsreise dort waren. Da schien es auf jedem öffentlichen Platz ein Karussell zu geben.«

»Und?«

»Du liebst es, Karussells zu fotografieren. Hast du schon mal daran gedacht, ein *Buch* mit Fotografien herauszubringen?«

»Von Pariser Karussells?«

»Ja! Wozu haben wir denn all die Jahre Französisch gelernt, wenn du deine Sprachkenntnisse gar nicht nutzt? Und du weißt nie, was du finden könntest. Das Essen, der Wein, die Kopfsteingassen …« Sie seufzte. *»C'est magique!«*

Cady brachte ein leises Lächeln zustande. »Du findest doch alles magisch.«

»Und du *nichts*. Aber du täuschst dich.« Olivia nahm noch einen Schluck und stieß einen tiefen, zufriedenen Seufzer aus. Sie hatte eine Art, ihren Kaffee zu genießen, als wäre er das Elixier des Lebens, das Heilmittel aller Krankheiten, die Quelle jeglicher Zufriedenheit. Und vielleicht war er das ja tatsächlich: Olivia war der sonnigste Mensch, dem Cady je begegnet war. Bevor sie Olivia traf, hatte Cady geglaubt, anhaltendes Glück sei der Stoff, aus dem Romane waren, etwas, was es nur im Märchen gab.

»Seit wann bist du eigentlich ein San-Francisco-Giants-Fan?«, fragte Cady in einem plumpen Versuch, das Thema zu wechseln.

Olivia lachte, hielt ihren Becher hoch und inspizierte das Logo, als hätte sie es noch nie zuvor gesehen. »Ich habe keine Ahnung, wo der herkommt. Er ist einfach aufgetaucht, wie es die Dinge in meinem Haus offenbar ständig tun. Aber ich mag es, wie er sich in meinen Händen anfühlt.«

Wahllose Gegenstände tauchten in Olivias Haus auf, weil ständig Leute zum Essen und zu Partys vorbeikamen, einmal übernachteten oder wochenlang blieben, auf der Couch schliefen und Handtücher, eine Haarbürste, einen Kaffeebecher zurückließen. Aber Olivia nahm die sich ständig wandelnde Landschaft ihres Zuhauses gelassen hin, als würden die Dinge durch irgendeine Art zauberhafte Magie erscheinen und wieder verschwinden.

Das würde mich in den Wahnsinn treiben, dachte Cady. Sie hatte gern alles organisiert, berechenbar. Selbst in dem scheinbaren Durcheinander von Maxines Laden wusste Cady genau, wo sich jeder einzelne Gegenstand befand.

»Jedenfalls, hör auf zu versuchen, das Thema zu wechseln, darauf falle ich nicht herein«, erklärte Olivia, während sie den Becher abstellte. »Vielleicht ist ein Tapetenwechsel genau das, was du brauchst. Und unsere einheimischen Karussells hast du bereits zur Genüge fotografiert.«

»Du vergisst unseren Roadtrip zum House on the Rock, um das größte Karussell der Welt zu sehen.«

»Nicht dass ich irgendetwas gegen Wisconsin hätte, aber ich dachte, Paris könnte einen etwas aufregenderen Tapetenwechsel bieten.«

Cady zuckte die Schultern. »Ich denke darüber nach.«

»Die Sache ist die, Cady: Meine Mutter hat mir immer eingeschärft, keine ungebetenen Ratschläge zu erteilen. Aber ich werde es trotzdem tun, denn ich liebe zwar meine Mama, aber dich auch, und du hattest außer Maxine niemanden, der dir die Ratschläge gibt, die du brauchst.«

»Dir ist aber schon klar«, erwiderte Cady, »dass du nicht dafür zuständig bist, mein Leben in Ordnung zu bringen. Ich bin …«

»Entschuldige«, unterbrach Olivia sie. »Als ich im Krankenhaus war, wer hat mir da Thai-Nudeln und Cherry-Garcia-Eiscreme gebracht?«

»Das hättest du dir auch vom Lieferdienst bringen lassen können.«

»Tatsächlich? Und hätte dieser Lieferdienst mir auch absolute Hingabe geschenkt und mich dazu gezwungen, die Chemotherapie zu überleben, ganz zu schweigen von der Operation? Hätte besagter Lieferdienst mir im Krankenhaus *84, Charing Cross Road* von Anfang bis Ende vorgelesen und den Korken einer Flasche Champagner knallen lassen, als ich mit der Chemo fertig war? Hätte er sich endlose Runden Basketball mit Sebastian angesehen, damit er nicht verrückt vor Sorge wird?«

»Das war purer Egoismus von meiner Seite«, erwiderte Cady. »Du bist meine einzige Freundin.«

Mit quälender Klarheit erinnerte sich Cady an jenen Moment vor drei Jahren, als Olivia verkündet hatte, dass bei ihr Brustkrebs festgestellt worden sei. In jenem Augenblick hatte Cady schlagartig begriffen, welche Gefahr darin lag, jemanden zu lieben: die absolute Panik bei dem Gedanken, dass diese Person die Erde verlassen könnte.

Olivias einzige Reaktion war ein sanftes Lächeln.

»Und woher sollte ich überhaupt das Geld dafür nehmen?«, fragte sich Cady laut. Sie starrte wütend auf ihr enttäuschendes Kaninchen, das in der Ecke lehnte.

Olivia horchte auf, als sie einen möglichen Sieg witterte. »Dein Vermieter hat dir doch Geld angeboten, um den Mietvertrag für den Laden aufzulösen, oder? Und das Inventar kannst du liquidieren, was auch ein hübsches Sümmchen einbringen dürfte. Und *ich* werde dir genug für das Flugticket leihen.«

Cady schnaubte spöttisch. »Als ob du und Sebastian so viel übrig hättet.«

»Wir haben ein bisschen was für schlechte Zeiten auf die Seite gelegt; und falls es dir noch nicht aufgefallen ist, meine Freundin, die Zeiten sind mehr als schlecht.«

»Es sind *meine* schlechten Zeiten, nicht deine.«

»Das spielt keine Rolle.« Sie tat Cadys Einwand mit einer Handbewegung ab. »Was nützt mir denn Geld, wenn ich einer Freundin nicht helfen kann? Und ich glaube an deine Kunst. Wie lautet dieser alte Spruch? Anonymus war eine Frau?«

»Was hat das denn mit irgendwas zu tun?«

»Weil du zwangsläufig anonym bleiben wirst, wenn du

mit deiner Kunst nicht an die Öffentlichkeit gehst, um sie den Leuten zu zeigen. Mit Schülerporträts kannst du vielleicht die Rechnungen bezahlen, aber du bist *Künstlerin*. Und ich kann deine Mäzenin sein! Oder so ähnlich. Wenigstens ein Flugticket kann ich dir kaufen!«

Für eine Fotografin war Cady ziemlich erfolgreich. Sie schleppte ihre schwere Kameratasche durch die ganze Bay Area, von Marin bis Morgan Hill, von den Stränden des Pazifischen Ozeans bis zu den Skihängen am Lake Tahoe, und sie lehnte nie einen Auftrag ab. Sie fotografierte Hochzeiten, Bar- und Bat-Mizwas, Erstkommunionen, Jahresfeiern, Geburtstage und Familientreffen. Sie hatte regelmäßige Aufträge für Jahrbuchporträts an hiesigen Schulen, darunter die Berkeley French American International School. Und sie machte hin und wieder Aufnahmen für das *Sunset*-Magazin und ein paar Wohndesign-Kataloge.

Trotzdem, jeden Monat ihre Rechnungen zahlen zu können, war das eine, regelmäßig etwas auf die Seite zu legen, etwas völlig anderes.

»Danke, Olivia, aber für ein paar Wochen nach Paris davonzulaufen, wird nichts lösen.«

»Sieh es so, dass du zu etwas *hin*läufst. Wie auch immer, ich muss zurück ins Büro. Versprich mir nur eins«, sagte Olivia, während sie ihre Sachen zusammenpackte, um aufzubrechen. »Du wirst dich keiner Möglichkeit verschließen. Wenn dir etwas Aufregendes in den Schoß fällt, wirst du es ergreifen.«

»Etwas Aufregendes? Was denn zum Beispiel?«, fragte Cady gereizt. Sie liebte Olivia, aber wann war ihr denn zuletzt etwas Großartiges »in den Schoß gefallen«? Das war etwas, was behüteten, in einem Vorort aufgewachsenen

Leuten wie Olivia passierte, nicht ungewollten Waisenkindern wie Cady. Cady hatte kämpfen und intrigieren – und hin und wieder stehlen – müssen, um irgendetwas von dem zu kriegen, was sie hatte.

Aber Olivia zog nur die Augenbrauen hoch und schenkte ihr ein selbstgefälliges Lächeln. »Man kann nie wissen, was die Zukunft bereithält.«

Jetzt musste Cady doch lachen, umarmte ihre Freundin und sah dann zu, wie Olivia zurück zu ihrem Wagen schlenderte, das Gesicht in die Morgensonne gereckt, während sie sich Zeit ließ, um einem vorbeikommenden Radfahrer zuzuwinken. Olivia sah in allem die Schönheit: dem Sonnenuntergang, den Großstadtlichtern, die über der Bucht funkelten, einem Fremden auf einem Fahrrad.

Wohingegen Cady bei demselben Anblick den Smog, den Stau auf dem Freeway, ein Verkehrsrisiko sah.

Einen Moment lang lehnte sie den Kopf gegen den Türrahmen, ignorierte den Staub, der sich auf dem Inventar des Ladens sammelte, und versuchte, nicht auf die Stelle hinter der Kasse zu starren, wo Maxine gestürzt war. Sie wurde Maxine nicht gerecht – oder auch nur ihrem Vermieter, um genau zu sein. Sie wurde sich selbst nicht gerecht oder Olivia oder irgendjemandem sonst.

Sie sah sich nicht als echte Künstlerin, wie Olivia angedeutet hatte. Aber … Cady Anne Drake hatte dieser Welt doch sicher irgendetwas zu bieten?

Wenn sie nur wüsste, was.

Kapitel 4

1915
PROVENCE
CHÂTEAU CLÉMENT

Yves Clément

Sie ist wieder da draußen, fährt auf dieser verfluchten Karussellmaschine.

Es ist ein gespenstischer Anblick: eine erwachsene Frau, die auf einem Kinderspielzeug fährt, in silbriges Mondlicht getaucht, während ihr weißes Kleid hinter ihr herflattert, wie ein aus der Zeit gefallenes Geschöpf. Was denkt sie? Was will sie? Joséphine ist ein Rätsel, das Yves nie gelöst hat, nie lösen können wird. Vielleicht war sie zu jung, als sie geheiratet haben, oder er war zu alt. Der Altersunterschied scheint sie nicht zu stören, aber ihm gibt er zu denken. Immer mehr im Laufe der Zeit.

Yves denkt zurück an den Birnengarten seines Vaters. Arbeiter steckten zu Beginn des Frühjahrs Flaschen über knospende Zweige, sodass die Früchte im Glas zu ihrer vollen Größe heranwuchsen, als *poires prisonnières*, gefangene Birnen. Sobald die Birne reifte, wurde die Flasche mit Weinbrand gefüllt, *eau de vie* genannt, Lebenswasser. Und nach der Ernte wurde die Flasche auf ein hohes Regal gestellt und zu besonderen Anlässen hervorgeholt, und alle fragten sich, wie dieses Wunder geschehen, wie die Birne in die Flasche gekommen war.

Bis an sein Lebensende würde der Klang von Windspielen Yves an die glitzernden Glasflaschen erinnern, die von diesen Zweigen baumelten und in den berühmten Winden aneinanderklirrten, die über die Felder und Obstgärten der Provence fegten.

Seine Joséphine ist wie eine Knospe in einer Flasche, eine Gefangene des Glases, die auf ihr *eau de vie* wartet.

»Wonach sucht sie?«

Seine Gedanken, ausgesprochen von einem anderen. Marc-Antoine, ihr geliebter Sohn, tritt zu Yves ans Fenster der Bibliothek und starrt Joséphine durch das Bleiglas an, ebenso verständnislos wie sein Vater.

Yves legt eine Hand auf die neuerdings muskulöse Schulter seines Sohns, vermisst das stechende Gefühl der zarten Schulterblätter eines kleinen Jungen unter seiner Handfläche. Marc-Antoines dunkle Haare und Augen ähneln den geheimnisvollen Zügen seiner Mutter, und anders als Yves war Marc-Antoine schon immer groß für sein Alter. Vor zwei Jahren, als er erst zwölf Jahre alt war, hat er Yves an Größe überholt. *Unser Sohn wird zu einem jungen Mann*, denkt Yves, während die Angst seinem Herzen einen Stich versetzt. Allzu bald wird Marc-Antoine ihn hier in diesem einst prächtigen Château allein zurücklassen, allein mit Joséphine – dem blassen Abbild der Frau, die er einst geheiratet hat.

»Wonach sucht sie, wenn sie nachts auf diesem albernen Karussell fährt?« Marc-Antoine stellt die Frage zum hundertsten Mal.

Yves gibt keine Antwort.

Es gibt keine Antwort, nur das Dunkel der Nacht und das unheimliche Lied des Karussells.

Kapitel 5

GEGENWART
OAKLAND

Cady

Cady war bei ihrem zweiten Drink, als sie sich die Zehe hart an einem Bein der Couch anstieß. Wütend und frustriert schnellte sie herum und verpasste Gus einen Tritt.

Härter als beabsichtigt.

Das geschnitzte Kaninchen kippte um und knallte gegen die Granitkante eines Beistelltischs. Mehrere bereits gelockerte Fugen gaben nach, und geschnitzte Holzteile kullerten über den Boden wie Elemente aus einem Spielzeugbaukasten: die Ohren, zwei Latten aus einer Seite, die Vorderbeine.

»Es tut mir leid, es tut mir leid, es tut mir leid …«

Scham überwältigte sie. Das war etwas, was sie als Kind getan hätte. Cady war zur Therapie gegangen, zu Achtsamkeitskursen, hatte Dutzende von Selbsthilfebüchern gelesen, um zu lernen, ihre Gewaltausbrüche in den Griff zu bekommen. Sie nahm sich einen Moment Zeit, um die Augen zu schließen, einzuatmen, bis sie bis vier gezählt hatte, die Luft bis sieben anzuhalten und bei acht wieder auszuatmen, genau wie Maxine es ihr beigebracht hatte.

Und dann schnappte sie sich ihre Kamera. Sie nahm die Welt deutlicher wahr, wenn sie durch das Objektiv blickte. Das ermöglichte es ihr, sich zu konzentrieren, in sich selbst zu versinken und die Außenwelt auszublenden.

Wie durch eine Korrekturbrille konnte sie durch das Kameraobjektiv auf eine Art *sehen*, auf die sie es mit dem bloßen Auge nicht konnte.

Jetzt erkannte Cady: In der Bauchhöhle des Kaninchens war etwas versteckt.

Ein in rosa Stoff gewickeltes Bündel.

Sie hockte sich hin und versuchte, es herauszuziehen, aber es steckte fest. Sie würde noch eine der beschichteten Holzlatten entfernen müssen, um da ranzukommen. Nach kurzem Zögern kam Cady zu dem Schluss, dass dem armen zerbrochenen Gus ohnehin ein paar schwere Reparaturen bevorstanden, daher stemmte sie den Rumpf behutsam auseinander.

Der rosa Seidenstoff fühlte sich unglaublich weich an und schimmerte sanft im Schein der Deckenbeleuchtung. Cadys Herz hämmerte vor gespannter Erwartung, während sie den Stoff zurückschob.

Darin lag ein geschnitztes Holzkästchen.

Ein atemberaubend schönes Kästchen. Ein Kunstwerk. Aus hellem Eschenholz geschnitzt, mit Akanthusblättern, Blumen und Schnörkeln verziert, lackiert, poliert und mit einem Messingschloss gesichert.

Wer würde ein solches Kästchen in einem Karussellkaninchen verstecken? Und warum? Wenn sie das Schloss aufbrach, würde sie dann ein Stück Geschichte zerstören? Oder … könnte darin irgendetwas sein, das bares Geld wert war? Etwas, das eine Reise nach Paris finanzieren oder es ihr vielleicht sogar ermöglichen könnte, umzuziehen und einen Neuanfang zu machen, wie sie es sich von Gus erhofft hatte?

Könnte das hier das kleine Stück Magie sein, von dem Olivia immer behauptete, dass Cady es eines Tages finden würde?

Nein, rief sie sich in Erinnerung. *So etwas passiert mir nicht.*

Zum Teufel mit der Geschichte. Cady schnappte sich ein Spachtelmesser, steckte es unter die Kante des Schlosses und klopfte mit einem Hammer auf das Ende des Messers. Sie musste das Kästchen an mehreren Stellen aufstemmen, bevor das Schloss endlich aufsprang.

Sie öffnete den Deckel.

Ein kindischer Teil von ihr hoffte auf ein Geheimfach voller Juwelen oder Gold, als hätte ein Pirat seine Beute in diesem Kinderspielzeug versteckt. Stattdessen fand sie eine alte sepiafarbene Fotografie einer Frau, einen streng geflochtenen Zopf dunkelbraunen Haars, eine kunstvoll geschnitzte hölzerne Rose und eine Notiz, in schrägen Lettern verfasst. Die Tinte war zu hellem Braun verblasst, und die Schrift war schwer zu entziffern, aber Cady konnte erkennen: *Je t'aime toujours, et encore. Souviens-toi de moi.*

»Ich liebe dich auf immer und ewig«, übersetzte Cady laut. »Gedenke meiner.«

Sie untersuchte das Kästchen auf einen doppelten Boden, nur um ganz sicher zu sein, aber da war sonst nichts. Mit Sicherheit kein Schatz. Enttäuschung durchflutete sie.

»Das war's? *Das* ist dein großes Geheimnis?« Cady funkelte das Kaninchen wütend an. »Ich muss schon sagen, Gus, nach all den Jahren lässt du mich jetzt wirklich hängen.«

Trotzdem schoss sie noch ein paar Fotos von dem versteckten Kästchen.

Es sei denn … der Mann auf der Antiquitätenmesse hatte ihr gesagt, es könnte Gus' Wert steigern, wenn seine Herkunft nachweisbar wäre. Gab es irgendwelche Hinweise darauf, woher die Kaninchenfigur gekommen war?

Cady strich über den seidigen Haarzopf und inspizierte die kunstvoll geschnitzte hölzerne Rose, komplett mit winzigen Dornen. Sie erinnerte Cady an die Blume an Gus' Seite, die Scott Ripley so beleidigt hatte. Es gab keine Signatur oder Kennzeichnung irgendeiner Art, schon gar keine Messingplakette, die einen Hinweis auf die Herkunft der Figur gab.

Sie nahm die Fotografie in die Hand. Die Frau stand steif vor einem Karussell, ohne zu lächeln, und sah genau in die Kamera. Sie schien jung zu sein, vermutlich Anfang zwanzig. Ihre Haare waren hochgesteckt, mehrere Strähnen hatten sich gelöst und umrahmten ein herzförmiges Gesicht. Sie trug ein dunkles, hochgeschlossenes Kleid, das ihr bis zu den Knöcheln reichte, darüber eine Arbeitsschürze. Keine sichtbaren Spitzen oder andere Verzierungen. Cady war wohl kaum eine Modeexpertin, aber es sah aus, als stamme es aus der Zeit der Jahrhundertwende, mit Sicherheit vor dem Ersten Weltkrieg.

Die Fotografie war etwas unscharf und schief, wie von einem Amateur aufgenommen. Aber auf einem professionell aussehenden Fotografenstempel in der Ecke rechts unten stand: *Château Clément*.

Cady schaltete ihren Computer ein und suchte im Internet, fand aber nichts zu diesem Namen. Sie las, dass nur noch ein paar Dutzend Châteaus in gutem Zustand existierten; meist war die Instandsetzung zu teuer, nachdem sie während der Französischen Revolution aufgegeben und später, im Laufe der beiden Weltkriege, weiter beschädigt worden waren. Die überwiegende Mehrheit war verfallen.

Wahrscheinlich war die Frau nicht die Dame des Hauses gewesen – für einen Fototermin hätte sie doch sicher ihr feinstes Kleid angelegt, oder? Tatsächlich sah sie mit der Schürze und den unordentlichen Haaren eher wie eine Bedienstete aus. Was zur nächsten naheliegenden Frage führte: Wer hätte eine Fotografie von einer Bediensteten aufgenommen und sie dann zusammen mit einer Liebesbotschaft in einem Kästchen versteckt? Und warum?

Cady holte ihre Fotografenlupe, um die unscharfen Details des Karussells im Hintergrund genauer zu betrachten. Sie erkannte zwei geschnitzte Pferde, eine Kutsche und ein Kaninchen, das ein bisschen wie Gus aussah.

Gus. Sie starrte auf ihr armes, ausgeweidetes Kaninchen.

»Es tut mir leid, kleiner Mann. Lass uns sehen, was wir tun können, um dich wieder in Ordnung zu bringen.«

Sie hob ihn auf den großen Projekttisch und legte ein bisschen Edith Piaf auf, um in Stimmung zu kommen.

Als Cady damals anfing, für Maxine zu arbeiten, um sie für Gegenstände zu entschädigen, die sie aus ihrem Laden hatte mitgehen lassen, hatte sie lediglich geputzt und aufgeräumt und geordnet. Aber im Laufe der Zeit zeigte Maxine ihr ein paar grundlegende Reparaturarbeiten an Antiquitäten, wie man neue Dinge mit Krakelierfarbe und Schmirgelpapier alt aussehen ließ oder den Inhalt des Staubsaugerbeutels in Ritzen und Hohlräume rieb. Sie lernte, Gold- und Silbervergoldungen aufzutragen, eine richtige Schellackpolitur durchzuführen und mithilfe von

Glasuren anzudeuten, dass es sich um eine Antiquität handelte, um den Wert zu steigern. An den Wochenenden, auf dem Flohmarkt, zeigte Maxine ihr, was wertvoll war, was eine billige Nachahmung war und wie man den Unterschied erkannte.

Trotzdem war Cady keine ausgebildete Restauratorin, daher hatte sie immer gezögert, an dem Kaninchen zu arbeiten, voller Angst, ihre Bemühungen würden seinen Wert eher mindern statt steigern. Aber jetzt, da Gus ohnehin nicht das war, wofür sie ihn gehalten hatte, könnte sie ihn doch wenigstens wieder zusammensetzen, nahm sie an. Cady genoss es, mit den Händen zu arbeiten und sich aufs Wesentliche zu besinnen: schmirgeln und schaben und beschichten. Der Prozess war beruhigend, heilsam.

Während Edith Piaf von ihrer Liebe zu Paris säuselte, ließ Cady die Gedanken schweifen und grübelte über die Frau auf der Fotografie nach. War die Botschaft *für sie* oder *von ihr* geschrieben worden? Und wie könnte man Château Clément ausfindig machen? Könnte es der Name eines alten Fotostudios sein anstatt eines tatsächlichen, echten »Châteaus«?

Das Telefon klingelte. In letzter Zeit hatte Cady Anrufe ignoriert, aber das hier war Olivia. Wenn sie *ihre* Anrufe ignorierte, würde Olivia wieder persönlich vor der Tür stehen.

»Hey«, meldete sich Cady. »Was gibt's?«

»Weißt du noch, wie ich dir vor ein paar Tagen gesagt habe, du solltest auf ein bisschen Magie in deinem Leben hoffen?«

»Ja … warum?« Hatte Olivia irgendwie intuitiv erahnt, was Cady in Gus' Bauch gefunden hatte?

»Addison Avenue Books will dir einen Vertrag für einen Bildband über Pariser Karussells anbieten.«

»Wovon redest du da?«

»Welchen Teil hast du nicht verstanden?«

»Sie bieten mir einen *Buch*vertrag an? Wer sind diese Leute?«

»Es ist ein kleiner Verlag mit Sitz in San Francisco, aber es gibt ihn schon lange. Sie veröffentlichen vor allem hochwertige Bildbände. Es ist ein Nischenmarkt, aber ein lukrativer. Eine der leitenden Lektorinnen spielt mit Sebastian Golf, und er hat ihr die Idee schmackhaft gemacht. Ich habe ihr einen Link zu deiner Website geschickt, und sie hat sich dein Online-Portfolio angesehen. Ich habe ihr erzählt, dass das Magazin *wahnsinnig* gern mit dir zusammenarbeitet, dass du *so* professionell und exklusiv und *sehr* gefragt bist, bla, bla, bla.«

»Im Grunde hast du gelogen.«

»Ich habe *nicht* gelogen. Ich habe aufgewertet. Jedenfalls, da du keinen Agenten hast, habe ich ihr gesagt, sie soll mir den Vertrag schicken, damit ich ihn für dich durchsehen kann. Den juristischen Fachjargon und das alles.«

»Ich weiß nicht … ich meine … ich weiß wirklich nicht …«

»Cady, das Universum überreicht dir gerade ein Riesengeschenk. Nimm das Angebot deines Vermieters an, den Mietvertrag aufzulösen, verkauf Maxines Inventar, lagere dein Zeug in meiner Garage ein und fahr nach Paris.«

»Apropos Geschenke vom Universum, hör dir das an: Gus ist umgekippt – ehrlich gesagt, habe ich ihn getreten – und zerbrochen und …«

»Du hast ihn *getreten*? Armer Gus.«

»Ja, aber hör zu: In seinem Bauch war ein Kästchen versteckt.«

»Was war darin? Goldmünzen? Diamanten? Ein Haufen Geld in irgendeiner altertümlichen Währung?«

»Nein, leider nicht. Nur eine Fotografie und ein Haarstrang. Und eine Liebesbotschaft und eine hölzerne Rose.«

»Das ist ja cool! Irgendwelche Hinweise auf Gus' Herkunft?«

»Auf Anhieb nicht, aber ich habe den Namen eines Châteaus gefunden. Allerdings habe ich keine Ahnung, wo es ist. Im Internet steht nichts darüber.«

»Na ja, das Buchangebot besagt ausdrücklich, Fotos von Pariser Karussells, aber es gibt keinen Grund, weshalb du deine Kreise nicht ein bisschen weiter ziehen solltest, wenn du erst einmal im Land bist«, meinte Olivia. »Du könntest dieses Château ausfindig machen. Du und ich, wir wissen doch beide, dass du sowieso bald besessen von deinem geheimnisvollen Kästchen sein wirst. Du kannst gar nicht anders.«

Das stimmte: Cady las sich die Botschaft schon jetzt immer wieder durch, starrte auf die Fotografie, strich über den Haarzopf, grübelte über die Bedeutung der Rose nach. Maxine hatte immer gesagt, sobald irgendetwas Cadys Interesse geweckt hätte, sei sie wie ein Hund mit einem Knochen. Einerseits hatte ihre Zielstrebigkeit ihr bei ihrer Arbeit als Fotografin geholfen; andererseits trieben ihre Besessenheiten mitunter einen weiteren Keil zwischen sie und die anderen.

»Im Ernst, Cady«, fuhr Olivia fort. »Trau dich. Du weißt doch, was man sagt: Die Welt ist deine Auster.«

»Ich mag keine Austern.«

»Hast du *jemals* Austern probiert?«

»Nein.« Cady mochte es, wenn die Dinge berechenbar waren. Für einen Fotoauftrag nach Paris davonzulaufen, fühlte sich … tollkühn an. Allein schon bei der Vorstellung wurde ihr schwindelig, so wie damals, als sie zum ersten Mal das Meer gesehen hatte und am Rand einer sehr steilen Klippe gestanden hatte.

»Die Bezahlung ist nicht besonders, aber du lebst ja bescheiden, daher dürfte es schon reichen. Im Ernst, Cady, was hast du schon zu verlieren?«

Cady umklammerte das Telefon so fest, dass ihre Knöchel schmerzten. Selbst sie musste zugeben: Es fühlte sich an, als würde das Universum ihr einen richtig harten Schubs in Richtung La Belle France geben.

»Du hast doch gar keinen Platz in deiner Garage«, wandte Cady ein. »Sie ist schon jetzt vollgestopft mit Zeug von allen möglichen Leuten.«

»Ich werde Platz *schaffen*«, antwortete Olivia mit einem triumphierenden Unterton. »Das heißt, das ist ein Ja?«

»Mais oui«, erwiderte Cady, womit sie sie beide verblüffte.

Kapitel 6

1900
ANGERS, FRANKREICH
DIE KARUSSELLFABRIK VON GUSTAVE BAYOL

Maëlle Tanguy

Ein Blatt Papier, zerknittert und feucht davon, dass sie es stundenlang in der Hand gehalten hat, enthält die kostbare Adresse der Fabrik: 215 bis, Rue de Paris, in Angers. Maëlle Tanguy ist erschöpft von der Zugfahrt, und ihre Muskeln schmerzen, nachdem sie ihre Tasche den ganzen Weg vom Bahnhof hierher getragen hat … aber trotzdem, in dem Moment, in dem sie eintritt, weiß sie, dass das Atelier des Meisters der Ort ist, an den sie gehört.

Sie weiß von den Düften des frisch gesägten Holzes, dem beißenden Geruch von Terpentin und dem milden Aroma von Leinöl. Orangefarbenes Nachmittagslicht strömt durch riesige Fenster herein, die trübe von anhaftendem Sägemehl sind. Halb gebaute Tiere liegen auf den Werkbänken verstreut wie Kadaver, aber anstatt geschlachtet zu werden, warten sie darauf, dass die letzten Holzstreifen zugeschnitten und beschichtet, zusammengefügt und geschnitzt werden. Sie müssen mit Holzkitt und Spachtelmasse ausgebessert, abgeschmirgelt und mit Gesso grundiert werden. Vor allem fehlen ihnen die leuchtenden Farben von Braun und Gelb, Türkisblau und Scharlachrot; die Gold- und Silber- und Kupfervergoldungen; die geschnitzten Quasten, Glöckchen, Juwelen und Rosetten, die sie in zauberhafte Karussellfiguren verwandeln werden.

Maëlle weiß es.

»*Bonjour, mademoiselle.* Was kann ich für Sie tun?«

Maëlles Träumerei wird von dem schönsten Mann unterbrochen, den sie je gesehen hat. Sein Gesicht erinnert sie an einen Engel, der von einem alten Meister gemalt wurde. Seine kräftigen, muskulösen Arme sind wie die des Metzgersohns, der einen ganzen Wildschweinkadaver über der Schulter tragen konnte, ohne ins Keuchen zu kommen; aber die Intelligenz, die in seinen graugrünen, meerfarbenen Augen funkelt, ist etwas völlig anderes. Der glänzende Schweiß auf seiner breiten Stirn – und auf dem faszinierenden Dreieck aus Haut, das sein offener Kragen entblößt – macht ihn nur noch attraktiver.

»*Bonjour, monsieur*«, antwortet Maëlle, auf einmal atemlos. Der Mann sieht viel zu jung aus, um der berühmte Monsieur Bayol zu sein, aber Maëlle kann sich nicht sicher sein.

Sein Blick verharrt einen Moment auf ihrem Gesicht, bevor er dreist über ihren Körper gleitet. »Was willst du, kleines Mädchen?«

»Sie sind … sind Sie der Meister?«

Das Lachen des Mannes ist ein tiefes, volltönendes Geräusch, das ein verwirrendes, unerwünschtes Kribbeln irgendwo tief unten in ihrem Bauch auslöst. Maëlle ist nicht vollkommen ahnungslos, was Männer angeht. Sie hat zwei ziemlich einfallslose Heiratsanträge kurz in Betracht gezogen und dann abgelehnt: einen von dem Metzgersohn und einen anderen von einem Witwer mittleren Alters mit einem kleinen Bauernhof außerhalb der Stadt. Aber die Männer aus ihrem Fischerdorf verblassen im Vergleich zu dem Mann, der jetzt vor ihr steht.

»Nein, ich bin nicht der Meister – noch nicht. Ich bin Léon Morice«, erwidert er. »Es freut mich, Sie kennenzulernen.«

»Ich bin Maëlle Tanguy. *Enchantée.*«

»Sie sind aus der Bretagne?«

Sie nickt. Ihr Akzent und ihr Name verraten sie. Sie weiß, dass der Rest von Frankreich seine gallische Nase über die Bretonen rümpft, aber sie versteht nicht, warum; die Felsenküste ist wild und bezaubernd, die Fischerdörfer sind malerisch, die Häuser stehen hoch und aufrecht. Aber es stimmt, dass ihr Dorf der majestätischen Architektur von Angers nicht das Wasser reichen kann; auf ihrem Weg vom Bahnhof ist sie an einer alten steinernen Burg vorbeigekommen und an den Resten mittelalterlicher Stadtmauern entlanggegangen. Es gab Fachwerkhäuser mit Bleiglasfenstern und Balkonkästen voller Blumen, riesige, mit Balkonen verzierte Gebäude mit weißen Kuppeln und die allgegenwärtigen dunklen Schieferdächer, denen die Stadt ihren Spitznamen »die Schwarze Stadt« verdankte.

Maëlle hatte den Fehler gemacht, im Gehen zu den Dächern hinaufzustarren, sodass sie um ein Haar von einer Kutsche überfahren worden wäre.

»Sehen Sie dort drüben den Mann mit dem Schnurrbart, der das Huhn schnitzt?« Léon beugt sich nah an sie heran, und sein langer Arm zeigt auf die andere Seite des Studios.

»Er ist der Meister, den Sie suchen: Monsieur Gustave Bayol.«

»Ich … danke.« Maëlle erinnert sich an ihre Mission. Sie knöpft den hohen Kragen ihrer Bluse zu, steckt eine widerspenstige dunkle Haarlocke wieder unter ihren Hut, streicht ihren Reisemantel glatt, drückt die Schultern durch und bahnt sich einen Weg durch das überfüllte Atelier, um sich neben den kleinen Mann mit dem breitkrempigen Hut zu stellen. Die gewachsten Enden seines Schnurrbarts ringeln sich nach oben und bilden zwei seitliche Fragezeichen, eines auf jeder Wange.

»*Bonjour*, Monsieur Bayol. Ich bin Maëlle Tanguy.« Die Worte, die sie sich auf der Zugfahrt zurechtgelegt hat, fliegen so sicher und schnell davon wie die Sumpfvögel, die der Jagdhund ihres Vaters aufscheucht. Anstelle der eloquenten Zeilen, die sie aufsagen will, platzt sie heraus: »Ich möchte bei Ihnen in die Lehre gehen.«

Gustave Bayol lacht so heftig, dass sein Schnurrbart bebt.

Dabei hören die Hände des Meisters nie auf, sich über dem riesigen Huhn zu bewegen: Jede einzelne Feder wird individuell gearbeitet, und Holzspäne fliegen, während er mit Hobel und Messer zu Werke geht. *Schrapp, schrapp, schrapp*. Seine Hände sind schwielig und kräftig, narbig von unzähligen Kerben, die die Klingen und Meißel geschlagen haben. Die Hände eines Bildhauers.

»Bitte.« Maëlles Herz flattert, aber ihre Stimme ist fest. »Ich habe ein Empfehlungsschreiben von einem begabten Bildhauer, bei dem ich viele Jahre gelernt habe.«

»Sagen Sie mir, Mademoiselle«, erwidert Monsieur Bayol, »dieser Bildhauer hat einer jungen Frau gestattet, bei ihm in die Lehre zu gehen? Wie lautet sein Name?«

»Émile Tanguy.« Maëlle spürt, wie ihr die Hitze in die Wangen steigt. »Er ist mein Vater, das ist wahr, aber er ist sehr begabt, und er hat mich alles gelehrt, was er weiß.«

»Mademoiselle …« Bayol schüttelt den Kopf, seine Belustigung schlägt in Ärger um.

»Ich bin bereit, sechs Wochen ohne Lohn zu arbeiten, Monsieur. Wenn Sie mit meiner Arbeit nicht zufrieden sind, können Sie mich gern fortschicken.« Maëlle muss ihre Stimme erheben, um sich über dem Hämmern und Scheppern und den gelegentlichen Wortwechseln in dem kleinen Heer von Männern Gehör zu verschaffen, die wie Ameisen durch die Karussellfabrik wuseln. »Ich werde Sägemehl zusammenfegen und Kaffee kochen; ich kann Ihre Fenster für Sie putzen, sodass Sie mehr Licht zum Arbeiten haben. Ich bin sehr geübt darin, Werkzeuge zu schleifen und Messer zu schärfen. Aber vor allem kann ich schnitzen. Ich bin eine Künstlerin, Monsieur.«

Sie wünscht sich nichts sehnlicher, als ein Teil dieser Welt zu sein, zu arbeiten, zu erschaffen, das Holz unter ihren Händen zu spüren, einen schlichten Stumpf in etwas Neues und Magisches zu verwandeln. Nur dann fühlt sie sich wirklich lebendig. Wie würde andernfalls ihre Zukunft aussehen?

Ihr Vater, der arme Mann, hatte vier Mädchen und nur einen einzigen Sohn gezeugt, Erwann, der kränklich ist und ohne Talent für irgendetwas, außer Gedichte zu schreiben. Maëlle ist das Kind, das im Alter von vier Jahren das Messer des Vaters in die Hand nahm, sanft mit dem Finger darüberstrich, fasziniert von seinem Griff und Glanz, und mit der Zeit lernte, es am Riemen zu schärfen und abends am Feuer die Klinge am Schleifstein zu wetzen. Maëlle ist diejenige, die verzückt zusah, wie ihr Vater seinen Meißel an das Holz anlegte und mit dem Hammer daraufklopfte, sodass winzige Teile hochstoben, um die Gestalt freizulegen, die dem innewohnte, was einst ein Baum gewesen war.

Maëlles Vater ist eher Möbeltischler als Bildhauer, aber nur aus Notwendigkeit, nicht weil sein Talent beschränkt wäre. Er ist ein verhinderter Künstler, wie sie selbst. Ihr Vater hatte für jedes seiner Kinder einen Zwerg geschnitzt; ihrer war weich und geglättet von ihren Händen, die immer wieder über ihn rieben, während sie die Ritzen und Vertiefungen ertastete und den Kurven und Linien folgte.

Ihr Bruder, Erwann, Maëlles engster Freund und Vertrauter, als sie aufwuchsen, hat sie ermutigt, nach Angers zu gehen. Um schnitzen zu lernen, um für das zu kämpfen, was sie wollte, so absurd es vielleicht auch schien. Erwann hat für sie ein Sonett mit dem Titel »Der aufstrebende Lehrling von Angers« geschrieben. Sie bewahrt es in ihrer Tasche auf, hat es im Zug immer wieder gelesen, schöpft Kraft aus der Erinnerung, wie sie nachts auf ihrer geteilten Schlafstatt miteinander flüsterten und sich ihre Träume, ihre Ziele anvertrauten. Bis sie zu alt wurden, um sich ein Bett zu teilen, und sie zum Schlafen zu ihren Schwestern geschickt wurde. Trotzdem ist Erwann noch immer ihr bester Freund. Er versteht sie.

Erwanns Gedicht ist neben dem Zwerg ihres Vaters das einzige Andenken, das Maëlle mit nach Angers genommen hat. Abgesehen von diesen Schätzen enthält ihre Tasche lediglich einen Satz Wechselkleidung, eine Arbeitsschürze, eine Rolle mit ihren Entwürfen und eine wunderschön geschnitzte Rose, die in ein Stück rosa Seide gewickelt ist. Sie hat sie aus einem einzigen Stück Kastanienholz geschnitzt, das sie ganz allein von dem Hügel vor der Stadt nach Hause geschleppt hat, nahe dem Friedhof, auf dem ihre Mutter begraben liegt. Maëlle hat monatelang an der Rose gearbeitet, während sie Erwann nachts husten hörte, manchmal so schlimm, dass er Blut spuckte.

Maëlle ist auch krank. Krank in der Seele, weil sie für die Sünde bezahlt, als Mädchen geboren zu sein und zu einer Frau heranzuwachsen. Es macht sie wütend, und die Wut verleiht ihr Kraft.

»Das hier sind einige meiner Projekte«, sagt Maëlle, während sie ihre Entwürfe vorzeigt. Sie streicht die Papiere glatt, so gut es auf der staubigen Werkbank geht. »Aber bitte glauben Sie mir: Ich besitze weitaus mehr Talent fürs Schnitzen als fürs Zeichnen.«

Bayol wirft einen Blick auf die Entwürfe und nickt geistesabwesend.

Dann wickelt sie ihr Glanzstück aus. Ihre Rose – die Blüte zart, die Blätter fein geädert, und alles perfekt proportioniert bis hin zu den Dornen.

Monsieur Bayol legt Hammer und Meißel beiseite und streckt die Hand aus, und Maëlle legt die Rose in seine offene Handfläche. Er studiert die handwerkliche Ausführung, dreht die Blume, um sie aus allen Winkeln zu betrachten. Er tauscht einen Blick mit seinem Lehrling, Léon, der hinzugetreten ist, um zu sehen, was Maëlle mitgebracht hat.

Léons einzige Reaktion ist ein Schulterzucken.

»Bitte, Messieurs, ich flehe Sie an«, sagt Maëlle, während sie zwischen den beiden Männern hin und her sieht. »Ich habe alles, was ich habe, für die Zugfahrkarte ausgegeben. Ich weiß nicht, wohin ich mich sonst wenden soll.«

»Sie sind ohne finanzielle Mittel in eine fremde Stadt gekommen?« Bayol runzelt die Stirn. »Sie haben keine Verwandten in Angers?«

Sie schüttelt den Kopf. Maëlle ist nur mit dem, was sie in ihre Tasche gestopft hat, von zu Hause weggelaufen. Sie war sich so sicher gewesen.

»Dann haben Sie sich schon jetzt als ein törichtes Mädchen erwiesen«, erklärt Bayol, gibt ihr die Rose wieder und gleitet mit den Fingern über die Partie mit Federn, die er eben geschnitzt hat, um die Tiefe der Rillen zu überprüfen.

»Ich erlaube mir zu widersprechen«, entgegnet Maëlle verzweifelt. »Würden Sie dasselbe sagen, wenn ich ein Mann wäre?«

Sie zuckt zusammen, als sie schallendes Gelächter hört. Hinter ihr haben sich mehrere andere Arbeiter versammelt, um ihrem Gespräch zuzuhören.

»Aber Sie *sind* kein Mann, mein Kind«, erwidert Monsieur Bayol geistesabwesend. Er nimmt sein Aushöhlmesser in die Hand, schneidet damit einen winzigen Teil des Holzes heraus und pustet den Abfall beiseite. »Sie sind ein Mädchen. Die grundsätzlichen Unterschiede muss ich Ihnen doch sicher nicht erklären.«

»Männer sind Tapferkeit bei einer Frau nicht gewohnt«, entgegnet Maëlle, froh, dass ihre Stimme, trotz des Hämmerns ihres Herzens, so ruhig klingt. Empörung beflügelt ihr Selbstbewusstsein. »Sie verwechseln sie mit Torheit. Wir stehen am Beginn eines neuen Jahrhunderts, sollten wir da nicht bereit sein, eine neue Lebensweise zu akzeptieren?«

Bayol richtet sich auf, legt eine Hand auf sein Huhn und wirft einen Blick hinter Maëlle zu Léon und den anderen.

Als er zu Maëlle zurücksieht, hebt sich eine Seite seines Schnurrbarts, während er ihr ein Lächeln schenkt.

Maëlle spürt ein süßes Triumphgefühl durch ihre Adern fließen.

Kapitel 7

GEGENWART
PARIS

Cady

Die entfremdende, entmenschlichende Erfahrung einer internationalen Flugreise, über die sich die meisten Leute beklagten, war für Cady nichts Neues. Sie hatte als Kind gelernt, Schlange zu stehen und zu warten, leise von einem Kontrollpunkt zum nächsten zu schlurfen und sich dabei in ihren Gedanken zu verlieren.

Paris hingegen war beängstigend. Die fremde Sprache, die unbekannten Straßen – selbst die charmante, aber winzige Wohnung auf dem linken Seineufer, die sie gemietet hatte, drei Stockwerke eine gewundene Steintreppe hoch –, all das warf sie aus dem Gleichgewicht und gab ihr noch mehr als sonst das Gefühl, fehl am Platz zu sein.

Daher konzentrierte sie sich auf die Karussells.

Vor einem Monat, in einer, wie es jetzt schien, anderen Welt – als sie noch in Oakland und die Planung dieser Reise nur eine theoretische Übung gewesen war –, hatte Cady recherchiert und ihre »Unverzichtbar«-Liste Pariser Karussells erstellt. Während Sebastian das Abendessen kochte, hatten Cady und Olivia einen Stadtplan von Paris auf dem Küchentisch ausgebreitet, die Standorte der historischen Gefährte ausfindig gemacht und die nächstgelegenen Métrostationen notiert. Es gab so viele Karussells zu besichtigen, an Orten mit verlockenden, exotisch klingenden Namen: Trocadéro, Montmartre, Jardin du Luxembourg, Forum des Halles, Bois de Vincennes, Jardin du Ranelagh, Musée des Arts Forains, Square des Batignolles.

Jetzt, während die Tage verstrichen, hatte Cady große Freude daran, ein Karussell nach dem anderen von ihrer Liste abzuhaken und detaillierte Anmerkungen zu dem Datum, der Tageszeit und dem Wetter sowie die Namen und E-Mail-Adressen der Eltern jeglicher Kinder zu notieren, die auf ihren Fotos zu sehen waren.

Am Morgen nach ihrer Ankunft hatte sich Cady noch vor Sonnenaufgang aus dem Bett gequält, um das Trocadéro-Karussell zu fotografieren. In traditionellem Holz gestaltet und mit Pariser Szenen illustriert, mit dem orangerosa Licht der Morgendämmerung, das in dem riesigen Wasserspiegel des Warschauer Brunnens schimmerte, war es der perfekte Ort, um den Pariser Sonnenaufgang zu fotografieren.

Es schien klischeehaft, das Eiffelturm-Karussell in ein Buch über Pariser Karussells aufzunehmen, aber andererseits, wie könnte sie es nicht tun? Cady schlug den Weg zur Ecke Pont d'Iéna und Quai Branly ein, genau unter den funkelnden Lichtern des Eiffelturms gelegen. Mit seinen tänzelnden weißen Pferden bot das zweistöckige Karussell die ideale Gelegenheit für eine klassische Aufnahme des Eiffelturms – mit einem Karussell im Vordergrund. Sie hielt die Kamera so, dass sie auch ein paar Palmen in der Nähe erfasste, deren Wedel träge in der Brise wehten.

Als Nächstes nahm sie sich das Karussell beim Hôtel de Ville vor, dem Rathaus von Paris. Das abendliche Licht warf harte Schatten auf die hübschen Farbtöne der Paneele, die mit klassischen Szenen bemalt waren. Das kunstvolle Doppeldecker-Karussell ähnelte dem beim Trocadéro, daher stellte Cady sicher, dass das Rathaus als Erkennungszeichen im Hintergrund zu sehen war.

Das kleine Karussell mit dem grünen Dach im Jardin du Luxembourg behauptete, das älteste von Paris zu sein, aus dem Jahr 1879. Die ziemlich heruntergekommenen, verwitterten Tiere, die seit über einem Jahrhundert von Tausenden Kindern geritten worden waren, hatte Charles Garnier entworfen, der Architekt des Pariser Opernhauses. Die Hauptattraktion des Karussells, lernte Cady, während sie zusah, wie das Gefährt sich drehte, war das *jeu de bagues* oder Ringstechen: Kinder, die auf den äußeren Pferden saßen, versuchten im Vorbeifahren, mithilfe von Stöcken blecherne Ringe aufzuspießen. Ein runzeliger älterer Mann lud die Ringe mit einer komplizierten, geübten Bewegung rasch auf alte Holzschäfte.

Jeden Tag, wenn Cady an den Orten, an denen sie fotografierte, zum Mittagessen in ein Bistro oder eine Brasserie in der Nähe ging, versuchte sie, den Kellner in ein Gespräch über Karussells zu verwickeln, aber fast alle schienen hoffnungslos gelangweilt und nicht interessiert an dieser amerikanischen Touristin und ihren Fragen.

Cady ließ sich davon nicht beirren und fand sogar Gefallen an dieser Schroffheit. Sie erschien ihr … *authentisch*. In Oakland war es ihr immer peinlich gewesen, zu ihrem Lebensmittelgeschäft zu gehen, wo die arme Kassiererin gezwungen war, ihren Namen auf dem Beleg zu lesen und

»Danke, Mrs. Drake« zu sagen. Selbst in einem warmen Tonfall geäußert, waren die freundlichen Worte nicht aufrichtig gemeint; Cady stellte fest, dass ihr die eher reservierte Haltung der Pariser lieber war.

Daher blieb sie für sich, erkundete die verwirrenden Kopfsteingassen, fand heraus, wie man Lebensmittel einkaufte, suchte Karussells auf und wechselte möglichst wenig Worte mit den Eltern, die sie um Erlaubnis bat, ihre Kinder bei den Karussellfahrten zu fotografieren.

Und doch, während sie zusah, wie sich die Karussells, jedes neue entzückender als das zuvor, immer und immer wieder im Kreis drehten, spürte Cady, wie sich irgendetwas in ihr veränderte. Sie fühlte sich immer wohler in der Anonymität, die sie empfand, während sie durch die Straßen von Paris schlenderte. Mit jeder neuen Bekanntschaft, mit der sie in ihrem holperigen Französisch mühsam ein Gespräch zustande brachte, fühlte sie sich freier, ein neues Gesicht, einen anderen Aspekt von sich zu zeigen.

Etwa einen Monat nach ihrer Ankunft saß Cady in einem Straßencafé bei einer reichhaltigen Mahlzeit, die ihr von einem effizienten, aber unfreundlichen Kellner serviert worden war, und blickte auf den belebten Platz vor dem Panthéon, als ihr auf einmal bewusst wurde, dass Olivia recht gehabt hatte. Allmählich fühlte sich Cady … wenn nicht glücklich, dann zumindest irgendwie wohl in ihrer Haut. Irgendwie schien ihr normales Auftreten, das die Leute im freundlichen Kalifornien als übermäßig forsch und direkt bezeichneten, hierher zu passen. Vielleicht war es auch nur so, dass sie in der Fremde, wo sie Sprache und Gebräuche nicht wirklich verstand, vieles einfach an sich abperlen ließ, anstatt zu versuchen, jede Kleinigkeit zu analysieren.

Und jeden Abend, wenn sie sich in ihre winzige Wohnung zurückzog, öffnete Cady das geheimnisvolle Kästchen, das sie in Gus gefunden hatte. Immer wieder las sie die handschriftliche Notiz, strich über den seidigen Haarzopf, studierte die hölzerne Rose und die Fotografie der Frau, die geliebt hatte oder geliebt worden war. Oder beides.

Souviens-toi de moi.

Irgendwie schien es wie eine Antwort auf eine Frage, bei der sie nie genau gewusst hatte, wie sie sie stellen sollte.

Kapitel 8

2001
OAKLAND

Cady, 13 Jahre alt

Ihre Kindheit war nicht nur schlecht gewesen. Cady hatte undeutliche, verschwommene Erinnerungen, wie sie auf dem Schoß einer Frau gehalten wurde, die nach Talkumpuder und Mandelhandcreme roch, überlagert von dem leicht säuerlichen Geruch alter Milch. Sie erinnerte sich noch immer an die warme Haut der Frau und das besänftigende Pochen ihres Herzens. Kräftige, dralle Arme umfassten sie wie eine Liebesfessel, die sie niemals loslassen würde.

Und es gab Mrs. Greta mit ihrer tiefen, freundlichen Stimme und ihrem unbekümmerten Lachen. Sie hatte eine Dose mit knallroten Bonbons, die sie verteilte, und brachte die Kinder zum Kichern, wenn sie sagte: »Jetzt stellt euch für eure Vitamine an, Kinder, und esst sie alle schön auf.«

Aber jedes Mal, wenn Cady anfing, sich zu entspannen, zu lernen, wie die Welt funktionierte, und Zuneigung zu jemandem zu entwickeln, wurde sie herausgerissen und in eine andere Situation gebracht. So nannten die Sozialarbeiter die aufeinanderfolgenden Häuser und Wohnungen, denen sie zugewiesen wurde: »Situationen.« Eine Serie von Pflegestellen, dann eine Reihe von Wohngruppen, von einer zur nächsten verlegt aus Gründen, die für sie keinen Sinn ergaben; sie verstand nur, dass sie sich, den Entscheidungsträgern zufolge, »schwer einfügte«.

Cady lernte, sich nicht zu sehr an irgendetwas oder irgendjemanden zu binden, alles, was ihr wichtig war, stets bei sich zu tragen und zwei große schwarze Müllsäcke – ihre »Pflegekind-Koffer« – zum Mitnehmen bereitzuhalten.

Als sie älter wurde, bemerkte Cady die Veränderungen an ihrem Körper, wenn sie in den Spiegel sah. Sie suchte in ihren Zügen nach einem Hinweis darauf, woher sie gekommen war. Sie stellte sich die Augen ihres Vaters in ihrem eigenen offenen, espressobraunen Blick vor; sie fragte sich, ob sie vielleicht den kräftigen Kiefer, das trotzige Kinn ihrer Mutter geerbt hatte. *Sah sie so aus wie irgendjemand anders auf dieser Welt?* Wie wäre es, eine Familienähnlichkeit mit Eltern und Geschwistern, Großeltern, Cousins und Cousinen zu teilen?

Wie wäre es dazuzugehören?

Als Cady in die Pubertät kam, wurde sie reif für eine Wohngruppe und kam auf die Liste wieder einer anderen gestressten Sozialarbeiterin, die sich inzwischen mehr darum kümmerte, ihre Schützlinge vor dem Gefängnis zu bewahren, als darum, ein dauerhaftes Zuhause und eine Familie für sie zu finden.

Die anderen Jugendlichen zogen Cady mit möglichen Geschichten ihrer Herkunft auf: Sie behaupteten, sie sei als Baby vor einer Feuerwache ausgesetzt worden oder ihr Vater sei im Gefängnis gestorben, nachdem er die Vaterschaft bestritten hatte, oder sie sei einer drogensüchtigen Mutter weggenommen worden. Alles, was Cady mit Sicherheit wusste, war, dass es ein juristisches Problem mit der Vaterschaft gegeben hatte, als sie noch sehr klein war, was der Grund war, weshalb sie als Säugling nicht zur Adoption freigegeben werden konnte. Es gab keine nahen Verwandten und keine Möglichkeit, ihre Familie ausfindig zu machen.

Die Akte ist geschlossen, der Fall ist erledigt.

Eine freundliche Bibliothekarin hatte ihr einmal geholfen, ihren Nachnamen zu recherchieren: Drake. Wie sich herausstellte, war es ein relativ häufiger Nachname, daher lieferte er ihr keinerlei Hinweise auf ihre Familie. Aber die Bibliothekarin las, dass er möglicherweise von dem Wort *Drache* abgeleitet war.

Das gefiel Cady. Wenn die Wut in ihr aufwallte, stellte sie sie sich als ihren inneren Drachen vor, ein schuppiges, hässliches Geschöpf, das sich aus ihrem Bauch aufbäumte, rasend vor Zorn über die Ungerechtigkeit von alledem. Sie sah mit gehässigem Neid zu, wie gestresste Eltern ihre Kinder von der Schule abholten, und stellte sich vor, wie ihre Mitschülerinnen zu Müttern und Vätern und Kindermädchen nach Hause gingen, zu ihren Kinderzimmern, die mit rosa Blumen und weichen weißen Tagesdecken dekoriert waren, Zimmern, die zu den Prinzessinnen passten, für die ihre Eltern sie hielten.

Cadys einzige Freundin in der Wohngruppe war ein Mädchen namens Jonquilla, nach der Jonquille benannt, einer winzigen Narzissenart. Sie wurde Jon gerufen – ein paar der Jugendlichen versuchten, sie hinter ihrem Rücken Narzicke zu nennen, aber nachdem sie den Größten dafür verprügelt hatte, hatte sich das erledigt.

Cady erkannte in Jonquilla eine verwandte Seele: ein aufbrausendes, unzufriedenes Geschöpf. Sie fühlte sich zu Jons Wut, ihrer entschlossenen Selbstgerechtigkeit hingezogen. Bald waren sie ein Gespann. Cady hörte auf, mit den jüngeren Teenagern herumzuhängen, und schwänzte stattdessen lieber die Schule und klaute Süßigkeiten in Abdella's Spirituosenladen.

Eines Tages kamen Cady und Jonquilla an einem Laden vorbei, den sie noch nie zuvor gesehen hatte. Sein Name prangte in kräftigen golden glänzenden Buchstaben bogenförmig an der Scheibe.

Ein Karussellpferd, leuchtend rot, blau und gelb bemalt, stand im Schaufenster, seine tänzelnden Beine so positioniert, als sei es eben zum Stehen gekommen. Der Sattel war mit Vergoldungen verziert, und seine silberne Mähne schimmerte in der Nachmittagssonne.

»Hey, sieh dir das an«, sagte Cady zu Jon. »Erinnerst du dich noch an das Karussell im Tilden Park? Warst du mal als Kind da beim Elterntag?«

»Ein paarmal«, antwortete Jon. »Es war lahm.«

»Aber dieses Pferd gefällt mir. Erinnerst du dich noch an das Seeungeheuer im Tilden?«

Jon verdrehte die Augen. »Keine Ahnung. Vielleicht. Ich fand Karussells cool, als ich vielleicht fünf war. Wollen wir in den Park gehen, sehen, ob wir irgendwas klarmachen können?«

»Vielleicht … aber wollen wir uns zuerst diesen Laden hier ansehen?«, fragte Cady. »Wie heißt er überhaupt?«

»›Maxines Schätze‹. Kannst du nicht lesen?«

Hinter dem Karussellpferd entdeckte Cady ein Sammelsurium aus Ölgemälden und Holzmöbeln, goldgerahmten

Spiegeln, seltsamen Puppen und einem altmodischen Plattenspieler. Zu gern wäre sie hineingegangen, aber sie zögerte. Ladeninhaber wussten irgendwie, dass Jugendliche in ihrem Alter, die sich während der Schulzeit auf der Straße herumtrieben, nichts Gutes im Schilde führten. Aber trotzdem …

Cadys Blick verharrte auf dem faszinierenden Durcheinander von Gegenständen, die sich in dem Laden türmten.

»Komm schon, Drake«, drängte Jon.

Cady folgte ihrer Freundin, aber sie konnte nicht aufhören, sich zu fragen: Woher waren all diese Dinge gekommen? Wem hatten sie gehört? Was waren ihre Geschichten?

Eine Woche später erwischte die Angestellte in Abdella's Spirituosenladen Jon auf frischer Tat mit einer Familienpackung M&M's in der Hose.

Cady rannte weg.

Nach zwei Blocks stürzte sie eine Gasse hinunter und umrundete eine Ecke, nur um festzustellen, dass sie vor »Maxines Schätzen« gelandet war.

Voller Angst, jemand aus dem Spirituosenladen könnte ihr auf den Fersen sein, schlüpfte Cady in den Laden. Eine Glocke bimmelte über der Tür.

Hinter der Kasse saß eine alte Frau, die Cady zunickte, als sie eintrat. Ihr Kopf war von einem steif aussehenden Helm aus grau melierten Haaren bedeckt. *Wahrscheinlich eine Perücke*, dachte Cady gehässig. Sie fragte sich, wie die Frau wohl aussehen würde, wenn Cady sie ihr vom hässlichen Kopf reißen würde.

Cady lächelte still vor sich hin, während sie dachte, wie sie Jon mit der Geschichte zum Lachen bringen würde.

Ihr Magen verkrampfte sich. Sie hoffte, dass Jon nicht im Jugendknast landete – was würde Cady ohne ihre einzige Freundin tun? Außerdem würde Jon sauer auf sie sein, weil sie weggerannt war – sie würde vermutlich Prügel kassieren, wenn sie zurückging. Aber Cady hatte ihr schließlich gesagt, dass die Familienpackung zu groß sei, um unbemerkt zu bleiben.

Cady versuchte, sich beiläufig zu geben, während sie sich in »Maxines Schätzen« umsah, als sei es ganz normal für sie, durch schmale Gänge voller Kommoden und Beistelltische, rostiger Werkzeuge, Schachspiele und geschnitzter bemalter Paneele zu schlendern. Ihr Blick fiel auf einen alten Zauberkasten, komplett mit Zauberstab und einem Satz Tarotkarten.

Woher kommen die ganzen Sachen? Alles schien von heimlichen Geschichten, verborgenen Vergangenheiten zu vibrieren.

»Haben diese ganzen Sachen früher mal jemandem gehört?«, fragte Cady die alte Frau von der anderen Seite des Ladens.

Keine Antwort.

»Hey, Lady?«, versuchte Cady es noch einmal, lauter diesmal. »Haben Sie mich nicht gehört?«

»Natürlich habe ich dich gehört.« Die Frau blätterte eine Seite ihrer Zeitschrift um und ergänzte, noch immer ohne aufzusehen: »Aber wenn man ältere Leute anspricht, beginnt man seinen Satz mit ›Entschuldigen Sie, Ma'am‹.«

Cady starrte sie einen langen Moment an, einerseits aufgebracht, andererseits interessiert. Sie verdrehte innerlich die Augen und griff auf einen Satz zurück, den sie einmal gehört hatte, als die Sozialarbeiterin ihrer Wohngruppe darauf bestanden hatte, sie sollten sich die ganze Staffel irgendeiner dämlichen BBC-Serie aus England ansehen: »Entschuldigen Sie, *Ma'am*. Ob Sie wohl so freundlich sein könnten, mir zu sagen, ob all diese Gegenstände gebraucht sind?«

Maxine lächelte und erwiderte ihren Blick. »Wie heißt du, Kind?«

»Cady. Cady Drake.«

»Freut mich, dich kennenzulernen, Cady. Ich bin Maxine. Um deine Frage zu beantworten: Ja, diese Gegenstände haben früher jemandem gehört oder mehreren Leuten, im Laufe der Jahre.«

»Woher haben Sie sie bekommen?«

»Du würdest dich wundern, was die Leute alles wegwerfen. Richtig gutes Zeug«, erwiderte Maxine. Ohne ihren Ton zu ändern, fragte sie: »Wovor läufst du weg, Cady?«

»Nichts«, antwortete Cady. Warum gingen die Leute immer davon aus, dass sie eine Gaunerin war? Stand auf ihrer Stirn etwa »Niemand will mich außer der Polizei« geschrieben? »Vor einer Weile hatten Sie ein geschnitztes Pferd in Ihrem Schaufenster, wie von einem Karussell.«

Maxine nickte.

»Ich wusste gar nicht, dass man so was kaufen kann.«

»Das kann man auch nicht, jedenfalls nicht sehr oft«, erwiderte Maxine. »Das war ein nettes Stück. Es war nicht von einem echten Karussell, nur eine Nachahmung. Trotzdem, an dem habe ich ein hübsches Sümmchen verdient. Das heißt, du suchst eine Karussellfigur?«

»Nein!«, fauchte Cady. Es war schließlich nicht so, dass sie Geld übrig oder auch nur Platz für so etwas hatte. Sie stellte sich vor, wie sie versuchte, ein geschnitztes Karussellpferd in einen ihrer Müllsäcke zu stopfen. Erniedrigend. Die Wut wallte in ihr auf, heiß und heftig, und ihr Magen rumorte.

Sie musste von hier verschwinden. Sie stürzte zur Tür.

»Wiedersehen, Cady«, sagte Maxine. »Danke, dass du vorbeigeschaut hast.«

»Zum Teufel mit Ihnen.«

Kapitel 9

1900
ANGERS
FABRIK VON GUSTAVE BAYOL

Maëlle

Monsieur Bayol bietet Maëlle eine Stellung an, nicht als Lehrling, sondern als Hausangestellte.

Maëlle ist zutiefst enttäuscht, aber da sie obdachlos und ohne finanzielle Mittel dasteht, ist sie nicht in der Lage abzulehnen.

»Meine Frau könnte ein bisschen Hilfe gebrauchen«, sagt Bayol, während er sie zu seinem Haus führt, das an die Karussellfabrik angrenzt. Der Backsteinbau ist nicht besonders hübsch, kaum mehr als eine Reihe kleiner Zimmer, die mit Möbeln und Büchern vollgestopft sind.

Madame Bayol ist eine Frau mit einem breiten Gesicht. Sie seufzt, ohne zu lächeln, als Bayol ihr das »neue Mädchen« vorstellt. Maëlle streicht noch einmal ihre Röcke glatt, in der Hoffnung, vorzeigbar auszusehen; sie hat sich nicht mehr in einem Spiegel gesehen, seit sie vor mehr als vierundzwanzig Stunden ihr Zuhause verlassen hat.

»Achte nicht auf sie«, sagt Monsieur Bayol zu Maëlle. »Meine Frau ist der Ansicht, dass ich zu viel arbeite. Vielleicht werde ich meine berühmte Karussellfabrik eines Tages schließen und kleine Spielzeuge für Kinder herstellen«, sagt er neckend. »Ich werde meinen Betrieb an Monsieur Coquereau oder Monsieur Chailloux verkaufen. Oder vielleicht wird Monsieur Maréchal ihn mir abnehmen.«

»Du sagst das im Scherz«, wirft Madame Bayol ein, »aber genau das solltest du tun.«

Er lacht und lässt die beiden Frauen im Salon allein, jede aus ihren eigenen Gründen enttäuscht.

»Er ist ein törichter Mann«, murmelt Madame Bayol. »Wie die meisten Männer. Komm mit.«

Madame Bayol führt Maëlle in ein kleines Zimmer abseits der Küche. Es ist mit einem schmalen Bett, einem geflochtenen runden Teppich und einer niedrigen Kommode eingerichtet, auf der ein Krug und ein Nachttopf stehen.

»Hier kannst du deine Sachen lassen«, erklärt Madame Bayol. »Wasch dich, und dann wirst du mir helfen, das Mittagessen zuzubereiten. Die verheirateten Arbeiter gehen nach Hause, um mit ihren Frauen und Familien zu essen, aber die anderen essen hier.«

Ein Topf Suppe köchelt auf dem Herd, und in einer gusseisernen Terrine, noch heiß vom Ofen, liegt ein Stück Rindfleisch, umgeben von grünen Bohnen, Kohl und Kartoffeln. Madame Bayol weist Maëlle an, ein Stück Fleisch in jeden der tiefen Teller zu legen und es dann mit Brühe zu übergießen. Maëlle knurrt der Magen, während die Düfte aufsteigen und ihre Nase kitzeln. Seit dem Schinkenbaguette im Zug hat sie nichts mehr gegessen.

Madame Bayol stellt ein Brett mit Brot und Käse auf den Tisch und befiehlt Maëlle, zwei Flaschen Wein aus dem Keller zu holen.

Die Männer kommen der Reihe nach herein und ziehen ihre Jacken an, um anständig auszusehen, bevor sie sich zu ihrem Mittagsmahl setzen. Maëlle schenkt Wein ein. Obwohl die Männer sich das Sägemehl und Schmierfett von Händen und Gesichtern gewaschen haben, erfüllt der Geruch von männlichem Schweiß die Luft.

Nachdem den acht Männern aufgetischt wurde, fordert Madame Bayol Maëlle auf, sich zu ihr an ein Ende des Tischs zu setzen. Ein paar Arbeiter sehen noch jünger aus als Maëlle. Von Zeit zu Zeit werfen sie einen verstohlenen Blick auf sie, aber niemand spricht sie direkt an. Die jüngeren Männer essen schweigend und überlassen die Unterhaltung den älteren. Maëlle schnappt einige ihrer Namen auf. Sie braucht nicht lange, um zu begreifen, dass Monsieur Coquereau, der leitende Zimmermann, ein Spaßvogel ist: Er lacht und scherzt während der ganzen Mahlzeit. Monsieur Chailloux ist still, in Gedanken woanders, vermutlich bei seinen Entwürfen für künftige Karussells. Monsieur Maréchal, der Vorarbeiter, ist ernst und streng und sitzt gebeugt am Tisch, auf sein Essen konzentriert.

Aber Maëlles Blick wandert immer wieder hinüber zu Léon Morice. Er sitzt zur Rechten seines Meisters, und während der Mahlzeit sucht Bayol mehrmals den Rat seines Lehrlings zu verschiedenen Aspekten ihrer Arbeit: ob sie den vorgezogenen Termin für die Lieferung eines Karussells nach Nizza einhalten können werden und ob es möglich ist, in der Figur einer Kuh zusätzlichen Platz für einen Blasebalg zu schaffen, damit das Tier ein muhendes Geräusch macht, wenn es sich bewegt.

Nachdem die Männer aufgegessen haben, räumen Maëlle und Madame Bayol die Teller rasch ab und kochen Kaffee.

Ein dankbares Gemurmel wird laut, als Madame Bayol jedem der Männer ein schmales Stück Kirschtorte, mit süßer Sahne beträufelt, serviert.

»Ich möchte euch von einem neuen Auftrag in Kenntnis setzen«, wendet sich Monsieur Bayol an seine Angestellten. Er zieht einen cremefarbenen Bogen Briefpapier aus der Brusttasche seiner Jacke und hält ihn hoch, wedelt theatralisch damit. »Ich habe ein Auftragsschreiben von einem Monsieur Yves Clément erhalten, Besitzer eines Landhauses nicht weit von Avignon.« Bayol schiebt die Lesebrille auf seinem Nasenrücken hoch und liest laut: *»Ich wünsche, ein Karussell mit Schweinen, Hunden, Katzen, Pferden und Kaninchen für meine geliebte Frau Joséphine anlässlich unseres fünften Hochzeitstages in Auftrag zu geben. Wir erwarten sehnsüchtig den Zuwachs unserer Familie und hoffen, die Säle von Château Clément mit dem Gelächter von Kindern zu erfüllen. Ein Karussell aus dem berühmten Hause Bayol wird die perfekte Ergänzung für unser historisches Château sein.«*

Überall am Tisch wird genickt und gemurmelt.

»Ich habe meinen Anwalt angewiesen, Erkundigungen zu den Geschäften der Familie einzuholen«, fährt Bayol fort. »Aber ich denke, dass das Clément-Karussell tatsächlich eine großartige Gelegenheit sein wird.«

Die Männer knurren zustimmend, während sie quietschend ihre Stühle vom Tisch zurückschieben. Sie unterhalten sich aufgeregt und bedanken sich bei Madame Bayol fürs Mittagessen, hängen ihre Jacken auf und gehen der Reihe nach aus der Küche, um zu ihrer Arbeit zurückzukehren.

Maëlle sieht ihnen nach. Sie sehnt sich danach, im Atelier mit ihnen zu arbeiten. Stattdessen wendet sie sich dem Abwasch zu. Als die beiden Frauen allein in der Küche sind, fragt sie Madame Bayol: »Ist dieses ›Clément-Karussell‹ ein privater Auftrag?«

»Ja. Das ist selten, aber es kommt vor.«

»Es ist schwer vorstellbar, dass eine Familie ein Karussell bestellt. Sie muss sehr wohlhabend sein.«

»Vielleicht nicht wohlhabend genug«, antwortet Madame Bayol, während sie Mehl von ihrem Backbrett schabt. Stolz schwingt in ihrer Stimme mit, als sie hinzufügt: »Mein Ehemann ist ein wahrer Meister. Mit seinem Talent erzielt er die höchsten Honorare in ganz Frankreich. Vielleicht hat diese Familie nicht genug Geld. Deshalb beauftragt er seinen Anwalt, Erkundigungen einzuholen. Einen Auftrag wie diesen darf man nicht auf die leichte Schulter nehmen.«

»Aber sie besitzen ein Château.«

»Viele Châteaus sind im Besitz von Familien mit schwindendem Vermögen«, erklärt Madame Bayol kopfschüttelnd, während sie das übrig gebliebene Mehl in einen Behälter schüttet. »Nach den Kriegen und bei der wirtschaftlichen Lage unserer Dritten Republik … haben sich die Dinge verändert. Die Familien dort sind jetzt Kaufleute und Bauern, nicht mehr der alte Adel. Tatsächlich haben viele ihre Châteaus in letzter Zeit von dem vertriebenen Adel gekauft, ohne sich darüber im Klaren zu sein, wie viel der Unterhalt kostet.«

Maëlle hat noch nie über solche Dinge nachgedacht. Am Rande ihres Heimatdorfs Cancarneau gab es ein Château; es hieß, dass eine *vicomtesse* dort lebte, eine einsame alte Frau, deren Adelstitel die Revolution überlebt hatte. Maëlle ist oft daran vorbeigegangen, hat die verblichenen

Vorhänge in den Fenstern und das Unkraut in der Auffahrt bemerkt, ist aber immer davon ausgegangen, dass es sich dabei um vornehme Schönheitsfehler handelte, Hinweise auf eine Art diskreten Reichtum, den jemand in ihrer Position nie wirklich verstehen würde.

Unnötig zu erwähnen, dass die Tochter des Möbeltischlers nie dorthin eingeladen wurde.

Im Laufe der Woche lernt Maëlle mehr über das Karussellbaugeschäft, indem sie den Diskussionen beim Mittagessen zuhört und den Gesprächen der Männer lauscht, während sie die Atelierfenster putzt und das Sägemehl auf dem Boden zusammenfegt. Es ist faszinierend, und sie hat genug zu essen und einen warmen Platz zum Schlafen, aber sie sehnt sich danach, an der Seite der Schnitzer und Maler zu arbeiten und etwas erschaffen zu dürfen. Sie weiß, dass sie es kann.

Sie ist begeistert, als Monsieur Maréchal ihr zeigt, wie man Gesso herstellt, die dicke weiße Grundierfarbe, mit der das Holz der Karussellfiguren versiegelt wird, bevor Pigmente und Blattmetall aufgetragen werden. In einem Wasserbad vermengt sie bernsteinfarbene Flocken aus Hasenleim, Schlämmkreide und Knoblauchzehen und rührt die Masse immer wieder um, damit sie nicht anbrennt.

Madame Bayol schreit auf und reißt die Fenster auf, als der Gestank die Küche erfüllt, aber für Maëlle riecht es nach Fortschritt.

Jedes Mal, wenn sie die Fabrik putzt, sieht sie zu und lernt.

Als Erstes wird Monsieur Chailloux' Entwurf vom Meister abgesegnet. Dann wird eine lebensgroße Zeichnung der

Figur – ein Esel, ein Pferd, eine Katze – auf Papier skizziert und an die Wand geheftet. Danach wird der Entwurf auf große Holzplatten, nur etwa einen Zoll dick, übertragen. Nachdem sie entsprechend den Vorgaben zugeschnitten wurden, werden sie aneinandergefügt und mit einer Schraubzwinge zusammengehalten, bis der Leim getrocknet ist. Erst dann beginnt die Schnitzarbeit: Léon und die anderen Lehrlinge erledigen den Großteil der Vorarbeit; sie schnitzen große Teile überschüssigen Holzes weg und überlassen die grob modellierte Form der Kunstfertigkeit des Meisters.

Es ist ein magischer Anblick, wie Monsieur Bayol seine entzückenden Figuren heraufbeschwört und über Stunden, Tage, Wochen hinweg schneidet und schnitzt und glättet.

Danach werden alle Fugen mit Spachtelmasse gefüllt und sorgfältig geschmirgelt, und der Meister legt den letzten Schliff an. Schließlich wird die Figur mit mehreren Schichten Gesso vollständig bedeckt, wobei jeder neue Auftrag mit immer feinerem Schmirgelpapier, Bimsstein und Kalksteinmehl geglättet und poliert wird.

Die schimmernden reinweißen Geschöpfe sind so entzückend wie jede aus Stein gehauene Skulptur. Sie erinnern Maëlle an prächtige Statuen, die sie auf öffentlichen Plätzen in Angers gesehen hat. Es scheint fast schade, Farbe aufzutragen.

Aber schließlich werden die Geschöpfe mit bunten Pigmenten und glänzender Vergoldung, Rosetten und Juwelen und Messingdetails zu skurrilem Leben erweckt.

Maëlle beobachtet voller Neid die jüngeren Arbeiter. Nicht einer von ihnen ist so geschickt wie sie. Bald trifft sie eine Entscheidung: Sie ist nicht den ganzen Weg hierhergekommen, um in der Küche zu bleiben. Sie beginnt spätabends, nachdem der Meister und seine Frau zu Bett gegangen sind, in die Fabrik zu schleichen. Sie nimmt sich Holzklötze vom Abfallhaufen, um ihre Kreationen zu schnitzen: Rosen und winzige Kühe und Schweine. Sie schnitzt und schabt, schmirgelt und ölt oft stundenlang. Dann lässt sie ihre Werke auf Monsieur Bayols Schreibtisch stehen, damit er sie am nächsten Morgen findet.

Aber erst als sie beginnt, die Tiere mit Farbe zu bemalen, nimmt Monsieur Bayol sie eines Tages nach dem Mittagessen beiseite und sagt: »Diese kleinen Spielzeuge, die du gefertigt hast, sehen abscheulich aus, aber sie sind vielversprechend.« Er spielt mit seinem Schnurrbart, scheint einen langen Moment über irgendetwas nachzugrübeln und ergänzt schließlich: »Ich fürchte, der junge Theodore wird seiner Aufgabe nicht gerecht; er besitzt nicht das nötige Feingefühl für die endgültige Bemalung. Du wirst künftig nicht mehr nur meiner Frau behilflich sein, du wirst auch lernen, die Farben richtig zu verwenden. Vielleicht kann die Hand einer Frau doch zu irgendetwas nütze sein. Hast du schon mal vergoldet?«

»Ich … Nein, es tut mir leid, Monsieur«, erwidert Maëlle. »Ich habe noch nie vergoldet. Aber ich bin sehr lernwillig.«

Er kichert. »Ja, Mademoiselle. Das ist nicht zu übersehen.«

Kapitel 10

GEGENWART
PARIS

Cady

Während Cady die Karussells, die sie fotografierte, nach und nach von ihrer Liste abhakte, begann sie sich zu fragen, wie viele es in der Stadt des Lichts tatsächlich gab, aber weder eine Internetrecherche noch die Karussellangestellten, die sie befragte, konnten ihr eine konkrete Zahl nennen. Der Mann in dem Eckladen bei ihrer Wohnung schlug ihr vor, dem Musée Carnavalet, einem Museum, das der Pariser Geschichte gewidmet war, einen Besuch abzustatten.

Sie fand das Museum auf dem anderen Ufer der Seine in dem charmanten Marais-Viertel, wo es zwei benachbarte Stadthäuser einnahm: das Hôtel Carnavalet und das ehemalige Hôtel Le Peletier de Saint-Fargeau.

Eine Museumsangestellte verwies Cady an das Büro einer Frau in den Fünfzigern namens Madame Martin.

»*Bonjour, madame.*« Cady legte ihre Visitenkarte auf den Schreibtisch. »Ich fotografiere Pariser Karussells für einen Verlag in San Francisco.«

Die Frau blickte unbeeindruckt. Madame Martins Haare waren zu einem ordentlichen Bob geschnitten, nicht unbedingt schick – jedenfalls nicht nach Pariser Maßstäben –, und in einem glänzenden Stahlgrau, das zu gleichförmig war, um natürlich zu sein. Sie trug klobigen, handgemachten Schmuck: große Ohrringe und eine breite Kette, die ein Statement – »Ich bin hier« – abzugeben schienen.

Ihr Ausdruck ärgerlicher Ungeduld schreckte Cady nicht ab; sie war es gewohnt, das lästige Kind zu sein. Als sie dreizehn war, hatte sie einmal heimlich einen Blick in ihre Akte geworfen und gesehen, dass mehrere Sozialarbeiter sie als »sozial unbeholfen/mögliche Störung« bezeichnet hatten. Cady war keineswegs beleidigt gewesen, sondern vielmehr erleichtert zu wissen, dass sie tatsächlich irgendetwas an sich hatte, was die Leute abstieß. Diese Unbeholfenheit ließ nach, als sie älter und besser sozialisiert wurde, aber sie hatte sich nie wirklich gelegt.

Aber Cady nahm an, dass sich viele Amerikaner in Gesellschaft der weltgewandten Pariser unbeholfen fühlten. Es war tröstlich zu wissen, dass sie wenigstens in dieser Hinsicht dazugehörte.

»Ja, ja. Was möchten Sie wissen?«, drängte Madame Martin sie.

»Ich habe mehrere Fragen.«

»Asseyez-vous«, sagte sie, und Cady setzte sich. Madame Martin faltete die Hände auf dem Schreibtisch und starrte Cady aufmerksam an. Sie erinnerte sie an Mrs. Ulmer, eine ihrer Sozialarbeiterinnen vor vielen Jahren. Ohne ein Lächeln, aber nicht unfreundlich.

»Wie viele Karussells gibt es in Paris?«

Madame Martin zog die Augenbrauen hoch. »Das kann niemand sagen. Nicht alle sind ständig hier, manche werden nur für Festivals oder Feiertage hergebracht. Die berühmten sind bekannt: am Trocadéro, am Eiffelturm, am Hôtel de Ville …«

»Ja, die habe ich bereits fotografiert«, warf Cady ein. »Sie sind wunderschön. Ich interessiere mich insbesondere für den Karussellschnitzer Gustave Bayol. Kennen Sie sein Werk?«

»Aber natürlich! Gustave Bayol ist der berühmteste Karussellschnitzer Frankreichs. Es gibt in Paris mindestens zwei Karussells von ihm, ich glaube, eines steht im Jardin du Ranelagh und das andere im Bois de Vincennes.«

»Diese beiden habe ich noch nicht gesehen, aber sie stehen auf meiner Liste.« Tatsächlich hatte Cady sie gemieden. Das Gefühl, von ihrem geschnitzten Kaninchen verraten worden zu sein, war noch immer frisch. Es war lächerlich, das wusste sie. Und doch … »Ich habe eine Tierfigur, von der ich immer dachte, sie sei ein Bayol.«

»Tatsächlich?« Madame Martins Neugier schien geweckt.

Cady zückte ihr Portfolio, legte es vor der anderen Frau auf den Tisch und klappte es auf.

Die Fotos von Gus, dem Kaninchen, waren Hochglanzaufnahmen im 20 x 25-Format. Manche waren in Farbe, andere schwarz-weiß, ein paar Nahaufnahmen, andere aus größerer Entfernung aufgenommen, um ein Gefühl von Perspektive zu vermitteln. Gus war eines von Cadys ersten und liebsten Modellen gewesen. Sie hatte mit verschiedenen Linsen und Filtern experimentiert, um unterschiedliche Effekte zu erzielen: Auf einigen Fotos war Gus leicht verzerrt, während auf anderen Lichtstreifen oder -kugeln zu sehen waren, die an den Rändern der Figur zu tänzeln schienen.

»Ich bin keine Expertin«, murmelte Madame Martin, während sie eine Fotografie nach der anderen betrachtete, »aber für mich sieht es aus, als stammt das hier aus derselben Epoche, als hätte jemand im Stil von Bayol geschnitzt.«

Cady nickte. »Das hat man mir auch gesagt. Ich hatte gehofft, dass der Mann sich täuschte.«

»Diese zarten Maiglöckchen hier, sehen Sie?« Madame Martin zeigte auf die Fotos, während sie sich allmählich für das Thema erwärmte. »Das ist etwas, was wir bei Bayol nicht erwarten würden. Er war kein Mann für ausgefallene Details. Natürlich, Bayol hatte viele Lehrlinge. Léon Morice war der berühmteste – er wurde später selbst ein bedeutender Bildhauer.«

»Könnte es sein, dass dieses Kaninchen von Morice geschnitzt wurde?«

Sie schüttelte den Kopf. »Wie fast alle Meister hat auch Bayol seine Lehrlinge vielleicht an der Struktur der Tiere arbeiten oder sie die grobe Form hauen lassen oder ihnen vielleicht einen Teil der abschließenden Bemalung und Vergoldung übertragen. Aber die erhöhten Details hätte er selbst vollendet. Sie waren seine Signatur.«

»Vielleicht hat einer seiner Lehrlinge später irgendwo anders als Bildhauer gearbeitet?«

»Nachdem Bayol sich zur Ruhe gesetzt hatte und nur noch Holzspielzeuge für Kinder schnitzte, übernahmen Morice und zwei andere Männer, der leitende Zimmermann und der Vorarbeiter, seine Fabrik in Angers. Sie bauten weiterhin Karussells, aber ihre waren weitaus ausgefallener. Eher im Stil der barocken Karussells wie der Doppeldecker beim Hôtel de Ville. Für sie wäre Ihr Kaninchen nicht ausgefallen genug gewesen.«

»Oh.«

»Außerdem kann ich nirgends eine Plakette oder ein Wappen sehen. Alles aus der Bayol-Fabrik trägt eine Plakette, um feststellen zu können, ob es unter Bayol oder von denen, die später seine Fabrik aufkauften, gefertigt wurde.«

Cady nickte. »Ich habe noch eine andere Frage. Mein Kaninchen ... ist umgefallen und zerbrochen, und ich habe das hier darin gefunden.«

Cady reichte ihr die alte Fotografie, die sie in eine Plastikhülle gesteckt hatte. Madame Martin zog eine Augenbraue hoch.

»Das war *in* dem Kaninchen?«

»Ja. Da war ein Kästchen, wie eine ... ›Zeitkapsel‹.« Cady wusste das französische Wort dafür nicht, daher sagte sie es auf Englisch.

Madame Martin nickte. »Ein Geheimnis aus einer anderen Zeit. Wie aufregend.«

Cady sah zu, wie die Frau das Foto studierte. »Offenbar wurde es um die Wende zum zwanzigsten Jahrhundert aufgenommen, richtig?«

»O ja«, bestätigte Madame Martin. »Und das hier war das einzige Foto in dem Kästchen?«

Cady nickte. »Zusammen mit einer Notiz, die lautete: ›*Je t'aime toujours, et encore. Souviens-toi de moi.*‹«

»Wie süß. Vielleicht hat sich ja ein Hobbyschnitzer in das Dienstmädchen auf der Fotografie verliebt und das Tier für sie geschnitzt.«

»Vielleicht«, meinte Cady. »Aber sehen Sie hier? Sie steht vor einem Karussell.«

Madame Martin zückte eine Lupe, um das Foto und den

Stempel genauer zu untersuchen. »Château Clément ...? Das ist ja seltsam.«

»Sie kennen es?«

»Allerdings«, nickte sie. »Die Familie meines Mannes stammt aus dieser Gegend. Das ist in der Provence, nicht weit von Avignon.«

»Ich habe versucht, es zu recherchieren, aber ich konnte keinerlei Informationen darüber im Internet finden.«

»Das wundert mich nicht. Das Château befindet sich noch immer im Privatbesitz und ist verfallen.«

»Sie meinen also, das Foto könnte von einem Studio in dieser Gegend stammen?«

»Das ist es ja, was mir so seltsam erscheint: Nach dem Stempel würde ich vermuten, dass dieses Foto vom Besitzer des Châteaus, einem Monsieur Yves Clément, aufgenommen wurde, der um die Wende zum zwanzigsten Jahrhundert lebte und arbeitete.«

»Clément hatte ein Fotostudio?«

»Aber nein, natürlich nicht. Er war ein Gutsherr, er musste nicht für seinen Lebensunterhalt arbeiten. Aber er war ein leidenschaftlicher Hobbyfotograf und hat den Fotos sogar seinen Stempel aufgedrückt, wenn er sie entwickelt hat, wie Sie hier sehen können. Aber im Allgemeinen sind seine Arbeiten sehr kunstvoll. Das hier scheint mir nicht typisch für ihn zu sein.«

»Sind seine Fotografien bekannt?«

Auf Madame Martins schweren Kupferohrringen spiegelte sich das Deckenlicht, als sie den Kopf schüttelte. »Wie ich bereits sagte, ich kenne ihn über meinen Mann. Ein entfernter Cousin hat mehrere von Yves Cléments Fotografien zusammengetragen und sich wegen einer möglichen Ausstellung an das Museum gewandt, aber da unser Schwerpunkt auf der Stadt Paris liegt, habe ich ihm vorgeschlagen, es woanders zu versuchen.«

»Könnte es sein … Ich meine, wenn es Yves Clément war, der dieses Foto aufgenommen hat … und es zusammen mit einer Liebesbotschaft in das Kaninchen gelegt wurde …?«

Madame Martin zog wieder die Augenbrauen hoch. »Wollen Sie damit andeuten, der Herr des Hauses sei in diese junge Frau verliebt gewesen?«

»Ich nehme an, das wäre ziemlich weit hergeholt. Aber … wie sonst sollte er ausgerechnet mit meinem Kaninchen zusammenhängen?«

»Ich kann Ihnen nicht helfen, dieses Rätsel zu lösen«, erwiderte Madame Martin, während sie zum Telefon griff und begann, Nummern durchzuscrollen. »Aber ich kenne jemanden, der Ihnen vielleicht weiterhelfen könnte. Sein Name ist Jean-Paul Mirassou.«

»Johannes Paul? Ist das nicht der Name eines Papstes?«

»Das stimmt«, sagte Madame Martin, während sie zu wählen begann. »Aber es ist auch der Name vieler Franzosen.«

Sie sprach am Telefon so schnell Französisch, dass sie wie ein wütendes Maschinengewehr klang. Cady versuchte gar nicht erst, ihren Worten zu folgen. Madame Martin nickte, dann legte sie auf. »Heute Nachmittag um drei. Er wird Sie treffen.«

»Jean-Paul? Er wird mich treffen? Warum?«

Madame Martin zuckte die Schultern. »Ich habe ihn gebeten, sein Wissen über das Château mit Ihnen zu teilen. Er schuldet mir einen Gefallen.«

»Ich … Na ja, vielen Dank nochmals. Und da sagen alle, die Pariser seien so unhöflich.« Cady wand sich, sobald ihr die Worte herausgerutscht waren, sie sollte so etwas nicht sagen.

Aber Madame Martin lächelte nur. »Wir sind nicht unhöflich. Wir sind kritisch. Wie dem auch sei, ich kann natürlich nicht für alle Pariser sprechen. Ich stamme aus Nantes, und Jean-Paul ist aus der Provence. Aber nach meiner Erfahrung lieben die Leute in der Provence ein gutes Geheimnis. Jean-Paul sagt, dass er Sie im Café des Musées treffen wird. Das ist nicht weit von hier.«

Das Café des Musées war typisch Paris: Die glänzende rot getäfelte Fassade zierten Markisen und Bogenfenster, und auf kleinen Kreidetafeln stand das Menü des Tages, in einer kunstvollen und typisch französischen Handschrift verfasst. Trotz des eher kühlen Aprilnachmittags waren die kleinen Tische im Freien von Rauchern besetzt, die unter großen Heizstrahlern beisammensaßen.

Als sie sich der Tür näherte, fiel Cady ein, dass sie keine Ahnung hatte, wie Jean-Paul Mirassou überhaupt aussah oder wie alt er war, und dass sie auch sonst nichts über ihn wusste. In dem Restaurant war die Hälfte der Tische von Frauen und Männern jeden Alters besetzt, von denen viele allein dasaßen.

Während sie die Menge absuchte, fing ein Mann ihren Blick auf und erhob sich. Er schien in den Dreißigern zu sein, gut aussehend, mit wirren hellbraunen Haaren, sherryfarbenen Augen und einem dichten Bartschatten.

»Sie sind die Amerikanerin, von der Madame Martin mir erzählt hat?«, fragte er auf Englisch. »Cady?«

»Ja. Jean-Paul? Vielen Dank, dass Sie sich mit mir treffen. Das ist sehr nett von Ihnen.«

Er beugte sich zu ihr vor und küsste sie erst auf die eine Wange, dann auf die andere. Jean-Paul roch nach frisch gewaschener Kleidung, mit einem winzigen Hauch von Tabak, und sein Backenbart kitzelte ihre Wange. Nachdem sie viele Stunden als Fotografin an der französisch-amerikanischen Schule gearbeitet hatte, war Cady mit der traditionellen französischen Begrüßung vertraut, empfand sie aber dennoch als unangenehm intim.

»Woher wussten Sie, dass ich Cady bin?«, fragte sie auf Französisch, während sie sich setzte.

»Sie sind sehr … amerikanisch.«

»Wegen der Jeans?«

»Absolut nicht. Viele Pariserinnen tragen auch Bluejeans, ist Ihnen das noch nicht aufgefallen?«

Das war es nicht. »Weswegen denn dann?«

»Wegen der Art, wie Sie gehen«, antwortete er auf Englisch, während er dem Kellner ein Zeichen gab.

»Nous pouvons parler en français, si vous préférez«, bot Cady an.

»Wenn es Ihnen nichts ausmacht, würde ich mich lieber auf Englisch unterhalten«, erwiderte er. »Das ist eine gute Übung für mich. Andernfalls wird mein Englisch, wie sagt man, einrasten.«

»Einrosten. Wollten Sie etwa sagen, dass ich seltsam gehe?«

Er schien bestürzt von ihrer Reaktion. »Nein, nein, nur auf eine sehr amerikanische Art. Es ist schwer zu beschreiben. Es ist … eher wie ein Mann.«

»Hm.«

»Aber ich habe das natürlich nur im positivsten Sinn gemeint.«

Cady war nicht die Einzige, die kulturelle Klischees pflegte. Jean-Paul trug einen Schal und ein, wie es aussah, Kaschmirjackett. Er hatte mit einem Füllfederhalter in ein Notizbuch geschrieben, und eine zerknautschte lederne Kuriertasche lag zu seinen Füßen. Er sah schlampig und sehr gepflegt zugleich aus, was, fand Cady, ein angeborenes – und einzigartig – französisches Talent sein musste. Das Einzige, was in dem Gesamtbild fehlte, war eine Zigarette.

Der Kellner kam. Cady, nicht sicher, was sie bestellen sollte, bat um das Gleiche, was Jean-Paul trank. In seinem Glas befand sich eine hübsche, leuchtend orangerosa Flüssigkeit.

»Das ist Campari. Kennen Sie das? Es ist ein Aperitif«, sagte Jean-Paul und hielt ihr sein Glas hin. »Möchten Sie kosten?«

»O nein«, lehnte sie ab. »Danke.«

»Les deux«, sagte Jean-Paul, und der Kellner verschwand.

»Nun, Madame Martin hat mir erzählt, dass Sie ein Experte für frühe Fotografie sind«, begann Cady. Insgeheim dachte sie unwillkürlich, dass Jean-Paul überhaupt nicht nach einem Experten aussah; genau wie Mr. Scott Ripley, der Experte, der ihre Träume, Gus zu Geld zu machen, zerschlagen hatte. Sie hatte sich Gutachter immer so vorgestellt, wie man sie vielleicht in einem Hollywoodfilm sehen würde: alte Männer mit wallenden weißen Haaren, buschigen Brauen und einer dicken Brille, die ihr Leben lang Wissen angehäuft hatten.

Stattdessen sah Jean-Paul eher wie ein Dichter aus – ein

europäischer Dichter –, der seine Tage damit verbrachte, Kaffee zu trinken, Kette zu rauchen und in sein Tagebuch zu schreiben, bis die Sonne unterging und es Zeit war, zum Absinth überzugehen.

»Ich bin kein Experte.«

»Aber Madame Martin sagte …«

Er tat ihren Einwand mit einer Handbewegung ab und schenkte ihr ein halbes Lächeln. »Madame Martin spielt gern die … wie sagt man? *Kupplerin.*«

Der Kellner kam und stellte ihr ein Glas Campari hin, garniert mit einer Zitronenscheibe. Cady befürchtete, dass ihre Wangen ebenso rosa waren wie der Aperitif.

»Ähm … warum haben Sie sich denn dann bereit erklärt, sich mit mir zu treffen?«

Jean-Paul grinste. »Vielleicht war ich auf ein Rendezvous aus.«

»Das … ist doch völlig unlogisch.« Als Erwachsene hatte Cady Frieden mit ihrem Aussehen geschlossen. Sie hatte ausgeprägte Wangenknochen, fordernde dunkelbraune Augen und glatte fast schwarze Haare. Obwohl sie immer so geschmeidig und zierlich sein wollte wie die Heldinnen in den Büchern, die sie verschlang, war sie alles andere als das; sie hatte breite Schultern und kräftige, fähige Hände. Olivia hatte einmal gesagt, sie hätte ein »starkes« Aussehen, »eher Meryl Streep als naives Mädchen«. Cady wusste nur, dass sie nicht der Typ war, der Männern den Atem verschlug.

»Jedenfalls«, fuhr Jean-Paul fort, ohne den Blick von ihr abzuwenden, »Madame Martin ist für mich wie eine Mutter. Und man muss tun, was die eigene Mutter sagt, oder? Wie schmeckt Ihnen der Campari?«

Cady nahm einen Schluck und behielt die Flüssigkeit für einen Moment im Mund. Es war erstaunlich: Nach der Farbe hatte sie erwartet, dass der Drink süß sein würde, aber tatsächlich war er süß und bitter zugleich. Als sie den Blick hob, sah sie, dass Jean-Paul sie vorsichtig beäugte.

»Was denn?«, fragte sie. Sie fuhr sich mit einem Finger über die Lippen, für den Fall, dass irgendetwas an ihrem Mund klebte.

»Nichts«, antwortete er mit einem leichten Lächeln, ohne den Blick von ihrem Gesicht abzuwenden. »Schmeckt er Ihnen?«

Sie nickte.

»Nun«, sagte Jean-Paul, »Madame Martin erwähnte, dass Sie sich für die Fotografien meines Großonkels interessieren.«

»Augenblick – Yves Clément war Ihr Großonkel?«

»Er war der Bruder des Großvaters meines Großvaters – ich bin kein Genealoge, daher bin ich mir nicht sicher, wie die genaue Bezeichnung lautet. Ist das wichtig?«

»Nein. Mir war nur nicht bewusst, dass Sie ein Verwandter sind. Madame Martin sagte nur, dass Sie aus einem Dorf in der Nähe von Château Clément stammen.«

»Es ist ein kleines Dorf, wissen Sie, daher sind viele von uns irgendwie miteinander verwandt. Meine Familie lebt schon sehr lange in dieser Gegend, und mein Urgroßvater hatte zehn Kinder mit zwei verschiedenen Frauen, daher gibt es viele Abkömmlinge.«

»Und das Dorf ist in der Nähe von Avignon, richtig?«

»Ja. Es heißt Saint-Véran, nach dem Mann, der an einer nahe gelegenen Quelle einen Drachen getötet haben soll.«

»Wann war das denn?«

»Vor so langer Zeit, dass es damals noch Drachen gab.«

Cady nahm noch einen Schluck. Sie spürte, wie sie sich allmählich entspannte, und fragte sich, ob es an dem Campari oder an Jean-Paul lag, dass sie sich so wohlfühlte. Es war … nett.

»Ich verstehe euch Franzosen einfach nicht«, meinte sie, »mit eurem Brot und euren Aperitifs und eurer … *Geschichte*.«

Jean-Paul kicherte. »Euer Volk hat keine Geschichte?«

»O doch, natürlich. Nur nicht so viel und mit Sicherheit keine Drachen. Ich bin aus Kalifornien, und ein Großteil unserer Geschichte dreht sich darum, dass Leute anderen Leuten ihr Land gestohlen und nach Gold gegraben oder Halbleiter gebaut haben. Wohingegen es hierzulande immer noch als erwähnenswert gilt, wenn irgendjemand vor vierhundert Jahren einen Straßennamen geändert hat.«

»Na ja«, meinte Jean-Paul, »ein langes Gedächtnis ist nicht immer etwas Gutes, glauben Sie mir. Ich bewundere den Innovationsgeist der Amerikaner.«

»Dazu gehöre ich nicht. Ich bin eine Fotografin vom alten Schlag. Die grundlegende Technik von Kameras und Fotoentwicklung hat sich im Laufe des letzten Jahrhunderts kaum verändert.«

»Ah ja, zurück zu Yves Clément. Was kann ich Ihnen über ihn sagen?«

Cady zückte die sepiafarbene Fotografie der Frau und legte sie vor ihn hin. Er zog eine Augenbraue hoch, dann beugte er sich vor und nahm sie in die Hand.

»Das ist eindeutig Yves Cléments Stempel«, sagte er. »Wo haben Sie das gefunden?«

»In meinem Kaninchen.«

»Pardon?«

»In meinem Kaninchen. Keinem echten natürlich. Einer Karussellfigur. Darin war ein Kästchen versteckt.«

»Einer Karussellfigur? In den Vereinigten Staaten?«

Sie nickte. Sein Blick verharrte einen langen Moment verwirrt auf ihr, bevor er zu der Frau auf der Fotografie zurückkehrte.

»Es wäre sehr ungewöhnlich für Yves Clément gewesen, ein solches Foto aufzunehmen.«

»Warum?«

»Es sieht ziemlich amateurhaft aus, ein bisschen schief. Außerdem hat er selten gestellte Porträts gemacht – die einzigen, die ich gesehen habe, zeigen seine Frau, Joséphine, und ihren gemeinsamen Sohn, als er ein Baby war. Deshalb ist er aus soziologischer Sicht so interessant: Seine Fotografien beschäftigen sich mit Natur und Architektur, manchmal sind es auch ungestellte Aufnahmen von Leuten bei der Arbeit.«

»Bei welcher Arbeit?«

»Châteaus waren nicht nur vornehme Häuser. Die Eigentümer waren Grundbesitzer, mit riesigen Obstgärten und Farmen. Clément hat die Leute dabei fotografiert, wie sie sich um die Olivenhaine kümmern, die Birnbäume beschneiden oder Lavendel sammeln; Männer mit riesigen Körben auf dem Rücken, die die Ernte einbringen. Und er hat eine Reihe Aufnahmen von den Handwerkern gemacht, die das Karussell für Château Clément zusammengebaut haben. Er …«

»Augenblick, auf Château Clément gibt es ein *Karussell?*«

»Ja. Ich dachte, das wüssten Sie.«

»Woher hätte ich das denn wissen sollen?«

»Weil Sie mir eben erzählt haben, dass Sie eine Karussellfigur besitzen, und Sie ein Foto von einer Frau haben, die vor einem Karussell steht, und weil Sie mit Madame Martin über Karussells gesprochen haben.«

Sie blinzelte.

»Wie dem auch sei«, fuhr Jean-Paul fort und ließ die Fotografie auf den Tisch fallen, als hätte er das Interesse daran verloren, »ich nehme an, dieses Foto war eines aus seiner Serie über den Bau des Karussells.«

Cady steckte das Foto zurück in seine Plastikhülle, neben die Liebesbotschaft. Sie überlegte, ob sie Jean-Paul die Botschaft zeigen sollte, aber dann entschied sie sich dagegen. Das war ihre Obsession, nicht seine.

»Also, was können Sie mir über das Karussell auf Château Clément sagen?«, fragte Cady.

»Yves und Joséphine Clément haben das Gefährt um die Jahrhundertwende in Auftrag gegeben. Sie hatten auf viele Kinder gehofft, aber letztendlich haben sie nur einen einzigen Sohn bekommen, Marc-Antoine.«

»Wer hat das Karussell gebaut, wissen Sie das?«

»Gustave Bayol. Er hatte eine Fabrik in Angers.«

Cady lehnte sich zurück und atmete entnervt aus. »Ich weiß, wer Bayol ist. Um genau zu sein, hat man mir mein Leben lang erzählt, mein Kaninchen sei von Bayol. Das war es ja, was mein Interesse an französischen Karussells überhaupt erst geweckt hat. Aber Madame Martin und noch ein anderer Experte für Schnitzkunst versichern mir, dass es kein echter Bayol ist.«

»Ich würde sie dafür beim Wort nehmen.«

»Ja, aber warum sollte dieses Foto von Yves Clément in

einer Karussellfigur landen, die *nicht* von Bayol geschnitzt wurde, wenn es auf dem Grundstück ein Bayol-Karussell gab? Wie viele Karussellschnitzer gab es denn auf dem Château?«

Er zuckte die Schultern und ließ den Blick durch den Raum schweifen.

Cady ließ nicht locker. »Könnte ich die Fotos sehen, die Sie von Yves Clément haben?«

»Ich habe sie den Archives Nationales als Schenkung übergeben.« Er notierte etwas auf ein Blatt Papier und reichte es ihr über den Tisch. »Das war die Abteilung, mit der ich damals zu tun hatte. Sie müssten einen Antrag stellen, um sie zu sehen, und ich sollte Sie warnen: Wir Franzosen haben die Bürokratie erfunden. Sie sind noch nicht online. Meine Mutter hat Abzüge davon, aber sie ist in der Provence.«

»Ich will doch einfach nur herausfinden, woher mein Kaninchen stammt. Es mit seinem Karussell wiederzuvereinen, war eines der Ziele dieser Reise.« Cady holte einen dicken Ordner aus ihrer Tasche und hielt ihn hoch. »Das ist Gus, mein Kaninchen.«

Jean-Paul blickte belustigt. »Sie halten wohl nicht viel von Digitalfotografie? Seid ihr Kalifornier nicht alle Hightech-Freaks?«

»Wie ich bereits sagte, ich bin vom alten Schlag.«

»Das sehe ich.« Wieder verharrte sein Blick nur eine Sekunde zu lange auf ihr. Es war ihr unangenehm, und doch … verband es sie auf irgendeine seltsame Weise mit ihm. Was immer es war, sie wandte den Blick nicht ab.

»Ich meine«, fühlte sich Cady genötigt klarzustellen, »ich mache jede Menge Schnappschüsse mit meinem Handy, aber sie dienen mir hauptsächlich als Bezugsrahmen. Wahre fotografische Schönheit lässt sich, meiner Meinung nach, nur mit einem echten Kameraobjektiv einfangen.«

Jean-Paul hob leicht die Hand, bedeutete dem Kellner, den Cafétisch abzuräumen und eine frische Tischdecke zu bringen.

»Dürfte ich die Fotos bitte sehen?«

Cady reichte ihm den Ordner.

Er studierte die Abzüge – einen nach dem anderen – so lange, dass Cady allmählich nervös wurde. Sie ermahnte sich, diesen Moment zu genießen: in einem Pariser Café zu sitzen, einen Aperitif zu schlürfen, als ob sie hierhergehörte. Und das auch noch mit einem gut aussehenden Franzosen, der ihr am Tisch gegenübersaß, nichts Geringeres.

Aber als er wieder zu ihr hochsah, schien sich irgendetwas verändert zu haben. Es war fast unmerklich, aber seine bislang offene – und gelegentlich gelangweilte – Miene wirkte jetzt vorsichtig.

»Jedenfalls«, meinte Cady, »bin ich auf der Suche nach der Herkunft meines Kaninchens. Wenn es kein Bayol ist, dann wurde es vielleicht von einem seiner Lehrlinge geschnitzt. Wenn ich irgendeinen schriftlichen Hinweis finden könnte …«

»Dann was? Was würde es an der Figur ändern, wenn Sie wüssten, wer sie geschnitzt hat?«

Cady wusste nicht, was sie darauf erwidern sollte. Sie wollte etwas über Gus' Hintergrund erfahren, woher er kam, wessen Hände die Figur geschnitzt hatten, die sie so lange wie einen kostbaren Schatz gehütet hatte. Aber würde sie lächerlich klingen, wenn sie diese Gefühle laut aussprach? Schließlich sagte sie nur: »Gus hatte immer etwas so ... Süßes an sich. Es ist schwer zu beschreiben, ich habe jahrelang – erfolglos – versucht, diese Eigenschaft auf Fotos einzufangen. Ich würde gern mehr über ihn erfahren.«

»Ich kaufe ihn Ihnen ab, so, wie er ist.«

»Warum wollen Sie das tun? Sie können doch sehen, in welch schlechtem Zustand er ist.« Cady hatte sich schon gefragt, warum sich erst Madame Martin und jetzt auch noch Jean-Paul Mirassou für eine völlig Fremde solche Umstände machten. Hatten sie irgendeine Vermutung bezüglich Gus, von der sie nichts ahnte?

Jean-Paul reckte das Kinn und zuckte wieder die Schultern in einer, wie Cady allmählich lernte, typisch französischen Geste. Sie war sich ziemlich sicher, dass es als Nicht-Antwort gemeint war.

»Madame Martin erwähnte, Château Clément sei verfallen«, fuhr Cady fort. »Ich dachte, vielleicht könnte ich Kontakt zu dem Besitzer aufnehmen, sehen, ob es noch andere Figuren gibt oder mehr Informationen ...«

Jean-Paul unterbrach sie. »Der Besitzer wird nicht mit Ihnen reden. Er ist ein Einsiedler. Er mag keine Eindringlinge – oder Amerikaner, um genau zu sein.«

»Sie kennen ihn?«

»Fabrice Clément, der Enkel von Yves Clément.«

»Dann ist er ein Cousin von Ihnen?«

»Ein entfernter, ja. Aber wie dem auch sei, die Frage ist müßig. Fabrice ist – wie sagt man? – *dédaigneux*? Ah, ›verächtlich‹, was die Familiengeschichte angeht. Ich bin an diese Fotos nur deshalb gekommen, weil sie in einem Paket mit Habseligkeiten waren, das mein Großvater hinterlassen hat.«

»Und Fabrice Clément lebt noch immer auf dem Château? Madame Martin hörte sich an, als wäre der Ort eine Ruine.«

»Das trifft es auch. Fabrice war früher ein bekannter Romanschriftsteller. Er hat sich vor Jahrzehnten dorthin zurückgezogen, angeblich, um seinen nächsten großen Roman zu schreiben. Ich glaube, er arbeitet noch immer daran.«

»Haben Sie das Karussell je gesehen?«

Er schüttelte den Kopf. »Angeblich wurde es bei einem Feuer zerstört. Möchten Sie noch etwas trinken? Oder haben Sie vielleicht Hunger?«

»Nein danke. Das Karussell ist abgebrannt?«

»Es wurde mit einer Dampfmaschine betrieben, für die eine bestimmte Art Petroleum verwendet wurde. Wenn der Druck nicht sorgfältig überwacht wurde …«

»Explodierte sie.« Sie lehnte sich seufzend auf ihrem Stuhl zurück.

»Sie sehen enttäuscht aus.«

»Das bin ich natürlich.«

»Es gibt ein paar Bayol-Karussells hier in Paris. Haben Sie sie gesehen?«

»Noch nicht.«

»Das müssen Sie. Dafür sind Sie schließlich hier, oder? Um die berühmten Karussells von Paris zu fotografieren?« Er bat den Kellner mit einer Handbewegung um die Rechnung. »Kommen Sie, ich zeige sie Ihnen.«

»Warum sollten Sie das tun wollen?«

»Einer entzückenden amerikanischen Touristin die Höhepunkte von Paris zeigen? Warum sollte ich das nicht tun wollen?«

Der Kellner brachte die Rechnung, und Cady erntete einen verächtlichen – *dédaigneux*, erinnerte sie sich – Blick von dem Kellner, als sie sich die Rechnung schnappte.

»Die Drinks gehen auf mich«, sagte sie. »Sie, Jean-Paul, sind Spesen.«

Kapitel 11

GEGENWART
PARIS

Cady

Jean-Paul erwies sich als charmanter – und kenntnisreicher – Stadtführer. Er bestand darauf, ihre schwere Kamerатasche zu tragen, während er sie zur Métro, über die Avenuen und durch den Wald führte, der das Karussell beherbergte. Während sie durch den Bois de Vincennes schlenderten, erklärte er ihr, dass die riesige Grünfläche früher ein Jagdgebiet gewesen war. Um die Wende zum 20. Jahrhundert war am östlichen Ende des Parks ein experimenteller Tropengarten angelegt worden, wo Gummibäume, Kaffeesträucher, Bananenbäume und andere Tropenpflanzen angebaut und erforscht wurden.

»Und im Ersten Weltkrieg wurde die holländische Spionin Mata Hari hier in der Festung Vincennes gefangen gehalten, bevor sie von einem Erschießungskommando hingerichtet wurde. Der Legende zufolge hat sie dem Erschießungskommando noch eine Kusshand zugeworfen.«

»Etwas schwere Kost für ein Kinderkarussell.«

Jean-Paul lächelte. »Geschichte bedeutet Drama und Tragödie.«

Nachdem sie so viele Tage allein durch die Stadt gezogen war, war es witzig, sie mit einem gut aussehenden, charmanten Begleiter zu erkunden. Trotzdem konnte Cady sich nicht denken, was Jean-Paul hier eigentlich tat, und noch weniger, was er von ihr wollte. War er hinter Gus her? Konnte das Kaninchen letztendlich doch von Wert sein?

Oder war sie nur paranoid? Cady war schmerzlich bewusst, dass sie oft Bedrohung wahrnahm, wo keine war, während sie – im nächsten Moment – den falschen Leuten vertraute. Maxine hatte es ihren »Fluch« genannt.

»Ich weiß nicht viel über Geschichte«, gestand Cady. »Nicht einmal über die Weltkriege. Meine Bildung war irgendwie … unorthodox, denke ich, könnte man sagen. War deine Familie in den Krieg verwickelt?«

»Natürlich. Viele meiner Onkel und Cousins haben gekämpft. Der Sohn von Yves Clément, Marc-Antoine, ist als Sechzehnjähriger in den Ersten Weltkrieg gezogen, und sein Sohn, Fabrice, war im Zweiten Weltkrieg erst fünfzehn.«

»Er hat als Fünfzehnjähriger gekämpft?«

»Nicht als Soldat. Aber er war beteiligt. Ich habe nie genau erfahren, in welcher Funktion; wie ich bereits sagte, er ist ein Einsiedler und redet nicht gern über sich selbst. Und hier sind wir: das Bayol-Karussell.«

Das Karussell war sehr schlicht, vor allem im Vergleich zu einigen anderen, die Cady fotografiert hatte, mit ihrem überladenen Zuckerbäckerstil, ihren vergoldeten Schnörkeln und zweistöckigen Plattformen.

Aber was ihm an Prunk fehlte, das machte es durch Charme wett. Die süßen Gesichter der kindgroßen Figuren – Katzen, Hunde, Kaninchen, Schweine und Pferde –

reckten sich erwartungsvoll zu den Zuschauern hoch, nicht lächelnd, aber doch einladend. Die Schwänze und Mähnen waren kunstvoll aus Holz geschnitzt, nicht aus echtem Tierhaar gemacht wie bei manch anderen Karussells. Anmutig geschwungene Hälse gingen in spielzeugartige Köpfe mit strahlenden, offenen Augen und aufgestellten Ohren über.

Beim Betrachten der kostbaren Gesichter dieser echten von Bayol geschnitzten Tiere und angesichts dessen, was sie über Gus wusste, begriff Cady, dass der Gutachter und Madame Martin recht gehabt hatten: Gus, das Kaninchen, war nicht von dieser Hand geschnitzt worden.

Cady kämpfte gegen ihre Schüchternheit an, während sie ihre Kameras und Stative auspackte. Sie sprach mit der jungen Frau, die das Karussell betrieb, und bat Eltern um die Erlaubnis, ihre Kinder fotografieren zu dürfen. Obwohl es genau das war, was sie üblicherweise tat, wenn sie fotografierte, fühlte es sich unter Jean-Pauls aufmerksamem Blick anders an. Sie umrundete das Gefährt mehrmals, um nach dem besten Licht und den interessantesten Blickwinkeln zu suchen.

Schließlich nahm Cady ihre Leica-Kamera in die Hand und konzentrierte sich darauf, die Welt mit dem Objektiv einzufangen – und spürte, wie sie sich entspannte. Sie verlor jedes Zeitgefühl, bis sie von einem lauten, entzückten Aufschrei erschreckt wurde.

Als sie den Blick hob, sah sie ein kleines Mädchen triumphierend jubeln, nachdem es einen Ring aufgespießt hatte.

»Das sehen wir in den Staaten nicht oft«, sagte Cady zu Jean-Paul.

»Du meinst die Ringe? Den Ring zu fangen, ist das Beste an der ganzen Fahrt. Ich war früher sehr gut darin.«

»Vermutlich ist es eine Versicherungsfrage. Kinder, die sich hinauslehnen, könnten herunterfallen und sich verletzen.«

Jean-Paul zuckte leicht die Schultern. »Herunterfallen und sich verletzen gehört zur Kindheit.«

»Erzähl das mal den Versicherungen. Ganz zu schweigen von den Eltern des Kindes mit dem gebrochenen Arm. Aber ein paar gibt es noch – in Santa Cruz gibt es ein Looff-Karussell mit der originalen Ringmaschine.«

»Das ist in deiner Nähe, in Kalifornien?«

Sie nickte. »Unsere Karussells haben mich ursprünglich inspiriert, mit dem Fotografieren von Karussells anzufangen.« Sie dachte zurück an das Karussell im Tilden Park in Berkeley. Im Laufe der Jahre war sie immer wieder dorthin zurückgekehrt, um zu versuchen, seine flüchtige Magie einzufangen. »Es gibt ein Zitat darüber, dass sich die menschliche Natur an der Art zeigt, wie Kinder auf einem Karussell ihren Eltern im Vorbeifahren zuwinken, jedes Mal, obwohl sie einfach immer wieder im Kreis fahren – und die Eltern immer zurückwinken.«

»Natürlich winken sie, es sind Kinder.«

»Ja, aber sie tun es jedes Mal, und dann tun die Eltern es auch. Jedes Mal.«

»Was sollten die Eltern denn sonst tun?«

Cady lachte humorlos auf. »Ich glaube, es sagt etwas über Vertrauen oder … was auch immer.«

»Ich vermute, die Kinder müssen sich vergewissern, dass ihre Eltern immer wieder da sein werden, selbst wenn sie für einen Moment zu verschwinden scheinen.«

»Ich nehme an, du hattest die Art Eltern, die mit dir zu Karussells gegangen sind.«

»Du nicht?«

Cady versuchte dieses Pariser Schulterzucken, das als Nicht-Antwort gemeint war und das Jean-Paul so gut beherrschte. Sie bezweifelte, dass es ihr gelang, aber er fragte nicht weiter nach. Stattdessen kam sein forschender Blick auf ihr zu ruhen.

»Fährst du manchmal Karussell?«, fragte er kurz darauf.

»Wie bitte?«

»Du fotografierst die Karussells, aber fährst du jemals selbst?«

Sie lachte, fühlte sich wieder schüchtern. Seit dem Karussell im Tilden Park hatte sie nie wieder eines bestiegen, seit damals, als sie noch ein Kind war, niedlich und adoptionsfähig.

Als sie noch auf eine Familie hoffte.

Kapitel 12

1993
BERKELEY, KALIFORNIEN

Cady, 5 Jahre alt

Der Wald war kein Ort für ein Großstadtmädchen.

Cadys Welt bestand aus grauen Betonmauern, die sich rau anfühlten, Gehsteigen, die leicht nach Urin und nicht abgeholtem Müll rochen, Seitengassen, die Fluchtrouten versprachen; Maschendrahtzäunen mit Stacheldraht obenauf, um sie drinnen – oder draußen – zu halten.

Angst wetteiferte mit Aufregung, während sie durch das Busfenster auf die befremdliche Landschaft aus hohen Bäumen und dichtem Unterholz starrte. Die Sozialarbeiter hatten die Mammutbaumwälder als schön beschrieben, aber Cady flößten sie ein unbestimmtes Grauen ein. Die gewundene Straße, die sich durch die Berge schlängelte, würde die Busladung mit Kindern bestimmt in einem dunklen Wald aussetzen, der das Zeug enthielt, aus dem Albträume waren: Bären, Berglöwen, den Butzemann oder Bigfoot.

Die grausame Möglichkeit, dass niemand sie wollen würde.

Aber sie würde – *konnte* – sich nicht gestatten, darüber nachzudenken.

Ein gemeiner Junge, der auf der anderen Seite des Gangs saß, schnitt eine Grimasse, in der Hoffnung, einen Streit vom Zaun zu brechen, aber Cady wandte den Blick ab und weigerte sich, darauf einzugehen. Die Regeln waren klar, das Risiko unvorstellbar hoch: Niemand wollte ein böses Mädchen.

Sie strich das Namensschild – C-A-D-Y, mit einem gemalten Gänseblümchen daneben – auf der Vorderseite ihres orangefarbenen Lieblings-T-Shirts glatt, schloss die Augen und sang vor sich hin: *Die Ameisen marschieren eins und eins, hurra, hurra …*

Cadys Augen flogen auf, als plötzlich Druckluftbremsen quietschten und der Bus zum Stehen kam. Mrs. Ulmer stand vorn im Gang und wiederholte noch einmal die Anweisungen, die sie den zappeligen Kindern bereits eingehämmert hatte: Verlasst *nicht* das Gelände, geht *nicht* in den Wald, kein Schubsen, kein Drängeln, keine Schimpfwörter. Seid nicht schüchtern. Redet mit den Erwachsenen. Denkt daran, euer inneres Licht leuchten zu lassen. Seid euer authentisches Selbst. Seid artig.

Aber was, wenn ihr »authentisches Selbst« nicht artig war? Cady wollte nicht böse sein, aber oft war sie es. Das sagten ihr die Leute.

Blecherne, laute Musik begrüßte die ungefähr zwanzig Kinder, während sie der Reihe nach herauskletterten und sich neben dem Bus aufstellten, wohin Mrs. Ulmer sie scheuchte. Hitze stieg vom Asphalt des Parkplatzes auf, wo jede Parklücke von großen SUVs und schnittigen Kompaktwagen besetzt war. Glänzend und neu sahen sie aus. Eine leichte Brise brachte den Geruch der goldgelben Gräser und Eukalyptusbäume des Parks mit sich, so viel netter als der süßliche Kieferndufte des Raumsprays auf der Bürotoilette der Sozialarbeiterin.

Cady atmete so tief wie möglich durch, in der Hoffnung, den Duft zu einem Teil von sich machen zu können und den Jugendeinrichtungsgeruch zu ersetzen, der allem anzuhaften schien. Der Wald war vielleicht unheimlich, aber er roch auf jeden Fall gut.

Und vor ihnen: das Tilden-Park-Karussell.

Es war bunt und wild und drehte sich in einem fort im Kreis, die Musik dröhnte, Licht und Farbe schienen sich nach Cady auszustrecken. Wenn sie es anstarrte, verschwamm alles zu einem undeutlichen Klecks: die gemalten Wandbilder ganz oben, die barocken Spiegel, die Tiere, die lachenden Gesichter der Kinder. Cady entdeckte einen Hahn, einen Frosch, eine Reihe bunt bemalter Pferde und auch irgendeine Art Seeungeheuer. Ein paar Figuren stiegen auf und nieder, andere blieben mit ihren Hufen fest auf der kreisenden Plattform. Ein runder Sitz, wie eine riesige Teetasse geformt, drehte sich um sich selbst. Ein Schlitten mit Platz für vier Personen schaukelte hin und her, ohne je wirklich umzukippen. Sie entdeckte eine Ziege, ein Zebra und ein Schwein. Ihre Gedanken überschlugen sich. Welches gefiel ihr am besten? Konnte sie sich aussuchen, mit welchem sie fahren wollte?

Cady fasste das Seeungeheuer ins Auge. Sie würde schneller sein müssen als die anderen, wenn sie es für sich beanspruchen wollte. Sie konnte schnell laufen. Sie konnte es schaffen.

Aber dann warf sie einen Blick hinüber zu den langen Tischen und Ständen mit Essen und ausgestellten Waren für den Jahrmarkt. Zwischen den Angeboten liefen die freundlichen, aufgeregten Erwachsenen umher. Cadys Herz schlug einen Purzelbaum, das Atmen fiel ihr schwer, und auf einmal musste sie pinkeln.

»Angehende Eltern«, so bezeichneten Mrs. Ulmer und die anderen Sozialarbeiter die Erwachsenen. Jedes Kind, das aus dem Bus stieg, jede Waise, jedes ungewollte Mädchen und jeder ungewollte Junge – selbst die bösen – träumte davon, ein passendes Elternpaar zu finden. Davon, ausgewählt zu werden.

Davon, Teil einer Familie zu sein.

Angehende Eltern. Wochenlang hatte sich Cady diesen Ausdruck durch den Kopf gehen lassen, hatte ihn nachts im Bett wie ein Gebet geflüstert. Sie mochte das Gefühl der Worte auf ihrer Zunge: *Mutter, Vater, Mommy, Daddy, Mom, Dad* … Sie stellte sich vor, in die Schule zu gehen und der Lehrerin zu sagen, dass sie eine Nachricht von ihren *Eltern* dabeihatte. Jeden Tag nach der Schule würde sie in dasselbe Haus zurückkehren und sich mit ihrer *Mutter* und ihrem *Vater* zum Abendessen setzen. Sie würden beim Elternabend am Schuljahresbeginn im Publikum sitzen; Cady würde ihr Bestes geben, wenn sie sie artig ihrer Lehrerin vorstellte: »Mrs. Mendez, das hier sind meine Mom und mein Dad.«

Mom und *Dad*.

Es machte sie zu nervös, die Erwachsenen anzusehen. Stattdessen ging Cady zu den rangelnden Kindern hinüber, die beim Karussell darauf warteten, an die Reihe zu kommen. Das Karussell verlangsamte sein Tempo, kam zum Stehen, und die reitenden Kinder stiegen ab. Cady drängelte sich nach vorn und rannte los, um das Seeungeheuer für sich zu beanspruchen. Der gemeine Junge aus dem Bus bemerkte ihr Interesse und brüllte: »Das krieg ich!« Aber Cady war entschlossen. Das Seeungeheuer war *ihres*. Sie erreichte es zuerst und schwang rasch ein Bein über den Sattel, hielt sich an der mittleren Stange fest und stemmte sich hoch. Sie schenkte dem gemeinen Jungen ein triumphierendes Grinsen.

Ein Mann in einem fleckigen T-Shirt kam herüber und schnallte ihr einen Lederriemen – eine erniedrigende Leine – um die Taille. »Ohne Gurt keine Fahrt«, antwortete er auf ihren Protest, bevor er zum nächsten Kind weiterging.

Es dauerte eine Ewigkeit, bis das Karussell mit einem plötzlichen Ruck wieder anfuhr. Altmodische Karussellmusik erfüllte die Luft, die Welt hinter dem Karussell wirbelte immer schneller vorbei, und Cady saß so aufrecht wie möglich. Die Gesichter in der Menge verschwammen, während das Karussell seine Höchstgeschwindigkeit erreichte.

Cady war eine Prinzessin auf ihrem Reittier, eine Meerjungfrau rittlings auf ihrem Seeungeheuer. Die blecherne Musik war ihre Erkennungsmelodie. Sie war schön und frei, fuhr auf und nieder, drehte sich im Kreis, die Augen der angehenden Eltern waren auf sie gerichtet.

Eines Tages würde sie jemanden haben, dem sie zuwinkte, während sie auf dem Karussell vorbeiflog.

Cady verspürte ein Kribbeln, so tief, so einschneidend, so fundamental, dass sie sich Jahre später noch immer an das Gefühl erinnerte und es mit der atemlosen Aufregung und heimlichen Vorfreude verglich, wenn man sich Hals über Kopf und hoffnungslos verliebte.

Sie drehte sich immer wieder im Kreis.

Immer und immer wieder.

Kapitel 13

GEGENWART
PARIS

Cady

»Ich … nein«, stammelte Cady, während sie begann, ihre Kameras zusammenzupacken. »Ich fotografiere Karussells, ich fahre nicht darauf.«

»Warum nicht?«, fragte Jean-Paul, während er hinzutrat, um ihr behilflich zu sein.

»Danke.« Cady streckte eine Hand aus, um ihn aufzuhalten. »Aber ich mache das auf meine eigene Art.«

Er nickte und wich zurück, den Blick noch immer auf sie geheftet. Sie packte wieder weiter – jedes Objektiv hatte seine eigene Hülle, jede Kamera ihren eigenen Platz in der größeren Tasche –, und zu ihrer Erleichterung fragte er nicht weiter.

Danach gingen sie durch die Stadt zurück. Das Karussell im Jardin du Ranelagh war wieder eines in einem eher schlichten Design, mit winzigen Pferden auf einer grünen Konstruktion, das kleine Kinder begeisterte.

Cady folgte ihren Ritualen: Kameras auspacken, Bildausschnitte auswählen und schließlich mit einem Objektiv nach dem anderen eine Reihe von Fotos schießen.

»Das macht aber viel Arbeit«, bemerkte Jean-Paul, als Cady ihre Ausrüstung schließlich wieder zusammenpackte.

»Das stimmt. Aber es gefällt mir. Es erdet mich.«

»Siehst du die Dinge durch das Objektiv anders?«

»Ja.« Sie fragte sich, ob er meinte, dass sie sich von der Welt distanzierte, indem sie sich abseits hielt, sie in Szenen und Einstellungen aufgliederte und die Gegenwart für die Zukunft festhielt. Das war ein häufiges Thema bei denen, die die Kunst der Fotografie nicht verstanden, die es nie fasziniert hatte, wie die Bilder der Welt sich wandelten, wenn man sie durch unterschiedliche Perspektiven und Objektive betrachtete.

Normalerweise hätte sie das Thema fallen lassen, aber sein Blick ruhte noch immer auf ihr, und aus irgendeinem Grund fühlte sie sich gezwungen, es zu erklären.

»Es ist schwer zu beschreiben, aber wenn ich durch das Objektiv sehe, ist es, als ob ich ein anderer Mensch sein kann. Ich kann eine Welt betreten, die ruhig und irgendwie … magisch ist, aber zugleich sicher. Obwohl ich dasselbe sehe, was andere mit dem bloßen Auge sehen, ergibt es irgendwie mehr Sinn. Keine Geräusche, keine unausgesprochenen Wünsche, kein Konflikt. Es ist einfach nur … schön.«

»Diese Art Schönheit habe ich auf den Fotos gesehen, die du mir von deinem Kaninchen gezeigt hast.«

»Schön wär's!« Sie schnaubte spöttisch. »Mein Ziel besteht immer darin, diese Gefühle durch meine Fotografien zu vermitteln, aber es gelingt mir nur selten. Warum siehst du mich so an?«

Er lächelte. »Ich genieße es, dir zuzuhören, wie du von deiner Arbeit sprichst. Voller Leidenschaft, und deine Augen leuchten.«

Cady konnte spüren, wie sie errötete, und sie war dankbar für die Ablenkung, als eine laute Glocke ertönte und Kinder lachend losliefen.

»Was ist los?«, fragte sie.

»In ein paar Minuten beginnt das Marionettentheater.«

»Ein *Marionetten*theater?«

»Wundert dich das?«

»O ja. Paris ist so kosmopolitisch und gleichzeitig so altmodisch.«

»Vielleicht ist das der Grund, weshalb sich alle verlieben, wenn sie hier sind«, meinte Jean-Paul.

Cady schlang sich ihre schwere Tasche über die Schulter, lehnte Jean-Pauls Angebot ab, sie für sie zu tragen.

»Dieser *marionettiste* ist sehr gut«, sagte er. »Wenn du die Aufführung noch nie gesehen hast, müssen wir unbedingt hineingehen. Aber diesmal bestehe ich darauf zu bezahlen.«

»Aber …«

Er hob eine Hand, um ihren Protest abzuwehren. »Das ist nicht nur meine Pflicht als *Parisien*, es ist auch sehr, sehr preiswert.«

Kapitel 14

1944
PARIS

Fabrice Clément

Als Fabrice ein kleiner Junge war, tat er nichts lieber, als seinem Vater Marc-Antoine beim Schnitzen zuzusehen. Dann füllte sich sein Herz jedes Mal mit Bewunderung und Staunen und dem brennenden Verlangen, es ihm nachzutun: eine Figur zu erschaffen, wo bislang keine gewesen war.

Jetzt empfand Fabrice Frustration. Verlegenheit. Selbstverachtung.

Der Meißel seines Vaters hielt nie inne, während er ein kleines Stück Butternussholz zurechtschnitzte, um das Teil auszubessern, das aus der Krone der vier Meter hohen Madonna auf der Werkbank vor ihm herausgeflogen war. Sobald das erledigt war, würde er damit beginnen, ihre fehlende linke Hand nachzubilden.

»Wie soll sie denn mit nur einer Hand für uns beten?«, hatte Marc-Antoine gesagt, als sie damals in die Werkstatt gebracht worden war. »Wir brauchen jede Hilfe, die sie uns geben kann.«

Die Madonna war eine unschuldige Schaulustige gewesen, die in ein Scharmützel zwischen deutschen Soldaten und einer kleinen Zelle der Résistance am Rande von Dijon geraten war. Irgendwie hatte ein einheimischer Bauer gewusst, dass er sie hierher bringen konnte, um ihr helfen zu lassen, zu Marc-Antoine Cléments Werkstatt im *cinquième arrondissement*. Ein Hauch von Zwiebelgeruch haftete ihr an, sie war unter den Knollen versteckt auf der Ladefläche eines Lieferwagens nach Paris geschmuggelt worden. Fabrice' Mutter wusch und flickte das versengte königsblaue Samtgewand der Madonna. Obwohl die Skulptur geschnitzte hölzerne Röcke hatte, schien sie ohne ihre prunkvollen Stoffe fast nackt zu sein.

Fabrice beobachtete, wie die geübten Hände seines Vaters über der Lücke in der Krone schwebten, mit einem rhythmischen Klopfen arbeiteten, während bei jedem Schlag Holzspäne wie winzige Papierflugzeuge durch die Luft segelten.

»Papa, ich will einen Beitrag zum Krieg leisten«, erklärte Fabrice.

»Du bist zu jung. Darüber haben wir doch schon gesprochen.«

»Aber *du* warst erst sechzehn, als du deine Familie verlassen hast, um im Ersten Weltkrieg zu kämpfen«, entgegnete Fabrice. Er kämpfte gegen die demütigenden Tränen an, die hinter seinen Augen brannten. »Du warst nur ein Jahr älter, als ich jetzt bin.«

»Ein wichtiges Jahr, ein *prägendes* Jahr. Ich war ein junger Mann, du bist noch ein Junge«, erwiderte Marc-Antoine. Er nahm ein Stück feinkörniges Schmirgelpapier in die Hand, strich damit vorsichtig über die grob gehauene Kante, die er eben gemeißelt hatte, hielt das Teil ins Licht und pustete darauf. Sägemehl wirbelte durch einen Strahl orangefarbenen Spätnachmittagslichts, die Partikel sahen aus wie Goldstaub, ein winziges Feuerwerk so wie das, das früher immer am Bastille-Tag auf den Champs-Élysées gezündet wurde, bevor die Nazis in Paris einmarschiert waren und es verboten hatten. Fabrice hatte gelesen, dass die Freien Französischen Streitkräfte noch immer an jedem Bastille-Tag in London marschierten, und das Bild der tapferen Soldaten im Exil, die ihren geliebten Nationalfeiertag im Ausland begingen, erfüllte sein Herz mit einer verwirrenden Mischung aus Stolz und Zorn.

»Gott bewahre, wenn dieser Krieg noch ein Jahr länger dauert«, fuhr Marc-Antoine fort, »dann können wir darüber reden.«

»Ich kann nicht noch ein Jahr *warten*«, entgegnete Fabrice, womit er wiederholte, was sein Freund Claude vor einer Weile zu ihm gesagt hatte, als er Fabrice überredet hatte, zu dem heimlichen Treffen zu kommen. »Und Frankreich auch nicht.«

»Hast du vergessen, dass ich für meine Mühe angeschossen wurde? *Zwei* Jahre.« Marc-Antoine hob zwei schwielige Finger. Kleine Schnittwunden und Splitter bedeckten seine Finger: das Nebenprodukt seiner Handwerksarbeit. »Zwei Jahre meines Lebens habe ich in einem deutschen Krankenhaus geschmachtet. Niemand hat damit gerechnet, dass ich überleben würde. *Niemand.* Als ich entlassen wurde, waren meine Eltern tot, und das Zuhause meiner Familie lag in Trümmern.«

Fabrice war früher oft auf den Schoß seines Vaters gekrabbelt und hatte darum gebettelt, die Narbe sehen zu dürfen, fasziniert von der wulstigen Haut, die glänzend und erhöht an manchen Stellen, eingefallen an anderen war, ein kräftiges Rot vor der weißen Haut seiner Brust. Wie hatte eine deutsche Kugel seinen Bauch durchschießen können und ihn doch nicht töten? Fabrice flehte darum, die Geschichte erzählt zu bekommen, immer und immer wieder: die verwirrende Kakofonie des Schlachtfelds, die Heldentaten der Sanitäter, das Aufwachen Tage später in einem deutschen Krankenhaus …

Aber jetzt gaben Fabrice die netten Dinge zu denken, die sein Vater über seine Zeit in dem deutschen Krankenhaus zu sagen hatte: die hübschen Krankenschwestern, die fürsorglichen Ärzte, den Offizier, der sein Überleben als Wunder bezeichnet hatte.

Die Deutschen waren die Eindringlinge, es war kein Platz für freundliche Gedanken.

»Ich bin kein Kind mehr«, beharrte Fabrice. »Ich kann einen Beitrag leisten. Es muss ja nicht im Kampf sein. Es gibt andere Möglichkeiten …«

»Was dein Land jetzt von dir braucht, sind deine Fähigkeiten als Tischler«, bekräftigte sein Vater. »Nicht dein Blut. Außerdem tut diese Familie hier in diesem Atelier genug für den Krieg. Und jetzt nimm diesen Bimsstein, um die Füllmasse an Johannes dem Täufer aus Tarcenay zu polieren. Ich habe ihn gestern Abend endlich fertig bekommen.«

Marc-Antoines Werkstatt war zu einem heimlichen Versteck für Skulpturen aus ländlichen Kirchen und Museen, Châteaus und Herrenhäusern geworden. Fabrice fand die Arbeit unbedeutend, zu *klein* verglichen mit den entscheidenden Kämpfen, die außerhalb dieser Wände auf den Straßen von Paris geführt wurden; aber er hatte dennoch Respekt davor, dass sein Vater ein Risiko einging. Auch wenn diese rustikalen Heiligen- und Amor-, Engels- und Erlöserfiguren mit den wertvollen Kunstschätzen, die die Nazis aus dem Louvre geraubt hatten, nichts gemein hatten, besaßen sie einen eigenen kulturellen Wert, der sich in ihrer künstlerischen Gestaltung und Tradition spiegelte.

Auch nur zu helfen, die Geschichten von Kleinstadtkapellen zu bewahren, konnte Grund genug für eine Hinrichtung sein, je nach Stimmung und Charakter des Soldaten, der auf ihr Versteck stieß, oder den Anweisungen des befehlshabenden Offiziers oder dem Urteil der gefürchteten Gestapo.

Fabrice erinnerte sich kaum an Frankreichs demütigende Niederlage nach dem sechswöchigen Blitzkrieg im Jahr 1940. Er war damals erst elf Jahre alt und wie alle anderen überzeugt gewesen, dass Frankreichs Streitkräfte ihrer Aufgabe gewachsen sein würden. Aber die Nazis waren von einem anderen Schlag.

Im Ersten Weltkrieg hatte das Blutvergießen dem Kampf um Gebiete gegolten. Diesmal schien es, als wollten sich die Nazis das ganze kulturelle Leben Frankreichs aneignen und Paris durch Schmeichelei ebenso wie durch Unterdrückung für sich gewinnen. Deutsche Offiziere mischten sich in Cafés und Kabaretts und Nachtclubs unter die Pariser, erwarben Kisten mit gutem Wein und große Kunst und verschlangen Gänsestopfleber und Champagner. Ihre deutschsprachigen Zeitungen verherrlichten französische Sänger, Bühnenautoren und Schauspieler. Die Besatzungstruppen machten sich sogar die Mühe, die Filmindustrie wiederzubeleben, um zu zeigen, dass das französische Kulturleben unter der Besatzung blühte. Die Nazis erklärten, Frankreich sei dazu bestimmt, das Urlaubsland der Herrenrasse zu werden.

Viele Pariser kollaborierten aus schierer Not. Fabrice hatte es ihnen nie zum Vorwurf gemacht; wenn die Nazis unter ihnen lebten und sie selbst zu verhungern drohten, wer wollte da mit Steinen werfen? Aber trotzdem fühlte sich Fabrice gezwungen zu handeln.

»Statt dich freiwillig zu melden, um dich erschießen zu lassen, solltest du dem Himmel danken, dass wir in Paris sind und nicht in meinem Heimatort. So schwierig die Lage hier auch ist, in der Provence, unter der Vichy-Regierung, ist sie noch weitaus schlimmer.« Marc-Antoine legte sein Werkzeug hin und wandte sich zu seinem Sohn um. Sein Ton wurde etwas sanfter. »Verstehst du denn nicht, mein Junge? Hör mich an. Allein schon genug zu essen zu bekommen, allein schon zu *überleben*, ist ein Akt der Rebellion.«

Die Madonna starrte Fabrice an, ihr engelsgleicher Ausdruck stets unverändert. Ihre Miene gelassener Akzeptanz machte Fabrice wütend.

Die Statuen, mit denen seine Eltern so viele Stunden verbrachten, waren Relikte einer anderen Zeit, einer anderen Lebensweise. Fabrice verachtete das Geschäft seines Vaters: tagsüber Möbel zu tischlern, nachts Heiligenfiguren zu retten.

Fabrice' Leidenschaft galt den Worten: selbst anmutige Arten zu finden, sie aneinanderzureihen, und die Prosa und Lyrik, Literatur und Sonette zu lesen, die andere verfasst hatten. Worte waren das, was Frankreich in die moderne Welt führen würde, nicht ein altes Handwerk wie das Schnitzen.

Worte waren, was Fabrice beflügelte.

Und diese Worte hatten ihn zu Paulette geführt.

Kapitel 15

GEGENWART
PARIS

Cady

Entgegen ihrer Befürchtung, Jean-Paul könnte irgendetwas von ihr wollen, wünschte er Cady nur höflich einen »guten Abend«, als sie ihre Métrostation erreichten, bedankte sich bei ihr für den schönen Tag und küsste sie auf beide Wangen.

Sein hastiger Abschied fühlte sich enttäuschend an nach dem Tag, den sie zusammen verbracht hatten – ganz zu schweigen von den vielen Fragen, die an ihr nagten –, aber andererseits war Cady froh, sich allein in ihre kleine Wohnung zurückziehen zu können, schweigend eine schlichte Falafel an ihrem winzigen Küchentisch zu essen und auf die Frau auf der Fotografie zu starren, während sie sich fragte, wer Gus geschnitzt hatte und warum.

Am nächsten Tag fotografierte sie das Montmartre-Karussell am Fuß der Stufen zur Basilika Sacré-Coeur. Danach schlenderte sie den Hügel zur Kathedrale hoch. Sie versuchte zu ignorieren, wie sich der Trageriemen ihrer Kameratasche in ihre Schulter bohrte, während sie die verwinkelten Kopfsteingassen erkundete, die so viele berühmte Künstler beherbergt hatten: Picasso und van Gogh, Degas und Toulouse-Lautrec.

Zweimal machte Cady in einem Café halt: erst für einen Kaffee, dann für einen Campari. Ihr gefiel der Gedanke, dass es ein Beweis dafür war, dass sie allmählich in den Rhythmus der Stadt des Lichts fiel. Als sie einen Kellner fragte, ob er eine Buchhandlung für englischsprachige Literatur wüsste, empfahl er ihr, es bei der Abbey zu versuchen.

Ihrem Handy zufolge befand sich die Buchhandlung nicht weit von ihrer Wohnung. Sie nahm die Métro zurück zum Quartier Latin, ging den Boulevard Saint-Jacques hinunter und bog dann nach links in die Rue de la Parcheminerie ein.

Cady bemerkte eine gotische Fassade, geschnitzte Türbögen, eine kanadische Flagge, die in der Brise wehte, und mehrere mit Büchern vollgepackte Karren, die den Gehsteig verstopften. Im Inneren befand sich ein Labyrinth aus mit Büchern gesäumten Wegen.

Ein leicht moderiger Geruch lag in der Luft und erinnerte Cady an »Maxines Schätze«.

Schwer und bedrückend legte sich die Trauer auf ihr Herz. Wenn Maxine jetzt auf sie hinuntersah, wusste Cady, wäre sie vermutlich stolz auf sie. Aber das hielt Cady nicht davon ab, sich innig und verzweifelt und hoffnungslos zu wünschen, alles wäre anders. Sie und Maxine würden in ihrem Laden am Tresen beisammenstehen, über Namen für das Baby diskutieren, sich auf die Erweiterung ihrer unorthodoxen kleinen Familie freuen.

»*Bonjour*, was kann ich für Sie tun?«, fragte ein junger Mann hinter der Kasse in akzentfreiem Englisch. Er war dünn und trug eine Drahtbrille und eine Strickjacke, ein Buchhändler wie aus dem Bilderbuch.

»Haben Sie schon mal von dem Romanschriftsteller Fabrice Clément gehört?«, fragte Cady.

»Oh, aber sicher. Clément gehörte zu den Autoren der neuen Welle französischer Autoren, die nach dem Zweiten Weltkrieg aufkamen. Die Gegend hier war damals eine Brutstätte der Kreativität und des radikalen Denkens. Sartre und de Beauvoir, Albert Camus, sie alle hingen hier in Cafés und Jazzclubs herum. Auch Amerikaner: James Baldwin und Richard Wright.«

»Haben Sie zufällig irgendwelche von Cléments Romanen da? Am besten auf Englisch?«

»Augenblick … wir müssten hier irgendwo eine Ausgabe von *Le Château* haben. Das war mit Abstand sein größter Erfolg, auch wenn er danach noch mehrere andere Romane geschrieben hat.« Er führte sie durch einen schmalen Flur voller Bücher und eine steile Treppe hinunter. Schließlich bückte er sich, suchte ein paar Regale ab, nieste und sagte dann: »Aha. Hier haben wir es ja.«

Er reichte ihr ein etwas zerlesenes Exemplar eines Buchs mit einem rot-schwarzen Schutzumschlag und dem Titel *Das Château.* Ein Foto des Autors auf der Rückseite zeigte einen grüblerischen Mann mit Adleraugen, gut aussehend, aber ernst.

»Das ist ein Klassiker aus dieser Zeit«, sagte der Buchhändler, während er sich aufrichtete und zurück zur Kasse ging.

»Schreibt er noch?«

»Ich bezweifle, dass er überhaupt noch lebt, ehrlich gesagt. Ich habe seit Jahren nichts mehr von ihm gehört. Das

Buch wird manchmal noch an der Universität gelesen, in Kursen über den Nouveau Roman oder die Anti-Roman-Bewegung.«

»Oh.« Cady hatte keine Ahnung, wovon er redete.

»Am interessantesten daran finde ich, dass es ein Schlüsselroman ist.«

»Was heißt das?«

Der junge Mann blickte sie verblüfft an.

»Entschuldigung.« Cady versuchte, ihre glühenden Wangen zu ignorieren. »Ich war in der Schule nicht unbedingt das, was man einen Büchermenschen nennen würde.« Auf der Schule war sie *überhaupt* keine Art Mensch gewesen.

Er lächelte. »Kein Problem. Wirklich, ich habe mich nur gewundert, weil die meisten Leute so *tun*, als ob sie sich mit solchen Dingen auskennen. Vor allem hier bei uns. Ein Schlüsselroman ist ein Buch, das auf Tatsachen beruht, auf echten Leuten, in dem aber alle Namen geändert wurden.«

»Um die Unschuldigen zu schützen?«

»Und um einen Skandal zu vermeiden oder es glaubhaft abstreiten zu können, nehme ich an. Aber man vermutet, dass er in diesem Roman über seine Familie, die Familie Clément, schreibt.«

»Wunderbar, das ist perfekt. Ich recherchiere gerade ein bisschen zu Château Clément.«

»Dann müssen Sie das hier haben! Aber ich muss Sie warnen: Die Nouveaux Romans sind dafür berüchtigt, dass sie – absichtlich – schwer zu lesen sind, ungefähr so wie James Joyce' *Ulysses*.«

»Warum sollte ein Autor ein Buch schreiben, das gewollt schwer zu lesen ist?«

»Es war etwas Experimentelles, um die Leser in ihrem Romantizismus aufzurütteln und ihnen ihre unbewussten Annahmen über die narrative Struktur eines Romans klarzumachen. So ähnlich hat es mir zumindest mein Literaturprofessor an der Uni erzählt.«

Cady schlug die erste Seite von *Das Château* auf. Langsam, mühsam entzifferte sie:

> Stellen Sie sich ein Château vor, Symbol von Macht und Privilegien, zerstört durch Habgier und Neid. Echos von Sehnsucht hallen in seinen Räumen wider, ihr Beben dringt in den Putz, den Mörtel, den Stein der Wände selbst.
>
> Mr. Petra erscheint, steigt in einer kostbaren Brokatjacke die Treppe hinunter, eine gehämmerte Kupferschale in der Hand, in der ein Riemen und ein Rasiermesser liegen. Dampf steigt auf, ein sich ringelndes Fragezeichen, bedrohlich über seiner morgendlichen Schokolade.

Das schien nicht *allzu* schlimm zu sein.

Und egal, ob es traditionell oder »Nouveau Roman« war, Cady würde sich alle Mühe geben, um die Worte und erst recht die Bedeutung zu verstehen.

Kapitel 16

2001
OAKLAND

Cady, 13 Jahre alt

Eines Tages, als Cady seit über einem Monat nach der Schule und am Wochenende bei »Maxines Schätzen« arbeitete, um sie für die Dinge zu entschädigen, die sie aus ihrem Laden gestohlen hatte, reichte Maxine Cady eine Anleitung dafür, eine alte Kaminuhr zusammenzusetzen.

Angst ergriff sie. Sie wusste, was jetzt kommen würde.

»Kannst du mir das bitte vorlesen?«, sagte Maxine. »Ich habe meine Brille nicht da.«

Cady schlang ihren Rucksack über die Schulter. »Es tut mir leid, ich muss jetzt wirklich gehen. Ich habe einen … Zahnarzttermin.«

»Ich dachte, du hättest vorhin gesagt, du wolltest mir bei dem hier helfen. Du hast gesagt, du müsstest heute nirgendwohin.«

»Heute ist Dienstag, oder? Mir ist es eben erst wieder eingefallen.«

Maxines Blick kam auf Cady zu ruhen. Ihre Augen waren fast schwarz und so tief und doch nachdenklich, dass Cady sich manchmal fragte, ob sie vielleicht voller Zauberkraft waren, ob Maxine irgendeine Art Hexe war, die hier in ihrem verwunschenen Laden saß und Cady glauben machte, das Leben sei schön und voller Möglichkeiten, während es in Wirklichkeit nur jeden Tag derselbe Haufen Müll und Enttäuschung und Leid war. Cady spürte Tränen hinter ihren Augen brennen.

Schmerz und Demütigung schürten ihre Wut, und ihr Drache bäumte sich auf, um in einem feurigen Ausbruch alles zu zerstören.

Sie fegte mit einem Arm über den Tisch, sodass die zerlegte Uhr mit einem befriedigenden Krachen auf dem Boden landete. Das gläserne Zifferblatt zerschellte, Metallteile schlitterten über den Dielenboden und verschwanden unter einer Kommode in der Nähe.

»Ich habe keine Zeit, jeden Tag mit Ihnen hier rumzuhängen!«, schrie Cady. »Sie sind nur eine einsame alte Frau, die mich herumkommandieren will! Sie sind genau wie alle anderen!«

Cady stürmte zur Tür. Sie wusste nicht, was sie erwartete: vielleicht, dass Maxine zurückbrüllen und ihr sagen würde, dass sie verschwinden und nie wiederkommen sollte. Aber ein winziger Teil von ihr hoffte, dass Maxine ihr nachlaufen würde, sie in die Arme schließen, ihr übers Haar streichen und sagen würde, dass alles gut war, dass *sie* gut war.

Stattdessen folgte ihr nichts als Schweigen. Cady erreichte die Ladentür. Sie zwang sich, sich nicht noch einmal umzuwenden. Trotzdem verlangsamte sie ihre Schritte. Die alte Frau würde sie doch sicher nicht einfach so gehen lassen, ohne ein Wort zu sagen, oder?

Ihre Hand griff nach dem Messingknauf der Tür. Drehte ihn. Öffnete die Tür.

»Cady.« Maxines Stimme war weder laut noch schmeichelnd. Sie war ruhig, fest, aber sanft.

Cady hielt inne, die Hand noch immer auf dem Türknauf. Sie sah nicht zurück.

»Cady, kannst du lesen?«

Endlich kamen die Tränen. »Natürlich kann ich lesen, Sie dumme alte *Kuh*!«

Sie knallte die Tür hinter sich zu und rannte los.

Am nächsten Tag und auch am übernächsten ging Cady nicht zurück zu »Maxines Schätzen«.

Drei Tage später wurde sie ins Büro ihrer Wohngruppe zitiert. Maxine saß mit der Leiterin der Wohngruppe, Mrs. Lee, da.

»Du bist Mrs. Clark gegenüber eine Verpflichtung eingegangen«, wandte sich Mrs. Lee an Cady. »Sie erwartet, dass du morgen nach der Schule in ihrem Laden arbeitest.«

»Ich werde mich nicht entschuldigen«, beharrte Cady.

»Cady …«, begann Mrs. Lee.

Aber Maxine schnitt ihr das Wort ab. »Ich werde dich auch nicht bitten, dich zu entschuldigen, Cady. Aber du musst das Chaos, das du angerichtet hast, beseitigen, so gut du kannst. Aber erst mal haben wir einen Termin in der Bibliothek.«

»Was denn für einen Termin?« Cady liebte die Bibliothek – die Stille und dass sie dort stundenlang sitzen konnte, ohne dass irgendjemand sie störte. Manche der Bibliothekarinnen waren einschüchternd, aber andere waren freundlich und halfen ihr, Dinge nachzuschlagen, oder schlugen ihr Bücher zum Lesen vor. Sie liebte es, dort zu sitzen und in den Seiten zu blättern und nach Bildern zu suchen.

Keine der beiden Frauen beantwortete ihre Frage, aber Mrs. Lee wandte sich mit ihrer strengen, entschlossenen Stimme an Cady: »Geh mit Mrs. Clark, Cady. Verstanden?«

Cady folgte Maxine zu ihrem Wagen.

»*Was* denn für einen Termin?«, fragte sie noch einmal.

»Wir gehen zu einer Lesepatin.«

»Einer *was*?«

»Stimmt mit deinem Gehör auch irgendwas nicht?«

»Nein.«

»Niemand ist in allem gut, Cady. Schlimm ist es nur, nicht um Hilfe zu bitten, wenn man sie braucht.«

»Ich brauche keine verdammte Patin«, murmelte Cady mürrisch.

»Na ja, *ich* schon«, sagte Maxine.

»Nein, das tun Sie nicht. Sie können lesen.«

»Das stimmt, aber dass ich lesen kann, heißt nicht, dass ich auch qualifiziert bin, es dir beizubringen. Daher werden wir uns mit der Lesepatin treffen, und sie wird mir beibringen, es dir beizubringen.«

Cady starrte sie ungläubig an. Wut wallte in ihr auf, Tränen drohten zu fließen, und sie glaubte, sich übergeben zu müssen. Wovon *redete* die alte Dame da?

Maxine äugte über das Dach des Wagens und fixierte Cady mit einem Blick.

»Hier ist der Deal, Cady. Ich bin in jeder Hinsicht genauso stur wie du, und weil ich viel älter bin, habe ich auch viel mehr Erfahrung darin. Versuch also gar nicht erst, mich an Sturheit zu übertreffen.«

Cady starrte sie mit offenem Mund an. Niemand hatte je so mit ihr geredet.

»Wir kennen uns jetzt seit ein paar Monaten«, fuhr Maxine fort, als sie Cadys Reaktion bemerkte. »Beantworte mir eine Frage und lass dir Zeit, um in Ruhe darüber nachzudenken, bevor du antwortest. Wirst du das für mich tun?«

Cady zuckte die Schultern.

»Also: Glaubst du, ich würde diese ganze Zeit und Energie aufbringen, um zu versuchen, dir zu schaden?«

Als Cady nicht antwortete, ergänzte Maxine: »Oder glaubst du vielleicht, dass du mir hier ausnahmsweise einmal vertrauen kannst? Vertrau mir nur dieses eine Mal und finde heraus, ob meine jahrelange Erfahrung vielleicht helfen könnte, dein Leben zu verbessern.«

Cady wich ihrem allzu wissenden Blick aus.

»Du bist nicht dumm, Cady«, fuhr Maxine mit einem erschöpften Unterton fort. »Ich habe in meinem Leben schon viele dumme Leute kennengelernt, und du gehörst nicht dazu. Bei Weitem nicht. Du hattest es nur sehr schwer. Im Allgemeinen mag ich keine Kinder, aber aus irgendeinem Grund mag ich dich. Du bist launisch und stur und eine echte Nervensäge, aber ich mag dich.«

»*Nervensäge?* Wer sagt das?«

Maxine schenkte ihr ein leises Lächeln. Cadys Herz schwoll bei seinem Anblick.

Sie zögerte trotzdem und starrte auf die Stelle, wo die blaue Farbe an Maxines schrottreifem alten Ford abblätterte. Cady wollte so unbedingt glauben, was die alte Frau sagte. Ihr vertrauen. Wissen, dass jemand verstand, was los war, und ihr Rat und Hilfe anbieten könnte (und würde). Sie wollte es so unbedingt, und doch machte es ihr höllisch Angst. Es raubte ihr den Atem, sich so etwas auch nur vorzustellen, denn was, wenn sie sich täuschte?

Cady streckte eine Hand nach der abblätternden Farbe aus, grub den Fingernagel hinein und spürte das scharfe Stechen eines Farbsplitters in dem zarten Fleisch unter ihrem Fingernagel.

»Wenn du noch eine Sache, die mir gehört, kaputt machst, Miss Cady Anne Drake, dann wird es mehr als nur Worte zwischen uns geben.«

Maxine hatte den Wagen umrundet und stand jetzt genau hinter ihr.

Cady fing Maxines Blick auf. Sie konnte spüren, wie ihre Unterlippe bebte. Sie atmete Maxines Geruch ein: eine Mischung aus irgendwelchen Küchengewürzen und dem Öl, das sie im Laden verwendete, Farbe und Alte-Damen-Parfüm. Cady hatte gelernt, den Duft mit jemandem in Verbindung zu bringen, der sich freute, sie jeden Tag zu sehen, damit, an einem Ort der Geborgenheit zu finden. Zum ersten Mal in ihrem Leben.

Cady konnte sich nicht mehr beherrschen. Sie hickste, und Tränen liefen ihr über die Wangen. Maxines stämmige Arme legten sich um sie, und Cady schluchzte an das Mieder ihrer hässlichen geblümten Polyestertunika.

Wenig später hielt Maxine Cady am ausgestreckten Arm, wischte ihr mit einem altmodischen Baumwolltaschentuch die Tränen aus dem Gesicht und sagte: »Also, jetzt, wo das geklärt ist, lass uns gehen und lesen lernen.«

Kapitel 17

1900
ANGERS

Maëlle

Monsieur Maréchal, der Vorarbeiter, bellt den Männern seine Befehle zu. Anfangs hat er Maëlle Angst gemacht, aber inzwischen weiß sie seine konzentrierte Art zu schätzen und sein Schweigen, wenn er keine Anweisungen oder Tadel erteilt. Manchmal, bei ihrem Morgentee, sprechen sie über den Geruch des Meeres am Morgen, von ihrem Heimatort am Meer und von dem Versprechen des neuen Jahrhunderts. Er hat zwei erwachsene Töchter, und er diskutiert gern mit Maëlle über ihre Ansichten zu einer neuen Zukunft für die Frauen.

Und ihr wird bewusst, wie viel sie noch zu lernen hat. Nicht nur über das Handwerk, sondern auch über die Geschichte der Karussells. Monsieur Maréchal beharrt darauf, dass sie niemals eine begabte Schnitzerin werden kann, wenn sie den Ursprung der Kunst des Karussells nicht versteht.

»Das Wort stammt von dem italienischen *garosello*, was ›kleiner Kampf‹ bedeutet. Es war eine Trainingsmethode in der Türkei und im Nahen Osten, die während der Kreuzzüge nach Spanien und Italien gebracht wurde«, erzählt er ihr, während er zusieht, wie sie die vierte Gessoschicht auf einem tänzelnden Pferd schmirgelt. »Sie wurde nach einem Unfall bei einem Ritterturnier üblich, bei dem König Heinrich II., der Ehemann der Katharina von Medici, getötet wurde. Danach begannen die Ritter zu üben, Ringe mit ihren Lanzen aufzuspießen, anstatt zu riskieren, sich gegenseitig zu verletzen.«

Monsieur Maréchal hält einen Moment inne, um Maëlle auf ein paar Stellen hinzuweisen, die sie übersehen hat. Die Grundierung muss absolut glatt sein, damit die Farbe und die Vergoldung richtig haften.

»Dann, im Jahr 1662, anlässlich der Geburt des Dauphins, gab Ludwig XIV. vor den Tuilerien in Paris ein großes, glänzendes Fest. Fünfzehntausend Gäste sahen zu, wie Ritter in aufwendigen *jeux de bagues* miteinander kämpften. Der Ort dieser prächtigen Veranstaltung ist heute als die Place du Carousel bekannt.«

»Ich hoffe, ich kann eines Tages Paris besuchen, um das zu sehen«, sagt Maëlle, sie ist ganz atemlos bei der Vorstellung.

»In Paris gibt es noch viel mehr zu sehen als das«, nickt Monsieur Maréchal. »Und ich bezweifle nicht, dass du eines Tages dorthin kommen wirst, Maëlle. Denn du bist ehrgeizig und schlau. Du musst nur …« – er wirft einen Blick hinüber zu Léon, der sich mit einem kleinen Schwein abmüht, sodass die sehnigen Bewegungen seines Bizeps unter seinem Musselinhemd deutlich zu sehen sind – »… deine Ziele fest im Auge behalten, dann wirst du deine Träume verwirklichen.«

Eines Tages erklärt Monsieur Bayol Maëlle, dass sie mit Léon zusammenarbeiten wird, um die Kunst des Vergoldens zu erlernen.

»Nun, ich sehe, du hast dich dahin hochgearbeitet, wohin du wolltest«, bemerkt Léon, während er mit einem leisen Lächeln auf den Lippen zu ihr hinuntersieht.

Maëlle freut sich so, dass sie sich das Grinsen nicht verkneifen kann.

»Wie bei den meisten Dingen im Leben ist auch beim Vergolden die richtige Vorbereitung entscheidend«, fährt Léon, auf einmal in geschäftsmäßigem Ton, fort. »Zuerst muss das blanke Holz völlig glatt sein, die Löcher und Kerben und Fugen müssen ausgefüllt und geschmirgelt und dann von allem Staub befreit werden. Und danach versiegeln wir das Holz mit Hasenleim.«

Die bernsteinfarbene Flüssigkeit stinkt, aber Maëlle schreckt nicht vor dem Geruch zurück. Mit jedem Pinselstrich kommt sie ihrem Traum näher.

»Danach werden mehrere Gessoschichten aufgetragen. Das Gesso wird in dem Wasserbad belassen – vergiss nicht, es immer wieder umzurühren –, und es wird stets warm aufgetragen.« In einer Ecke des Studios steht ein winziger Gasbrenner. »Dann lässt man die Gessoschicht über Nacht trocknen. Und dann kommt das Nachschnitzen, ein mühsamer Prozess, bei dem alle herausgearbeiteten Details, die unter den Gessoschichten verloren gegangen sind, noch einmal nachgeschnitzt werden, um das gewünschte Profil zu erzielen.« Er zeigt auf die verwirrende Auswahl an Meißeln, Sticheln, Hohlbeiteln, Hobeln und Stemmeisen, die auf der großen Werkbank ausgebreitet sind. Es gehört zu Maëlles Aufgaben, dafür zu sorgen, dass die kostbaren Werkzeuge stets gesäubert und geölt und geschliffen sind.

»In einer großen Fabrik wie dieser könnte allein das einen guten Schnitzer beschäftigen, weil es eine Aufgabe ist, die viel Geschick erfordert. Wenn Monsieur Bayol verfügbar ist, ergänzt er in dieser Phase natürlich gern seine speziellen Verzierungen. Die äußere oder ›romantische‹ Seite des Tiers ist immer die am kunstvollsten gestaltete.«

Maëlle hört aufmerksam zu, aber mehr noch beobachtet sie Léon. Die Art, wie sich sein Kiefer bewegt, wenn er spricht, der dunkle Backenbart, der seine Wangen überschattet. Die Art, wie er sich ungeduldig die weißen Hemdsärmel bis zu den Ellenbogen hochkrempelt, sodass sie harte, muskulöse Unterarme entblößen, wie die Knochen und Sehnen sich bewegen, während er das Holz mit den Werkzeugen bearbeitet.

Sie beugt sich vor, um einen Hauch seines Geruchs wahrzunehmen: Farbe und frisch gesägtes Holz, aber auch irgendein ganz eigener Geruch. Er riecht wie der wilde Fenchel, der auf den Feldern ihres Heimatortes wuchs.

Maëlle hat die meiste Zeit ihres Lebens in der Umgebung von Männern verbracht, hat mit ihrem Bruder geträumt, mit ihrem Vater gearbeitet, mit ihren Nachbarn zu tun gehabt. Aber das hier ist etwas anderes. Als sie klein war, wünschte sich Maëlle oft, sie wäre ein Junge. Sie sehnte sich danach zu laufen und zu fischen und zu jagen, zu schnitzen und zu erschaffen wie ihr Vater. Sie hatte sich nie fürs Kochen und Nähen – und schon gar nicht fürs Putzen – begeistern können, so wie ihre Schwestern und ihre Mutter. Aber als Maëlle erklärte, sie würde niemals heiraten, sagte ihre Mutter, sie würde ihre Meinung schon noch ändern, wenn sie sich erst einmal verliebte. Damals hatte Maëlle ihr widersprochen, aber jetzt fragt sie sich: Ist das dieses Gefühl? Diese schwer greifbaren Empfindungen, die der Metzgersohn oder der verwitwete Bauer oder irgendeiner der anderen Jungen aus der Stadt in ihren gestreiften Pullovern, die nach Fischeingeweiden und Salz von ihrer Zeit auf dem Meer stanken, nie in ihr hervorrufen konnten?

Maëlle weiß nur, dass es ihr zum ersten Mal in ihrem Leben schwerfällt, sich darauf zu konzentrieren, eine neue Fertigkeit zu erlernen. Ihr hitziger Blick huscht über Léons Hände, seine Arme … seinen Mund. Sie verliert den Faden von dem, was er sagt, stellt sich stattdessen das Gefühl dieser Lippen vor, wenn sie die ihren berühren.

Als sie mit dem Nachschnitzen fertig sind, treten Léon und Maëlle einen Schritt zurück, und Monsieur Bayol kommt herein, um das Stück zu begutachten. Er nimmt einen spitzen Stichel – ein Werkzeug, das wie ein Eispickel aussieht –, um ein paar Details zu ergänzen. Er brummt vor sich hin, während er die Tiefe und Detailarbeit der Holzskulptur mustert, und dann nickt er und geht weiter.

Léon wirft einen Blick auf Maëlle und lächelt. Er flüstert verschwörerisch: »Als ich damals hier angefangen habe, hätte ich mir für ein solches Nicken den rechten Arm abgehackt. Monsieur Bayol ist ein großartiger Mann, ein großartiger Künstler.«

Maëlle versteht das. Es ist so, wie sie selbst immer danach strebte, ihrem Vater zu gefallen, nur … noch mehr.

»Und jetzt muss die letzte Gessoschicht noch einmal geschmirgelt werden.«

»Noch einmal?«

»Schmirgeln kann man nie genug«, sagt er lächelnd und nimmt ihre Hand in seine. Er legt ihre Handfläche an die Figur und gleitet mit ihren Fingerspitzen über die Wirbel und Schnörkel der Pferdemähne.

»Fühlst du, wie glatt sie ist? Wie Samt.«

Sie ist sprachlos, ihre Haut glüht, wo er sie berührt.

»Also, wir tragen drei oder vier Schichten eines Weichkaolins auf – in diesem Fall werden wir gelbes Poliment verwenden. Siehst du die Konsistenz?«

Das Poliment sieht eher nach cremigem Schlamm als nach Farbe aus. Léon trägt es mit einem langstieligen, weichhaarigen Pinsel auf, der selbst in die tiefsten Einbuchtungen der Ritzen, der Nischen, der Hohlräume hineinreicht.

»Dann schmirgeln wir noch ein bisschen mehr und tragen eine Schicht rotes Poliment auf die Bereiche mit den höchsten Reliefs auf. Ein letztes Schmirgeln, und dann sind wir bereit für das Vergolden.«

Sie warten, bis der Großteil der schweren Arbeit beendet ist und die Arbeiter für den Tag nach Hause gehen; dann sagt Léon Maëlle, dass sie alle Fenster schließen soll.

»Das Blattgold ist hauchdünn, siehst du? Schon die leichteste Brise wird es fortwehen. Wir schneiden es auf einem speziellen Kissen.«

Das kostbare Gold schimmert im Spätnachmittagslicht, schwebt auf Luftströmungen, die niemand sonst fühlt.

»Der Klebstoff, Grundierleim genannt, besteht aus Wasser und geschmolzener Gelatine. Er wird mit diesem speziellen Pinsel aus Ziegenhaar aufgetragen.« Léon zeigt ihr den flachen, breiten Pinsel, der mit einer Kupferzwinge umwickelt ist, und stellt das Pferd schräg, damit der Klebstoff nicht tropft. »Wir arbeiten in kleinen Abschnitten, damit der Grundierleim in der Zwischenzeit nicht antrocknet.«

Er legt das lose Blattgold auf das Kissen und schneidet es mit einem scharfen Messer in hauchdünne Scheiben.

»Fass das Gold nie, aber auch wirklich nie mit den Händen an. Schon die geringste Menge Fett von deinen Fingern würde es trüben. Um es anzuheben, verwende den Anschießer, so.« Er zeigt ihr den »Anschießer«, einen kurzstieligen Pinsel aus feinen, langen Zobelhaaren. »Aber du kannst mit den Haaren über deine Wange gleiten, um ein bisschen mehr Haftung zu bekommen. Siehst du?«

Er hebt die weichen Borsten zu ihrem Gesicht, streicht damit über ihren Wangenknochen. Es fühlt sich an, als würde er ein neugeborenes Kätzchen über ihre Haut streichen. Ihr Atem entweicht in einem sanften Stöhnen.

»Fühlst du, wie weich es ist?«

Maëlle kann nur nicken.

Das Blattgold ist so fein, dass es an dem Pinsel anhaftet, und Léon führt ihn an die geschnitzte Oberfläche, die von Klebstoff glänzt.

»Du musst sehr präzise arbeiten; sich überlappende Bereiche werden nicht genauso glänzen wie eine einzelne Schicht, und wir dürfen das kostbare Metall nicht vergeuden. Danach verwenden wir einen kleinen Trockenmopp mit einer weichen, gewölbten Spitze aus Eichhörnchenhaaren. Mit seiner runden Form kommst du bis in die tiefsten Profile. Klopf das Blattgold vorsichtig auf der Oberfläche fest, um sicherzustellen, dass es vollständig anhaftet. Das Metall soll nie in den Klebstoff einsinken, sondern obenauf liegen bleiben, sodass es richtig glänzen kann.«

»Was, wenn man irgendwelche Stellen übersehen hat?«

»Für Nachbesserungen verwenden wir einen spitzen Vergolderpinsel. Und das hier wird jetzt deine Aufgabe sein: das Gold mit einem Achatpolierer auf Hochglanz zu polieren.«

Er reicht ihr einen geschliffenen Stein mit einem Metallgriff und führt sie zu der bereits fertigen Figur einer Kuh mit kleinen vergoldeten Bereichen auf dem Geschirr und der Satteldecke.

Sie streift ein Paar weiße Baumwollhandschuhe über. Obwohl sie ihr zu groß und fleckig vom Gebrauch sind, kommt sie sich damit elegant vor, wie eine Dame. Léon zeigt ihr, wie sie den glatten, kühlen Stein über die Vergoldung ziehen soll, um sie zum Strahlen zu bringen.

»Und jetzt«, verkündet er, während er mit einer schwungvollen Geste seine eigenen Handschuhe abstreift, *»c'est l'heure vert.«*

»Die grüne Stunde?«

»*Exactement.* Zeit, meine Freunde auf einen Absinth zu treffen.«

Maëlle sieht gespannt zu ihm hoch.

In diesem Augenblick kommt Monsieur Maréchal herein, um seine letzte Runde dieses Abends durch die Fabrik zu machen. Sein scharfer Blick huscht zwischen den beiden hin und her; er scheint nicht erfreut, sie so nah beisammenstehen zu sehen.

»Bleib mit deinen Gedanken bei der Arbeit, kleines Mädchen«, ermahnt Maréchal sie. »Du musst diese Kuh heute Abend fertig polieren, bevor du Feierabend machen kannst. Und vergiss nicht: Goldvergoldung ist empfindlich und kostbar. Sie kann allzu leicht ruiniert werden.«

»Oui, Monsieur«, erwidert Maëlle. »Das verstehe ich.«

Maréchal wirft einen strengen Blick auf Léon, der nur lächelt und ihm eine gute Nacht wünscht. Dann nimmt der Vorarbeiter Hut und Jacke von dem Haken neben der Tür und geht hinaus.

»Ein Letztes gilt es über Goldvergoldung noch zu wissen«, sagt Léon leise, während sein Blick zurück zu Maëlles Gesicht huscht und auf ihm zu ruhen kommt. »Sie sollte niemals ohne gebührlichen Abschluss bleiben; nur die richtige Polierung wird später ihren wahren Glanz zum Vorschein bringen. Bis morgen, kleines Mädchen.«

Kapitel 18

GEGENWART
PARIS

Cady

Am Spätnachmittag des darauffolgenden Tages kehrte Cady zum Musée Carnavalet zurück, eine rosa Schachtel in den Händen, die mit grobem Bindfaden zugebunden und mit einem Goldfoliensticker der Pâtisserie des Rêves versiegelt war. Sie hatte eine gute Viertelstunde damit zugebracht, die Auslagen in dem leuchtend rosa, süß duftenden Laden zu studieren. Jedes Gebäckstück war schöner und verlockender als das andere, aber schließlich entschied sie sich für einen pastellfarbenen Regenbogen aus *macarons*, einen eleganten *fraisier* – ein winziges weißes Törtchen mit Crème brûlée obenauf – und ein Stück Schwarzwälder Kirschtorte, mit dunklen Schokoladeraspeln und Puderzucker bestreut.

»Nur ein kleines Dankeschön dafür, dass Sie das Treffen mit Jean-Paul Mirassou arrangiert haben«, sagte Cady zu Madame Martin. »Er war sehr nett.«

»Er ist Single«, bemerkte Madame Martin vielsagend.

Cadys Mund ging auf und wieder zu, wie bei einem Goldfisch.

Madame Martin lachte. Sie hielt sich die rosa Schachtel an die Nase, schloss die Augen und atmete tief ein. Dann stellte sie sie beiseite und tätschelte sie wie ein geliebtes Haustier.

»Entschuldigen Sie, dass ich so direkt war. Ich habe Jean-Paul sehr gern. Er war verlobt, aber am Vorabend der Hochzeit haben sie sich getrennt. Der arme Mann braucht jemanden, um den er sich kümmern kann, und ich dachte immer, er würde einmal einen sehr guten Ehemann abgeben. Ich kenne ihn seit seiner Kindheit. Er gibt sich sehr lässig, aber in Wirklichkeit …« Sie brach ab und schüttelte den Kopf.

»Jean-Paul erwähnte, der derzeitige Besitzer von Château Clément sei ein Schriftsteller«, sagte Cady, um das Thema zu wechseln. »Haben Sie sein Werk gelesen? Ich habe mir eine Übersetzung von *Das Château* gekauft, aber selbst auf Englisch ist es ein bisschen …«

»Schwer zu verstehen?« Madame Martin schnaubte spöttisch. »Das ist es, gelinde gesagt. Ich hatte für diese Art experimentelle Fiktion noch nie viel übrig. Da lese ich jederzeit lieber einen guten Liebesroman.«

»Ich hatte gehofft, der Roman könnte mir einen gewissen Einblick in die Geschichte des Châteaus vermitteln. Jean-Paul sagte, um die Wende zum 20. Jahrhundert hätten Yves und seine Frau ein Karussell bei der Bayol-Fabrik in Auftrag gegeben. Ein ganzes Karussell nur für eine einzige Familie. Schwer vorstellbar.«

»Heutzutage besitzen reiche Familien vielleicht einen Privatjet oder eine Insel als Rückzugsort. Andere Zeiten, andere Luxusvergnügen.«

»Wohl wahr.«

»Natürlich, die meisten Châteaubesitzer haben im Laufe der Weltkriege alles verloren. Viele Häuser wurden beschädigt und geplündert, und die wirtschaftliche Veränderungen danach und höhere Steuern sorgten dafür, dass solch riesige Ländereien nicht mehr rentabel waren. Es sei denn, die Besitzer konnten Wein produzieren oder es gelang ihnen, ihre Häuser in Hotels oder Ferienanlagen umzuwandeln.«

»Ist das der Grund, weshalb so viele dem Verfall preisgegeben wurden?«

Sie nickte. »Das Wort *château* bedeutet *Schloss*, auch wenn es für so ziemlich alles von einer massiven mittelalterlichen Steinfestung bis hin zu einem etwas größeren, kunstvoll gestalteten Haus verwendet wird. Die Regierung ist eingeschritten, um einige der eher bemerkenswerten oder historischen Châteaus zu retten, aber sie kann es sich nicht leisten, sie alle zu restaurieren, geschweige denn, sie zu unterhalten. Es ist wirklich ein Jammer.«

»Sie erwähnten, Ihr Ehemann sei aus der Provence. War er mal auf Château Clément?«

»O nein, das glaube ich nicht. Jedenfalls nicht drinnen. Allem Anschein nach ist der Besitzer kein großer Menschenfreund.«

»Ich kann mir einfach nicht erklären, wieso mein Kaninchen, das offenbar nicht in Bayols Atelier geschnitzt wurde, die Fotografie einer Frau enthielt, auf dem sie vor einem Karussell steht, das Bayol für einen privaten Wohnsitz angefertigt hat.«

»Haben Sie schon mal daran gedacht, dass Ihr Kaninchen vielleicht zu einem späteren Zeitpunkt geschnitzt worden sein könnte? Vielleicht hat jemand versucht, ein Bayol-Kaninchen von dem Karussell für die Frau nachzubauen, die er liebte – die Frau auf der Fotografie! Sie sagten doch, da sei auch eine Liebesbotschaft gewesen …«

»Jetzt verstehe ich, warum Sie Liebesromane mögen«, lächelte Cady. »Sie haben recht – ein Mann könnte die Botschaft für seine Geliebte geschrieben haben, aber welche Erklärung könnte es für den Haarstrang geben?«

»Vielleicht hat sie ihn ihm geschenkt, und er hat zum Andenken alles zusammen in das Kaninchen gelegt. Als Verlobungsgeschenk vielleicht.«

»Das wäre eine sehr nette Geschichte«, meinte Cady, aber sie war nicht überzeugt. »Was glauben Sie, wie es in die Vereinigten Staaten gekommen ist?«

»Historische Objekte landen letztendlich oft im Ausland«, erklärte Madame Martin. »Wie ich bereits sagte, vielleicht wurde das Château irgendwann geplündert. Viele Kunstgegenstände wurden auch nach dem Krieg verkauft, als Frankreich Mühe hatte, wieder auf die Beine zu kommen. Die Amerikaner hatten mehr Geld, und Touristen nehmen gern Souvenirs mit nach Hause.«

Madame Martins Telefon klingelte, und sie nahm ab.

Während sie wartete, studierte Cady einen großen gerahmten Stadtplan von Paris, der über einem vollgestopften Bücherschrank hing. Sie freute sich, dass sie schnell erkannte, wo sie in diesem Moment war, im Musée Carnavalet im Marais, und auch die ungefähre Lage ihrer Wohnung im Quartier Latin und sogar die Abbey-Buchhandlung fand. Ein Gefühl dafür zu haben, wo sie sich im Bezug zur Seine befand, begriff Cady, war eine Riesenhilfe, um in Paris nicht die Orientierung zu verlieren.

Madame Martin legte auf und sah Cady mit hochgezogenen Augenbrauen an. »Raten Sie mal, wer hier ist?«

»Wer denn?«

»Jean-Paul«, sagte Madame Martin in einem lauten Flüsterton, wie ein Schulmädchen.

Cady musste lächeln. Erst gestern hatte sie Madame Martin noch als strenge Historikerin eingestuft. Andererseits war sie noch nie eine gute Menschenkennerin gewesen.

Jean-Paul betrat mit raschen Schritten das Büro, aber er blieb wie angewurzelt stehen, als er Cady sah. »Cady, *bonjour*, was für eine nette Überraschung.«

Cady erhob sich, und sie tauschten zur Begrüßung Wangenküsse aus. Danach begrüßte Jean-Paul Madame Martin, wobei er sie *tante* nannte.

»Ich wollte mich bei Madame Martin dafür bedanken, dass sie uns bekannt gemacht hat«, sagte Cady.

Jean-Pauls Blick fiel auf die rosa Bäckereischachtel.

»Aber jetzt wird mir klar, dass ich dir auch ein paar Leckereien hätte bringen sollen«, ergänzte Cady. »Als Dankeschön dafür, dass du mich gestern durch ganz Paris begleitet hast.«

»Eigentlich war es nur ein kleiner Ausschnitt der Stadt«, erwiderte er, wobei er seine Stimme ein wenig dämpfte. »Und es war mir ein Vergnügen.«

»Oder hättest du vielleicht lieber amerikanischen Bourbon? Ich habe gehört, dass es den hier nicht oft gibt, daher hat mir meine Freundin eine Flasche mitgegeben.«

Er lächelte. »Ich mag Whiskey, aber wirklich, dafür ist kein Dank nötig.«

»Jean-Paul, kannst du dir das vorstellen?«, schaltete sich Madame Martin jetzt ein. »Cady liest *Le Château* von Fabrice Clément. Sie hofft, mehr über dieses Karussell herauszufinden, das sie damals auf Château Clément hatten.«

Sein Stimmungsumschwung war fast unmerklich, aber diesmal war Cady sich sicher: Das Thema war Jean-Paul unangenehm. Er gab sich immer so lässig und entspannt, aber irgendetwas verriet ihr, dass sich hinter diesem ansehnlichen Äußeren Geheimnisse verbargen. Andererseits ließ sich Cady selbst auch nicht gern in die Karten schauen. Also würde sie so etwas mit Sicherheit niemand anderem ankreiden.

»Ich denke, ich mache für heute Schluss«, verkündete Madame Martin. »Lasst uns gehen und einen *apéro* einnehmen.«

»Was ist denn ein *apéro*?«, fragte Cady.

»Ein kleiner Drink und vielleicht ein Happen zu essen. Ich kenne ein nettes kleines Café um die Ecke.«

»Ehrlich gesagt, Tante, bin ich zum Essen verabredet«, meinte Jean-Paul mit einem Blick auf die Uhr.

»Unsinn«, entgegnete Madame Martin. »Für einen kleinen Aperitif hast du doch Zeit.«

Er senkte den Kopf. »Ich nehm's an.«

Als sie das Büro verließen und durch den Eingangsbereich des Museums gingen, entschuldigte sich Jean-Paul, um zu telefonieren.

Cady wandte sich an Madame Martin. »Sie scheinen großen Einfluss auf Jean-Paul zu haben.«

»Er schuldet mir einen Gefallen«, antwortete sie.

»Das muss ja ein ziemlich großer Gefallen sein.«

Jean-Paul gesellte sich wieder zu ihnen, und er und Madame Martin wechselten einen Blick, sagten aber nichts. Cady hatte es neckend gemeint, aber sie begriff – zu spät –, dass es so klang, als würde sie ihre Nase in Angelegenheiten stecken, die sie eindeutig nichts angingen. Diese beiden

Leute hatten sich große Mühe gemacht, um ihr zu helfen. Das war mehr als genug.

Auf ihrem Weg zur Rue de Rivoli bemerkte Cady einen Stein an einem Gebäude, in den eine Inschrift eingemeißelt war, und um das Schweigen zu brechen, sagte sie: »Davon habe ich schon mehrere in der Stadt gesehen. Was haben sie zu bedeuten?«

Auf der Tafel stand:

GEORGES BAILLY
ÉTUDIANT EN PHARMACIE
ÂGÉ DE 24 ANS
EST MORT HÉROÏQUEMENT POUR LA FRANCE
LE 25 AOÛT 1944 LA LIBÉRATION DE PARIS

»Einige der Widerstandskämpfer in der Résistance haben auf den Straßen eine Art Guerillakrieg geführt, als die Nazis allmählich die Kontrolle über die Stadt verloren«, erklärte Madame Martin. »Viele von ihnen wurden beim Kampf um die Befreiung von Paris getötet. Ihre Familien haben dort, wo sie gefallen sind, Blumen abgelegt und kleine handgeschriebene Schilder hinterlassen. Nach dem Krieg wurde vielen eine offizielle Würdigung zuteil.«

»Armer Georges Bailly«, meinte Cady. »Erst vierundzwanzig und schon ein aufrechter Kämpfer gegen die Nazis.«

»Viele Soldaten waren noch weitaus jünger«, warf Jean-Paul ein. »Teenager. Und es gab sogar Kinder, zwölf oder dreizehn Jahre alt, die in der Résistance aktiv waren.«

»Ein ernüchternder Gedanke, nicht wahr?«, meinte Cady. Sie fühlte sich oft, als hätte sie als Kind einen Krieg überlebt, aber Pariser Kinder hatten einen richtigen Krieg überlebt. Mehr als einmal.

Kaum hatten sie sich in dem Café an einen Tisch gesetzt, sprang Madame Martin wieder auf und rief: »Oh, ich habe ganz vergessen, dass ich telefonieren muss. Ich bin gleich wieder da.«

Cady sah zu, wie die Frau das Restaurant verließ. Erleichtert wechselte sie wieder ins Englische über. »Ich glaube, du hast recht, deine *tante* versucht, uns zu verkuppeln. Ich kann mir nur nicht vorstellen, warum.«

Der Kellner kam, und sie bestellten. Dann lehnte sich Jean-Paul auf seinem Platz zurück, verschränkte die Hände auf dem Bauch und legte den Kopf schief, als wollte er sie abschätzen.

»Du machst keinen typischen Eindruck.«

»In welcher Hinsicht?«

»Du bist nicht arglistig.«

»Wie bitte?«

»Ist das nicht das richtige Wort? Wenn jemand ohne … Arglist ist?«

»Du meinst, arglos.«

»Ja, das habe ich doch gesagt.«

»Sind Amerikaner im Allgemeinen denn voller Arglist?«

»Nicht Amerikaner. Frauen. Du bist keine typische Frau.«

Sie lachte schallend auf. »Mir war gar nicht bewusst, dass es so etwas wie eine ›typische‹ Frau *gibt*.«

Er legte die Stirn in Falten, als sei er verwirrt.

»Jean-Paul, ich bin dir sehr dankbar für alles, was du für mich getan hast. Du hast dir große Mühe gemacht, um einer Fremden zu helfen, aber ich brauche wirklich keine französische Abhandlung darüber, wer ich bin oder wer ich sein sollte, weil ich eine Frau bin.«

»Ich wollte dich nicht beleidigen, wirklich nicht. Ganz im Gegenteil, ehrlich gesagt.«

»Das verstehe ich, glaube ich.«

»Ich habe nur gemeint, dass du … hinreißend bist.«

Sie lachte wieder. »Okay, jetzt weiß ich, dass du Hintergedanken hast. Ich bin vielleicht vieles, aber hinreißend zu sein, hat man mir noch nie vorgeworfen.«

Jean-Paul hielt ihren Blick noch einen langen Moment.

»Also«, sagte Cady und räusperte sich, »in dem Buch habe ich ein paar Bezüge auf ein Karussell gefunden, aber später scheint es zu einer Metapher für das Leben zu werden. Das Buch wurde in den Fünfzigerjahren geschrieben, ist es möglich, dass das Karussell zu der Zeit vielleicht noch dort war? Wann wurde es zerstört?«

»Irgendwann im Ersten Weltkrieg. Ich glaube, die Überreste befinden sich noch immer auf dem Gelände des Châteaus, aber der jetzige Besitzer hat nie jemandem den Zutritt dazu gewährt. Fabrice Clément ist ein … Fall für sich.«

»Dein älterer Cousin lebt in einem Château kurz vor der Stadt, und du hast ihn noch nie besucht?«

»Natürlich habe ich ihn besucht«, antwortete er kopfschüttelnd. »Aber er hat mich nie weiter als bis in die Küche gelassen. Es ist sehr kompliziert.«

Der Kellner brachte drei hohe Champagnerflöten, eine kleine Schale mit Oliven und eine andere mit Walnüssen. Er arrangierte sie mit Papierservietten auf dem Tisch und entfernte sich dann rasch.

»Fabrice' Vater, Marc-Antoine, war der Cousin ersten Grades meines Urgroßvaters Pierre«, fuhr Jean-Paul fort. »Viele in der Familie – darunter, sehr lautstark, auch Pierres Sohn Gerald, der mein Großvater ist – vertraten die Ansicht, Marc-Antoine hätte das Château nicht erben sollen.«

»Warum denn nicht?«

Er machte eine wegwerfende Handbewegung. »Die Frage ist müßig, was mich betrifft – vor allem da ich das Château eines Tages wohl sowieso erben werde, über meine Mutter –, aber es hat ein … *Problem* innerhalb der Familie verursacht.«

»Ein Zerwürfnis?«

»Ja, über vier Generationen hinweg, um genau zu sein.«

»Das ist allerdings ein großes Zerwürfnis. Aber … warum hast du mir nicht schon früher gesagt, dass du das Château irgendwann erben wirst?«

»Er erschien mir nicht passend. Wie ich bereits sagte, die Situation ist kompliziert. Schmeckt dir der Champagner? Koste ihn mal.«

Er sah zu, wie Cady einen kleinen Schluck nahm; die Perlen kitzelten sie in der Nase, aber der Champagner war trocken und spritzig, mit einem dezenten Hauch von Apfel und Aprikose, anders als jeder Sekt, den sie je gekostet hatte. Er hatte nichts mit dem billigen, süßen Schampus gemein, den sie bei ihrer eigenen Hochzeit serviert hatte.

»Gut?«, fragte er.

»Sehr gut. Danke. Aber zurück zu deiner Familie: Du hast mit diesem Zerwürfnis nichts zu tun?«

»Ich finde es albern, sich wegen Gerüchten und Anschuldigungen zu streiten, die auf etwas beruhen, was vor einem

Jahrhundert vielleicht oder vielleicht auch nicht passiert sein mag.«

»Klingt, als wärst du der Friedensstifter in der Familie.«

Jean-Paul schenkte ihr ein etwas schiefes Lächeln. »Ich nehme an, das bin ich. Allerdings kein besonders erfolgreicher, sollte ich vielleicht dazu sagen.«

»Hast du dich deshalb entschieden, in Paris zu leben?«

»Zum Teil. Ich bin zum Studium hierhergekommen, habe hier angefangen zu arbeiten und bin nie wieder weggegangen. Ich fahre gern zu Besuch nach Saint-Véran und habe mit dem Gedanken gespielt, eines Tages dorthin zurückzuziehen. Sosehr ich Paris auch liebe, würde ich meine Kinder doch lieber in meinem Heimatdorf großziehen. Mit dem TGV ist man schnell dort.«

»Der TGV ist der Hochgeschwindigkeitszug?«

Er nickte.

»Ich wusste gar nicht, dass du Kinder hast.«

»Das habe ich auch nicht, noch nicht. Aber ich hoffe es, eines Tages. Und du?«

Cadys Hand glitt an ihren Bauch, und ihr wurde bewusst, dass sie jetzt schon mehrere Stunden am Stück verbracht hatte, ohne an ihre Fehlgeburt zu denken. Trotzdem ... sie rechnete rasch im Kopf nach. Wenn sie das Baby nicht verloren hätte, dann wäre sie jetzt im zweiten Schwangerschaftsdrittel. Wenn Maxine nicht gestorben wäre, dann hätte die alte Frau inzwischen zehn Babydeckchen gestrickt; und die beiden hätten ausrangierte Sachen von Maxines Verwandten gesammelt: einen spitzenmäßigen Babyautositz, winzige Strampelanzüge, ein hölzernes Gitterbett. Wenn alles anders gekommen wäre, dann wäre sie in nur wenigen Monaten Mutter geworden und Maxine Großmutter.

Aber wenn alles anders gekommen wäre, dann wäre Cady niemals nach Paris gekommen.

Madame Martin rauschte zurück ins Café, ließ sich auf ihren Platz fallen und nahm einen großen Schluck Champagner.

»*Je suis désolée*«, entschuldigte sie sich. »Also, wovon reden wir?«

»Vom Kinderkriegen«, antwortete Jean-Paul, ohne zu zögern.

Madame Martin richtete sich auf und sah mit weit aufgerissenen Augen zwischen den beiden hin und her. Jean-Paul kicherte.

»Ach *du*«, sagte Madame Martin und gab ihm einen verspielten Klaps auf den Arm. »Du ziehst mich gern auf.«

»Wir reden von Château Clément und dem Drama, das es umgibt«, sagte Jean-Paul. »Wie üblich.«

»Hat Jean-Paul Ihnen erzählt, dass er Ende nächster Woche nach Saint-Véran fährt?«, fragte Madame Martin. »Vielleicht könnten Sie ihn begleiten, um es selbst zu sehen.«

»Oh, danke, aber ich fliege nächste Woche zurück nach Kalifornien«, erwiderte Cady.

»Paris ist eine Stadt von Weltklasse, aber Frankreich hat so viel mehr zu bieten als nur Paris. Es gibt viele faszinierende Regionen mit ihrer ganz eigenen Geschichte und Lebensart«, fuhr Madame Martin fort. »Sie sollten mehr von unserem Land sehen, bevor Sie in die Vereinigten Staaten zurückkehren. Die Provence ist eine andere Welt.«

»Oh, aber ich könnte nicht …«, begann Cady.

»Jean-Paul, sag ihr, dass sie herzlich willkommen wäre.«

»Du wärst herzlich willkommen«, sagte Jean-Paul pflichtschuldig.

»Das ist sehr nett von dir, aber nein danke.«

»Du vertraust mir nicht«, sagte Jean-Paul. Es war eine Feststellung, keine Frage.

»Nicht wirklich, nein«, antwortete Cady.

Madame Martin blickte verblüfft.

»Es liegt nicht an ihm, es liegt an mir«, versicherte Cady ihr. »Ich konnte noch nie besonders gut mit Leuten umgehen.«

Jean-Paul schenkte ihr ein langsames, forschendes Lächeln.

»Was denn?«, wollte sie wissen.

Er antwortete auf Englisch. »Siehst du? Ohne Arglist.«

Kapitel 19

1944
PARIS

Fabrice

Trotz gegenüber den deutschen Besatzern und seinen eigenen Eltern war es, was Fabrice ursprünglich zu dem Treffen der Résistance geführt hatte. Paulette war der Grund, aus dem er wiederkam. Sie war der wahre Grund für seine zutiefst antideutschen Gefühle, für seine Bereitschaft, sein Leben der Résistance zu opfern.

Paulette. Sie war alles, woran er denken konnte.

Er würde es niemandem gestehen, schon gar nicht Paulette.

Fabrice wusste, dass er die Nazis dafür hassen sollte, dass sie Paris besetzt hatten, und das tat er auch. Er ging ihnen auf der Straße aus dem Weg und weigerte sich, ihnen in die Augen zu sehen oder mit ihnen zu sprechen, sofern er nicht dazu gezwungen wurde. In stillem Protest trug er in seinem Beutel ein Buch bei sich, *Le Silence de la Mer – Das Schweigen des Meeres* –, von Jean Bruller; darin weigerten sich ein alter Mann und seine Nichte, mit dem deutschen Offizier zu sprechen, der ihr Haus besetzt hat. Anfangs konnte Fabrice nicht glauben, dass eine solche Geschichte während des Krieges veröffentlicht wurde, aber später erfuhr er, dass sie in einem der Untergrundverlage erschienen war, die gegründet wurden, um die Zensur der Deutschen und der Vichy-Regierung zu umgehen.

Er hatte das Buch in der verlassenen Wohnung seines Nachbarn gefunden, Monsieur Schreyer, ein alter Witwer, der gern streunende Katzen fütterte und bis spät in die Nacht seine schwermütige Violine spielte. Eines Tages war Monsieur Schreyer plötzlich verschwunden, wie so viele andere, mit denen Fabrice in diesem Viertel aufgewachsen war: die Besitzer des Juweliergeschäfts, das in Brand gesteckt wurde, oder die freundliche Frau, die dem kleinen Fabrice früher aus ihrem Fenster Süßigkeiten zugesteckt hatte. Über zwanzig Schüler von seiner Schule, die einfach nicht mehr zum Unterricht erschienen.

Deutsche Stellen behaupteten, diese Leute seien vorübergehend in Arbeitslager gebracht worden, aber nach allem, was man wusste, hatte keiner von ihnen auch nur eine Tasche packen dürfen, bevor sie abtransportiert worden waren, geschweige denn, noch einmal zu ihren Wohnungen zurückkehren.

Als Fabrice – wobei er sich wie ein Revolutionär vorkam – es wagte, das Buch seinem Schulfreund Claude zu zeigen, begann Claude, mit ihm über den Widerstand gegen die deutschen Besatzer zu sprechen. Nach ein paar Tagen nahm Claude Fabrice mit zu einem alten Mann unter dem Arc de Triomphe, der ihn ausführlich über seinen Hintergrund, seine Gefühle gegenüber den Deutschen und seine Fähigkeiten befragte.

»Du musst dir sehr sicher sein und darfst *niemandem* gegenüber je irgendetwas darüber erwähnen. Nicht einmal in deiner eigenen Familie. Es ist riskant«, erklärte ihm der Mann. »Es besteht ständig die Gefahr, verraten zu werden. Die Zellen stehen nicht in Kontakt, aus Angst, wenn eine auffliegt, könnten die anderen durch Folter preisgegeben werden. Wir treffen uns in kleinen Gruppen, und wir verwenden Decknamen. Auf diese Weise kann niemand die anderen verraten, wenn er aufgegriffen wird, selbst wenn er es wollte.«

»Ich will helfen«, beharrte Fabrice. »Ich werde keiner Menschenseele etwas sagen.«

Das Treffen fand in der Wohnung eines Arztes namens Duhamel in der Rue Paul Valéry statt, einer Seitenstraße der Avenue Victor Hugo.

»Eine Arztpraxis ist eine gute Tarnung«, erklärte Claude, als sie sich näherten. »Dort können viele unterschiedliche Leute ein und aus gehen, ohne Verdacht zu erregen.«

Fabrice erfuhr, dass der wohlhabende Dr. Duhamel nach außen hin pflichtschuldig verwundete deutsche Soldaten versorgte, während er insgeheim verwundete britische und amerikanische Piloten behandelte und ihnen zur Flucht über die Grenze nach Spanien verhalf. Dazu mussten zusätzliche Lebensmittel für die Verwundeten beschafft werden, und das zu einer Zeit, in der manche Pariser gezwungen waren, Katzen oder »Brot« aus Kastanien und Sägemehl zu essen. Die Arztpraxis wurde zu einem Dreh- und Angelpunkt von Information und Schmuggel; Botschaften mit Ideen für Bombenziele wurden in stinkendem Käse aus Vichy versteckt und dann an diejenigen übermittelt, die ein Funkgerät besaßen und die Botschaften nach London senden konnten. Ländliche Zellen, *maquis* genannt, schickten Informationen über deutsche Truppenbewegungen über in die Unterwäsche von Bauern eingenähte Zettelchen.

Bei dem Treffen waren eine Handvoll sehr unterschiedlicher Leute: ein Student, ein Kommunist, ein Gewerkschafter, ein polnischer Einwanderer. Und Paulette. Obwohl Fabrice den erschreckenden, ergreifenden Geschichten der Leute bei dem Treffen aufmerksam zuhörte, konnte er den Blick nicht von ihr abwenden.

Sie war die Sekretärin des Arztes. Sie hockte auf einer Schreibtischkante, eine rote Baskenmütze auf dem Kopf, ihre Kleider abgetragen, aber ordentlich, mit einem schmalen Gürtel, der ihre Taille betonte. Aber es waren ihre blauen Augen, die seine Aufmerksamkeit fesselten. Sie blitzten, während sie mit glühender Überzeugung sprach und Entschlossenheit ausstrahlte. Später sollte Fabrice feststellen, dass andere nichts Besonderes an ihr fanden, und das erstaunte ihn; für Fabrice war Paulette die Verkörperung von allem, was er je wollen, je erstreben könnte. Die Biegung ihres Handgelenks, das Stück blasse Haut, das ihre Bluse am Ausschnitt sehen ließ, die Art, wie sie sich eine verirrte Locke honigblonden Haars hinters Ohr steckte, als sie leicht verärgert, aber dennoch unbeirrt mit ihrer leidenschaftlichen Rede fortfuhr.

Fabrice war hingerissen.

Paulette sollte seine offizielle Kontaktperson sein. Sie war tapfer, entschlossen, furchtlos. Sie arbeitete seit Beginn der Besatzungszeit in der Résistance, und als junge Frau konnte sie mit dem Fahrrad durch die Straßen fahren, ohne Verdacht zu erregen.

»Wir von der Résistance kommen mit unterschiedlichen

Visionen und unterschiedlichen Zielen zusammen«, erklärte der Arzt. »Aber uns vereint die Liebe zu unserem Land und Hass auf eine Besatzungsmacht, die uns zu besiegen und zu vereinnahmen versucht. Die Alliierten arbeiten von außen, wir müssen ihnen von innen helfen. Aber vergesst nicht: Ihr betretet eine Schattenwelt.«

Während sie sprachen, saß eine mollige Frau mittleren Alters am Fenster und spähte hinaus, als würde sie gar nicht zuhören. Anfangs hielt Fabrice sie für unhöflich, später erkannte er, dass immer jemand mit der Aufgabe betraut war, an den großen, zur Straße hinausgehenden Fenstern aufzupassen. Im Allgemeinen war es genau diese Frau, die, wie sich herausstellte, die Haushälterin der Familie war. Die eleganten Möbel, Teppiche und Ölgemälde in der Praxis – und die Tatsache, dass sie noch immer ein Hausmädchen in Vollzeit beschäftigten – waren Zeichen der privilegierten Stellung der Familie Duhamel, und Fabrice' Vater sprach oft vom Reichtum als der Quelle alles Bösen. Aber zumindest in dieser Familie, entschied Fabrice, war ihr Privileg die Grundlage für gebildeten Widerstand gegen den Feind.

Es war ein bisschen, als würde man eingeladen werden, eine Rolle in einem Theaterstück zu spielen, dachte Fabrice, während die Unterhaltung um ihn herum weiterplätscherte: wie man falsche Papiere bekam, einen falschen Namen annahm. Paulette zeigte ihnen alle Hinterausgänge aus dem Gebäude, für den Fall, dass sie auffliegen sollten. Selbst der Arzt und seine Frau sprachen nicht miteinander über das, was sie taten, aus Angst, verhaftet und gefoltert zu werden, um Informationen über den jeweils anderen preiszugeben. Wer in den Untergrund ging, musste alle Bande zu Familienangehörigen und Freunden kappen, um *clandestinité* zu wahren.

Es war ein Schattenland voller Gefahr. Fabrice hatte sich noch nie so lebendig gefühlt.

Fabrice war für die Sache nützlich, weil er jung war und die blonden Haare seiner Mutter geerbt hatte. Es gab nur noch sehr wenige junge Männer in Paris – die meisten waren in Arbeitslagern oder mit dem Militär im Exil –, aber seinen Papieren zufolge war er zu jung, um zur Zwangsarbeit eingezogen zu werden, daher konnte sich Fabrice mehr oder weniger frei auf den Straßen bewegen.

Außerdem war er sehr wortgewandt.

Der Krieg wurde nicht nur auf den Schlachtfeldern, sondern auch in den Köpfen und Herzen der Bevölkerung ausgetragen. Informationen waren der Schlüssel.

»Die Nazis kontrollieren die Medien, die *Pariser Zeitung*«, erklärte ihm Paulette. Er versuchte, sich auf ihre Worte zu konzentrieren und nicht nur auf ihre herzförmigen Lippen, während sie sich bewegten. »Sie erscheint auf Deutsch, gelegentlich mit einer einseitigen Beilage auf Französisch, die die Nachrichten zusammenfasst. Als einzige offizielle Informationsquelle für die französische Bevölkerung und die deutschen Besatzungstruppen in Nordfrankreich hat sie ihren eigenen Korrespondenten in Vichy.«

Fabrice kannte das Blatt. Die *Pariser Zeitung* war entschieden antibritisch, antikommunistisch und antisemitisch. In einem stillen Akt des Widerstands benutzten die Bürger diese Zeitung, um das Öl aufzusaugen, wenn sie kochten, oder um die Böden von Vogelkäfigen auszulegen.

Die Zeitung schmeichelte dem französischen Volk und

versuchte zu zeigen, dass die beiden Kulturen nicht nur harmonierten, sondern einander ergänzten. Leitartikel waren voll des Lobes für das französische Bankensystem und die Unternehmen, die auf der Leipziger Messe und der Ausstellung France Européenne de la Photographie vertreten waren. Begeisterte Artikel schwärmten von Paris, seinen Denkmälern, Museen und Cafés, seinem Nachtleben, seiner Gourmetküche ... und den schönen Pariser Frauen.

»Nach den Vorstellungen der Nazis«, erklärte ein Mann, der Fabrice nur als »der Belgier« bekannt war, »soll Paris der Spielplatz der deutschen Oberherren werden, das ist die Rolle, die Frankreich in der Neuen Weltordnung spielen soll.«

»Schweine«, sagte Paulette und tat, als würde sie ausspucken.

Der Belgier knurrte zustimmend, dann erzählte er Fabrice von den Widerstandsbemühungen im Druckereiwesen. Eine Untergrundzeitung namens *Le Médecin Français* ermunterte Ärzte, Kollaborateure für den *service de travail obligatoire* zu empfehlen, während sie die anderen aus medizinischer Sicht für untauglich erklären sollten. *La Terre* erklärte den Bauern, wie sie ihre Erzeugnisse am besten schmuggelten, um Mitglieder der Résistance zu ernähren, und das *Bulletin des chemins de fer* forderte Bahnmitarbeiter auf, deutsche Züge und andere Transportmittel zu sabotieren. *Libération-Nord* und *Défense de la France*, beide von Studentengruppen gegründet, hatten Massenauflagen von mehreren Zehntausend.

Fabrice' Lieblingsbeispiel war *Unter uns*, eine Zeitung, die eigens für die Besatzungstruppen auf Deutsch erschien;

sie druckte Berichte über demütigende deutsche Niederlagen an der Ostfront.

Fabrice begann, indem er Traktate verfasste, die auf alten Matrizenapparaten vervielfältigt wurden. Dann erlaubte ihnen eine freundlich gesinnte Druckerei im Marais-Viertel, ihre Flugblätter mitten in der Nacht zu drucken, wobei sie allerdings Gefahr liefen, dass ein aufmerksamer Deutscher bemerkte, dass die Schriftart dieselbe war wie auf offiziell genehmigten Dokumenten. Sie quetschten die Worte auf ein einziges Blatt zusammen, denn Druckmaterialien – Papier, Druckerschwärze, Matrizen – waren knapp und kostbar, da sie nur an die Besatzer verkauft werden durften.

Fabrice begann, Handschuhe nicht nur im Winter zu tragen, um die verräterische Druckerschwärze an seinen Fingern zu verbergen. In den meisten Nächten arbeitete er stundenlang in der Druckerei und schlief kaum. Morgens stopften er und Claude sich dicke Bündel mit frisch gedruckten Flugblättern vorn in ihre Jacken und legten dann kleine Stapel an belebten Straßenecken und auf Kirchenstufen aus und sicherten sie mit einem Stein, damit sie nicht fortwehen konnten. Wenn möglich, steckten sie sie direkt in Briefkästen oder überreichten sie im Dunkeln Paulette oder anderen namenlosen Kontaktpersonen.

Obwohl man ihn gewarnt hatte, wie angespannt das Leben mit dieser ständigen Angst vor Enttarnung und Verrat sein würde, genoss Fabrice seine neue Rolle. Er tischte seinen Eltern eine Lüge nach der anderen auf, um zu erklären, wo er war, und verschwendete kaum einen Gedanken an seine kleine Schwester, Capucine. Schließlich ging er immer seltener nach Hause, sondern zog es vor, auf einer kleinen Pritsche im Hinterzimmer der Druckerei oder einem der Ersatzbetten des Arztes zu schlafen.

Er spielte eine Rolle in einem Drama, und Paulette war seine Heldin.

Fabrice hatte seine Mitstreiter in der Résistance über sein Alter belogen, hatte behauptet, fast siebzehn zu sein, aber trotzdem war sein Deckname Garçon, »der Junge«. Paulettes falscher Name war Michelle. Mit neunzehn war sie vier Jahre älter als er. Und diese Jahre machten für die Leute in ihrem Umfeld einen frustrierenden Unterschied. Und was am schlimmsten war, auch für Paulette selbst.

Aber er wagte zu glauben, dass sie etwas … teilten.

Eines Nachts, als sie auf dem Boden der Druckerei saßen, in Dunkel und Stille gehüllt wegen der Ausgangssperre, vertrauten Fabrice und Paulette einander ihre wahren Namen an.

Kapitel 20

GEGENWART
PARIS

Cady

Cady machte sich ein einfaches Abendessen aus Baguette, reifen Birnen und einem extrem übel riechenden Käse namens Époisses de Bourgogne, den sie, so der Besitzer der *fromagerie* bei ihr um die Ecke, unbedingt kosten musste. Sie schenkte sich ein Glas granatroten Bordeaux ein und setzte sich an ihren winzigen Küchentisch, entschlossen, sich durch den literarischen Sumpf des *Château* zu kämpfen.

Alle sagten, *Das Château* sei schwer verständlich, daher war sie wenigstens nicht die Einzige. Diesmal. Manchmal fragte sich Cady, ob sie eine entscheidende Entwicklungsphase versäumt hatte, um lesen zu lernen, so wie Leute, die früh in ihrem Leben nicht sprechen lernten, es nie wirklich aufholten.

Sie verstand die Bedeutung der Worte, sobald sie sie laut aussprach, daher war ein Wörterbuch keine Hilfe; ihr Wortschatz hatte sich im Laufe der Jahre vergrößert, indem sie aufmerksam, angestrengt *zuhörte*. So war sie all die Jahre zurechtgekommen, als sie nicht lesen konnte, aber so getan hatte als ob.

Die ersten Bücher, die Cady freiwillig gelesen hatte, waren Fotografie-Lehrbücher. Ihre Faszination wurde geweckt, als sie in Maxines vollgestopftem Hinterzimmer eine kleine Sammlung altertümlicher Kameras entdeckte. Als Maxine ihr Interesse bemerkte, hatte sie ihr einen Deal vorgeschlagen: Für jedes Buch, bei dem Cady beweisen konnte, dass sie es gelesen hatte, würde Maxine ihr eine der Kameras schenken. Cady lieh sich Bücher aus der Bibliothek aus, ackerte eines nach dem anderen durch, so gut sie konnte, und erstattete Maxine darüber Bericht, während sie zusammen in dem Laden herumwerkelten. Sie lernte das Verfahren der Fotografie kennen, studierte die Prinzipien der Camera obscura und bastelte ihre eigene Lochkamera. Sie vertiefte sich in die majestätische Naturfotografie von Ansel Adams, Jacob Riis' grobkörnige Fotos des Großstadtlebens um die Wende zum 20. Jahrhundert, das Werk von Dorothea Lange aus der Zeit der Weltwirtschaftskrise und die Fotos, die Henryk Ross heimlich vom jüdischen Getto in Lodz in Polen aufgenommen hatte.

Als Cady Hörbücher entdeckte, wähnte sie sich im Himmel und verschlang begierig eines nach dem anderen. Short Storys, Essays, epische Romane – egal was. Hörbücher machten sie mit Welten bekannt, von deren Existenz sie gar nichts gewusst hatte.

Sie hörte sie sich an, während sie in der Dunkelkammer arbeitete, und fand Trost in der Einsamkeit einer anderen Welt, einem Alleinsein, das sich alles andere als einsam anfühlte. Selbst der beißende Geruch der Chemikalien vermittelte ihr das Gefühl von Frieden und Stille. Alles war in Ordnung: Jedes Gefäß hatte seinen festen Platz, alle Gläser und Flaschen und Dosen mit Utensilien standen fein säuberlich aufgereiht auf dem Regal. Dort, im Dunkeln, gab es nur Cady, die Geschichte, die sie sich anhörte, und die Magie von Bildern, die auftauchten, wo vorher nichts gewesen war.

Bei dem Gedanken daran verspürte Cady dieses vertraute kribbelnde Verlangen, die Fotos zu entwickeln, die sie aufgenommen hatte, um zu sehen, wie die Karussellbilder geworden waren. Sie machte immer Referenzfotos mit ihrer Digitalkamera, aber wie sie Jean-Paul gesagt hatte, war es einfach nicht dasselbe.

Sie atmete einmal aus und blätterte eine Seite um. Die sprunghafte Handlung von *Das Château* konnte ihr Interesse nicht fesseln. Sie nahm noch einen Bissen von dem Époisses auf einem knusprigen Stück Baguette und ließ die Gedanken schweifen.

Jean-Paul. Was war seine Geschichte?

Nach ihrem Champagner-*apéro* am frühen Abend hatte sich Cady von Jean-Paul Mirassou und Madame Martin verabschiedet. Jean-Paul würde nächste Woche in die Provence fahren, und sie würde in die Vereinigten Staaten zurückkehren, daher war nicht anzunehmen, dass sie sich je wiedersehen würden. Was natürlich völlig in Ordnung war. Es war schließlich nicht so, dass sie an einer Liebelei interessiert war – man musste sich ja nur ansehen, was das letzte Mal passiert war.

Er war attraktiv, musste sie sich eingestehen – *très beau* –, aber was hätte es für einen Sinn? Ganz abgesehen davon, dass Jean-Paul in Frankreich lebte und Cady in Kalifornien, war sie für zwischenmenschliche Beziehungen einfach nicht zu gebrauchen. Maxine und Olivia waren reine Glückstreffer, Brosamen, die ihr das Schicksal hingeworfen hatte, damit sie nicht eines Tages ausrastete und sich von der Golden Gate Bridge stürzte.

Trotzdem, sie würde Jean-Paul nie vergessen, dachte Cady, während sie ihren Wein nippte. Ein Mann, den sie ganze zwei Tage gekannt hatte. Das sah ihr überhaupt nicht ähnlich. Konnte sie es auf die geschärften Sinne, die seltsame Offenheit zurückführen, die mit einer Reise einhergingen?

Sie wusste nur, dass er gut roch. *Richtig* gut. Sie mochte die Art, wie seine Augen von Fältchen umrahmt wurden, wenn er lachte, die Art, wie sie an den Winkeln leicht nach unten zeigten und ihm ein melancholisch-romantisches Aussehen verliehen. Er hatte kräftige Handgelenke und trug eine altmodische Zifferblattuhr mit einem braunen Lederarmband. Sie erinnerte sich an die Art, wie sein Backenbart ihre Wangen gekitzelt hatte, als sie sich begrüßten, das Kribbeln auf ihrer Haut, als ihre Hände sich streiften, während er ihr am Tisch das Schälchen mit Oliven reichte.

Sie hätte ihn fragen sollen, ob sie ihn fotografieren dürfe.

Trotzdem, so attraktiv und charmant Jean-Paul auch war, direkt unter der Oberfläche brodelte irgendetwas, das sie nervös machte. Was es war, konnte sie sich nicht vorstellen, aber eines wusste sie: Sie war gebrochen genug für sie beide. Sie konnte mit Olivia befreundet sein, weil Olivia so gesund und ausgeglichen war. Und Maxine war ein Fels in der Brandung gewesen, unerschütterlich angesichts Cadys vieler Herausforderungen. Nichts konnte Maxine aus dem Gleichgewicht bringen.

Das Letzte, was ich in meinem Leben brauche, ist ein anderer gebrochener Mensch, ermahnte sich Cady, während sie vom Tisch aufstand. Sie wickelte den restlichen Käse und das Baguette ein, korkte den Wein zu und trug ihren Teller zur Spüle.

Nachdem sie das Geschirr abgewaschen hatte, lehnte sie sich gegen den Tresen und blätterte noch ein bisschen in *Das Château*. Sie benutzte Post-it-Notizen, um Stellen zu markieren, die sie interessierten, zum Beispiel ein paar Rezepte, die sie gern ausprobieren würde, aber auch ein paar Stellen, wo von einem Karussell die Rede war.

Jetzt entdeckte sie noch eine:

Immer und immer wieder im Kreis auf dem Karussell.
Werde ich mein Ziel je erreichen?
Der Lehrling Anon
Immer und immer wieder im Kreis, auf der Jagd
Wie ein Märchen
Die Pferde laufen und laufen, ohne je anzukommen
Der Karussellschnitzer verneigt sich
Und in der verheilten Wunde
Hütet die Figur das Geheimnis
Anon.

Was in aller Welt sollte *das* denn heißen? War das eine Anspielung auf den Schnitzerlehrling, den sie gesucht hatte? Und was war das für ein Geheimnis?

Cady durchforstete die nächsten paar Seiten, aber die Geschichte driftete in einen verwirrenden Mischmasch von Überlegungen zu Nachkriegssteuern, den revolutionären Klängen von Jazzmusik und dem grundsätzlich dekadenten Zustand der französischen Gesellschaft ab.

Sie hatte angefangen, die geheimnisvolle Botschaft als

Lesezeichen zu verwenden. Jetzt starrte sie darauf, während sie mit den Fingern auf den Tresen klopfte.

Souviens-toi de moi.

Dem Plan zufolge wollte Cady noch eine Woche in Paris bleiben, um Karussells und ähnliche Spektakel wie zum Beispiel Jahrmärkte und Volksfeste oder altmodische Attraktionen wie das gestrige Marionettentheater zu fotografieren. Von Hunderten oder sogar Tausenden Klicks würde letztendlich nur eine Handvoll Bilder Eingang in ein Buch finden, daher musste sie dem Verleger eine reiche Auswahl an Optionen zeigen können.

Aber in Wirklichkeit wollte sie vor allem herausfinden, ob Gus tatsächlich von Château Clément in der Provence stammte. Und wenn ja, warum er nicht von dem berühmten französischen Schnitzer Bayol geschnitzt worden war und wer das Kästchen in seinem Bauch versteckt hatte und wie eine einhundert Jahre alte geschnitzte Karussellfigur nach Kalifornien in ihre Hände gekommen war. Und wer war die Frau auf der Fotografie, und wer bat wen, wessen zu gedenken?

Du wirst besessen, Drake, ermahnte sie sich.

Es war eine törichte Idee. Natürlich war es das. Aber … Cady schaltete ihren Laptop ein und fand Saint-Véran auf der Karte, nicht weit von Avignon. Zwei Zimmer wurden in Privathäusern im Dorf zur Miete angeboten, beide nicht teuer. Sie gab einem spontanen Impuls nach und buchte eines davon, zusammen mit einem Ticket im TGV von Paris nach Avignon und einem Mietwagen, um von Avignon nach Château Clément zu fahren.

Nachdem sie zum letzten Mal auf Senden gedrückt hatte, lehnte sich Cady zurück und atmete zitternd aus. Sie schenkte sich noch ein Glas Wein ein, während sie sich draufgängerisch und tollkühn fühlte.

Immer und immer wieder im Kreis auf dem Karussell.

Sie konnte nicht aufhören, an ein verfallenes Château in der provenzalischen Landschaft zu denken, bewohnt von einem älteren einsiedlerischen Schriftsteller, der die Überreste eines verlorenen Karussells versteckte.

Vermutlich war es eine vorprogrammierte Katastrophe.

Aber … ein bisschen klang es wie ein Märchen.

Kapitel 21

1900
ANGERS

Maëlle

Die Fabrik läuft auf Hochtouren, die Hälfte der Arbeiter ist damit beschäftigt, ein Karussell für die Stadt Nantes fertigzustellen, während die andere Hälfte bereits mit dem Karussell für Château Clément beginnt. Bayol verbringt viele Abende mit seinem Gestalter, grübelt über Entwurfszeichnungen und entwickelt die süßen Gesichter der Bauernhoftiere, für die er so berühmt ist.

Maëlle hat gelernt, dass Karusselldesigns mit perspektivischen Tricks arbeiten, um das Gefühl von Bewegung und Größe zu steigern. So sind zum Beispiel die äußeren Figuren auf der Plattform im Verhältnis größer als die inneren, sodass das Gefühl von Perspektive verstärkt wird. Oft dreht sich der obere Teil des Karussells langsam im Uhrzeigersinn, während sich der Hauptmechanismus entgegen dem Uhrzeigersinn dreht, um das schwindelerregende Gefühl des sich Drehens zu verstärken.

Im Mittelpunkt stehen die Tierfiguren, aber sie sind nicht die einzige künstlerische Besonderheit. Es gibt ein reich verziertes festes Dach über der sich bewegenden

Karusselldecke. Die tänzelnden Tiere, Drehschüsseln und schaukelnden Gondeln werden durch ein Getriebe unter der Plattform in Bewegung gesetzt. Der Mechanismus wird von dem Ingenieur Charles Detay gebaut.

Bayols *atelier de mécanique* beschäftigt Zimmerleute, Tischler und Maler in der Werkstatt, aber der Meister beauftragt den berühmten Landschaftsmaler und Professor an der Pariser École de Beaux-Arts, Fernand Lutscher, damit, Landschaftspaneele zu malen und die dekorativen Leinwände zu gestalten, die die hölzernen Winden und Kurbeln unter der Decke verbergen.

Schließlich darf Maëlle ein paar Innenseiten der Tiere schnitzen. Der Meister beobachtet genau, wie sie schneidet und schabt, während sie an den Figuren arbeitet. Sorgfältig trägt sie die verschiedenen Grundierungen und Gessoschichten auf und schmirgelt, bis ihre Finger wund sind. Maëlle sehnt sich danach, ihre eigene vollständige Figur zu schnitzen, doch als sie es wagt, diese Bitte zu äußern, wird sie zurechtgewiesen.

»Weißt du nicht, wie lange Léon Morice schon für den Meister arbeitet?«, entgegnet Monsieur Maréchal. »Und der schnitzt noch immer nicht seine eigenen Figuren. Monsieur Bayol ist hier der Künstler, er ist es, der die Aufträge erhält. Verstehst du das? Ein Lehrling könnte *zehn* Jahre hier arbeiten, bevor er sein eigenes Tier schnitzt. Du bist viel zu ehrgeizig, kleines Mädchen.«

Sie hasst es, wenn er sie »kleines Mädchen« nennt. Ihre Wangen glühen.

Als sie den Blick hebt, sieht sie, wie Léon sie vom anderen Ende des Studios anstarrt.

Die Arbeiter in Bayols Atelier mühen sich über viele Monate hinweg mit dem Clément-Karussell ab. Es sind vierundzwanzig Tiere – vier Schweine, vier Pferde, vier Kaninchen, vier Hühner, vier Katzen, vier Hunde –, außerdem eine Gondel, die von einem Getriebe unter dem Boden zum Schaukeln gebracht wird, und zwei Drehschüsseln. Aber diese Teile sind erst der Anfang: Auch der Mechanismus muss konstruiert werden, die Blasebälge gebaut, die Dampfmaschine installiert und der Salon, der das alles beherbergen wird, gebaut und ausgestaltet werden. Er ist zwölf Meter breit, mit fünf Meter hohen Wänden, die alle mit goldgerahmten Spiegeln und wunderschönen Wandgemälden geschmückt sein werden, die von Künstlern aus Paris gemalt werden. Monsieur Bayol hat den Arbeitern auf Château Clément Pläne geschickt, damit sie die Grundlagen vorbereiten können, aber die wahre Magie muss warten, bis das Karussell eintrifft.

Der Salon selbst wird erst nach seiner Ankunft vollständig zusammengesetzt, und jegliche Probleme werden vor Ort behoben werden. Aber das Karussell muss in der Fabrik getestet werden, bevor es quer durchs Land befördert wird.

Madame Bayol hat für den Versuchstag ein besonderes Mittagessen vorbereitet.

»Wenn alles gut geht, wird es eine Feier werden«, erklärt sie mit besorgter Miene. »Wenn nicht, werden wir die zusätzliche Stärkung brauchen, um nicht den Mut zu verlieren. Mein Mann kann mit Misserfolgen nicht gut umgehen.«

Neun Männer wurden ausgewählt, um das Karussell vor Ort zusammenzusetzen, mehr Arbeiter kann Bayol in der

Fabrik nicht entbehren. Sie werden das Gefährt auch auf seiner Reise mit dem Zug begleiten. Nach ihrer Ankunft auf Château Clément müssen sie alle Teile, darunter den Motor und das Getriebe, binnen zwei oder drei Wochen, höchstens eines Monats, zusammenbauen können.

Maëlle sieht ihren Fortschritten zu, während sie weiter schnitzt, grundiert und bemalt. In den letzten Monaten hat sie bei all diesen Arbeiten großes Geschick bewiesen, und jetzt darf sie ein paar der Innenhälften der Pferde nachschnitzen, die für das nächste Karussell – diesmal eines für die Stadt Nîmes – bestimmt sind.

Dennoch ist Maëlle neidisch, weil sie das Clément-Karussell nicht zu seinem endgültigen Zuhause begleiten wird. Mit dem Zug durch ganz Frankreich, durch Paris, zu fahren, das klingt wie das aufregendste Abenteuer, das sie sich vorstellen kann. Außerdem ist da noch Léon.

Léon wird das Karussell begleiten. Er wird für Wochen, vielleicht sogar einen Monat, fort sein. Der Gedanke bedrückt sie.

Sie freut sich jeden Tag darauf, ihn zu sehen, mit ihm zusammenzuarbeiten. Wie wird die Arbeit ohne ihn sein? Sie empfindet ihre Aufgaben schon jetzt als Routine, manchmal sogar langweilig.

»Du bist zu ungeduldig. Du willst alles viel zu schnell«, sagt Monsieur Maréchal. »Lehrlinge arbeiten Jahre, nicht nur Monate, mit dem Meister, bevor sie allein arbeiten.«

»Aber ich bin eine bessere Schnitzerin als die Hälfte der Lehrlinge hier«, erklärt Maëlle. »Und doch werde ich noch immer nicht Lehrling genannt. Nur ›Hilfsarbeiter‹. Das ist nicht fair.«

Monsieur Maréchal lächelt. Auch wenn er oft schroff ist,

blicken seine sanften braunen Augen freundlich. »Ich bewundere deinen Ehrgeiz, Maëlle. Wirklich. Das findet man selten bei einer Frau, und ich bezweifle nicht, dass du eines Tages berühmt sein wirst.«

»Ich will nicht berühmt werden«, entgegnet Maëlle. »Ich will nur schnitzen.«

»Auch beim Malen beweist du großes Geschick«, sagt er.

»Ich habe nichts gegen das Malen«, erwidert sie, richtet sich zu ihrer vollen Größe auf und reckt das Kinn. »Aber ich bin *Schnitzerin*. Das ist ein Teil von mir, so sicher, wie mein Haar braun ist.«

Maëlle hat ihrem Bruder Erwann jede Woche geschrieben und ihm von ihren Fortschritten berichtet. Er versichert ihr, dass sein Gedicht für sie, »Der aufstrebende Lehrling von Angers«, prophetisch war und dass sie eines Tages ganz gewiss ihre eigenen Werke schnitzen wird. Sie trägt den Brief in ihrer Tasche bei sich, eng zusammengefaltet, und reibt ihn wie einen Talisman, jedes Mal wenn ihr Ehrgeiz ausgebremst wird.

Als Maëlle eines Tages in die Fabrik kommt, sieht sie Monsieur Maréchal mit Monsieur Bayol an seinem Schreibtisch reden, ihre grauen Köpfe tief geneigt.

Maëlle wendet den Blick rasch ab und macht sich an die Arbeit, aber sie spürt, wie sie ein Kribbeln durchläuft. Einer der Lehrlinge, ein junger Bursche namens Philippe Boisson, hat vor einer Weile zu husten begonnen, ein entsetzliches Rasseln, das sie an das Leiden ihres Bruders erinnert. Kürzlich hat sie Blutflecken auf seinem Taschentuch gesehen, bevor er es rasch weggesteckt hat.

Er ist einer der Männer, die das Clément-Karussell in die Provence begleiten sollen.

Wenn Philippe nicht fahren kann, wird Monsieur Bayol keine andere Wahl haben, als Maëlle an seiner Stelle zu schicken. Sie ist die Einzige mit dem erforderlichen Geschick, die in der Fabrik entbehrlich ist. Sie haben ihren Auftrag von der Stadt Nîmes bereits in Angriff genommen; Monsieur Maréchal wird hier gebraucht, wie alle anderen auch.

Maëlle schämt sich dafür, sich über das Unglück eines anderen zu freuen, aber sie kann ihre Aufregung kaum noch im Zaum halten, als sich der Meister mit zuckendem Schnurrbart an sie wendet.

»Maëlle, ich will, dass du diese *manège* nach Avignon begleitest. Léon Morice wird als Leiter des Projekts fungieren, wie du weißt.« Er zögert, als würde er nach den richtigen Worten suchen. »Ich muss dir nicht sagen, dass ich von dir erwarte, dich wie eine Dame zu benehmen.«

»Das verstehe ich«, erwidert Maëlle, gekränkt von der Andeutung. Madame Bayol hat mehr als einmal festgestellt, dass Maëlle spät von einer Besorgung zurückkehrte, mit rotem Gesicht und zerzaust. Sie hat ihrem Mann von ihrem Verdacht erzählt. Maëlle fragt sich, ob irgendjemand die jungen Männer, mit denen sie zusammenarbeitet – Luc oder Romain oder Philippe –, fragt, warum sie fünf Minuten zu spät zur Fabrik kommen. Ob bei ihnen ein heimlicher Kuss oder noch mehr bedeutet, dass sie schlechte, verachtenswerte Männer sind.

Sie fragt sich, warum es eine solch schwere Last ist, sich wie »eine Dame« zu benehmen.

»Es gibt immer kleine Kerben und Kratzer, die behoben werden müssen, und die Fassade des Salons, der das Karussell beherbergen wird, benötigt eine umfassende Vergoldung und schmückende Bemalung, sobald er aufgebaut ist«, fährt Monsieur Bayol fort. »Die Familie muss stets zufriedengestellt werden, das heißt, worum auch immer Monsieur und Madame Clément dich bitten, das wirst du für sie tun. Bist du gewillt, so lange zu bleiben, wie es nötig ist, um jegliche Details fertigzustellen?«

»Natürlich, Monsieur«, antwortet Maëlle. »Es wird mir eine Ehre sein.«

Kapitel 22

GEGENWART
PROVENCE

Cady

Der TGV, der Train à Grande Vitesse, machte seinem Namen alle Ehre: Die Fahrt von Paris nach Avignon dauerte nur drei Stunden, was für eine Kalifornierin wie Cady atemberaubend war. Sie hatte einen Großteil von Frankreich in weniger Zeit durchquert, als sie mit dem Auto von San Francisco bis Reno in Nevada brauchen würde.

Aber das eigentlich Verblüffende war, wie leicht es war, einen Wagen zu mieten. Alles, was sie dafür brauchte, waren ihr kalifornischer Führerschein und eine Kreditkarte.

Warum ließ eine französische Autovermietung eine Amerikanerin, die keine Ahnung von den Verkehrsschildern oder -vorschriften hatte, in einem glänzenden neuen Renault auf und davon fahren? Wenigstens fuhren die Franzosen auf der gleichen Straßenseite wie die Amerikaner, andernfalls wäre sie aufgeschmissen gewesen. Aber sobald sie den Dreh raushatte, wie man sich durch die Kreisverkehre schlängelte, begann sie sich zu entspannen.

Während sie Frankreich erst mit dem Zug und dann mit dem Auto durchquerte, bemerkte Cady, wie sich die Landschaft veränderte: Hinter Paris folgten auf dichte Wälder Wiesen, auf denen Kühe und Lämmer weideten, die wiederum in sanft wogende Weinberge und Lavendelfelder vor zerklüfteten Klippen übergingen. Als sie sich Saint-Véran näherte, säumten Olivenhaine, alte Ahornbäume und gekrümmte italienische Zypressen die Landstraßen.

Zum Glück hatte sich Cady die Adresse und Wegbeschreibung zu dem Zimmer, das sie in Saint-Véran gemietet hatte, notiert, denn auf den letzten paar Kilometern funktionierte ihr Handy nur noch sporadisch. »Noch ein Vorteil des Landlebens«, murmelte sie vor sich hin. »Schlechter Handyempfang.« Aber bevor sie ins Dorf fuhr, wollte sie an Château Clément vorbeifahren, das sie auf einer Karte ausfindig gemacht hatte, bevor sie in Paris aufgebrochen war. Sie konnte es kaum erwarten, einen Blick auf den Ort zu werfen, der in ihrer Fantasie bereits begonnen hatte, Gestalt anzunehmen.

Es war erst halb acht, aber da es Anfang April war, war die Sonne bereits untergegangen. Es gab keine Straßenlaternen, aber der fast volle Mond warf ein silbriges Licht über die Landschaft. Hohe Bäume und Sträucher waren tintenschwarze Umrisse vor dem tiefvioletten Himmel.

Cady bog von der Straße ab und parkte an einer Steinmauer, wo ein schiefes Metallgatter leicht offen hing. Geradeaus, hinter dem Gatter, führte eine lange Kiesauffahrt zu dem Château, gesäumt von verwachsenen italienischen Zypressen. Die Auffahrt war von Furchen durchzogen und mit kräftig wucherndem Unkraut gesprenkelt. Die Zufahrt zu Château Clément war nicht nur heruntergekommen – sie sah verlassen aus.

Cady stieg aus und streckte sich.

Nach dem, was sie aus dieser Entfernung erkennen konnte, war Château Clément eine seltsame Mischung unterschiedlicher Stile. Die Hauptfassade war flach und symmetrisch, mindestens drei Stockwerke hoch, aus hellem Stein errichtet. Kreidefarbene Läden flankierten die vielen Fenster. Eine symmetrische, geschwungene Doppeltreppe führte zum Haupteingang auf der zweiten Ebene hinauf. Massive Schornsteine und Rohre unbekannten Zwecks erhoben sich hoch über dem roten Ziegeldach.

Cady zögerte, dann trat sie durch das Gatter. Kies knirschte unter ihren Stiefeln. Die Luft war kalt und feucht, und der Wind begann aufzufrischen und zupfte an ihren Haaren. Es fiel ihr kaum auf.

In dem Gebäude war kein Licht zu sehen. Was, wenn sie einfach zum Haus hochging und an die Tür klopfte? Wäre das in Ordnung oder zu aufdringlich? So etwas gehörte zu den Dingen, die sie nicht gut einschätzen konnte.

Rechts neben dem Château befand sich ein Teich, umgeben von Schilf und Skulpturen und verziert mit Seerosenblättern, wie in einem Märchenbuch. Mehrere Nebengebäude waren u-förmig um etwas angeordnet, was früher ein Innenhof gewesen sein könnte. Dicke Steinmauern auf der anderen Seite des Hauses schienen etwas gröber zu sein, vielleicht Überreste aus einem anderen Jahrhundert.

Womöglich war das Château tatsächlich verlassen. Fabrice Clément hatte in den Fünfzigerjahren geschrieben, was hieß, dass er jetzt ziemlich alt sein musste. Vielleicht hatte ihn sein fortgeschrittenes Alter oder seine schwindende Gesundheit gezwungen, seine zurückgezogene Lebensweise aufzugeben, und er wurde irgendwo anders gepflegt.

Rumms!

Cady zuckte zusammen, als sie Glas zerspringen hörte. Sie sah ein flackerndes Licht, wie den Strahl einer Taschenlampe, drüben bei der Gruppe von Nebengebäuden. Sie glaubte, die Stimme eines Mannes rufen zu hören.

»*Allô?*«, antwortete sie laut. »Ist alles in Ordnung? Monsieur Clément?«

Erschrocken wandte sie sich zum Gehen.

Aber dann hielt sie inne. Was, wenn der alte Mann herausgekommen war, um Brennholz oder irgendetwas zu holen, und im Dunkeln gestolpert war? Was, wenn er verletzt auf dem Boden lag? Sie konnte das Bild von Maxine nicht abschütteln, wie sie vor ihren Augen zusammengebrochen war. Maxine hatte sie nicht mehr helfen können, aber wenn Fabrice Clément ein gebrechlicher älterer Mann war …

Schließlich öffnete sie das Gatter, sprang wieder in ihren Wagen und fuhr die Auffahrt hoch. Bei den Nebengebäuden, wo sie das Geräusch gehört zu haben glaubte, hielt sie an.

»*Allô?*«, rief sie noch einmal. Sie blieb neben der offenen Wagentür stehen, nur für den Fall, dass sie rasch flüchten musste. »Ist alles in Ordnung?«

Schweigen. Langsam ging Cady auf das nächstgelegene Gebäude zu. Es war ein alter Steinbau, mit schmuddeligen, mehrfach verglasten Fenstern an der Tür. Sie versuchte hineinzuspähen, aber drinnen war es stockfinster. Doch … einen Moment lang glaubte sie Musik zu hören, und vor ihrem geistigen Auge sah sie ein Karussell, das sich majestätisch drehte, mit einer Frau in einem weißen Kleid, die auf einem kunstvollen, skurril geschnitzten Pferd saß.

Sie hörte Schritte hinter sich, und ohne zu überlegen, schnellte sie herum, ging in die Hocke und reckte die Fäuste, bereit, jemanden zu schlagen oder zu treten, wie sie es in dem Selbstverteidigungskurs gelernt hatte, den sie mit Olivia besucht hatte.

»Cady? *C'est toi?*«

»*Jean-Paul!* Hast du mich erschreckt!« Cady richtete sich auf.

»Hast du nicht meinen Wagen vorfahren gehört?«, fragte Jean-Paul Mirassou.

»Ich glaube, ich war ein bisschen abgelenkt. Ich dachte, ich hätte gesehen … Egal. Was in aller Welt machst du denn hier?«

»Ich habe dir doch gesagt, dass ich meine Familie in Saint-Véran besuchen würde.«

»Du hast gesagt, du würdest nächste Woche kommen.«

»Mein Cousin hat sich den Knöchel verletzt, daher habe ich meine Reise vorverlegt.«

»Aber du hast gesagt, du seist auf dem Château nicht willkommen.«

»Ich glaube, ich habe auch gesagt, *du* seist hier ebenfalls nicht willkommen. Hast du mir nicht gesagt, du würdest deine letzte Woche in Paris verbringen?«

Cady erinnerte sich an den Rat, den Jonquilla ihr vor so vielen Jahren erteilt hatte: *»Wenn du auf frischer Tat ertappt wirst, streite es ab. Streite alles ab.«*

»Ich habe, äh, meine Pension gesucht.«

»Oh-oh.« Er warf einen vielsagenden Blick auf den dunklen Innenhof und die leer stehenden Gebäude. »Und dachtest, das hier könnte es sein?«

»Ich habe mich verfahren.«

Bevor Jean-Paul etwas erwidern konnte, rief eine barsche Stimme: »*Stehen bleiben,* genau dort, wo Sie sind!«

Ein Mann humpelte auf sie zu, eine Holzkrücke unter einem Arm, eine Schrotflinte unter dem anderen.

»Cousin Fabrice, salut! C'est moi, Jean-Paul!« Jean-Paul hob die Hände, als wollte er sich ergeben.

Cady tat es ihm gleich.

Der alte Mann sah sie blinzelnd an, als hätte er Schwierigkeiten, im Dunkeln zu sehen.

Cady versuchte es mit ihrem besten Französisch: »Bitte verzeihen Sie, Monsieur. Es ist meine Schuld. Ich konnte nicht sehen, ob jemand zu Hause ist. Ich dachte, ich hätte Glas zerspringen gehört, und dachte, jemand würde Hilfe brauchen ... was auch immer ...«

Sie brach ab, als er die Schrotflinte hob und damit in ihre ungefähre Richtung zielte, wobei er sie verblüffend ruhig hielt.

»Fabrice, bitte ...«, begann Jean-Paul noch einmal, aber Cady schnitt ihm das Wort ab.

»Ich habe Whiskey«, platzte sie heraus. »Amerikanischen Bourbon, das gute Zeug. Jean-Paul hat mir erzählt, dass Sie keine Amerikaner mögen, aber würden Sie bei einer Amerikanerin mit einer Flasche gutem Kentucky-Whiskey eine Ausnahme machen?«

Jean-Paul und Fabrice starrten Cady einen langen Moment an. Irgendetwas raschelte im Gebüsch, und sie hörten den leisen Schrei einer Eule. Cady hoffte, dass es kein böses Omen war. Sie spürte ein paar Regentropfen auf dem Kopf, und der Wind frischte auf.

»Was sollte ich gegen Amerikaner haben?«, fragte Fabrice schließlich.

»Ich, ähm …«, stammelte Cady. »Man hat mir gesagt, dass wir ein bisschen aufdringlich sein können. Sie wissen schon … ungebeten private Grundstücke betreten und so.«

»Amerikanische Soldaten haben dieses Tal von den Nazis befreit«, sagte er und spuckte ins Gebüsch. »Das war 1945. Ich war in Paris, als die Yanks kamen und über die Champs-Élysées marschiert sind. Ich nehme an, ich sollte mich revanchieren, indem ich Sie hereinbitte.«

»Dafür kann ich keine Ehre in Anspruch nehmen«, erwiderte Cady. »Das war vor meiner Zeit.«

Der alte Mann schnaubte, trat aber aus den Schatten. Er hatte nicht mehr viel gemein mit dem romantischen jungen Mann, der auf dem Umschlag seines Buchs, *Das Château*, abgebildet war. Cady erkannte ein Paar Adleraugen unter schweren Lidern, buschige Brauen und schüttere weiße Haare, lang und zottelig. Sein Wollpullover war ausgefranst, und er sah ganz allgemein ungepflegt aus.

»Gegen Whiskey habe ich mit Sicherheit nichts einzuwenden«, meinte Fabrice. »Ich mag nur keine Menschen, das ist alles.«

»Ah, na ja, in dem Punkt sind wir uns einig. Menschen sind grässlich«, erwiderte Cady. »Wie wär's, wenn ich die Flasche aus dem Wagen hole und wir einen Schluck trinken?«

Eine lange Pause trat ein, während Fabrice sie musterte. Dann wandte er sich an Jean-Paul.

»Was machst *du* denn hier?«

»Ich habe gehört, dass du dir den Knöchel verletzt hast. Ich wollte sehen, ob du irgendwelche Hilfe brauchst.«

»Bin diese verdammten Stufen runtergefallen. Was ist mit deinem schicken Job in Paris?«

»Die Angestellten kommen auch eine Weile ohne mich zurecht.«

Fabrice schnaubte. »Ich brauche deine ›Hilfe‹ nicht. Was hast du vor, willst du die Dinge beschleunigen, damit du endlich das Haus erben kannst? Na, viel Glück damit. Ich gehe erst, wenn ich verdammt noch mal bereit dazu bin, und keine Minute früher.«

Selbst in dem düsteren Licht konnte Cady sehen, wie ein Muskel in Jean-Pauls Kiefer zuckte. »Sei nicht albern«, meinte Jean-Paul. »Ich wollte dich sehen.«

»Ich mag keinen Besuch.«

»Du hast Cady eben hereingebeten.«

»Sie hat Whiskey. Und sie ist Amerikanerin. Warum sollte ich dich hereinlassen?«

»Weil ich dein Cousin bin?«

»Dein Urgroßvater war der Cousin meines Vaters. Du bist mehrere Grade entfernt oder so.« Er machte eine ärgerliche Handbewegung. »Zählt nicht mehr, wenn es so weit entfernt ist. Das Blut ist zu dünn.«

»Sagt wer? Mir scheint, der Stammbaum der Familie Clément ist ziemlich eng verschlungen und wird sorgfältig gepflegt. Außerdem«, ergänzte Jean-Paul, während er eine Hand flach ausstreckte, um die ersten Regentropfen aufzufangen, »fängt es an zu regnen.«

»Warum gehen wir nicht alle ins Haus und wärmen uns bei einem Glas Whiskey auf?«, versuchte es Cady noch einmal.

Der alte Mann seufzte und nickte fast unmerklich, eine Geste, die Cady an Maxine erinnerte. Er ließ den langen Lauf seiner Schrotflinte sinken und humpelte zum hinteren Teil des Châteaus.

Cady und Jean-Paul wechselten einen Blick und folgten ihm.

»Hattest du gar keine Angst vor der Waffe?«, murmelte Jean-Paul.

»Ich bin aus Oakland. Mir macht so leicht nichts Angst.« Er kicherte leise und wartete, während Cady zu ihrem Wagen zurückeilte und den Bourbon aus dem Koffer holte. Jean-Paul führte sie seitlich um das Château herum zu einem Hintereingang, wo Fabrice eine Tür angelehnt gelassen hatte.

Ein einzelner Lichtstrahl fiel durch eine Türöffnung am Ende des Flurs. Sie gingen durch einen schmucklosen Gang, der früher offensichtlich ein Dienstboteneingang gewesen war. Mit der niedrigen Decke und den feuchten Steinwänden schien es drinnen kälter als draußen zu sein. Hier und da verstreut lagen stapelweise Zeitungen, Bücher und Landkarten und Haufen aus weggelegten Werkzeugen und staubigen Lappen. *Es ist lange her, seit Bedienstete – oder irgendwelche anderen Leute – hier geputzt haben*, dachte Cady.

Am Ende des Flurs führte eine niedrige Türöffnung in eine riesige Küche. Die Wände waren mit glänzenden tief ockergelben Kacheln verkleidet, und der riesige Herd mit sechs Kochstellen und eine prächtige Kücheninsel aus Carrara-Marmor machten deutlich, dass diese Küche irgendwann umgestaltet worden war. Offene Holzregale enthielten schweres weißes Geschirr: Tassen und Untertassen, Teller und Schalen unterschiedlicher Größe. Schmutziges Geschirr türmte sich in der Keramikspüle und stand auf den langen Tresen verstreut, aber im Großen und Ganzen war es ein einladender Ort. Eine riesige Standuhr, bei der die Zeiger fehlten, tickte laut vor sich hin. An der gegenüberliegenden Wand befand sich ein massiver steinerner Kamin, groß genug, um ein ganzes Wildschwein am Spieß zu braten. Ein kleines Feuer flackerte darin, dessen Flammen den Raum mit Wärme und Licht erfüllten.

»Hübsche Küche«, bemerkte Cady.

Fabrice setzte sich an einen kleinen Holztisch neben dem Kamin und knurrte, während er es sich bequem machte: »Holt ein paar Gläser von dem Regal dort drüben.«

Jean-Paul fand drei saubere Saftgläser und stellte sie auf den Tisch.

Cady setzte sich auf einen der zerschrammten Holzstühle. Sie konnte kaum glauben, dass sie tatsächlich hier war, in der Küche von Château Clément, und mit dem Mann redete, der *Le Château* geschrieben hatte, der etwas über die Herkunft ihrer geschnitzten Kaninchenfigur – und vielleicht auch etwas über das geheime Kästchen darin – wissen könnte. Sie hatte hundert Fragen, die sie ihm stellen wollte, aber sie befahl sich, zu atmen und sich zu entspannen. Vermutlich würde Fabrice sofort dichtmachen, wenn man sich ihm nicht behutsam näherte. Ein oder zwei Gläser Bourbon könnten da helfen.

Sie hielt Fabrice die Flasche zur Begutachtung hin.

Er beäugte sie und nickte, und Cady schenkte etwas davon in die drei Gläser.

»Salut«, sagte Jean-Paul.

»À votre santé«, erwiderte Cady.

»'och die Tassen«, sagte Fabrice in stark akzentuiertem Englisch, leerte sein Glas und schenkte sich prompt nach. Dann wechselte er wieder ins Französische. »Das habe ich von den amerikanischen Soldaten gelernt.«

»Ich bin beeindruckt«, sagte Cady.

Fabrice zeigte mit seinem Glas auf Jean-Paul. »Ich habe gehört, du wolltest heiraten.«

»Pläne ändern sich«, erwiderte Jean-Paul leise. Er starrte auf die bernsteinfarbene Flüssigkeit in seinem Glas.

»Ich habe gehört, sie hat dich am Altar stehen lassen«, fuhr Fabrice fort. »Ist mit deinem Geschäftspartner durchgebrannt. Kein Wunder. Typisch Pariserin.«

Cady fragte sich, ob sie die Unterhaltung der beiden richtig verstand. Ihr Französisch hatte sich deutlich verbessert, seit sie nach Frankreich gekommen war, aber manchmal geriet sie noch ins Stolpern. Jean-Pauls düsterer Miene nach zu urteilen, hatte sie allerdings richtig verstanden, aber sie tat, als würde sie gar nicht zuhören, in der Hoffnung, die beiden würden weiterreden. Familiendynamiken – selbst angespannte – faszinierten sie.

Aber sie wusste genug, um ins Feuer zu starren und den Mund zu halten.

Nach einer langen Pause sagte Jean-Paul: »Für einen Einsiedler, der Menschen hasst, bist du erstaunlich gut informiert. Und das trotz der weiten Entfernung nach Paris. Beeindruckendes Kommunikationssystem.«

Fabrice lachte blechern auf und leerte den Rest seines Bourbons. Cadys Glas war kaum angerührt, ebenso Jean-Pauls. Sie nahm einen kleinen Schluck. Weich und rauchig und mit einem Hauch von Karamell glitt er über ihren Gaumen. *Danke, Olivia*.

Die drei saßen mehrere Minuten schweigend da, und die einzigen Geräusche waren das leise Knistern und Knacken des Feuers und ein gelegentliches *Plumps*, wenn die Glut in sich zusammenfiel.

»Dann leben Sie hier ganz allein?«, wagte sich Cady schließlich vor.

»Siehst du sonst noch jemanden hier?«, gab Fabrice zurück.

»Nicht in diesem Raum, nein. Aber das Haus scheint groß genug, dass ein Dutzend Leute hier leben könnten, ohne einander zu sehen.«

»Ha«, war alles, was er erwiderte.

»Monsieur Clément …«, nahm sie einen neuen Anlauf.

Er schnitt ihr das Wort ab. *»Tutoie-moi«*, sagte er, was hieß, dass sie ihn mit dem zwanglosen *tu* anstatt *vous* anreden sollte. »Ich heiße Fabrice, ich mag diese förmliche *merde* nicht.«

»Okay, danke, Fabrice«, sagte sie. »Ich wollte erklären, warum ich Ihr Grundstück unbefugt betreten habe. Ich … es ist irgendwie eine lange Geschichte, aber ich habe dieses Kaninchen …«

»Du meinst, ihr zwei seid nicht zusammen?«

Sie schüttelte den Kopf. »Nein.«

»Wie, ihr habt euch zufällig da draußen getroffen, in meinem Hof? Ihr beide seid zufällig in derselben Nacht an demselben Ort herumgeschlichen?«

Cady machte den Mund auf, um etwas zu erwidern, aber sie war sich nicht sicher, was sie sagen sollte.

Jean-Paul kam ihr zu Hilfe. »Wir haben uns in Paris kennengelernt. Marie-Claude Martin hat uns miteinander bekannt gemacht. Sie ist die Direktorin eines Museums in Paris. Sie ist die Frau von Loïc Clément. Weißt du noch, wer das ist?«

Fabrice legte die Stirn in Falten und schenkte sich Bourbon nach. Er schien gebrechlich und nicht bei bester

Gesundheit zu sein. Cady hoffte nur, dass der Whiskey ihm nicht schadete.

»Ich kann euch nicht alle auseinanderhalten«, knurrte er. »Zu viele Cléments auf dieser Welt. Welcher hat dir erzählt, ich hätte mir den Knöchel verletzt?«

»Meine Mutter hat es von der Kassiererin im Dorfladen gehört. Hat ihr gesagt, Andres' Sohn, Johnny, würde Besorgungen für dich erledigen.«

»Das hat er, aber er hat mich übers Ohr gehauen. *C'est un sale type.*«

Cady war sich nicht sicher, was genau dieser letzte Ausdruck bedeutete, aber sie nahm an, dass es kein wohlwollendes Urteil über den jungen Johnny war.

»Warst du beim Arzt?«, erkundigte sich Jean-Paul.

»Der Knöchel ist nicht gebrochen. Ich muss ihn nur eine Weile schonen, was leichter wäre, wenn ich nicht mitten in der Nacht im Regen aus dem Haus gehen müsste, um Eindringlinge zu stellen.«

»Na ja, da gebe ich dir recht«, räumte Jean-Paul ein. »Trotzdem, es könnte nichts schaden, ihn untersuchen zu lassen. Wie wär's, wenn ich Dr. Miller verständige?«

»Dieser Whiskey hilft mehr als alles, was der Arzt für mich tun könnte«, sagte Fabrice. Er stand auf und steckte seine Krücke unter einen Arm. »Aber jetzt bin ich müde. Ihr findet selbst hinaus.«

»Monsieur Clément«, beeilte sich Cady zu sagen. »Ich hatte gehofft, Sie fragen zu können …«

Fabrice schlurfte weiter auf eine Innentür zu und schloss sie ohne auch nur ein *bonne nuit* hinter sich.

»Verdammt.« Enttäuscht lehnte sich Cady auf ihrem Stuhl zurück und leerte den Rest ihres Bourbons.

Jean-Paul lachte leise auf. »Ich habe dich gewarnt, dass er schwierig ist. Ehrlich gesagt, war das hier seit Jahren das längste Gespräch, das ich mit ihm geführt habe. Kannst du nach dem Drink noch fahren?«

»Ja. Ich habe mir nicht viel eingeschenkt. Wir könnten wohl nicht noch ein bisschen herumschnüffeln, bevor wir gehen …?«

»Was heißt ›herumschnüffeln‹?«

»Ähm … Dinge ansehen, die uns nichts angehen. Wie Eindringlinge.«

Jean-Paul warf aus den Augenwinkeln einen Blick auf sie.

»Ich dachte nur, da du zur Familie gehörst und dieses Haus erben wirst …«

»Ja, aber das liegt in der Zukunft«, sagte Jean-Paul. Er schob die Glut auf dem Kaminboden zusammen, um sicherzustellen, dass sie das Feuer gefahrlos zurücklassen konnten. »Ich glaube, für einen Abend haben wir uns genug wie Eindringlinge benommen, meinst du nicht auch?«

»Natürlich. Entschuldige. Ich war schon als Kind ein fauler Apfel.«

»Pardon?«

»Ich meine, ich habe Probleme mit Grenzen. Soll heißen, es fällt mir schwer, die richtigen zu erkennen.«

»Wir können es in ein, zwei Tagen noch mal versuchen, falls du dann noch hier bist«, meinte er, während er den eisernen Schürhaken zurück in den Ständer stellte. »Aber jetzt sollten wir wirklich gehen.«

Während sie den schmalen steinernen Flur zurückgingen, fragte Jean-Paul: »Hast du eine Unterkunft?«

»Ja, ich habe ein Zimmer in einem Haus in der Rue

des Frênes gemietet. Dort werde ich ein paar Tage wohnen.«

»Das ist nicht weit. Weißt du, wie du dorthin kommst? Ich könnte vorausfahren und dir den Weg zeigen.«

»Nicht nötig. Wirklich nicht. Ich habe die Wegbeschreibung im Wagen. Geh schon, ich folge dir.«

Jean-Paul öffnete die Tür, blieb aber auf der Schwelle stehen. Der Regen hatte sich zu einem Wolkenbruch entwickelt, und dicke Tropfen fielen aus einem schiefergrauen Himmel.

»Du kennst dich in der Gegend nicht aus«, gab Jean-Paul zu bedenken.

»Ich bin eine erwachsene Frau, Jean-Paul. Ich habe es allein bis nach Paris geschafft und jetzt hierher«, sagte sie. Auf einmal fühlte sie sich erschöpft, und ihre Augenlider wurden schwer. »Ich komme schon klar.«

»Na schön, wenn du meinst.« Er zögerte noch einen Moment, dann fügte er hinzu: »Ich nehme an, unsere Wege werden sich wieder kreuzen. Das hier ist ein sehr kleiner Ort, und es gibt nur eine einzige *boulangerie*.«

»Gute Nacht. Danke für alles.«

»Ich habe gar nichts gemacht. Danke für den Drink.«

Er stürzte durch den Regen zu seinem Wagen und fuhr los.

Cady rannte zu ihrem Mietwagen. Erst als sie näher kam, sah sie, dass die Reifen aufgeschlitzt waren.

Alle vier.

Kapitel 23

GEGENWART
CHÂTEAU CLÉMENT

Cady

Das ist ja wie in Oakland, dachte Cady. *Verdammt.*

Was jetzt?

Jean-Pauls Rücklichter waren längst in der Auffahrt verschwunden. Cady setzte sich hinters Lenkrad, um für einen Moment dem Regen zu entkommen, und sah nach ihrem Handy, aber es hatte so lange nach einem Signal gesucht, dass der Akku leer war. Sie hatte nicht damit gerechnet, in Frankreich Auto zu fahren, und daher kein Autoladegerät dabei.

Sie hatte kaum eine andere Wahl. Cady stieg wieder aus, rannte durch den Regen zurück und hämmerte gegen die Tür. Konnte Fabrice sie überhaupt hören, wo immer er in diesem riesigen Herrenhaus jetzt war? Das einzige Geräusch war das ferne Bellen eines Hundes.

Sie wartete ein paar Minuten. Niemand kam.

Schließlich erinnerte sie sich, dass sie die Tür nicht abgeschlossen hatten, und sie öffnete sie vorsichtig. Und rief: *»Fabrice?«*

Mehr Bellen. Dann antwortete Fabrice: *»Casse-toi!«*

Cady war sich nicht sicher, was das hieß, aber Fabrice' Ton klang nicht nach »Komm rein und mach's dir gemütlich.«

Sie warf einen Blick auf ihren Renault, der traurig und mit platten Reifen dastand wie ein zusammengefallenes Soufflé. Das Unwetter wurde heftiger, ein heulender Wind drückte die Regenmassen seitwärts.

»Ich kann nicht! Ich habe ...« Cady wusste nicht, wie man auf Französisch »aufgeschlitzte Reifen« sagte. »Ich habe ein Problem mit meinem Auto.«

Schließlich hörte sie ein Scheppern und Schlurfen, und Fabrice tauchte aus der Küche am Ende des Flurs auf.

»Bitte entschuldigen Sie, Monsieur Clément«, sagte sie, noch immer im Türrahmen.

»Ich habe dir doch gesagt, du sollst mich Fabrice nennen.«

»Also dann, Fabrice.« Kaltes Wasser tropfte aus ihren Haaren und lief unter ihrem Kragen hinunter. »Dürfte ich bitte hereinkommen und Ihr Telefon benutzen?«

Er knurrte und begann, einen anderen Flur hinunterzugehen, während Cady die Tür schloss und ihm folgte. Noch eine Pause. In dem steinernen Korridor war es nicht wärmer als draußen, aber wenigstens ging hier kein Wind. Trotzdem sehnte sie sich nach der Wärme der Küche.

»Ich habe kein Telefon«, knurrte er, als sie ihn einholte. Er öffnete eine Tür, die in ein Wohnzimmer führte. Es war nicht so gemütlich wie die Küche, aber wenigstens nicht so kalt wie der Flur. Es roch nach Zigarrenrauch und Moder und enthielt noch mehr Stapel mit Zeitungen und Büchern, einen alten Fernseher, eine abgewetzte Schlafcouch und einen karierten Lehnstuhl.

»Oh … wirklich? Kein Telefon?« Cady konnte sich nicht erinnern, wann sie das letzte Mal jemandem begegnet war, der kein Telefon hatte. Aber andererseits war Fabrice auch ein Einsiedler. »Könnte ich … wenn ich mein Handy einstöpseln könnte, dann könnte ich einen Anruf tätigen.«

»Wen willst du denn anrufen?«

»Eine, äh … eine Autowerkstatt?«

»Geschlossen.«

»Wann macht sie auf?«

»Normalerweise frühmorgens.«

»Na, das ist ja gut. Dann werde ich gleich morgen früh dort anrufen.«

»Geht nicht. Arthur nimmt sich jedes Jahr die Woche vor Ostern frei, um Urlaub zu machen. Wird noch eine Woche geschlossen sein.«

»Oh. Dann was – vielleicht … rufe ich Jean-Paul an und bitte ihn um Hilfe.«

Er musterte sie mit einem skeptischen Blick.

»Was sollte der denn um diese Uhrzeit machen? Vermutlich sitzt er längst mit seiner Mama und einem ganzen Haufen Verwandter beim Abendessen. Und bevor du mich fragst, in Avignon werden auch keine Werkstätten geöffnet haben. Wir sind hier nicht New York.«

»Das ist mir bewusst.« Ihre Zähne klapperten, und sie verschränkte die Arme vor der Brust, um sich zu wärmen. »Vielleicht könnte ich mir ein Taxi oder ein Uber rufen, um zu meiner Unterkunft zu kommen, und mir morgen etwas überlegen.«

»*Taxi*«, schnaubte er spöttisch. »Hier draußen?«

Cady verspürte einen Anflug von Ärger und zählte im Stillen bis zehn. »Ich weiß nicht, wie die Dinge hier, in

Ihrer entzückenden provenzalischen Landschaft, laufen. Was schlagen Sie denn vor, dass ich jetzt tun soll?«

Wieder hörte sie einen Hund bellen. Näher diesmal: kein Kläffen, sondern ein tiefes *Wuff*.

Fabrice musterte sie einen Moment, und sie spürte, wie sie aufrecht dastand, ohne zu atmen, und sich wie ein kleines Kind beim Adoptionstag fühlte, das hoffte, angehende Eltern würden sie annehmbar finden. Was war das für eine nicht greifbare Eigenschaft, die jeder suchte und niemand bei Cady fand? Lag es an ihrem Aussehen, ihrer Haltung, ihrer Augenfarbe?

»Ein Tauschgeschäft.«

»Entschuldigung?«

»Ich brauche jemanden für meinen Hund.«

»Okay ...« Cady war sich nicht sicher, ob sie ihn richtig verstanden hatte. Das französische Wort für »Hund« war *chien*, was sie gelegentlich mit *chêne*, »Eiche«, verwechselte. War es möglich, dass Fabrice sie bat, eine Eiche zurückzuschneiden?

»Wie du sehen kannst, fällt es mir in letzter Zeit ein bisschen schwer, ihn auszuführen«, knurrte Fabrice. »Wenn du mit ihm rausgehst, kannst du hier übernachten.«

»Oh. Sie wollen, dass ich Ihren Hund ausführe? Ja, na klar, das kann ich machen«, sagte sie. Sie hasste die Vorstellung, wieder hinaus in den Wind und den Regen zu gehen, aber sie wusste, dass sie im Grunde keine andere Wahl hatte. Außerdem sollte ein Mann seines Alters, noch dazu mit einer Verletzung, überhaupt keinen Hund ausführen, erst recht nicht bei so einem Wetter.

»Kannst du gut mit Pferden umgehen?«, fragte Fabrice.

»Sie haben auch Pferde?«

Er öffnete eine breite Eichentür. Dort stand der größte Hund, den Cady je gesehen hatte. Espressobraun, mit weißen Flecken auf der Brust und den Spitzen seiner Pfoten, sah er aus, als würde er mehr wiegen als Cady.

»Ihr Name ist Lucy.« Fabrice' scharfe Augen beobachteten Cady, während er ihr den breiten Lederriemen reichte, der als Leine diente. »Sie ist eine Mischung aus einer Dogge und einem Irischen Wolfshund, vielleicht mit ein bisschen Greyhound drin.«

»Ähm, toll. Hi, Lucy.«

»Lass sie nicht frei laufen. Das Grundstück ist nicht eingezäunt. Normalerweise bleibt sie in der Nähe, aber manchmal läuft sie zu weit weg und jagt Kaninchen. Wenn sie in den Weinberg der Nachbarn läuft, beschweren sie sich. Den Ärger brauche ich nicht. Du kannst hier rausgehen.«

Cady nahm die Leine. Der Hund schnupperte an ihrer Hand und wedelte mit dem Schwanz, aber Cady war noch immer nervös.

Neben der Tür war ein Garderobenständer. »Du kannst das hier anziehen.« Fabrice reichte ihr eine leuchtend gelbe Regenjacke mit Kapuze, die Art, die Schülerlotsen trugen. »Und hier sind Stiefel.«

Sie war eigentlich kein Hundemensch, aber in Cadys skeptischen Augen sah Lucy freundlich genug aus. Und sie knurrte auch nicht. Cady schlüpfte in die Gummistiefel, die ihr viel zu groß waren, und zog die alte Regenjacke an. *Wenigstens wird sie mich warm halten*, dachte sie.

»Fertig?« Fabrice hielt die Tür auf, die auf den hinteren Hof hinausging.

»Okay, auf geht's, Kleine«, sagte Cady, während sie wieder in die unwirtliche Nacht hinaustrat. »*Allons-y*, Lucy.«

Das schlechte Wetter schien den Hund nicht zu stören. Er zog Cady in diese und jene Richtung, blieb stehen, schnupperte ohne ersichtlichen Grund hier und da und scharrte nach weiß Gott was. Die Regenjacke und die Stiefel bewahrten sie davor, noch mehr durchnässt zu werden, aber bis Lucy ihr Geschäft erledigt und Cady es geschafft hatte, den riesigen Hund wieder in das Château zu bugsieren, war sie mehr als erschöpft. Sie holte rasch ihren Koffer aus dem Wagen und eilte ins Haus.

Fabrice wartete im Wohnzimmer auf sie. Er begrüßte Lucy wie eine lange verloren geglaubte Tochter, tätschelte sie und trocknete sie mit einem flauschigen gelben Handtuch ab.

Cady schlüpfte aus der Regenjacke und zog die schlammigen Stiefel aus, fasziniert vom Anblick dieser sanfteren Seite von Fabrice Clément. Sie hoffte, dass er *ihr* vielleicht auch ein Handtuch reichen würde.

Stattdessen zeigte Fabrice zu einer schmalen Treppe in der Ecke. »Geh die Dienstbotentreppe hoch, den getäfelten Hauptflur entlang, die grüne Treppe hinunter, durch den Raum mit den ganzen Büchern und dann die andere Treppe hoch und den roten Flur hinunter.«

Er reichte ihr eine Taschenlampe.

Cady wiederholte in Gedanken die Wegbeschreibung, dann fragte sie: »Ist der Strom ausgefallen?«

»Nein. Aber es hat keinen Sinn, das ganze Haus zu beleuchten, falls du die Lichtschalter überhaupt finden könntest. Nimm dir irgendein Zimmer, das vom roten Flur abgeht; sie sind alle ungefähr gleich staubig. Bettwäsche und Handtücher sind in der Truhe am Ende des Flurs. Du siehst aus, als ob dir kalt ist, nimm ein heißes Bad, sonst holst du dir noch den Tod.«

Er wandte sich ab und verließ das Zimmer. Lucy trottete hinter ihm her.

Cady war so erschöpft, dass ihr fast die Tränen kamen, während sie ihren Koffer die schmale Treppe hochschleppte und ihn einen breiten, eindrucksvoll getäfelten Flur hinunterzog. Die Räder des Koffers quietschten leise, und sie befürchtete, auf den Intarsienboden zu tropfen.

Mit ihrer Taschenlampe leuchtete sie hin und her und erhellte eine seltsame Mischung aus Eleganz und Verfall: Alte Ölgemälde in kunstvollen Goldrahmen hingen an rissigen Gipswänden mit abblätternden Tapeten. Verschlungene Holzverzierungen an Türöffnungen und Durchgängen führten zu halb renovierten Zimmern mit staubverkrusteten Farbeimern und Abdeckplanen. Gemütliche Einbaubänke standen unter mit Brettern vernagelten Fenstern. Ein wunderschön getäfelter Raum enthielt nichts als einen Flügel und einen Eimer, der Tropfen von der Decke auffing. Fernsehklapptische standen neben wunderschön geschnitzten Schränken. Nackte Glühbirnen konkurrierten mit Kristallleuchtern. Stapel mit Büchern, Zeitschriften und Zeitungen waren überall, auf Stühlen und Beistelltischen, und füllten die Ecken aus.

Es war, als streifte sie durch ein schlecht gepflegtes Museum.

Cady fand die grüne Treppe, die aus sechs kleinen Stufen bestand und in einen Raum hinunterführte, der mit überladenen Bücherschränken und einem Sammelsurium von Möbeln vollgestopft war, dann ging sie eine andere Treppe hoch zu einem roten Flur.

Noch immer triefend nass, schauderte sie.

Sie streckte eine Hand aus, um die erste Tür zu öffnen.

Kapitel 24

1900
AUF DEM WEG NACH AVIGNON

Maëlle

Abgesehen von ihrer Reise von ihrem Küstendorf nach Angers ist Maëlle noch nie mit dem Zug gefahren, geschweige denn durch ganz Frankreich. Sie ist aufgeregt, aber die scherzhaften Sticheleien der Arbeiter, befreit von den mäßigenden Einflüssen ihres Meisters und von Monsieur Maréchal, machen Maëlle nervös. Ihre Unruhe sorgt dafür, dass ihr flau im Magen wird; vielleicht liegt das aber auch an dem ständigen Ruckeln des allzu heißen Zugs. Als sie damals ihr Zuhause verlassen hatte, war ihr nicht schlecht geworden. Sie betet, dass sie keinen Schüttelfrost bekommt oder was immer den jungen Philippe befallen hat.

Léon streckt ein langes Bein aus und stößt von der anderen Seite des Gangs aus ihren Knöchel an. Sie sieht zu ihm hoch, und er zwinkert ihr zu. Ein erregter Schauder durchzuckt sie. Vorfreude kribbelt in ihrem Bauch wie die Perlen in dem Glas Champagner, das er ihr einmal ausgegeben hat.

Maëlle denkt zurück an den Tag vor ein paar Wochen, als sie müßig durch die verschlungenen Gärten in Angers' ehemaligem Burggraben schlenderte. Es war ein Sonntag, und die Fabrik war geschlossen. Sie war morgens zur Kirche gegangen, aber der Rest des langen Tages dehnte sich gähnend vor ihr aus; sie wollte nur schnitzen, aber Monsieur Bayol verbot es seinen Angestellten, sonntags zu arbeiten.

»*Bonjour, mademoiselle*«, hörte sie eine vertraute Stimme. »Ist es nicht ein wunderschöner Tag?«

Als sie sich umwandte, sah sie Léon. Ihr Herz hämmerte, und ihre Wangen begannen zu glühen. Sie sah sich um, ob irgendjemand ihn begleitete. Er war allein.

»Aber ... was tust du denn hier?«

»Ich erfreue mich an den Renaissancegärten, genau wie du«, erwiderte er lächelnd. Dann dämpfte er seine Stimme zu einem verschwörerischen Flüstern: »Und außerdem bekommt diese alte Kuh, Madame Bayol, so nichts mit.«

Maëlle tat, als würde sie lachen, aber auch wenn Madame Bayol streng war, hatte sie Maëlle doch bei sich aufgenommen und ihr gestattet, in ihrem Haus zu leben. Maëlle fühlte sich unbehaglich, wenn irgendjemand schlecht von ihrer einzigen Freundin sprach.

Aber das hier war Léon.

Léon. Und sie beide waren allein, ausnahmsweise einmal, ohne dass alle Augen auf sie gerichtet waren.

Sie gingen schweigend durch die sorgfältig angelegten Gärten mit ihren kegel- und kugelartigen Formschnitten und Buchsbaumhecken, die schnörkelig zurechtgestutzt leuchtend bunte Beete mit Geranien und Stiefmütterchen umrahmten. Maëlle tat ihr Bestes, um sich beiläufig zu geben, aber obwohl sie sich nicht berührten, konnte sie die Wärme seiner Haut fast spüren. Er war eine Flamme und sie eine Motte, die sich zu seiner Hitze und seinem Licht hingezogen fühlte.

Als sie innehielten, um das Plätschern eines Brunnens zu bewundern – einer Putte, die einen nie endenden Wasserstrahl aus einem Krug goss –, beugte sich Léon zu ihr herüber.

»Mademoiselle – oder darf ich dich Maëlle nennen?«

»Natürlich«, erwiderte sie atemlos.

»Maëlle«, wiederholte er, als genösse er das Gefühl der Buchstaben auf seinen Lippen und seiner Zunge. Seine meerfarbenen Augen musterten sie lange Zeit, schienen jeden Aspekt ihres Gesichts, jedes Detail in sich aufnehmen zu wollen. Maëlle wünschte innig, sie hätte sich an diesem Morgen mehr Zeit für ihre Toilette genommen. Sie fragte sich, ob ihre Haare glatt waren, ob ihm gefiel, was er sah.

»Süße, begabte Maëlle. Du bist … einzigartig, etwas ganz Besonderes. Weißt du das? Ich bin noch nie einer Frau wie dir begegnet. Ich habe dich schon oft gefragt, und du hast immer Nein gesagt. Aber jetzt, wo es keine Zeugen gibt außer Gott, frage ich dich noch einmal: Willst du nicht bitte mein Herz besänftigen und mir bei einem Schluck Gesellschaft leisten?«

Er streckte die Hand aus. Sie war langfingrig und vernarbt wie die Hände jedes Bildhauers, den sie kannte. Als sie sie ergriff, war sie so frisch und warm und willkommen wie der erste Tag des Frühlings.

Später trank er Absinth und bestellte ein Glas Champagner für Maëlle. Es war ihr erstes.

Die Fahrt ist eine Odyssee. Alles muss in Paris umgeladen werden. So gern sich Maëlle auch als gleichberechtigt mit den Männern sieht, ist sie doch froh, dass sie sich nicht durch das Gewühl auf dem Bahnsteig kämpfen muss, um die Transportkisten auf den Zug nach Avignon zu verfrachten.

Sie hatte gedacht, Angers sei groß, aber es ist nichts verglichen mit Paris. Hier sind mehr Leute, als sie je zuvor gesehen hat, an einem einzigen Ort. Maëlle versucht, so viel aufzunehmen, wie sie kann, aber von ihrem Platz im Zug oder auf dem Bahnsteig kann sie den Eiffelturm nicht entdecken. Sie hat keine Zeit, den Bahnhof zu verlassen, um ihn zu suchen, auch wenn Léon für eine halbe Stunde verschwindet, während die anderen arbeiten. Maëlle ist für den Papierkram zuständig, sie muss sicherstellen, dass jede der sorgfältig nummerierten Kisten von einem Waggon in den nächsten verladen wird.

Sie riecht Absinth in Léons Atem, als er wiederkommt. Am liebsten würde sie schmollen, verärgert, dass sie den Eiffelturm nicht sehen kann, erbost über Léons häufiges Verschwinden und vor allem ungehalten darüber, dass Léon als Mann gehen kann, wohin er will, während sie gezwungen ist, beim Karussell zu bleiben. Léon zieht sie auf und flüstert, dass sie auf der Rückfahrt vielleicht für ein paar Tage in Paris verschwinden, sich in den berühmten Cafés und Kabaretts und Gassen der Stadt des Lichts verlieren könnten.

Die Aussicht verschlägt ihr den Atem. Sie weiß, dass es unmöglich ist und falsch … aber es verschlägt ihr trotzdem den Atem.

Auf der restlichen Fahrt macht er ihr schöne Augen, versucht, sie vor den anderen zum Erröten zu bringen. Sie empfindet es als ärgerlich und unwiderstehlich zugleich und muss ständig an das Gefühl seiner Lippen auf ihren denken. Als sie sich das erste Mal einen Kuss gaben, fühlte sie sich … wie verwandelt. Nach einem solchen Kuss war sie nicht mehr dieselbe; es war, als hätte ihre Seele ihresgleichen gefunden und sei durch ihrer beider Lippen emporgestiegen. Sie fühlte sich vollkommen. Sie fühlte sich wild und leidenschaftlich und wagemutig, imstande, es mit der Welt aufzunehmen.

Es war dasselbe Gefühl, das sie empfunden hatte, als ihr Bruder ihr in den Zug nach Angers geholfen hatte: tollkühn und frei und so völlig und absolut *lebendig*.

Ein flüchtiger Blick, das Streifen einer Hand, wenn sie sich begegnen, ihm einfach so nahe zu sein, dass sie seinen Duft einatmen kann, genügen jetzt, um von Freude und Verlangen durchflutet zu werden, dem Gefühl, endlich eine richtige Frau zu sein.

Als sie schließlich den Bahnhof von Avignon erreichen, ist sie zu ihrem Ärger so erschöpft ist, dass sie tagelang schlafen könnte. Monsieur Bayol hat arrangiert, dass ein Dampftraktor die Teile des Salons und des Karussells auf dem letzten Abschnitt ihrer Reise befördern wird.

Während die Männer den Dampftraktor beladen, schlüpft Léon in ein Café.

»*C'est la fée verte*«, sagt der Lehrling mit Namen Romain, der bemerkt hat, wie Maëlles Augen Léon folgen, als er hinter der Fassade des Restaurants verschwindet.

»Was meinst du mit ›die grüne Fee‹?«, fragt Maëlle.

»Absinth«, antwortet Guy, ein anderer der Männer, mit einem wissenden Lächeln. »Das Militär hat ihn früher an die Truppen in Afrika ausgegeben, um sie vor der Malaria zu schützen. Aber er kann einen Mann packen und nie wieder loszulassen.«

Maëlle beobachtet die Türen des Cafés, bis es Zeit ist, den Papierkram zu erledigen. Sie hakt jede Kiste ab, während sie aus dem Zug geladen und zu dem Dampftraktor gebracht wird.

Die Zugfahrt war eine lange, zermürbende Enttäuschung. Aber Château Clément, sagt sie sich, wird bestimmt alles wiedergutmachen. Dort werden sie und Léon Seite an Seite arbeiten, und niemand wird es missbilligen.

Auf dem Château wird alles anders sein.

Kapitel 25

GEGENWART
CHÂTEAU CLÉMENT

Cady

Cady war sich nicht sicher, was sie hinter der ersten Tür des roten Flurs erwartet hatte, und sie war erleichtert zu sehen, dass es ein unschuldiges Schlafzimmer mit einer dramatischen Dachschräge war. Der Stil schien fast spanisch, mit dunklen Holzbalken über dem weißen Gipsputz von Decke und Wänden und einem rotbraunen Fliesenboden. Eine nackte Matratze lag auf einem schweren, dunklen hölzernen Bettgestell, das so hoch war, dass ein kleiner Tritthocker danebenstand. Es gab zwei Nachttische, eine Badewanne in einer Ecke und etwas, das wie eine Daunendecke aussah und über einem Quiltständer hing. Es gab keine Ziergegenstände oder Bilder an den Wänden, nicht einmal Vorhänge oder Jalousien an dem Dachfenster, das auf den Innenhof und die Nebengebäude hinausging.

Wie im Rest des Hauses waren die Türrahmen offenbar von Hand geschnitzt worden, jeder einzigartig in seiner Ausführung. Sie zeigten zarte Blumen und umherhuschende Vögel, sich entrollende Blätter und pralle Beeren. Cady glitt mit einer Hand über ihre Konturen und nahm sich vor, sie morgen, bei Tageslicht, genauer zu inspizieren.

Voller Neugier ging sie weiter den Flur hinunter. Im nächsten Zimmer gab es zwei Einzelbetten, einen Kamin und einen Schreibtisch, und die Wände waren eierschalenblau gestrichen. Ein zotteliger cremefarbener Teppich bedeckte die Fliesen vor einem Kamin, der rußgeschwärzt war, auch wenn es keine Asche oder Spuren eines kürzlichen Feuers gab.

Cady schauderte wieder. Wie im Rest des Hauses verströmten die steinernen Wände eine tiefe Kälte. Ein Feuer wäre jetzt schön gewesen. Oder eine Dusche. Fabrice hatte vorgeschlagen, sie sollte ein Bad nehmen, daher gab es vermutlich heißes Wasser.

Hinter der nächsten Tür befand sich ein Schlafzimmer mit zwei rauen Steinwänden und zwei Stuckwänden, die in einem blassen Gelb gestrichen waren, das einen fröhlichen Kontrast zu der Balkendecke bildete. Ein Doppelbett stand in der Nähe eines großen bleiverglasten Flügelfensters. Cady verspürte den Drang, sich auch die restlichen Zimmer auf dieser Etage anzusehen. Alle waren Variationen derselben Themen: Balken- oder Stuckdecken, Stein- oder Gipsputzwände, ein paar mit Kaminen, die seit vielen Jahren kein Feuer mehr gesehen hatten. Sie waren erfüllt von dem Geruch von Staub, Stein und Leere, und mehrere hatten Wasserflecken an den Decken und Wänden.

Am Ende des Flurs fand sie ein Badezimmer, das aus den Dreißigerjahren zu stammen schien: weiße U-Bahn-Fliesen an den Wänden, ein paar gesprungen, und hoch oben über der Toilette ein Spülkasten an der Wand. Sie testete die Spülung, wobei sie betete, sie möge funktionieren. Offenbar tat sie es.

Die große Klauenfußwanne lockte sie, aber sie war nicht mutig genug, um sie mit heißem Wasser zu füllen und sich hineinzulegen und zu entspannen. Nicht in diesem stillen steinernen Haus mit einem Mann, den sie kaum kannte – Fabrice schien alt und gebrechlich zu sein, aber Cady hatte mehr als genug Horrorgeschichten gelesen. Jonquilla hatte es damals zu ihrer Mission gemacht, alle jüngeren Kinder Horrorgeschichten auszusetzen, in denen es um alte Häuser und geheimnisvolle Einsiedler ging.

Ein riesiger Schiffskoffer mit Messingbeschlägen stand am Ende des Flurs. Auf seinen schwarzen Seiten klebten Etiketten von Ländern wie Marokko, Italien und Wales – die Art Koffer, die Reisende verwendeten, um unbekannte Länder zu besuchen. Sehr Indiana-Jones-mäßig.

Wie Fabrice versprochen hatte, fand sie darin saubere Handtücher und Bettwäsche.

Cady entschied sich für ein Zimmer mit Steinwänden und einem großen Bett, einem Schrank und einem Schreibtisch und einem Fenster, das auf die Nebengebäude hinausging. Sie wählte zwei glatte Baumwolllaken aus, die alt waren und gelüftet werden mussten, aber unglaublich weich waren. Aus irgendeinem Grund konnte sie nicht aufhören, an die erste Nacht zu denken, die sie bei Maxine verbracht hatte, zusammengerollt auf ihrer klobigen Couch.

Maxine hatte sie zugedeckt und gesagt: »Eines muss ich dir lassen, Cady: Du bist nicht wählerisch.«

Sie schloss die Eichentür zum Flur, und als sie die Laken ausschüttelte, flog ein zartes Lavendelsäckchen in die Luft hoch. Bettwäsche mit einem Lavendelsäckchen aufzubewahren, schien untypisch für einen Mann wie Fabrice, aber sie sollte keine voreiligen Schlüsse ziehen. Die Laken waren ein wenig moderig, aber sie dufteten auch leicht nach den Blumen, und sie machte das Bett, so gut sie konnte. Sie erinnerte sich, ein altes Buch gelesen zu haben, in dem von »Krankenhausecken« die Rede war, aber sie hatte keine Ahnung, was das war, da sie immer Spannbettlaken gehabt hatte. Bestimmt gab es irgendeinen geheimnisvollen Trick dafür, aber sie kannte ihn nicht.

Auf die Laken legte sie die Daunendecke, und zur Sicherheit nahm sie sich auch noch die, die sie in dem anderen Zimmer entdeckt hatte.

Cady ging ins Bad und schloss die Tür ab. Sie schlüpfte dankbar aus ihren nassen Kleidern und hängte sie über die Ränder der Wanne, dann stellte sie sich vor das Waschbecken, um sich, so gut es ging, mit einem Waschlappen zu waschen. Zitternd schlüpfte sie in ihren Pyjama, streifte ein »Oaklandish«-Fleecesweatshirt darüber und zog den Reißverschluss bis zum Hals zu.

Sie ließ sich auf den Rand der Klauenfußwanne sinken, um ihre regennassen Haare mit einem Handtuch zu trocknen. In diesem kleinen zweckmäßigen Raum fühlte sie sich wohler als in dem großen Schlafzimmer.

»Was in aller Welt tun wir hier eigentlich, Drake?«, fragte sie sich laut. Cady hatte sich selbst Angst gemacht, indem sie an unheimliche Geschichten gedacht und sich das Szenario einer einsamen Frau mitten im Nirgendwo mit einem gemeinen alten Mann und seinem riesigen Hund ausgemalt hatte. In Filmen wäre der Hund dazu abgerichtet, grässliche Dinge zu tun, und der angeblich gebrechliche Fabrice hätte es in Wirklichkeit nur vorgetäuscht … oder er hätte böse Helfershelfer, die im Keller lauerten, oder eine durchgeknallte Frau auf dem Dachboden.

Oder Jean-Paul würde mitten in der Nacht zurückkommen und sein wahres Wesen als geistesgestörter Mörder zu erkennen geben.

»Es ist alles gut«, versuchte sie sich zu beschwichtigen, während sie sich die Zähne putzte. »Wir schaffen das schon.«

Aber es gab kein »Wir« mehr. Noch vor ein paar Monaten hatte sie mit Maxine an dem kleinen Tisch in dem Zimmer hinter dem Laden gesessen, ein Baby in ihrem Bauch, und mit ihr Maisbrot gegessen und darüber geredet, was die Zukunft bereithalten könnte. Nicht in einer Million Jahren hätten sie beide mit dem gerechnet, was dann wirklich passiert war.

Traurigkeit überwältigte sie, und sie unterdrückte ein Schluchzen. Sie wünschte, sie könnte das hier als großes Abenteuer sehen, wie sie es in Gedanken Olivia geschildert hatte, aber in diesem Moment fühlte sie sich einfach nur erschöpft, unerklärlich ängstlich und unerträglich allein.

Sie ging zurück ins Schlafzimmer, wo der Regen rastlos gegen die Fensterscheiben trommelte. Sie fand den kleinen Gummistopper in ihrem Koffer und steckte ihn unter die Schlafzimmertür. Sie zögerte einen Moment, dann schob sie auch noch eine schwere hölzerne Kommode davor. Sie musste die Nachttischlampe ausstöpseln, um ihr Handy einzustöpseln, da es keine weitere Steckdose gab. Ihr Telefon schaltete sich ein und begann sich aufzuladen, hatte aber noch immer keinen Empfang.

Trotzdem verspürte sie den Drang, Olivia eine Nachricht zu schreiben. Sie würde sie abschicken, sobald sie konnte.

Na ja, jetzt ist es wirklich passiert. Ich sitze in einem geheimnisvollen, verfallenen Château und erwarte mein Schicksal. Im Ernst. Ich bin mir ziemlich sicher, dass hinter diesen steinernen Gemäuern Mörder lauern. Wie könnte es anders sein? Das hier ist ein klassischer Schauplatz für einen Slasher-Film – nicht die billige, blutspritzende Hollywood-Machart, sondern die künstlerische europäische Art –, nur dass ich kein sinnliches junges Mädchen bin. Und in der Filmversion hätte der kauzige alte Mann, dem das Haus gehört, eine geheimnisvolle Katze, keinen trotteligen Hund. Aber trotzdem.

Cady war, als hörte sie neben dem Regen noch etwas anderes, und hielt einen Moment inne, um zu lauschen; ein schwaches Geräusch kam durch einen Lüftungsschlitz. Es klang wie … Gesang. Die Stimme eines Mannes, rau und gealtert, aber verblüffend melodisch. Sie versuchte, den Noten zu folgen, die sie an eine französische Version von Sinatras Klassiker »My Way« erinnerten.

Cady schrieb weiter ihre SMS: *UNFASSBAR, dass ich mich von dir zu dieser Reise habe überreden lassen. Das verzeih ich dir NIE.*

Die Fensterscheiben schepperten, als der Wind zu heulen begann.

Cady rollte sich unter der Decke zusammen, um sich zu wärmen. Im schwachen Licht ihres Handys starrte sie auf die alte Fotografie der geheimnisvollen Frau und las noch einmal die Liebesbotschaft. Sie versuchte, sich darauf zu konzentrieren, warum sie überhaupt nach *le château* gekommen war.

Aber sie konnte nicht umhin, sich zu fragen: Wer in aller Welt hatte ihre Reifen aufgeschlitzt? Und warum?

Eines stand fest: Das hier war nicht das Märchen, das sie gesucht hatte.

Als Cady spät am nächsten Morgen aufwachte, brauchte sie einen Moment, um sich zu erinnern, wo sie war. Sonnenlicht flutete durch die staubverkrusteten Fenster herein, erfüllte das alte Schlafzimmer mit fröhlicher Helligkeit und vertrieb die Düsterkeit der vergangenen Nacht.

Die Steinwände verströmten noch immer Kälte, aber Cady war von historischer Schönheit umgeben, und die Geister der vergangenen Nacht waren verschwunden.

Sie stand auf und öffnete die bleiverglasten Flügelfenster. Sie kam sich sehr europäisch vor, als sie sich hinauslehnte. Der Sturm war vorüber, und der von der Sonne erwärmte Garten erfüllte die Luft mit den gemischten Gerüchen von Lavendel, Rosmarin und Thymian. Cady atmete tief durch.

Petrichor. Sie erinnerte sich, wie sie das Wort in einem Buch gefunden und Maxine gefragt hatte, was es bedeutete. Maxine hatte ihr geantwortet: »*Petrichor* ist ein hässliches Wort für etwas Schönes: den Geruch nach dem Regen.«

Als sie jetzt über den Hof sah, bemerkte Cady Details, die sie im Dunkel der vergangenen Nacht nicht gesehen hatte: auffällige Graffiti-Tags an ein paar Gebäuden; einen alten Wagen, der vermutlich seit Jahrzehnten nicht mehr bewegt worden war, unter einer leuchtend blauen Plane, die leicht in der Brise wallte; Blätter und Zweige, die vom Wind umhergeweht worden waren. Und noch etwas roch sie, irgendetwas Verlockendes, das aus dem Inneren des Gebäudes kam.

War das Kaffee?

Ihr Magen knurrte. Ihre letzte Mahlzeit war ein kräftiges Mittagessen gewesen – die Pariser, hatte sie gelernt, aßen gern kräftig zu Mittag –, eine *salade composée* mit Ente und Pastete. Reichlich Brot und Käse und eine Mousse au Chocolat mit einer winzigen Tasse starkem Espresso als Dessert. Zu dem Zeitpunkt hatte sie gedacht, sie würde nie wieder etwas essen, aber das war sehr lange her. Auf der Fahrt von Avignon hierher hatte sie ein paar Mandeln geknabbert, das war alles.

Der Flur und die Treppe sahen tagsüber anders aus, nicht mehr so gespenstisch, dafür viel trauriger. Gestern Abend hing ein Hauch von Romantik über dem Eindruck eines Spukhauses, aber die Morgensonne erhellte Staubkörner, die in der Luft schwebten, und Stapel vergilbender Zeitungen. Sie rümpfte die Nase, als sie etwas roch, was irgendeine Art Nagetier sein könnte, und sie umrundete mehrere kleine Pfützen, wo es offenbar durch Löcher im Dach geregnet hatte.

Sie durchquerte den mit Büchern gesäumten Raum, ging durch den breiten getäfelten Korridor und die nächste Treppe hinunter zur Küche.

Die ockergelben Fliesen schienen im Tageslicht zu schimmern, und der Raum war unaufgeräumt, aber charmant, während die Sonne durch mehrfach verglaste Fenster hereinströmte.

Lucy bellte einmal laut und wedelte mit dem Schwanz, um Cady an der Tür zu begrüßen.

»*Bonjour*«, sagte Cady und kraulte Lucy unter dem Kinn.

»Bonjour«, sagte Fabrice. *»Tu fais la grasse matinée, n'est-ce pas?«*

Cady kannte diesen Ausdruck von ihren Tagen an der französisch-amerikanischen Schule, er wurde gern zitiert, wenn Schüler zu spät kamen. Wörtlich bedeutete er »du machst dir einen fetten Morgen« und meinte, dass jemand lange ausschlief.

»Ich nehm's an«, erwiderte sie etwas schuldbewusst, während sie ein Gähnen unterdrückte. So spät war es doch gar nicht, oder? Fabrice war vermutlich einer dieser alten Leute, die vor dem Morgengrauen aufstanden. »Ich habe eine Weile gebraucht, um einzuschlafen.«

Er knurrte. Auf dem Tisch waren ein halbes Baguette, eine Dose mit Butter und ein Glas Marmelade.

»Ich weiß, ihr Amerikaner esst gern ein großes Frühstück, aber das hier ist bei uns üblich.«

»Das ist perfekt, vielen Dank.«

»Willst du Schokolade?«

»Pardon?«

»Schokolade oder Kaffee?«

»Beides.«

»Beides?«

Sie lächelte. »War nur ein Witz. Ich hasse es aus Prinzip, Nein zu Schokolade zu sagen.«

Er blickte verwirrt, und sie fragte sich, ob ihr Französisch der Aufgabe gewachsen war. In einer Fremdsprache einen Witz zu machen, konnte heikel sein. Oder vielleicht hatte Fabrice einfach keinen Sinn für Humor.

»Kaffee wäre wunderbar, danke«, sagte sie gedemütigt.

Er knurrte wieder, dann begann er, an einer komplizierten italienischen Espressomaschine, wie man sie in Pariser

Cafés sah, an Rädchen zu drehen und Hebel zu betätigen. Dampf stieg in die Luft auf, und die Kupferteile funkelten im Morgenlicht.

»Nette Maschine«, bemerkte Cady, da sie nichts anderes zu sagen wusste.

»Habe ich gekauft, als ich hierhergezogen bin. Verdammt idiotisch. Weiß nicht, was ich mir dabei gedacht habe.«

»Das heißt, Sie sind nicht hier auf dem Château aufgewachsen?«

Er schüttelte den Kopf. »Als ich dieses Haus zum ersten Mal gesehen habe, war ich ein Teenager, unmittelbar nach dem Krieg. Damals war es eine Ruine.«

»Ach ja?« Cady fragte sich, wie viel schlimmer es gewesen sein konnte.

Er zuckte die Schultern. »Teile davon waren okay, aber es hatte lange Zeit leer gestanden, und dann, mit dem Krieg ...«

»Sie meinen den Zweiten Weltkrieg?«

Er nickte. »Die Nazis haben nie hier gewohnt, Gott sei Dank, aber die Italiener sind hier durchgekommen und haben alles mitgenommen, was wertvoll war. Bin mir nicht sicher, ob es irgendetwas geändert hätte, das Haus war ohnehin längst geplündert worden.«

»Wann sind Sie hierhergezogen?«

»Ich habe nach dem Krieg kurze Zeit hier gelebt, aber endgültig bin ich 1973 zurückgekehrt, mit meinem Vater. Ich dachte ...« Er blickte sich um, als würde er vor seinem geistigen Auge die Umgebung so sehen, wie sie früher einmal gewesen war. »Damals dachte ich, ich hätte ausreichend Mittel, um es wieder instandzusetzen, und wir haben ein paar Anstrengungen unternommen, aber egal, wie viel Zeit und Geld man zu haben glaubt, für einen solchen Ort ist es nie genug.«

»Es muss sehr inspirierend für Ihr Schreiben gewesen sein. Ich lese gerade *Le Château*.«

Er gab keine Antwort, schien mit der spuckenden Espressomaschine beschäftigt zu sein.

»Ich habe mich gefragt, in dem Buch erwähnen Sie …«

»Erzähl mir nichts von dem Buch …«

»Aber …«

»Ich meine es ernst. Ich möchte nicht darüber sprechen. Wenn du darauf beharrst, muss ich dich bitten zu gehen. *Dégage*.«

»Okay, nicht über das Buch reden. Verstanden. Ich bitte um Entschuldigung. Wenn ich nicht über das Buch rede, könnte ich dann bleiben? Ich gehe auch nach dem Frühstück mit Lucy raus.«

Er schnaubte, gab aber keine Antwort.

»Mir sind ein paar Verbesserungen im Haus aufgefallen«, fuhr Cady fort, in der Hoffnung, Architektur könnte ein unverfänglicheres Thema sein. »Die Bäder, solche Dinge …«

»Meine Großeltern waren die letzten Vollzeitbewohner vor mir. Sie haben ein paar Verbesserungen vorgenommen, von denen viele noch immer funktionieren. Strom gelegt, zum Beispiel.«

»Die Holzarbeiten sind unglaublich. Diese kunstvollen Schnitzereien an den Türrahmen … ist das original?«

»Zum Teil. Hier ist dein Kaffee. Ich habe keine Zeit, dich von vorn bis hinten zu bedienen, weißt du. Oder den ganzen Tag herumzusitzen und zu reden.«

Er humpelte zur Küchentür.

Cady blieb ratlos zurück. Wie sollte sie ihren Wagen wieder flottkriegen? Ihr Handy hatte noch immer keinen Empfang. Und jetzt, wo sie hier war und tatsächlich die Nacht unter dem Dach von Château Clément verbracht hatte, wollte sie nur ungern weggehen, ohne ein paar Antworten bekommen zu haben. Wie könnte sie Fabrice dazu bringen, mit ihr über das Karussell und die mögliche Herkunft ihres Kaninchens zu reden? Wenn er schon so empfindlich darauf reagierte, über ein erfolgreiches Buch zu reden, das er geschrieben hatte …

»Monsieur«, sagte sie zu seinem Rücken.

»Tutoie-moi«, knurrte er. »Das habe ich dir schon mal gesagt. Ich glaube nicht an den willkürlichen Gebrauch einer förmlichen Anrede. *Je m'appelle* Fabrice. *Fabrice*.«

»Danke. Dann also Fabrice.« Lucy bellte einmal und sah sie erwartungsvoll an. »Ich habe mir überlegt: was, wenn ich für ein Weilchen hier bliebe? Ich könnte mich um Lucy kümmern.«

Er fixierte sie mit seinen Adleraugen. »Wovon redest du da?«

Wovon redete Cady? Irgendwo zwischen der Sorge, Fabrice könnte ein einsiedlerischer, geistesgestörter Mörder mit einem Kampfhund sein, und ihrem Morgenkaffee war Cady zu dem Schluss gekommen, dass sie nicht bereit war, das Château schon wieder zu verlassen. Sie hatte das Gefühl, Olivia nachzueifern: Wie oft bot sich schon eine solche Gelegenheit? Sie wollte Gus' Herkunftsgeschichte erfahren und mit eigenen Augen sehen, welche Überreste von dem Clément-Karussell es vielleicht noch gab. Sie wollte etwas über die Frau auf der Fotografie erfahren. Angesichts von

Fabrice' Wesen wusste sie, dass sie nicht einfach mit ihren Fragen herausplatzen konnte, sie musste erst sein Vertrauen gewinnen.

Und aus irgendeinem Grund mochte sie den mürrischen Einsiedler. Was ein bisschen beunruhigend war. Ihre Menschenkenntnis war grottenschlecht.

»Sieht für mich so aus, als ob du ein bisschen Hilfe im Haushalt und mit dem Hund gebrauchen könntest, zumindest bis es deinem Knöchel besser geht«, meinte Cady. »Ich könnte ein paar Tage bleiben und dir zur Hand gehen.«

»Ich habe dir doch gesagt – ich mag keine Menschen.«

»Und ich habe *dir* gesagt – ich auch nicht. Dieses Haus ist so groß, dass wir uns gar nicht sehen müssten, es sei denn, wir wollten es.«

Fabrice kniff die Augen zusammen. »Warum solltest du hierbleiben wollen?«

Wieder versuchte sie dieses gallische Schulterzucken. »Den Ort kennenlernen. Du weißt doch, wie Touristen so sind. Da, wo ich herkomme, haben wir keine Châteaus. Außerdem kann ich kochen.«

»Amerikaner können nicht kochen.«

»Stell mich auf die Probe.«

Sein Blick kam auf dem Hund zu ruhen: Lucy hatte ihre breite Lederleine im Maul und lief in der Küche auf und ab. Ihre Krallen kratzten über den Fliesenboden. Sie musste eindeutig aus dem Haus, *jetzt*.

»*Bof!* Na schön, ich nehme an, wenn du diesen verdammten Hund für mich ausführst und ein anständiges Abendessen kochst, kannst du eine Weile bleiben. Bis ich es mir anders überlege. Bist du sicher, dass du kochen kannst?«

»Wart's ab.«

Kapitel 26

2001
OAKLAND

Cady, 13 Jahre alt

»Du musst kochen lernen«, hatte Maxine gesagt, als sie Cady zum ersten Mal zu sich zum Essen einlud, etwa einen Monat nachdem sie angefangen hatte, in dem Laden zu arbeiten. »Entweder das oder viel Geld verdienen.«

»Was meinst du damit?«

»Wenn du Geld übrig hast, kannst du es dir leisten, Leute ins Restaurant einzuladen oder einen persönlichen Koch einzustellen. Aber hart arbeitende Trottel wie du und ich müssen kochen lernen.«

»Warum?«

»Weil es die beste und billigste Art ist, jemandem das Gefühl zu geben, dass man für ihn sorgt.« Maxine schlüpfte mit einer Hand in einen schweren Denim-Topfhandschuh und zog eine Terrine mit selbst gemachten Käsemakkaroni aus dem Ofen. »Riecht das nicht nach zu Hause?«

Cady wusste nicht, wie ein Zuhause roch, aber sie nickte trotzdem, denn bei dem himmlischen Aroma lief ihr das Wasser im Mund zusammen.

»Hier ist das Geheimnis, Cady: Du musst nicht viele Gerichte kochen können, nur ein oder zwei ›griffbereite‹ Gerichte, die du gut beherrschst. Käsemakkaroni ist eines von meinen.«

Maxine stellte die heiße Terrine auf den Tisch, den Cady bereits mit Tellern und Besteck gedeckt hatte. Cady starrte einen langen Moment auf das Essen. Sie erinnerte sich an ein Abendessen in ihrer Wohngruppe, als Jonquilla in eine Schlägerei mit einem älteren Jungen geraten war, weil sie darauf beharrt hatte, einmal selbst gemachte Käsemakkaroni gegessen zu haben, die nicht aus einer Packung kamen. Niemand, nicht einmal Cady, hatte ihr geglaubt.

»Was ist denn, Cady?«, fragte Maxine, während sie ihr gegenüber Platz nahm.

»Ich … ich wusste gar nicht, dass irgendjemand Käsemakkaroni selbst macht, nicht aus der Packung. Diese leuchtend orangefarbenen, mit Pulver.«

»Na ja, dann weißt du es jetzt«, sagte Maxine und häufte einen dampfenden Löffel auf Cadys Teller. »Meine Mama hat sie ständig für uns gemacht. Manchmal hat sie ein bisschen Speck oder ein Stück Huhn dazugetan oder Erbsen und Karotten, um uns dazu zu bringen, Gemüse zu essen. Wozu auch immer sie Lust hatte – das ist das Schöne an einem griffbereiten Rezept. Koste mal.«

Cady konnte kaum essen wegen des Kloßes in ihrer Kehle. Sie legte ihre Gabel hin, beschwor sich, nicht zu weinen, aber es klappte nicht. Ein kleiner Hickser entwich, und dann stützte sie den Kopf in die Hände und schniefte.

Maxine schwieg. Als Cady aufsah, hatte Maxine eine verwirrte Miene und den Anflug eines Lächelns im Gesicht.

»Das ist nichts Besonderes, Kind. Ich mische einfach

Makkaroni mit verschiedenen Käsesorten und ein bisschen Sahne. Soll ich dir beibringen, wie es geht?«

Danach verbrachten sie viele Stunden zusammen in der Küche, probierten neue Rezepte aus und perfektionierten Cadys »griffbereite« Gerichte. Sie schälten Maiskolben, backten Brathuhn und machten Maispizza und frische gemischte Salate aus allem, was auf dem Bauernmarkt gerade Saison hatte. Maxine ermunterte Cady, Lebensmittel zu kosten, die sie noch nie zuvor gegessen hatte, wie zum Beispiel Eierfrüchte – die zu ihrem Erstaunen überhaupt nichts mit Eiern zu tun hatten – und Sharonfrüchte und Fisch, der kein Thunfisch war und nicht aus einer Dose kam.

Das erste Essen, das Cady ganz allein für Maxine kochte, war eine schlichte Gemüsepfanne. Maxine konnte gar nicht aufhören zu schwärmen, wie köstlich es schmeckte. Cady, den Blick auf ihren Teller geheftet, war verlegen, aber bis über beide Ohren glücklich.

Als sie aufgegessen hatten, legte Maxine mit einem Seufzer ihre Gabel hin und sagte: »Cady, wenn ich den ganzen Papierkram und bürokratischen Unsinn bewältigen kann, würdest du dann gerne bei mir wohnen?«

Und wieder einmal brach Cady in Tränen aus.

Kapitel 27

1944
PARIS

Fabrice

Es gab in Paris fast keine jungen, gesunden Männer mehr. Knapp zwei Millionen waren Kriegsgefangene, andere waren mit General de Gaulle und den Freien Französischen Streitkräften nach London geflohen, Tausende weitere waren vermisst oder untergetaucht. Fabrice wurde oft angehalten und vernommen und aufgefordert, seine Papiere vorzuzeigen. Aber er war jung genug, um keinen Verdacht zu erregen, und er hatte blonde Haare, was die Nazis vergötterten.

Trotzdem konnten sich Frauen und Mädchen wesentlich leichter in der Stadt bewegen, daher waren sie inzwischen die wichtigsten Kuriere für Waffen und belastende Dokumente.

Mitglieder der Résistance waren nicht die Einzigen, die Mut bewiesen. Eine junge Musikstudentin namens Vivou Chevrillon spielte vor der Mauer eines Konzentrationslagers in Compiègne Violine, in der Hoffnung, dass ihre Freundin darin das Lied erkannte. Eine Galeriebesitzerin namens Jeanne Bucher stellte trotzig das Werk Kandinskys und anderer geächteter abstrakter Künstler aus, von denen viele Juden waren.

Aber die meisten Bürger leisteten auf prosaischere Arten Widerstand. Indem sie es schafften, genug zu essen zu besorgen, zeigten die Pariser, dass man sie nicht unterwerfen konnte, indem man sie hungern ließ. Im Theater oder im Kino jubelte das Publikum jedes Mal, wenn eine Szene mit einem Festessen kam. Da niemand wusste, wem man vertrauen konnte, wurde Essen außerdem das ständige – und einzige wirklich sichere – Gesprächsthema: Was kann man zu essen finden? Wo kann man es finden? Wie kann man fragwürdige Zutaten appetitlich zubereiten?

Fabrice' neue Freunde neckten und veralberten sich gegenseitig mit Schilderungen ihrer Lieblingsmahlzeiten und -menüs. Paulette liebte es, Rezepte aus ihrem Heimatort zu rezitieren: *truite provençale*, Daube – eine Art traditioneller Eintopf –, Tapenade, *pan bagnat*.

Fabrice war es einerlei, worüber sie sprach, er liebte einfach das Trällern ihrer Stimme. Er hörte hingerissen zu, wenn sie erzählte, wie sie Sträuße von *muguets* – Maiglöckchen – in den Wäldern rings um ihr Dorf gepflückt hatte. Paulette hatte eine bezaubernde Art, den Kopf auf die Seite zu legen, wenn sie jemandem ihre Aufmerksamkeit schenkte, und das tat sie auch, wenn sie Fabrice zuhörte, als würde sie versuchen, aus ihm schlau zu werden.

Er fühlte sich von ihr akzeptiert, als würde sie ihn verstehen. Seine Eltern nannten ihn »launisch«, womit sie sagen wollten, dass sie seine Stimmungsschwankungen beunruhigend und falsch fanden. Aber Paulette schien unbeirrt, wenn er in einem Moment kläglich und im nächsten euphorisch war.

»Du bist ein intelligenter, leidenschaftlicher junger Mann«, meinte sie mit einem liebenswerten Schulterzucken. »So ist das eben. *C'est normal.*«

Außerdem, auch wenn seine Eltern ihn von seiner leidenschaftlichen Liebe zu Worten abzubringen versuchten, hatte Paulette ihm versichert, dass sein Schreiben eine wichtige Rolle in der Geschichte, bei der Rettung von La Belle France spielte. Fabrice war hingerissen von ihren Kommentaren, und während er ein Flugblatt nach dem anderen druckte und fast im Stehen einschlief, stellte er sich vor, wie es wäre, sie in seine Arme zu schließen, sie die Seine nennen zu können, ein Zuhause für sie beide zu schaffen.

Manchmal ging Fabrice bei der Arztpraxis vorbei, in der Hoffnung, einen Blick auf sie zu erhaschen, obwohl er sich von Dr. Duhamel fernhalten sollte, wenn es nicht absolut unvermeidlich war.

Eines Abends teilten sie sich mit Claude und dem Belgier im Hinterzimmer der Druckerei eine Flasche Wein. Als die anderen gegangen waren, nahm Fabrice seinen ganzen Mut zusammen. Er beugte sich zu Paulette vor.

Sie schüttelte den Kopf und wich zurück. »Du bist sehr jung, *mon petit garçon.*«

»*So* jung bin ich nicht«, flüsterte er zurück. Vielleicht lag es an der Inbrunst in seiner Stimme, seiner absoluten Überzeugung. Vielleicht lag es am Wein. Aber was immer der Grund war, Paulette streckte anmutig eine Hand nach ihm aus und glitt mit einem langen Finger über seine glatte Wange, wo noch kein Backenbart wuchs. Ihre Fingerkuppe hinterließ eine Spur kribbelnder Hitze auf seiner Haut.

Sie ließ die Hand sinken und atmete tief aus.

»Es ist wegen dieses Krieges«, sagte Paulette. Sie schenkte ihm ein unsicheres Lächeln, aber ihre himmelblauen Augen waren voller Besorgnis.

»*Was* ist wegen dieses Krieges?«, fragte Fabrice leise, während er in ihrem Gesicht forschte.

»Dass du diese Gefühle hast. Wir sind eine verlorene Generation, Fabrice. Uns wurde die Kindheit geraubt, aus den Händen gerissen, wie die Deutschen uns unser Essen und unsere Kunst, unser Glück und selbst unsere Seele rauben.«

»Aber wenn mir meine Kindheit geraubt wurde, dann bin ich schon ein Mann. Du könntest einen Mann lieben, oder nicht?«

Sie lachte humorlos auf. »Mein lieber, lieber Fabrice. Du bist so tapfer, so tüchtig … aber du bist noch immer sehr jung und naiv. Lass uns nicht abschweifen. Lehn dich wieder zurück, entspann dich und lass uns das Siegesmahl planen, das wir kochen werden, wenn wir diesen elenden Krieg gewonnen haben. Was werden wir zum Aperitif haben?«

Eines Tages wurde Fabrice in die Arztpraxis bestellt.

Paulette führte ihn in ein Behandlungszimmer, als wäre er ein Patient. Der Arzt bat ihn, sein Hemd auszuziehen, und hielt das kalte Ende eines Stethoskops an seine Brust, als würde er ihn untersuchen.

»In Saint-Nazaire gibt es einen U-Boot-Stützpunkt«, sagte Dr. Duhamel leise. »Die britischen Streitkräfte wollen ihn angreifen, aber sie brauchen Fotos. *Huste*.«

Fabrice hustete.

»Die einzigen Leute, die in die Nähe vorgelassen werden, sind Kinder auf Schulausflügen, denen der Stützpunkt gezeigt wird, um sie mit der Stärke der deutschen Flotte zu beeindrucken. Garçon, du leistest mustergültige Arbeit mit den Informationsschriften. Aber es gibt nicht viele, die diese Aufgabe übernehmen könnten.« Er hielt inne und starrte einen Moment aus dem Fenster, dann wandte er sich wieder um. »Du bist jung genug, um zur Schule zu gehen. Kannst du gut mit einer Kamera umgehen?«

Das war seine Chance. Fabrice' Herz hämmerte, es war ihm unangenehm, daran zu denken, dass der Arzt es durch sein Stethoskop hören konnte. Das war seine Chance, Paulette zu beweisen, dass er mehr als nur ein Junge war.

»Ich tue es«, erklärte Fabrice. »Ich werde Fotos machen.«

»Es ist eine sehr gefährliche Mission«, warnte ihn der Arzt. In seinem Ton lag eine Art resignierte Hoffnung. Der Arzt rettete seit Jahrzehnten Menschenleben, aber jetzt wurde er aufgefordert zu helfen, sein Land zu retten, und er schien sich nicht sicher zu sein, ob er der Aufgabe gewachsen war.

»Das verstehe ich.«

»Ich würde dich nicht darum bitten, aber diese Aufklärung ist von entscheidender Bedeutung für die Alliierten.«

»Ich habe keine Angst. Ich will es tun.«

In diesem Augenblick kam Paulette an die Tür, um dem Arzt zu sagen, dass ein Anruf für ihn gekommen war.

Fabrice hielt Paulettes Blick stand und erklärte noch einmal: »Ich werde gehen.«

Kapitel 28

GEGENWART
CHÂTEAU CLÉMENT

Cady

Im morgendlichen Sonnenschein sah das Gelände rund um das Château anders aus. Die Phantome der Nacht waren verschwunden, ersetzt von glitzernden Bäumen und Gebäuden, die rein gewaschen vom Regen waren. Trotzdem trug der schöne Morgen kaum dazu bei, das baufällige Erscheinungsbild des Anwesens zu verbessern, erst recht nicht die zerbrochenen Fenster und Graffiti.

Während Lucy am Gras schnupperte, sah sich Cady um. Wer würde hier draußen in der ansonsten so idyllischen französischen Landschaft Graffiti malen? Cady war es gewohnt, in den Straßen von Oakland Tags zu sehen, aber sie fand es enttäuschend, sie in dieser malerischen Umgebung zu finden. Sie hätte Château Clément lieber als einen aus der Zeit gefallenen Ort gesehen, wie in einem Märchen, aber offenbar war es so deprimierend echt wie überall anders.

Das Tag lautete JTC, in einer stilisierten Graffitischrift, die Cady aus der Zeit kannte, als sie durch die Straßen von Oakland gezogen war. Sie war nie ein Tagger gewesen, aber sie hatte viele gekannt. Jonquilla hatte sich eine Zeit lang daran versucht, bevor sie das Interesse an allem verlor abgesehen von ihrem nächsten Drogentrip. Als Cady ihre Kindheitsfreundin das letzte Mal gesehen hatte, bettelte Jon an einer Straßenecke im Zentrum von Berkeley. Keine von ihnen sagte etwas. Cady gab Jon ihren letzten Fünfdollarschein und ging weiter.

Kies knirschte unter ihren Füßen, als Cady Lucy über den Hof führte, um durch dasselbe Fenster zu spähen wie am Abend zuvor. Aber jetzt, bei Tageslicht, hörte sie keine Karussellorgel, und sie sah erst recht nicht, was sie – für einen Moment – gestern Abend zu sehen geglaubt hatte. Darin schien es noch einen anderen Bau zu geben, als sei das Außengebäude eine Hülle, die um eine kleinere innere Konstruktion errichtet war. Es gab ein paar abgedeckte Gegenstände, offenbar alte Traktorenteile, wahllose Holzstücke, einen alten Reifen. Paneele hier und da, wie ein riesiger dreiteiliger Wandschirm. Vielleicht hatte sie sich nur eingebildet, dass einer der mit Planen abgedeckten Haufen eine Karussellfigur war. Hatte sie das so unbedingt sehen wollen?

Durch die schmuddelige Scheibe war es noch immer schwer, etwas zu erkennen, aber es gab mehrere große Paneele, die von Ruß geschwärzt schienen.

Jean-Paul hatte ihr erzählt, dass das Karussell von einem Feuer zerstört worden sei.

Sie versuchte, die Türen zu öffnen, aber sie waren abgeschlossen.

Cady wusste, dass sie nicht herumschnüffeln sollte, aber abgesehen davon, dass er eine Waffe auf sie gerichtet hatte, schien Fabrice gestern Abend nicht allzu besorgt wegen ihrer Neugier gewesen zu sein. Sie hatte eben begonnen, seitlich um das Gebäude herumzugehen, um nach einer anderen Tür zu suchen, als sie plötzlich Glas zerspringen hörte.

»Was war das?«, fragte Cady Lucy, die geduldig dasaß und mit dem Schwanz wedelte.

Sie eilten zur Rückseite des Gebäudes.

Ein Junge warf Steine gegen ein hohes Fenster eines scheunenartigen Gebäudes. Er war hochgewachsen und hager, und er trug Jeans und ein zu großes Kapuzenshirt. Er hätte gut auf die Straßen von Oakland gepasst.

»Hey!«, rief Cady auf Englisch, bevor ihr klar wurde, dass sie die französische Entsprechung dafür nicht wusste. Die Art formlose Äußerungen, die bei einer echten Kommunikation so wichtig waren, wurden in Sprachkursen selten gelehrt. Wenigstens wusste sie, wie man fragte: »Was tust du denn da?«

Sie brüllte: *»Qu'est-ce que tu fais ici?«*

Der Junge schnellte zu ihr herum, schlug mit einer Hand auf den Bizeps seines anderen Arms und reckte eine Faust, bevor er wegrannte.

»Widerlicher kleiner Vandale!«, brüllte Cady, wieder auf Englisch. Sie nahm an, dass ihre Worte ebenso wenig einer Übersetzung bedurften wie seine unfeine Geste. »Komm zurück und bring das hier in Ordnung!«

Lucy stand nur da und wedelte mit dem Schwanz.

Cady sah sie von der Seite an. »Du bist mir eine schöne Hilfe.«

Lucys einzige Reaktion war es, noch begeisterter mit dem Schwanz zu wedeln.

»Du bist wohl kein Wachhund.«

Lucy setzte sich sehr aufrecht hin und leckte sich die Lippen.

»Ich werde dir etwas erklären, Lucy. Dass du groß bist, heißt noch lange nicht, dass du nicht ab und zu die Zähne fletschen musst. Zum Beispiel, wenn irgendein kleiner Idiot das Eigentum deines Herrchens mutwillig beschädigt.«

Lucy wedelte noch ein bisschen mehr mit dem Schwanz.

Cady setzte ihre Erkundung fort, spähte durch andere Fenster. Das erste Gebäude schien fest verschlossen zu sein, aber die Tür an einem anderen Nebengebäude war angelehnt, und darin stand ein sehr alter schwarzer Wagen, der wie aus einem Film über den Zweiten Weltkrieg aussah. Als Nächstes fand sie einen kleinen quadratischen Steinbau, zwei Stockwerke hoch, dessen ursprünglicher Zweck nicht ersichtlich war. Er war nicht abgeschlossen, daher gingen sie und Lucy hinein und stiegen die Treppe hoch. Lucy schnupperte an dem alten Holz, überprüfte es auf Mäuse. Durch die Bogenfenster im ersten Stock – in denen zwei Scheiben zerbrochen waren – konnte Cady sehen, dass der Garten früher einmal formal angelegt war, mit einem Gebäude, das nach einem Gewächshaus aussah, an einem Ende und einem Senkgarten, umgeben von Skulpturen, und einem kleinen Teich am anderen. Ein Wasserrad drehte sich noch immer in der trägen Strömung.

Cady ging mit Lucy wieder hinaus, um den restlichen Garten zu erkunden. Sie fand seichte Teiche und Springbrunnen, aus denen kein Wasser mehr sprudelte. Skulpturen – ein riesiger Pelikan, eine Kugel auf einer länglichen Pyramide, ein Obelisk – waren mit orangefarbenen und hellgrünen Flechten überzogen. Steinerne Bänke und Bäume waren mit flauschigem Moos bewachsen.

Eine durchweichte Zeitung lag neben der Eingangspforte. Sie hob sie auf, dann pflückte sie zu Olivias Ehren ein paar Wildblumen – das war etwas, was ihre Freundin ständig tat: einen Gang zurückschalten und die Natur genießen.

Die struppigen Hecken an den Wegen waren früher vermutlich ordentlich in Form geschnitten worden. Cady fragte sich, welche Formen sie gehabt haben könnten – geometrische oder willkürliche? Tiere oder vielleicht Spiralen? Wer waren Yves und Joséphine Clément gewesen, und wie hatte ihr Château zu seiner Blütezeit ausgesehen? Hatten sie ein Heer von Gärtnern gehabt, oder war Joséphine selbst herausgekommen und hatte die Bäume in Form geschnitten, während Yves seine Fotos schoss?

Cady erinnerte sich, einen solchen Baum in Kalifornien gesehen zu haben.

Nicht so sehr den Baum, sondern vielmehr den Künstler, der sich um ihn kümmerte: einen alten Mann. Unglaublich alt, wie es Cady damals schien. Er war klein, schien sich aber unwohl in seinem Körper zu fühlen, als sei er es gewohnt, ein kräftigerer Mann zu sein. Oder zumindest größer. Manchmal stand er stundenlang vor diesem Baum, als würde er ihn anbeten. An manchen Tagen tat er nichts anderes, als ihn zu studieren und abzuschätzen. Meistens zückte er seine Baumschere und schnippelte Zweige ab, so klein, dass Cady sie kaum sehen konnte, wenn er sie beiseitewarf.

Aus seiner Arbeit entstand ein Drache im chinesischen Stil, wie die bei den Umzügen in Chinatown, mit geblähten Nüstern und abgespreizten Ohren, der sich um den Stamm des gestutzten Baums wickelte.

Cady versteckte sich oft stundenlang hinter der Hecke und sah zu, wie der alte Mann den Baum bearbeitete und seinen Drachen hervorzauberte.

Eines Tages kam der alte Mann nicht mehr. Bald verwilderte der Drache. Lange, wilde Triebe schlugen auf seinem Rücken aus und sprossen aus seinen Klauen. Dann kam der Mann zurück und stutzte ihn wieder, aber irgendwann kam er überhaupt nicht mehr. Der Baum stand noch immer da, aber der Mann blieb verschwunden.

Als die Triebe erneut sprossen, war niemand da, um sie aufzuhalten. Schließlich sah der Baum so aus wie alle anderen, ohne einen Hinweis auf den wilden Drachen, der sich in ihm verbarg.

Kapitel 29

GEGENWART
CHÂTEAU CLÉMENT

Cady

Cady brachte die Blumen in die Küche, füllte eine alte Perrierflasche mit Leitungswasser und stellte den Strauß auf den Tisch vor dem Kamin. Sie füllte Lucys Wassernapf und tätschelte den sanftmütigen Hund, während sie überlegte, was sie als Nächstes tun sollte.

Durch Fenster zu spähen, war eine Sache, aber in Gebäude einzubrechen, das ging einen Schritt zu weit. Cadys Tage als Kleinkriminelle waren vorbei. Sie musste Fabrice dazu bringen, mit ihr über die Geschichte seiner Familie im Allgemeinen und über das Karussell im Besonderen zu reden. Er musste irgendetwas wissen.

Fabrice war der Idee nicht abgeneigt gewesen, dass sie den Hund ausführte und das Kochen übernahm. Und wenn sie hierblieb, dann wollte sie auch in ihrem Zimmer wischen und staubsaugen und das Bad putzen. Tatsächlich bedurften alle Wohnbereiche dringend einer gründlichen Reinigung.

Cady durchstreifte das Erdgeschoss des Châteaus auf der Suche nach Putzzeug. Sie fand die ursprüngliche Küche des Landsitzes, einen riesigen Raum mit zerschrammten Marmor- und Holztresen, so lang, dass Köche wie am Fließband arbeiten könnten, einer Wand mit kunstvollen Küchenschränken und einem eisernen Ofen. Cady stellte sich vor, wie sich die Köche um blubbernde Kessel auf dem Herd kümmerten, Küchenangestellte herumwuselten und hackten und schnitten und schälten, Bauern Körbe mit einheimischem Obst und saisonalem Gemüse brachten, Jäger Wild und Kaninchen hereintrugen, die von ihren Stangen hingen, die Jagdbeute eines Tages.

Ein kleinerer Raum neben der großen Küche musste die Vorratskammer gewesen sein. Er war mit Regalen gesäumt, auf denen noch immer ein paar Gläser mit eingemachtem Obst und Gemüse sowie Marmeladengläser standen, mit Schmutz und Spinnweben überzogen.

Cady spähte in ein halbes Dutzend fensterloser Kammern, die sie an Nonnenzellen erinnerten. Sie fragte sich, ob es Unterkünfte von Bediensteten, Büros oder Lagerräume oder vielleicht irgendeine Kombination von allen dreien gewesen waren. Sie konnte die flackernden Umrisse von Geistern beinahe sehen, während sie weiterschlenderte: eine tüchtige leitende Hausdame, ein würdevoller Butler, ein arroganter Koch, eine Handvoll herumwuselnder Hausmädchen.

Schließlich riss sie eine klemmende Holztür auf und entdeckte einen Lagerraum mit Putzzeug. Es war ebenfalls mit Staub bedeckt, aber in der Annahme, dass Seife kein Verfallsdatum hatte, nahm sie einen Armvoll davon mit in ihr Schlafzimmer. Sie riss die Fenster auf, um den schalen Geruch mit der kühlen, frischen frühmorgendlichen Luft zu vertreiben, und machte sich an die Arbeit.

Eine Stunde später stellte sie befriedigt fest, dass das Schlafzimmer schon weitaus einladender aussah und roch.

Ihr Magen knurrte. Gestern Abend hatte Jean-Paul erwähnt, dass Fabrice jemanden hatte, der ihm Lebensmittel brachte, aber wenn sie fürs Kochen zuständig sein würde, dann wollte sie auch das Einkaufen übernehmen. Außerdem funktionierte ihr Handy immer noch nicht, und sie musste die Autovermietung anrufen, um herauszufinden, was mit dem Wagen geschehen sollte. Im Ort würde ihr Handy bestimmt funktionieren, oder vielleicht könnte sie ein Internetcafé finden.

Das Dorf Saint-Véran war nur ein paar Kilometer entfernt. Notfalls könnte sie sogar zu Fuß hingehen.

Cady war gerade dabei, ihre Sachen – ihre Kameratasche, ihr Handy, ihre Jacke, ihr Geld – zusammenzusuchen, als sie das Kratzen und Klopfen von Fabrice' Krücke hörte. Sie ging in den Flur hinaus und spähte die Treppe hinunter.

Fabrice stand an der untersten Stufe.

»Ich habe dir eine Liste geschrieben.« Er hielt ein Blatt Papier hoch.

»Eine Liste wovon?«

»Dinge, die ich vom Laden brauche. Ich will heute Abend Brathuhn.«

»Oh, gut«, sagte Cady, während sie die Treppe hinunter zu ihm ging. »Du hast meine Gedanken gelesen.«

Er gab keine Antwort.

»Ich meine, ich habe eben ans Essen gedacht.« Auf dem Blatt Papier war auch eine handgemalte Karte des Dorfs, auf der die Lage der *boulangerie* und eines Lebensmittelgeschäfts eingezeichnet war.

»Du kannst meinen Wagen nehmen«, knurrte Fabrice. »Die Schlüssel hängen an einem Nagel neben der Tür und die Einkaufstaschen auch.«

»Fährt dieser alte Wagen denn?«, fragte Cady. »Der in dem Schuppen dahinten?«

»Wie, die Deux Chevaux? Natürlich nicht. Nimm den Citroën. Die Franzosen sind großartige Ingenieure. Wir haben die Autos erfunden, weißt du.«

»Tatsächlich? Ich glaube mich an einen Amerikaner namens Henry Ford zu erinnern ...«

Er machte eine wegwerfende Handbewegung. »Ford erschien erst spät auf der Bildfläche. Er hat das Fließband erfunden, das ist alles. Der Verbrennungsmotor ist das Herzstück des Automobils, und der wurde von Lenoir erfunden.«

»Hm. Na ja, man lernt nie aus.«

Fabrice blickte interessiert. »Was für einen Wagen fährst du denn in den Vereinigten Staaten?«

»Einen Toyota.«

Er schnaubte spöttisch. »Einen Japaner. Na klar«, murmelte er.

»Ach und übrigens«, sagte Cady, »vorhin war ein Junge draußen im Hof, der Steine gegen die Fenster geworfen hat.«

Fabrice knurrte.

»Er hat so gemacht.« Sie ahmte die Geste mit dem Arm so taktvoll wie möglich nach, ohne die großspurige Art.

»Ah ja, der *bras d'honneur*.«

»Der ›Arm der Ehre‹?«

»Das ist sarkastisch gemeint. Es ist eine sehr unfeine Geste.«

»Ja, so viel habe ich verstanden. Weißt du, wer er ist?«

»C'est un enfant à problème«, meinte er. Was im Grunde hieß, dass er ein *jeune voyou* war. Ein böses Kind.

»Ich dachte, ich könnte ihn vielleicht ausfindig machen und dazu bringen, hierher zurückzukommen und in Ordnung zu bringen, was er angerichtet hat.«

Fabrice' Miene war unergründlich. »Geh und erledige die Einkäufe, bitte. Dieser Junge geht dich nichts an.«

Der Weg in die Stadt war eine leichte Fahrt über eine gerade Landstraße. Hohe Reihen zypressenartiger Bäume, die die Straße säumten, schufen eine majestätische Strecke, wenn auch eine tödliche, falls man mit dem Wagen von der Fahrbahn abkam.

Zu ihrer Linken erstreckten sich weitläufige Lavendelfelder, zu ihrer Rechten ausgedehnte Olivenhaine. Ein paar steinerne Bauernhäuser, brachliegende Felder und Weingärten sprenkelten die niedrigen Hügel. Ein ummauerter Friedhof kennzeichnete den Beginn des Dorfs, dessen schmale, gewundene Straßen von stuckverzierten Stadthäusern flankiert waren.

Fabrice' Karte war leicht zu folgen. Er hatte sogar kleine Autos eingezeichnet, um zu zeigen, wo sie parken konnte.

Im Ort, so klein er auch war, hatte ihr Handy Empfang, und Cady rief gleich die Autovermietung an, die sich nach einigem Hin und Her bereit erklärte, einen Abschleppwagen aus Avignon zu schicken. Als Nächstes rief sie die Vermieterin des Zimmers an, das sie in Saint-Véran reserviert hatte, und entschuldigte sich dafür, ihre Buchung stornieren zu müssen. Die Frau war so verblüfft zu hören, dass Cady auf Château Clément wohnte, dass sie sich gar nicht erst mit ihr stritt. Zuletzt schickte Cady Olivia die etwas schwülstige SMS, die sie am Abend zuvor geschrieben hatte, zusammen mit einem P.S., wie entzückend die Gegend jetzt sei, wo sie nicht mehr gestrandet war und die Sonne schien.

Als das alles erledigt war, ließ sich Cady einen Moment Zeit, um sich zu sammeln und sich im Dorf umzusehen. Ihr Magen knurrte wieder. Damit war es entschieden: erster Zwischenstopp, die *boulangerie*.

Der Laden war voll mit Einheimischen, die sich ihre täglichen Backwaren kauften, aber Cady machte die lange Schlange nichts aus. Sie atmete den Duft von frischem Brot ein, und das Wasser lief ihr im Mund zusammen beim Anblick bogenförmiger Croissants und quadratischer *pains au chocolat*, deren blätterige Schichten von Butter glänzten, winziger Quiches, mit Schinken und Kräutern belegt, langer Baguettes mit ihren typischen Einkerbungen und schwach gesüßter, luftiger Briochelaibe. Als sie an der Reihe war, bat sie um zwei Baguettes und eine runde *boule de campagne*.

Dann bestellte sie ein *pan bagnat* oder »gebadetes Brot«, ein Sandwich, das mit typisch provenzalischen Zutaten gefüllt war: Tomaten, Paprika, schwarzen Oliven, Anchovis und Thunfisch – eine *salade niçoise* zwischen knusprigen Brotscheiben.

Cady war so hungrig, dass sie nicht widerstehen konnte, davon abzubeißen, während sie fuhr. Aber hinter dem Lenkrad zu essen, galt in Frankreich als Tabu, daher hielt sie nach einem Park Ausschau, ähnlich denen, in denen sie in Paris oft ihr Mittagessen gegessen hatte. Sie erinnerte sich an den Friedhof und bog zu ihm ab.

Ein grauhaariger Mann in einem schwarzen Mantel, einen weißen Filzschal um den Hals geschlungen, kümmerte sich um eines der Gräber. Die Grabstätten waren über dem Boden erhöht und mit Marmorplatten bedeckt. Viele Grabsteine trugen kleine ovale Fotografien der verlorenen Angehörigen. Die meisten waren mit Blumen, frisch oder aus Plastik, geschmückt. Auf manchen Grabplatten standen gerahmte Fotografien, andere trugen militärische Ehrenabzeichen oder religiöse Symbole. Ein riesiges Denkmal genau in der Mitte des Friedhofs trug die Inschrift CLÉMENT und listete Dutzende Familienmitglieder auf. Ganz offensichtlich lebte Fabrice' Familie schon sehr lange in dieser Gegend und war sehr bedeutend gewesen.

Es erschien ihr respektlos, auf dem Friedhof zu essen, daher blieb Cady im Wagen sitzen, aß ihr Sandwich auf und spülte es mit einer Flasche Perrier hinunter. Das *pan bagnat* schmeckte köstlich, ebenso gut wie die Sandwiches, die sie in Paris genossen hatte.

Als sie aufgegessen hatte, warf Cady einen Blick auf ihre Karte und fuhr zum Lebensmittelgeschäft, das sogar noch unterhaltsamer war als die *boulangerie*. Cady schlenderte durch jeden Gang und betrachtete die fremdartigen Packungen mit Pastete und *saucissons*, Kartoffelchips, die mit dem Geschmack von Ziegenkäse warben, bunten Keksschachteln für Kinder und langen ganzen Vanilleschoten in Plastikröhrchen.

Als ihre Neugier fürs Erste befriedigt war, machte sich Cady an ihre eigentliche Aufgabe: das heutige Abendessen. Auf Fabrice' Liste, in einer krakeligen, altmodischen Handschrift verfasst, standen ein ganzes Huhn, Kartoffeln, grüne Bohnen, Kopfsalat, eingelegte Kastanien, Mousse au Chocolat, Pistazieneis und eine Flasche Absinth.

Sie legte noch ein paar andere Grundnahrungsmittel in ihren Einkaufswagen und, da sie nicht widerstehen konnte, auch eine Tüte Kartoffelchips mit Ziegenkäsegeschmack und einen »Yes«-Schokoriegel, weil ihr der Name gefiel.

Die Kassiererin war eine ernste blonde Frau in den Dreißigern, die Cady ignorierte, während sie ihre Einkäufe eintippte, bis sie bei dem Pistazieneis innehielt.

»Sie kaufen für Monsieur Fabrice Clément ein?«, fragte sie.

»Woher wussten Sie das?«

»Das ist seine übliche Dienstagsbestellung. Er hat angerufen und gesagt, dass heute jemand vorbeikommt, um sie abzuholen.«

»Tatsächlich?« *Mir hat er gesagt, er hätte kein Telefon*, dachte Cady. »Ja, ich wohne für eine Weile bei ihm.«

»Sie *wohnen* bei Monsieur Clément? Auf Château Clément?«

»Ja.«

»Sind Sie Amerikanerin?«

Cady nickte. »Aus Kalifornien. Mein Name ist Cady Drake.«

»Ich bin Annick Boyer. *Enchantée*. Wie geht es Monsieur Clément?«

»Er erholt sich im Moment von einer Knöchelverletzung, aber ansonsten gut. Das heißt, Sie kennen ihn?«

Sie lachte. »Natürlich. Jeder weiß, wer er ist. Aber er kommt fast nie ins Dorf, und er erlaubt niemandem, ihn zu besuchen.«

»Er lässt sich seine Lebensmittel liefern, richtig?«

»Ja, Johnny hat sie ihm früher gebracht, aber dann gab es ein Problem.« Sie schüttelte den Kopf. »*C'est dommage.* Es tut mir leid, ihn aufzugeben, aber ich fürchte, er ist ein böses Kind.«

»Ich habe heute Morgen einen Jungen auf dem Grundstück gesehen – dunkle Haare, hochgewachsen, hager …?«

Sie nickte. »Vermutlich Johnny. Hat er Ärger gemacht?«

»Ich wollte mit ihm über etwas reden«, sagte Cady. »Wissen Sie, wo ich ihn finden könnte?«

»Seine Familie wohnt in der Rue Champs. Aber an Ihrer Stelle würde ich dort lieber nicht hingehen. Die Verhältnisse sind schwierig, die Mutter ist gestorben, der Vater ist nicht oft da – er arbeitet viel und trinkt zu viel. Es ist nicht sehr schön.«

Cady nickte. »Okay, danke. Kann ich hier im Ort irgendwo nach meinen E-Mails sehen?«

»Im Hound Dog Café, gleich um die Ecke. Der Besitzer, Hubert, ist ein Elvis-Presley-Fan.«

»Danke. Hey, gibt es hier im Ort irgendwo ein Museum oder irgendeine andere Quelle für örtliche Informationen?«

»Was meinen Sie damit?«

»Ich würde gern mehr über die Geschichte von Saint-Véran herausfinden. Ich interessiere mich für das alte Karussell, das früher auf dem Grundstück von Château Clément stand.«

»Das Karussell! Meine Großmutter hat gesagt, *ihre* Mutter konnte sich erinnern, an Feiertagen auf dem Karussell des Châteaus gefahren zu sein.«

»Wirklich?«

Sie nickte, erwärmte sich für das Thema. »Das Château war berühmt dafür, dass es an Festtagen seine Pforten für das ganze Dorf geöffnet hat. *La Fête du Muguet*, der vierzehnte Juli, solche Anlässe.«

Cady wusste, dass der vierzehnte Juli der Tag der Bastille war, aber von dem anderen Feiertag hatte sie noch nie gehört.

»Warum hat das aufgehört?«

Sie reckte das Kinn und neigte den Kopf in einer »Wer weiß?«-Geste zur Seite. »Der Erste Weltkrieg ist ausgebrochen, die Familie Clément verlor ihr Geld, und die Dame des Hauses ist gestorben. Es gab Gerüchte über sie.«

»Was denn für Gerüchte?«

»In einem Dorf gibt es immer Geschwätz, nicht wahr? Ich kann mich wirklich nicht erinnern. Das war alles lange vor meiner Zeit. Entschuldigung, ich sollte der nächsten Kundin behilflich sein.«

Erst jetzt bemerkte Cady, dass eine Frau hinter ihr wartete, einen Korb mit Einkäufen im Arm.

»Oh, Entschuldigung.«

»Je vous souhaite une bonne journée.« Die Kassiererin wünschte ihr einen schönen Tag.

Cady tat dasselbe, packte ihre Einkäufe in die Leinenbeutel, die Fabrice ihr mitgegeben hatte, und ging zurück zu ihrem Wagen.

Da sie ihren Computer nicht mitgenommen hatte, entschied sie, das Café bei ihrer nächsten Fahrt ins Dorf aufzusuchen und Olivia dann eine richtige E-Mail zu schicken. Eine lange Nachricht auf der winzigen Tastatur ihres Handys zu schreiben, erforderte mehr Geduld, als Cady aufbringen konnte.

Sie fuhr rasch zurück zum Château und parkte den Citroën hinter dem Hauptgebäude. Sie trug die Einkäufe durch die Seitentür ins Haus, wo sie von Lucy begrüßt wurde, die träge mit dem Schwanz wedelte. Fabrice war nirgends zu sehen, daher machte sich Cady daran, die Einkäufe wegzuräumen, und schnüffelte dann noch ein bisschen mehr in dem Château herum, wobei sie sich in dem verwirrenden Labyrinth aus Treppen und Fluren fast verirrte. Lucys Krallen kratzten über die Holzböden, während sie Cady von einem Zimmer ins nächste folgte. Neben leeren Kammern fand sie ein Kinderzimmer, komplett mit ein paar verstaubten Holzspielzeugen, einen Wintergarten, bei dem fast alle Scheiben zerbrochen waren, einen Billardtisch mit ruiniertem Filz, ein Bündel aus Spitzen und zerschlissener Seide, das früher vielleicht einmal ein feines Gewand war, und noch mehr geschnitzte Rokokokamine und -türstürze.

Als sie auf eine Bibliothek stieß, die noch in Gebrauch zu sein schien – eine mechanische Schreibmaschine und Papierstapel bedeckten den Schreibtisch –, entschied Cady, dass sie genug herumgeschnüffelt hatte. Sie konnte sich Fabrice' Reaktion nur zu gut vorstellen, wenn sie in sein privates Arbeitszimmer hereinplatzte.

Daher kehrte sie zurück in die Küche, krempelte die Ärmel hoch und machte sich an die Arbeit. Die Küche war nicht so schlimm wie der Großteil des Châteaus, auch wenn der Herd schon eine ganze Weile nicht mehr gründlich geschrubbt worden war. Als sie schließlich zufrieden mit ihrer Arbeit war, begann sie, das Huhn und das Gemüse zum Braten vorzubereiten, dann reinigte sie den Kamin von Asche und holte ein paar Armvoll Brennholz aus dem Holzschuppen, um Feuer zu machen.

Wie war Fabrice so lange allein zurechtgekommen? Hatte der böse Junge, Johnny, ihm geholfen? Und was war zwischen den beiden vorgefallen?

Und was waren das für Gerüchte über Joséphine Clément, die die Frau im Lebensmittelgeschäft erwähnt hatte? Was hatte dieses alte Château im Laufe der Jahre alles erlebt?

Schließlich unterbrach das knirschende Geräusch von Reifen auf Kies Cady in ihren Überlegungen und kündigte die Ankunft des Abschleppwagens aus Avignon an.

Kapitel 30

GEGENWART
CHÂTEAU CLÉMENT

Cady

Cady schob das Huhn mit dem Gemüse in den Ofen, damit es um sechs fertig war und sie noch Zeit hatte, um sich ein bisschen auszuruhen, bevor sie und Fabrice sich um halb sieben zum Abendessen setzten.

Um fünf vor halb sieben rief sie Fabrice zu Tisch. Er tauchte mit verblüffter Miene im Türrahmen auf. »Abendessen? Um diese Zeit?«

»Was stimmt denn nicht mit der Zeit?«, fragte sie.

Seine Miene deutete an, sie müsse eine außerirdische Lebensform sein. »Ich esse frühestens um halb neun oder neun zu Abend.«

»Oh. Na ja, dann wird heute eine ganz neue Erfahrung für dich sein.«

Er funkelte sie an. Sie hielt seinem Blick stand, ohne mit der Wimper zu zucken.

»Na schön, essen wir halt«, knurrte er. Er öffnete eine Schublade, entnahm ihr eine Taschenlampe und reichte sie Cady. »Geh in den Weinkeller und bring einen Sancerre vom Haut-Goujon hoch.«

»Einen Sancerre?«, wiederholte Cady. Sie kannte sich mit den vielen verschiedenen französischen Weinen nicht aus. In ihrer Welt war Wein entweder rot oder weiß.

»*Oui.* Vom Haut-Goujon.«

»Haut-Goujon. Alles klar«, antwortete sie und prägte sich den Namen ein. Sancerre, Haut-Goujon. »Und wo finde ich den Weinkeller?«

Fabrice zeigte ihr eine kleine Tür, die vom Flur abging. »Diese Treppe hinunter, dann nach links. Ich weiß nicht mehr, ob es die zweite oder die dritte Tür ist. Du wirst es schon sehen – es ist ein Raum mit vielen Weinflaschen.«

»Sehr witzig«, meinte Cady. Sie holte einmal tief Luft und begann, langsam die Treppe hinunterzusteigen, während der Strahl ihrer Taschenlampe in die Finsternis unter ihr vordrang. Sie warf einen Blick zurück zur Türöffnung. Fabrice stand da, von hinten erhellt von der Lampe im Flur.

Cady fröstelte. Sie fühlte sich, als ob sich die feuchten Steinwände enger um sie schlossen und schlug sich Spinnweben aus dem Gesicht, während sie immer tiefer hinunterstieg.

Am Fuß der Treppe leuchtete sie mit der Taschenlampe durch den Keller. Sie sah mehrere Kreuzgewölbe und breite Steinbögen, die in viele verschiedene Richtungen führten. Hinter einigen der Bögen verbargen sich beengte, fensterlose Räume, aber andere waren größer.

Okay, das hier ist mit Sicherheit der Ort, an dem nachts der Mörder lauert.

Entweder das, oder … könnte das hier früher einmal der Kerker gewesen sein, in dem der Seigneur der Gegend aufmüpfige Bauern einsperrte? Gab es in französischen

Châteaus überhaupt Kerker? Sie wünschte, sie wüsste mehr über die französische Geschichte.

Zumindest in einem Punkt hatte Olivia recht gehabt: Frankreich war nicht, was Cady erwartet hatte.

Nachdem sie in ein paar Sackgassen gelaufen war, fand sie schließlich den Weinkeller. Es war ein dunkler, niedriger Raum, der an eine Höhle erinnerte, und sie musste sich bücken, um durch den Steinbogen zu passen. Der Keller roch nach Wein und Moder und enthielt ein halbes Dutzend riesiger Eichenfässer und etliche Holzregale, die mit staubigen Flaschen gefüllt waren.

»Sancerre, Haut-Goujon«, wiederholte sie, während sie ohne Erfolg ein Etikett nach dem anderen musterte. »Komm schon, komm schon, wo immer du bist, mein lieber Sancerre.«

Nachdem sie eine ganze Weile die Weinregale abgesucht, erst eine, dann noch eine Flasche herausgezogen, den Staub abgewischt und das Etikett gelesen hatte, gab sie auf. Die Kälte und die Dunkelheit des Orts machten ihr zu schaffen, daher schnappte sie sich wahllos drei Flaschen und eilte wieder die Treppe hoch zur Wärme und Helligkeit der Küche.

»Ich habe gesagt, den *Sancerre*«, stöhnte Fabrice, als sie die Flaschen auf den Tisch stellte.

»Das war das Beste, was ich tun konnte, bevor der Mörder mich gefunden hätte.«

»Was?«

»Ich habe es versucht, aber da unten ist alles ein bisschen verwirrend, und vor allem ist es kalt und dunkel. Nächstes Mal wirst du mir eine Karte zeichnen müssen, wenn du eine bestimmte Flasche willst. Aber jetzt lass uns essen.«

»Rotwein mit Huhn«, beklagte sich Fabrice, während er die Flasche entkorkte und eine tiefrote Flüssigkeit in zwei Gläser schenkte. »Das ist ein Verbrechen.«

»Dann trink ihn eben nicht«, erwiderte Cady, trug das Baguette und einen kleinen Teller mit Butter zum Tisch und setzte sich.

Fabrice schenkte ihr ein halbes Lächeln. *»Bon appétit.«*

Und mit diesen Worten machte er sich über sein Essen her.

Lucy hielt in der Nähe Wache, aufmerksam und erwartungsvoll, und während der Mahlzeit gab Fabrice dem Hund so viel von dem Huhn zu fressen, dass Cady schließlich sagte: »Vielleicht sollte ich für Lucy nächstes Mal einen eigenen Vogel braten.«

Fabrice kicherte und steckte dem Hund noch ein großes Stück saftige Hühnerkeule zu.

»Also, du hast mich nie gefragt, was mich den ganzen Weg von Kalifornien hierher geführt hat«, begann Cady.

Er gab keine Antwort.

»Ich habe dieses hölzerne Kaninchen. Es ist eine Karussellfigur, und ich …«

»Erzähl mir nicht, dass du einer von diesen Leuten bist, die besessen von diesem Karussell sind.«

»Wer ist denn sonst noch besessen davon?«

»Ab und zu kommt ein Fremder vorbei, fragt, ob er es kaufen kann, ob er es sich ansehen kann.« Er machte eine Handbewegung, als würde er irgendetwas Abscheuliches riechen.

»Die Leute interessieren sich für Geschichte«, meinte Cady. »Das hat mich nach Frankreich geführt. Ich war in Paris, um Karussells für ein Buch zu fotografieren.«

Er nahm sich Kartoffeln nach.

»Schmeckt es dir?«, fragte Cady, während sie ihm Wein nachschenkte.

Er zuckte die Schultern.

»Also ... ist das Karussell noch hier? In dem Nebengebäude?«

Er schwieg so lange, dass Cady schon dachte, er würde überhaupt nicht antworten. Aber schließlich sagte er: »Es ist nicht mehr wiederzuerkennen. Hier hat es vor langer Zeit einmal gebrannt, und dann sind Dinge verloren gegangen.«

»Könnte ich es sehen?«

»Warum solltest du das wollen?«

»Na ja, wie ich bereits sagte, ich habe eine Karussellfigur, ein Kaninchen. Ich habe es Gus genannt, weil ich immer dachte, es sei von Gustave Bayol geschnitzt worden. Aber anscheinend stimmt das gar nicht. Jedenfalls«, ergänzte Cady hastig, als sie sah, dass er seine Aufmerksamkeit wieder dem Hund zuzuwenden begann, »er ist umgekippt, und ich habe in seinem Bauch ein Kästchen gefunden, mit einer Fotografie, die, wie ich vermute, von deinem Urgroßvater aufgenommen wurde. Und im Hintergrund ist das Karussell zu sehen.«

Fabrice stieß einen langen Seufzer aus und spülte den letzten Rest seines Huhns mit einem Schluck Wein hinunter.

»Ich könnte das Kästchen aus meinem Zimmer holen. Vielleicht würdest du die Frau auf der Fotografie erkennen.«

»Ich habe keine Zeit für solchen Unsinn.« Er stand auf, warf seine Serviette auf den Tisch und humpelte aus der Küche.

Cady blieb noch lange am Tisch sitzen und fragte sich, ob sie ihm folgen sollte oder ob er noch einmal zurückkommen würde. Schließlich stand sie auf, räumte den Tisch ab und spülte das Geschirr.

Der Hund machte einen Buckel wie eine Katze und streckte sich so lang, dass Cady sein Rückgrat knacken hörte.

»Ich nehme an, jetzt sind wir beide allein, Lucy«, sagte Cady leise und schnappte sich die Taschenlampe. »Lass uns die Geister draußen wachrufen, okay?«

An jenem Abend arbeitete sie sich im Bett noch durch ein paar Seiten von *Le Château*.

Bevor sie einschlief, fasste Cady einen Entschluss: Sie würde die Provence nicht verlassen, bevor sie sich das Clément-Karussell gründlich angesehen hatte. Oder was davon noch übrig war.

Und wenn irgend möglich, würde sie versuchen, herauszufinden, wer die geheimnisvolle Frau auf der Fotografie war.

Sie sah zum hundertsten Mal auf die Liebesbotschaft: *Souviens-toi de moi*.

Gedenke meiner.

Kapitel 31

1900
AVIGNON

Maëlle

Schließlich biegt ihre Kutsche in die Kiesauffahrt ein, die zu dem prächtigen Château Clément hochführt. Die Auffahrt ist lang und gerade, um Neuankömmlingen die Gelegenheit zu bieten, den Prunk des Anwesens zu erfassen: Steinmauern schimmern golden in der Spätnachmittagssonne, die kalkblauen Fensterläden reihen sich elegant und symmetrisch über die eindrucksvolle Fassade. Man kann sich leicht vorstellen, wie die Adligen in ihren prächtigsten Gewändern vor der geschwungenen Doppeltreppe stehen, die zu dem riesigen Vordereingang hochführt.

Maëlle steht der Mund offen, während sie alles in sich aufnimmt. Sie kann sich nicht erinnern, schon jemals eine solche Pracht gesehen zu haben, und mag kaum glauben, dass sie in diese heiligen Hallen vorgelassen werden wird.

»Sei nicht zu beeindruckt«, sagt Léon und neigt den Kopf zu ihrem. Sie sitzen zu mehreren in der Kutsche – die Glückspilze, die das zerlegte Karussell nicht auf dem Dampftraktor begleiten müssen –, und Maëlles Schenkel und Schulter brennen, dort, wo sie fest an seine gepresst werden. »Reiche Leute sind ganz normale Leute; es sind Idioten und Genies, genau wie der Rest von uns.«

»Aber es sind Idioten und Genies mit großen Herrenhäusern, anders als der Rest von uns«, erwidert Maëlle.

Er kichert, und sie strahlt vor Freude. Jedes Lächeln, das sie sich verdient, macht sie glücklich, jedes Grinsen macht sie stolz. Und seine egalitären Worte sprechen ihr Herz an; es ist genau das, was ihr Vater – der in ihrem Dorf als radikaler Denker galt – immer sagte: dass kein Mensch besser oder schlechter ist als ein anderer.

Die Kutsche schwenkt nach rechts und kommt hinter dem Haus zum Stehen. Kurz gestutzte Hecken und italienische Zypressen führen zu einem geometrisch angelegten Garten mit einer Reihe abfallender Teiche und einer Orangerie. Selbst aus dieser Entfernung kann Maëlle die leuchtend orangefarbenen Früchte durch die riesigen Fenster des verglasten Gebäudes sehen. Das Wasser läuft ihr im Mund zusammen, als sie sich an eine Orange erinnert, die sie sich an einem Weihnachten mit ihrem Bruder geteilt hat, sie war sauer und süß zugleich, mit der leuchtenden Frische eines Sommermorgens.

Auf einmal verspürt Maëlle großen Hunger. Wird die Familie sie verpflegen? Werden sie bei den Bediensteten untergebracht werden? Bis zu diesem Augenblick hat sie sich mit solch prosaischen Überlegungen gar nicht befasst; ihr einziger Gedanke war es, das Château zu sehen und dabei zu sein, wenn das geliebte Karussell endlich vollständig zusammengesetzt wird.

Und zu schnitzen. Léon ist natürlich der oberste Lehrling und Leiter dieses Projekts. Aber Monsieur Bayols Anweisungen waren klar: Die Familie Clément soll glücklich gemacht werden. Wenn sie irgendwelche anderen Aufgaben für sie haben, die erledigt werden sollen, müssen die Bayol-Schnitzer ihnen zur Verfügung stehen.

Maëlle hat mehrere Schnitzarbeiten in ihrer Tasche: die Rose, die sie Monsieur Bayol vor sechs Monaten gezeigt hat, als sie damals in Angers auf seiner Türschwelle stand, und ein paar kleine Holzspielzeuge, an denen sie gearbeitet hat, um sie Madame Clément als Geschenk zu überreichen. Es sind wunderschöne Kreationen, winzige Nachbildungen der Karusselltiere, Kühe und Pferde und Kaninchen mit süßen Gesichtern und beweglichen Beinen. Bayol hat erwähnt, dass die Cléments sich Kinder wünschen; Maëlle ist sich sicher, dass ihre Spielzeuge einen Ehrenplatz im Kinderzimmer dieses äußerst vornehmen Zuhauses bekommen würden.

Insgeheim fragt sich Maëlle, ob sie zu forsch ist. Aber jetzt ist mit Sicherheit nicht der richtige Zeitpunkt für falsche Bescheidenheit.

Ein Diener ist herausgekommen, um die Kutsche zu begrüßen, fordert die Insassen auf auszusteigen und schickt die Kutsche dann weiter zu den Stallungen. Bis sie aussteigen, sind noch mehrere andere Leute aus dem Gebäude aufgetaucht, darunter eine hochgewachsene dunkelhaarige Frau in dem schönsten Kleid, das Maëlle je gesehen hat.

In ihrem Kleid müssen mindestens sechs Meter belgischer Spitze verarbeitet sein, und ihr hübsch frisiertes Haar ist mit Perlen und Blumen verziert.

»Ich weiß, es ist ein Bruch mit der Tradition«, sagt die Frau, während sie auf die Gruppe zutritt, »aber ich musste einfach die begabte Gruppe von Künstlern begrüßen, die mir mein Karussell bringt! Ich bin Madame Joséphine

Clément, und das hier ist mein lieber Ehemann, Monsieur Yves Clément. Wir freuen uns sehr, Sie hier bei uns zu haben!«

Jedes Wort, das Madame Clément sagt, klingt atemlos, als ob sie ihre Aufregung kaum noch im Zaum halten kann. Maëlle sieht sie staunend an. Sie hatte vermutet, die Dame des Hauses würde distanziert und hochnäsig sein, aber Madame Clément wirkt wie ein Kind an Weihnachten.

Als Maëlle zu Léon hochsieht, bemerkt sie, dass sein Blick auf Madame Clément ruht. Eine Schlange der Eifersucht windet sich tief in ihrer Magengegend. Sie sieht auf ihr schlichtes, staubiges Kleid hinunter und ihren Reisemantel, dann steckt sie sich eine verirrte Haarlocke unter ihren Hut.

Mehrere Hausmädchen sind ebenfalls attraktiv. Es war noch nie Maëlles Art, eifersüchtig auf andere Frauen zu sein. Schließlich wollte sie gar nicht, was sie hatten, sie wollte das Leben, das Männer hatten. Aber jetzt … Ihr Mund ist auf einmal wie ausgedörrt, als Madame Clément offiziell mit Léon bekannt gemacht wird. Dauert ihre Begrüßung einen Sekundenbruchteil zu lange? Monsieur Clément ist eindeutig wesentlich älter als seine entzückende junge Ehefrau. Er hat einen hellen Teint und ein vornehmes Aussehen, aber er ist ein paar Zentimeter kleiner als Joséphine.

Schließlich ist Maëlle an der Reihe, vorgestellt zu werden.

»Maëlle Tanguy?«, wiederholt Madame Clément. Ihre Stimme ist tief und sanft, wie süße Sahne über Himbeeren. »Das klingt nach einem bretonischen Namen.«

»Das ist es, ja, Madame. Ich bin Bretonin.«

»Na so etwas, ich bin selbst aus Quimper!«, sagt Joséphine, und ein breites Lächeln erhellt ihr Gesicht. *»Eus pelec'h emaoc'h?«*, fragt sie auf Bretonisch. »Wo bist du her?«

Es treibt Maëlle Tränen in die Augen, die Sprache ihrer Eltern zu hören. Mit einem schmerzlichen Stich wird ihr bewusst, wie lange es her ist, seit sie mit ihrem Bruder Erwann in einem Bett gelegen hat und sie einander ihre Träume und Ängste und Pläne in jener Mischung aus Bretonisch und Französisch erzählt haben, in der sie immer miteinander gesprochen haben.

»Ich bin aus einem Ort namens Concarneau«, antwortet Maëlle. »Das ist ein kleines Fischerdorf an der Küste, nicht weit von Quimper, um genau zu sein.«

»Ah! Das ist ja wundervoll!« Madame Clément klatscht die Hände unter dem Kinn zusammen. »Ich freue mich ja so, dass du hier bist! Wir werden viel Zeit haben, um von unserer Heimat zu sprechen. Aber ich bin sicher, im Moment bist du erschöpft von der Reise. Bitte lass dich von meiner Hausdame, Madame Boucher, zu deinem Zimmer führen, während Monsieur Derridan die Männer zu ihrer Unterkunft bringt.«

Maëlle verspürt einen Anflug von Panik in ihrer Kehle, als sie zusieht, wie die Männer sich entfernen. Léon wendet sich nicht einmal um, um sich zu verabschieden. Sie ist allein.

Madame Boucher ist eine mollige Frau in einem Kleid aus feiner dunkler Seide, die sich über ihren üppigen Busen spannt. Die Schlüssel an einem riesigen Ring, der an ihrem Gürtel hängt, klimpern, als sie wichtigtuerisch losmarschiert. Maëlle, die ihre eigene Tasche trägt, trabt hinter ihr her, um mit ihr Schritt zu halten.

Madame Clément ist überhaupt nicht so, wie sich Maëlle eine begüterte Gönnerin vorgestellt hat, aber Château Clément selbst ist prächtiger, als sie es sich hätte ausmalen können. Kristallleuchter und eine riesige geschwungene Treppe. Die Balustraden und Durchgänge, der gehauene Stein und die bemalten Verkleidungen. Die Bögen und Türeingänge und Täfelungen aus Eichenholz und Mahagoni, schön und schimmernd von Politur, aber ohne Verzierungen.

Maëlle folgt der Hausdame hastig einen Flur hinunter, um eine Ecke und eine halbe Treppe hinunter zu einer Reihe von Wohnräumen, die mit mehr ledergebundenen Büchern gesäumt sind, als Maëlle je an einem einzigen Ort gesehen hat. Dann gehen sie weiter, eine längere Treppe hoch zu einem schmalen Flur, von dem mehrere Türen abgehen. Madame Boucher lächelt nicht, als sie die Tür zu einem Schlafzimmer öffnet. Es hat eine schräge Balkendecke und ein Fenster, das auf die Stallungen hinausgeht. Dort stehen ein riesiges Bett, mit kostbarem weißem Leinen bedeckt, ein kleiner Schreibtisch und ein großer Kleiderschrank. Ein dicker Wollteppich wärmt den Steinfußboden.

»Ich hoffe, es entspricht deinen Bedürfnissen«, sagt die Hausdame.

»Es ist wunderschön«, antwortet Maëlle.

»Am Ende des Flurs gibt es einen Waschraum. Wir haben hier fließendes Wasser, daher wirst du keinen Nachttopf benötigen. Die Steinfliesen werden abends kalt; ich werde das Hausmädchen anweisen, Feuer zu machen, wenn du dich zurückziehst. Bitte gib mir Bescheid, wenn du sonst noch irgendetwas brauchst.« Madame Boucher nimmt keinen Blickkontakt auf, und Maëlle kann sich des Gefühls nicht erwehren, dass sie besser behandelt wird, als ihr zusteht, weil sie eigentlich eine Untergebene ist und eine Schwindlerin. Nicht in ihren kühnsten Träumen hätte sie erwartet, in einem solch luxuriösen Gästezimmer untergebracht zu werden. Der Wohntrakt der Bediensteten wäre mehr als angemessen gewesen.

»Madame …« Maëlle will eben etwas in dieser Richtung sagen, aber als die Hausdame im Türrahmen innehält und ihren Blick auffängt, sagt sie nur: »Danke.«

»Oh, eine Sache noch. Kennst du dich mit elektrischem Licht aus?«

»In Angers gab es ein paar elektrische Straßenlaternen. Aber … nicht in einem Privathaus.«

»Das dachte ich mir. Man betätigt diesen Schalter hier, so, und schon geht die Lampe an, ganz schnell. Siehst du?« Sie führt es vor, betätigt einen Hebel, der an der Wand angebracht ist. Prompt geht das Deckenlicht an. Es ist strahlend hell, fast blendend, obwohl es draußen noch nicht dunkel ist.

Nachdem Madame Boucher den Flur hinuntergewuselt ist, räumt Maëlle ihre Kleider in den Schrank, in dem es nach Zedern und kleinen Lavendelsäckchen riecht, die auf der Kleiderstange hängen.

Sie weiß, dass sie mit ihrer Kontrollliste hinausgehen sollte, um sich zu vergewissern, dass jede Kiste, die vom Zug auf den Dampftraktor verladen wurde, sicher auf dem Château angekommen ist. Aber sie zögert, bleibt auf der Bettkante sitzen, von plötzlicher Erschöpfung übermannt. Sie streckt sich auf dem Bett aus, schließt für einen Moment die Augen und atmet tief durch. Die Matratze ist so weich, dass Maëlle sich fühlt, als würde sie auf einer Wolke schweben; es erinnert sie an ein Gemälde schlafender Engel, das sie einmal in der Kathedrale in Angers gesehen hat. Der Duft von Rosmarin und wildem Thymian weht durchs offene Fenster herein, und die Bettdecke duftet dezent nach Seife.

Es ist viel zu gut für sie, aber sie wird es genießen.

Sie wird nur für ein paar Sekunden die Augen schließen, und dann wird sie sich an die Arbeit machen.

Ihr letzter Gedanke, bevor sie in einen tiefen Schlummer sinkt, ist es, sich zu fragen, wo Léon heute Nacht schlafen wird, welches Kissen sich glücklich schätzen kann, seinen gut aussehenden Kopf zu halten.

Aber als sie träumt, träumt sie nicht von Léons Küssen. Stattdessen sieht sie vor ihrem geistigen Auge, wie das Karussell zu einem beschwingten Leben erwacht und sich zur Melodie der Karussellorgel immer und immer wieder im Kreis dreht und alle entzückt, die es sehen.

Kapitel 32

GEGENWART
CHÂTEAU CLÉMENT

Cady

Am nächsten Morgen schlüpfte Cady in Jeans, einen dicken Pullover und Stiefel, schlang sich ihre Nikon um den Hals und stieg die Treppe hinunter.

Fabrice schlurfte in der Küche umher, eine Hand immer auf dem Tresen, um sich abzustützen.

»*Bonjour*«, sagte Cady zu Fabrice.

»*Bonjour*«, erwiderte er, offenbar leicht verblüfft, sie zu sehen. Seine Stimme war heiser, als sei er es nicht gewohnt zu sprechen.

Der Hund erhob sich von seinem Schlafplatz neben dem erkalteten Kamin, streckte sich träge und kam dann mit wedelndem Schwanz auf Cady zu. Cady tätschelte Lucy den Rücken und kraulte ihr die Ohren. Wenigstens *ein* Wesen freute sich, sie zu sehen.

»Soll ich Frühstück machen?«, bot Cady an und legte ihre Kamera auf den Tresen. »Ich habe gestern Abend ein gutes Gefühl für diese Küche entwickelt. Mit ein bisschen Anleitung könnte ich vermutlich sogar lernen, deine Espressomaschine zu bedienen.«

Fabrice gab keine Antwort und hielt schon gar nicht in seinem Tun inne.

Kaffeeleute. Cady verstand. Wer süchtig nach Koffein war, hatte oft dieses morgendliche Ritual, einfach einen Fuß vor den anderen zu setzen, bis er die Küche erreichte, dann das Kaffeepulver abzumessen und festzuklopfen, kochendes Wasser darüberzugießen, das köstliche Aroma einzuatmen und sich dann für den ersten stärkenden Schluck bereitzuhalten.

Andererseits antwortete Fabrice oft mit einem Knurren. Vielleicht war es einfach seine Art.

Cady holte sich einen kleinen Teller und schnitt sich ein Stück Brot ab.

»Wer ist ›Anon‹?«

»Was?«

»Ich habe in *Le Château* gelesen – und bevor du mir den Mund verbietest, ich will nur fragen, ob ›Anon‹ richtig übersetzt wurde. Im Englischen bedeutet ›Anon‹, dass etwas bald passieren wird, aber das ist archaisches, selten gebrauchtes Englisch.«

»Man sollte ein Buch immer in seiner Originalsprache lesen.«

»Du meinst, es wurde nicht richtig übersetzt?«

Er nahm ihre Kamera in die Hand und studierte sie, spielte mit den Einstellrädern und Knöpfen und sah durchs Objektiv. Schließlich sagte er: »Diese Übersetzung war fragwürdig, ja. Aber in diesem Fall ist Anon ein Name. Es gibt keine Übersetzung dafür.«

»Auf wen bezieht es sich?«

»Was fotografierst du?«, fragte Fabrice, ohne auf ihre Frage einzugehen.

»Ich dachte, ich würde gern ein paar Bilder von den Anlagen des Châteaus aufnehmen, wenn du nichts dagegen hast. Die alten Gebäude, die Olivenbäume und …«

»Wann fährst du einkaufen?«, unterbrach Fabrice sie.

»Ich war doch erst gestern.«

»Wir brauchen noch mehr Brot. Und wir müssen heute Abend etwas essen.«

»Ich habe gestern Nudeln gekauft und ein paar andere Sachen, die ich zum Abendessen zusammenwerfen könnte …« Als sie Fabrice' Miene sah, räusperte sie sich und sagte: »Schon gut. Ich fahre in die Stadt und besorge ein paar Dinge. Sehr gern.« Cady wollte sowieso mit ihrem Computer zum Internetcafé fahren. Außerdem klang ein täglicher Ausflug zur *boulangerie* nicht nach der schlechtesten Idee der Welt.

»Was für eine Sauce zu den Nudeln?«, erkundigte sich Fabrice.

»Ich hatte an eine schlichte Marinara gedacht, aber ich bin flexibel. Hast du eine Lieblingssauce?«

»Alfredo.«

»Na schön, Alfredo soll es sein. Ich mache dazu einen großen Salat und Knoblauchbrot. Natürlich.«

»Was ist denn ›Knoblauchbrot‹?«

»Was Knoblauchbrot ist?«, wiederholte sie, nicht sicher, ob sie ihn richtig verstanden hatte. Wie konnte irgendjemand Knoblauchbrot nicht kennen? »Das ist … Brot mit Knoblauch. Und Butter. Viel Butter. Um genau zu sein, könnte das sogar die wichtigste Zutat sein. Man wärmt es im Ofen auf und …« Sie seufzte und suchte kurz nach dem richtigen Wort. Auf Englisch sagte sie dann: »Ambrosia.«

Er fixierte sie mit diesen fragenden Adleraugen. *»Que-ce que c'est, ›ambrosia‹?«*

»Ich weiß das französische Wort dafür nicht. Auf Englisch bedeutet *ambrosia* ›Speise der Götter‹.«

»Ah.« Er nickte. *»Ambroisie«*, sagte er.

»*Ambroisie.* Gut zu wissen. Aber im Ernst, hast du noch nie Knoblauchbrot gegessen?«

Er schüttelte den Kopf.

»Und ich dachte, ihr Franzosen wärt den Amerikanern in Sachen Essen weit voraus.«

Wieder knurrte Fabrice zur Antwort und stellte ihr eine winzige Tasse Espresso hin, mit einem Stück Schokolade auf dem Teller.

»Aber das hier, genau das«, sagte sie und hielt den süßen Happen hoch, »macht vieles wett.«

Fabrice sah sie über den Rand seiner Espressotasse hinweg finster an. »Du hast doch gesagt, ich würde gar nicht wissen, dass du hier bist. Heute Morgen weiß ich wirklich, dass du hier bist.«

Verlegenheit durchzuckte sie. Cady war nicht bewusst gewesen, dass sie geschwätzig war, das war sie nur selten.

»Ich …« Sie suchte nach etwas, das sie sagen könnte.

Er machte wieder eine wegwerfende Handbewegung. »Ignoriere mich einfach, ich bin ein gemeiner alter Mann. Deshalb lebe ich schon all die Jahre allein.«

Cady brachte ein Lächeln zustande.

Er reichte ihr ein paar Euroscheine. »Hier, für die Einkäufe. Für gestern und auch für heute.«

»Danke, aber das bezahle ich sehr gern selbst. Es ist mein Beitrag zum Haushalt. Es ist sehr nett von dir, mich hier wohnen zu lassen.«

»Ich bin nicht nett.«

»Aber du lässt mich hier wohnen.«

Er sah sie wieder an, legte auf diese seltsame Weise den Kopf schief, als versuchte er, aus irgendetwas schlau zu werden oder sich seine Worte zurechtzulegen. Es war so schnell gekommen und wieder verschwunden, dass Cady sich fragte, ob sie es sich vielleicht nur eingebildet hatte. Aber sie hatte es schon einmal gesehen; als sie sich das erste Mal begegnet waren, draußen, als er eine Schrotflinte auf sie und Jean-Paul gerichtet hatte.

»Nimm das Geld, Cady«, sagte Fabrice. Er ließ es auf dem Tresen liegen, schnappte sich seine Krücke und schlurfte in den Flur hinaus. Lucy erhob sich langsam, streckte sich noch einmal und drehte sich dann um, um ihm zu folgen.

»Lucy, komm hierher, Kleine.« Cady rief Lucy zurück, nahm die Leine und ihre Kamera, zog Jacke und Mütze an und ging mit dem Hund nach draußen.

Tautropfen funkelten in der schrägen Morgensonne, auf längeren Grashalmen hingen mehrere in einer Reihe, wie eine Perlenkette. Die Tautropfen glitzerten und funkelten, warfen ihr Licht erst in die eine, dann in die andere Richtung, erst violett, dann blau, jetzt grün, wie durch ein Prisma.

Cadys Fotografenhirn stellte sofort Überlegungen an, wie man sie aus dem besten Winkel festhalten könnte: im Schlamm auf dem Bauch liegend, mithilfe eines Teleobjektivs. Ihre Argus-Kamera wäre am besten dafür geeignet. Aber sie wusste aus Erfahrung, dass das unmöglich war. Es war, wie wenn man einen Sonnenuntergang fotografierte: Selbst das schönste Foto konnte die wahre mehrdimensionale Magie des sich stets wandelnden Lichts nicht einfangen.

Tautropfen, in denen sich das klare Licht des Morgens brach, entschied Cady, waren eine Lektion, um zu lernen, das Vergängliche, das Unbeständige zu genießen.

Lucy entdeckte einen Hasen und kugelte Cady fast den Arm aus, als sie versuchte, ihm nachzujagen, aber davon abgesehen, trottete sie ruhig neben ihr her und sah immer wieder mit leuchtenden Augen zu Cady hoch, als wollte sie ihr mitteilen, wie glücklich sie sei, diesen wunderschönen Morgen mit ihr zu teilen. Der Hund verkörperte, wie es schien, die Zen-Vorstellung, für den Augenblick zu leben, das Hier und Jetzt zu genießen: die Gerüche im Gebüsch, die Feuchtigkeit des Grases unter seinen Pfoten, das schlichte Vergnügen, mit einer Freundin einen Spaziergang zu unternehmen.

Es gab nicht viele Pflegestellen, in denen Tiere gehalten wurden, daher war das einzige andere Haustier, das Cady gut gekannt hatte, die fast wilde getigerte Katze, die Maxine gerettet und Daisy genannt hatte. Sie war ein hässliches, launisches Geschöpf unsicherer Abstammung, das jeden anspuckte, der sich ihm näherte. Trotzdem hatte Daisy einen Ehrenplatz auf einem Garderobenschrank in Maxines Laden. Etwa ein Jahr nachdem Cady angefangen hatte, dort zu arbeiten, traf sie Maxine eines Morgens weinend an, über ein allzu stilles orange-graues Fellknäuel gebeugt. Daisy war in der Nacht gestorben.

Cady erinnerte sich, Maxines Schmerz beobachtet und gedacht zu haben: *So ist es, etwas zu lieben, was nicht liebenswert ist.*

Cady führte Lucy etwas weiter über das Grundstück und versuchte, es dem Hund gleichzutun und sich auf ihre Sinne zu konzentrieren. Die Luft war frisch und kalt und erfüllt von den zarten Gerüchen des Vorfrühlings: knospende Obstbäume, Knollen, die durch den neu erwärmten Boden an die Oberfläche drangen, das reiche Aroma von Lavendel- und Rosmarinbüschen, erwärmt von der Sonne und berührt von Tau. Die Nebengebäude waren noch immer in morgendlichen Nebel gehüllt, und alles war vom silbrigen Licht des frühen Morgens erhellt.

Sie schoss ein paar Fotos, kauerte sich hin, um ihre Kamera bald in die eine, bald in die andere Richtung zu halten, versuchte, das seltsame Nebeneinander der Graffiti und der historischen Gebäude einzufangen. Der Nebel verlieh der Szene eine Art unwirkliche Aura.

Es schien keine neuen Graffiti zu geben, die die Nebengebäude zierten, daher hatte der »böse Junge« vielleicht ein anderes Betätigungsfeld gefunden.

Was war die Geschichte dieses Jungen?

Lucy erledigte ihr Geschäft hinter einem Busch, und Cady überlegte, ob von ihr erwartet wurde, es aufzuheben – aber da sie hier in Frankreich und auf dem Land war, ließ sie es durchgehen. Die Pariser liebten ihre Hunde, schienen ihre Haufen aber gern liegen zu lassen, wo sie hinfielen, offenbar zu schick, um Hundekacke einzusammeln.

Im Château war keine Spur von Fabrice zu sehen, daher ließ Cady Lucy von der Leine, füllte den Wassernapf des Hundes und ging zu ihrem Schlafzimmer. Wie schon in ihrer Wohnung im Quartier Latin entwickelte sie allmählich eine tägliche Routine, sodass sich Château Clément immer mehr wie ein Zuhause anfühlte.

Vielleicht waren all die Jahre, in denen sie ständig von einer Situation zur nächsten wechseln musste, letztendlich doch zu etwas gut gewesen.

Kapitel 33

1944
FRANKREICH

Fabrice

Seine Tarngeschichte war, dass er seine Großeltern auf dem Land außerhalb von Nantes besuchte. Er sollte den Zug nach Nantes nehmen, wo er die *boulangerie* in der Rue Morgan finden und fragen sollte, ob sie vielleicht ein bestimmtes Roggenbrötchen hätten, »das meine Großmutter so liebt«. Die Kontaktperson würde ihn dann bis zum Stadtrand von Saint-Nazaire mitnehmen und ihm genügend Informationen geben, damit er sich unauffällig unter die Schüler auf Schulausflug mischen konnte.

Wenn Fabrice versucht hätte, nach Vichy zu gelangen, hätte er eine Sondergenehmigung benötigt, die fast unmöglich zu bekommen war. Aber das deutsch besetzte Frankreich gestattete eine gewisse Bewegungsfreiheit, und es war relativ leicht, in den Zug zu steigen. Wenn die Nazis nicht wären, hätte er sich fast vorstellen können, dass überhaupt kein Krieg herrschte, während er zusah, wie die Landschaft an ihm vorbeiflog. Obwohl er Paulette schon jetzt vermisste, fühlte es sich gut an, aus der Stadt herauszukommen, die beengenden Ausgangssperren hinter sich zu lassen, sich nicht mehr in Türeingängen zu verstecken, um Polizeipatrouillen zu entgehen, und an jeder Ecke mit Verrat rechnen zu müssen.

Im Zug konnte sich Fabrice etwas völlig anderes für sich selbst vorstellen: dass er älter war, draufgängerischer, mutiger. Er stellte sich vor, sich den Freien Französischen Streitkräften anzuschließen, sich eine Brust voller Medaillen zu verdienen, wie sein Vater sie vom Ersten Weltkrieg hatte. Er träumte von dem Augenblick, in dem er zu der Arztpraxis – zu Paulette – zurückkehren würde, nachdem er seine Mission erfüllt hatte.

Er würde kein Junge mehr sein, sondern ein siegreicher Soldat der Résistance.

Die Besitzer der *boulangerie* waren zurückhaltend und misstrauisch, und der Mann, der Fabrice die restliche Strecke fuhr, war ein grobschlächtiger Bauer, der nach Schweiß roch und wenig sprach, außer um Anweisungen weiterzugeben. Hier herrschte kein überschwängliches Gefühl von Kameradschaft, nur Angst und grimmige Verzweiflung. Der Lastwagen des Bauern war alt und unbequem, und er quietschte und schlingerte, als würde er jeden Moment zusammenbrechen. Der Bauer setzte Fabrice einen Kilometer vor dem Stützpunkt ab und sagte ihm, er solle durch den Wald nach Nordosten laufen und dann auf die Ankunft des Schulbusses warten.

Die deutschen Wachposten am Eingang des Stützpunkts waren fast ebenso jung wie er. Fabrice zögerte, als er sie sah, aber als ein Lehrer ihn anbrüllte, er solle sich einreihen, mischte er sich unter eine Schülergruppe, die eben für ihren Besuch eingetroffen war.

Der Bauer hatte ihn gewarnt, dass der leitende Lehrer

ein Sympathisant der Nazis war; aber da sich hier mehrere verschiedene Klassen mischen würden, würde ihm ein neues Gesicht vermutlich nicht auffallen. Fabrice betete, dass keiner der Schüler bemerkte, dass er nicht dazugehörte.

Sobald sie durch das Eingangstor gegangen waren, entspannte sich Fabrice. Die Nazis waren stolz auf ihren Stützpunkt und ihre U-Boote. Sie ermunterten die Schüler, Fragen zu stellen, und innerhalb der großen Gruppe war es relativ leicht, Fotos zu schießen. Er prägte sich die Anlage genau ein, um später eine Karte davon zeichnen zu können, und als die Klasse wieder in den Bus stieg, schlüpfte er in den Wald, um auf den Bauern mit seinem Lastwagen zu warten, der ihn zurück nach Nantes bringen würde.

Er fühlte sich wie ein Sieger. Das ganze Unternehmen war so glatt über die Bühne gegangen, dass Fabrice entschied, sich freiwillig für weitere solcher Missionen zu melden, die *clandestinité* anzunehmen, die Bande zu seiner Familie zu kappen und für den Rest des Krieges alles für die Sache zu geben.

Die brutale Wirklichkeit stürzte auf seine Träumerei ein, als der Zug auf der Rückfahrt vor Le Mans auf einmal quietschend anhielt. Soldaten kletterten in den Zug, und ihre Stiefel donnerten Unheil verkündend über den Boden. Wie die meisten Männer im Zug wurde auch Fabrice durchsucht. Er hatte die Filmrollen in das Futter seines Huts eingenäht, der sicher und unbesehen auf dem Platz lag, während sie seine Tasche durchwühlten und ihn filzten und mit Fragen bombardierten. Er wiederholte die Geschichte, dass er seine braven katholischen Großeltern besuchte, die in einem Bauernhaus außerhalb von Nantes lebten, und er brach vor Angst in Tränen aus, als ein anderer Mann in demselben Waggon mehrmals von einem Soldaten geschlagen und dann aus dem Zug gezerrt wurde. Die Soldaten, angewidert von seinen Tränen, verhöhnten ihn und gingen schließlich weiter.

Die restliche Zugfahrt verbrachte er fassungslos vor Erleichterung und Demütigung, während flüssige Angst noch immer durch seine Adern strömte.

Wieder in Paris, begriff Fabrice jedoch, dass er jetzt mit Sicherheit alt genug für Paulette war. Tatsächlich fühlte er sich hundert Jahre alt.

Als er mit dem Film in der Praxis des Arztes auftauchte, sprang Paulette auf und stürzte durch den Empfangsraum, um ihn zu umarmen.

»Ich bin ja so froh! Oh, Fabrice, ich hatte solche Angst um dich!«

Das allein war alles wert gewesen. Das hier. Sie in seinen Armen zu halten. Das war alles wert gewesen.

Aber sie waren nicht allein. Der Arzt kam heraus und führte Fabrice in sein Behandlungszimmer. »Du hast niemandem gesagt, wohin du gegangen bist? Nicht einmal meiner Sekretärin?«

»Nein, natürlich nicht. Aber sie weiß es doch sicher, oder?«

»Sie wusste, dass du irgendwohin fährst, aber nicht den Ort oder den Grund.«

»Aber …«

»Ich will sagen, dass du niemandem vertrauen darfst. *Niemandem*.«

Fabrice nickte, zog den Film aus seinem Hutband und reichte ihn dem Arzt, der nickte und lächelte.

»Ausgezeichnet«, sagte er.

»Ich habe auch eine Karte gezeichnet und alle Zahlen und anderen sachdienlichen Informationen aufgeschrieben. Alles, woran ich mich erinnern konnte.«

»Du bist ein Held, Garçon.«

»Ich bin nur ein Franzose«, erwiderte Fabrice. Er fühlte sich edel und patriotisch, und er wünschte, Paulette könnte dabei sein, um ihren Wortwechsel zu hören.

Kapitel 34

GEGENWART
PROVENCE

Cady

Cady stand in der *boulangerie* in der Schlange hinter einer weißhaarigen Frau, die sich nicht entscheiden konnte, was sie für ein großes Familientreffen mit Angehörigen, die aus Lyon zu Besuch kamen, wollte. Wieder eingehüllt in den köstlichen Duft von frischem Brot und begeistert von der Auswahl verlockender Waren in den Vitrinen, machte es Cady nichts aus zu warten.

»Was habe ich dir gesagt?«, sagte die Stimme eines Mannes hinter ihr. »Es gibt nur eine einzige *boulangerie* im Dorf. Es war nur eine Frage der Zeit, bis sich unsere Wege wieder kreuzen würden. *Bonjour*, Cady.«

»*Bonjour*, Jean-Paul«, erwiderte Cady. Sie küssten sich auf beide Wangen. »Ich hätte dich angerufen.«

»Gefällt dir das Zimmer, das du gemietet hast?«, erkundigte sich Jean-Paul.

»Ehrlich gesagt, hat sich meine Adresse geändert. Ich wohne bei deinem Cousin.«

»Auf Château Clément.« Es war eine Feststellung, keine Frage.

»Ja.«

»Fabrice hat dich gebeten, bei ihm zu wohnen?«

»So würde ich es nicht unbedingt ausdrücken, nein. Wir haben eine Vereinbarung getroffen: Ich bekomme eine Bleibe, und im Gegenzug führe ich seinen Hund aus und koche. Und im Moment gehe ich einkaufen. Ich bin irgendwie eine Art Mädchen für alles.«

Er blickte verblüfft.

»Er braucht Hilfe, Jean-Paul, das weißt du«, sagte Cady leise. »Er ist ein kauziger alter Mann, aber er ist allein, und das sollte er nicht sein. Er braucht jemanden.«

»Das ist mir klar. Deshalb bin ich ja überhaupt aus Paris gekommen.«

»Aber das ist schon ein paar Tage her.«

»Einen ganzen Tag.«

»Trotzdem.«

»Ich wollte eben ein Brot mitnehmen, bevor ich dorthin fahre. Wir gehen die Dinge langsam an, so ist das in unserer Familie. Er muss sich erst an die Vorstellung gewöhnen, sich von mir helfen zu lassen.«

»Nachdem du gestern Abend abgefahren warst, wollte ich auch fahren, aber meine Reifen waren aufgeschlitzt, und es hat geregnet. Fabrice hat mir erlaubt, bei ihm zu übernachten, und …«

»Was soll das heißen, deine Reifen waren aufgeschlitzt?«

»Genau das, was ich gesagt habe. Ich weiß das französische Wort für *aufgeschlitzt* nicht; weißt du es auf Englisch? Wie … zerschnitten?«

»Wer sollte denn so etwas tun?«

»Anfangs habe ich mich wie in einem Film gefühlt. Wo einer Frau, einem Neuankömmling, die Reifen aufgeschlitzt werden, sodass sie in dem unheimlichen alten Château bleiben muss.«

»Ich verstehe nicht.«

»Du weißt schon, um ermordet zu werden … Entschuldige, das sollte ein Witz sein, aber ich glaube, mein Humor lässt sich nicht in eine andere Sprache übersetzen. Ich habe einen Jungen namens Johnny im Verdacht, der offenbar Streit mit Fabrice hatte und das Haus mutwillig beschädigt hat.«

Er holte einmal tief Luft. »Ich rede mit seinem Vater.«

»Nein! Nein, bitte tu das nicht. Ich habe keinen Beweis, nichts, absolut nichts. Es wäre nicht fair, den Jungen wegen etwas in Schwierigkeiten zu bringen, was er vielleicht gar nicht getan hat. Und überhaupt, er wird es bei mir – bei Fabrice, meine ich – wiedergutmachen.«

»Wie denn?«

»Ich meine, ich werde mich darum kümmern, dass er das tut.«

Die alte Frau vor ihr in der Schlange schlurfte endlich mit einer riesigen Tüte voller Baguettes, Boules und Croissants davon, daher trat Cady an den Tresen und bestellte ein *pain au chocolat*, zwei Baguettes und eine große Brioche.

»Mein Cousin mag *pain de mie*.«

Jean-Paul war von hinten an sie herangetreten, als gehörten sie zusammen, und legte einen Arm auf die Glasvitrine, während er das *pain de mie* bestellte. Er war Cady so nah, dass sie seinen Geruch wahrnehmen konnte: einen leicht zitrusartigen Moschusduft. So viel zum Thema Ambrosia.

»Außerdem«, sagte Jean-Paul zu Cady, »darfst du diesen Ort nicht verlassen, ohne die *escargots* gekostet zu haben. Das ist bei uns so Brauch.«

»Danke, aber ich bin mir nicht sicher, ob ich Appetit auf Schnecken habe. Dort, wo ich herkomme, zertreten wir Schnecken; wir essen sie nicht.«

Er schnaubte spöttisch. »Du musst unbedingt richtige *escargots* kosten, bevor du Frankreich verlässt, aber die *escargot*, von der ich im Moment spreche, ist ein Gebäckstück. Du wirst mir dankbar sein.«

Jean-Paul sprach schnell ein paar Worte auf Französisch, und die Frau des Bäckers reichte Cady ein zusammengerolltes, mit Pistazien und Schokolade gefülltes Brötchen.

Jean-Paul bestand darauf, alles zu bezahlen. »Was ist denn jetzt mit deinem Wagen?«

»Die Autovermietung hat ihn nach Avignon abschleppen lassen. Auf dem Château habe ich keinen Internetzugang, und mein Handy tut sich schwer damit, Nachrichten zu empfangen, daher wollte ich eben zum Hound Dog Café fahren, um nach meinen E-Mails zu sehen.« Sie klopfte auf die Laptoptasche, die sie sich über die Schulter gehängt hatte.

»Ich begleite dich.«

»Ich habe gehört, er ist ein Elvis-Fan.«

»Das kannst du laut sagen.«

In Cadys Augen war das Hound Dog Café eher eine Taverne als ein Café. Ein Tresen vor einer gut bestückten Bar verlief auf einer Seite, und ihm gegenüber stand ein Billardtisch. Die Wände waren mit Elvis-Presley-Postern geschmückt, von seinen frühen Filmen, die ihn als schlanken, gut aussehenden jungen Mann zeigten, bis hin zu der Version im Trainingsanzug nicht lange vor seinem Tod.

Hubert, ein untersetzter Mann mittleren Alters mit langen Koteletten, sah selbst ein bisschen wie Elvis Presley in seinen Vegas-Jahren aus. Er stand hinter der Bar, trocknete Gläser mit einem Geschirrtuch ab und begrüßte Paul mit Namen, als er eintrat. Zwei alte Männer kauerten am Tresen über ihrem Bier; eine kleine gemischte Gruppe von Männern und Frauen mittleren Alters hatte zwei Tische zusammengeschoben und unterhielt sich; ein junges Paar kicherte und beugte sich über den Tisch aufeinander zu.

Cady bestellte einen Kaffee, Jean-Paul einen Fernet-Branca, und sie suchten sich einen Platz am Fenster.

Sie kostete das Gebäck. Die Schichten waren reich gebuttert, innen zart und herrlich knusprig an den Rändern. Die Füllung aus Pistazien und Schokolade war himmlisch. Als sie aufsah, ruhte Jean-Pauls Blick auf ihr.

»Schmeckt's?«, fragte er.

»Mmmmmm«, war alles, was sie zustande brachte. Sie strich sich ein paar Krümel von den Lippen. Und dann sagte sie: »Du hast recht, ich bin dir dankbar.«

Er lächelte.

»Ich wollte dich etwas fragen«, sagte Cady. »Du hast erwähnt, deine Mutter hätte Abzüge der alten Fotos, die Yves Clément aufgenommen hat. Meinst du, sie würde sie mir zeigen?«

»Ich kann sie fragen, wenn du willst. Wie wär's, wenn ich sie zum Château bringe – es wäre interessant zu sehen, was Fabrice davon hält.«

»Er ist ein faszinierender Mann.«

Einer seiner Mundwinkel wanderte nach oben. »Ich nehme an, das ist eine Art, es auszudrücken.«

»Ich meine, er muss in Paris zur Blütezeit der Bohème geschrieben haben, gleich nach dem Zweiten Weltkrieg. Stell dir nur vor, was für Leute er gekannt haben muss.«

»Nach allem, was ich gehört habe, denkt er, dass Paris zu der Zeit zum letzten Mal interessant war. Fabrice hat für Paris nicht viel übrig, schon gar nicht für meine ›schicke Bildung‹.«

»Na ja, ich beneide dich. Ich bin nie aufs College gegangen.«

»Nein?«

Sie schüttelte den Kopf. »Ehrlich gesagt, habe ich nur mit Ach und Krach die Highschool geschafft. Ich war nicht das, was man eine naturbegabte Schülerin nennen würde.«

»Du scheinst deinen Weg erfolgreich gegangen zu sein.«

»Ich habe gelesen«, sagte Cady, aber dann bremste sie sich. Um ein Haar hätte sie sich ihm anvertraut. »Langsam, aber ich habe viel gelesen.«

Er nickte. »Hat der Schriftsteller Ray Bradbury nicht etwas in dieser Richtung gesagt? Dass er ›bibliotheksgebildet‹ war?«

»Das habe ich nie gehört, aber es gefällt mir.« Sie nippte an ihrem Kaffee und ließ für einen Moment Schweigen über sie beide fallen. Schließlich fuhr Cady fort: »Wie ich in Paris bereits erwähnt habe, lese ich im Moment *Le Château* von deinem Cousin.«

»Ja, ich bin beeindruckt. Das ist keine einfache Lektüre.«

»Na ja, ich arbeite mich durch die englische Übersetzung. Und ich muss gestehen, ich habe keine Ahnung, worum es eigentlich geht. Aber er beschreibt hier und da einzelne Teile des Châteaus, daher macht es Spaß, sie ausfindig zu machen und zu sehen, wovon er redet. Der Mann in der

Buchhandlung hat mir erzählt, es sei ein Schlüsselroman. Hast du das gewusst?«

Jean-Paul nickte.

»Es wäre noch weitaus spannender, wenn ich irgendeine Ahnung davon hätte, was damals los war. Weißt du, ob das Karussell bei dem Feuer vollständig zerstört wurde?«

»Manche sagen, ein paar Teile hätten das Feuer relativ unbeschadet überstanden. Aber das sind alles nur Mutmaßungen; ich glaube, Fabrice ist der Einzige, der es mit Sicherheit weiß.«

»Na ja, ich bin dabei, ihn zu bearbeiten. In dem Roman erwähnt er einen ›Lehrling‹, der eine Zeit lang auf dem Château gelebt und gearbeitet hat, aber er wird immer nur als ›Anon‹ oder ›Anonymus‹ bezeichnet. Ich wünschte, ich hätte den Schlüssel, der zu dem Roman gehört.«

Jean-Pauls sherryfarbene Augen verharrten einen langen Moment auf ihr, und sie glaubte, Traurigkeit in ihnen zu sehen. Er hatte eine schnelle Auffassungsgabe und ein leichtes Lächeln, aber sie fragte sich: War seine Verlobte tatsächlich mit seinem Geschäftspartner durchgebrannt?

»Wie lange hast du vor zu bleiben?«, fragte Jean-Paul.

»Ich habe eigentlich noch keinen Plan«, erwiderte Cady. Ihr Magen rumorte, während ihr die Worte über die Lippen kamen. »Ich lasse es irgendwie auf mich zukommen.«

»Zu Hause in den Staaten wartet niemand auf dich?«

»Nein«, antwortete sie. »Und du? Musst du nicht zurück nach Paris?«

Er antwortete mit dem Anflug eines Lächelns und einem fast unmerklichen Kopfschütteln. »Du hast doch gehört, was Fabrice gesagt hat. Meine Hochzeit wurde in letzter Minute abgesagt.«

»Das tut mir leid.«

»Danke. Aber es war zum Besten so. Und in einem Punkt hat Fabrice sich geirrt: Ich habe sie verlassen, nicht umgekehrt.«

»Warum?«

Er starrte in sein Glas. »Sie hat jemand Besseres verdient.«

»Jemanden wie deinen Geschäftspartner?«

Er kicherte humorlos. »*Ex*-Geschäftspartner. Aber ja. Er ist vermutlich ein besserer Mann als ich.«

Cady hatte keine Ahnung, was sie darauf erwidern sollte. Ihre Blicke trafen sich wieder und hielten einander stand.

»Also, Cady, was ich mir noch immer nicht erklären kann, ist, was du hier eigentlich tust.«

»Ich könnte dich dasselbe fragen.«

Er kicherte. »Mag sein. Aber Saint-Véran ist mein Heimatdorf, und ich verbringe Zeit mit Verwandten und versuche, mich um meinen Cousin und das Château zu kümmern, das ich eines Tages erben werde. Wohingegen du …?«

»Dich einmischst? Willst du mir sagen, dass ich gehen soll?«

»Überhaupt nicht. Ich versuche nur … wie sagt man? ›Aus dir schlau zu werden‹.«

Sie lachte rasch auf. »Na ja, lass mich wissen, was dabei herauskommt. Ich könnte selbst einen Hinweis gebrauchen. Wie du weißt, habe ich versucht, der Herkunft meiner Karussellfigur auf die Spur zu kommen. Das hat mich ursprünglich hierhergeführt. Aber jetzt, wo ich auf dem Château bin, wird mir bewusst, dass an diesem Punkt …« Sie holte einmal tief Luft und stieß sie langsam wieder aus.

»Die Vorstellung, ein paar Nächte auf einem geheimnisvollen Château – einem, das in einem Roman vorkommt, nichts Geringeres – zu verbringen, ist ziemlich aufregend. Ich nehme an, ich … lasse es einfach auf mich zukommen.«

»Wie du bereits gesagt hast. Also … keine Pläne?«

»Keine Pläne. Und du? Was wirst du mit dem Château anfangen, wenn du es einmal erbst? Einziehen, diese Kinder bekommen, von denen du geredet hast, ein Gutsherr werden?«

»Nicht wirklich, nein. Ich würde gern einen Bauingenieur kommen lassen, der einschätzt, wie viel Arbeit – und Geld – es kosten wird, das Château instandzusetzen, es zu modernisieren. Und dann …« – er zuckte die Schultern – »… es gibt ein paar Ketten, die Châteaus als kleine Hotels oder Veranstaltungsorte für Hochzeiten und so führen.«

»Aber es wäre doch ein Jammer, das Château aus den Händen der Familie zu geben.«

»Ihr Amerikaner habt sehr romantische Vorstellungen von der Geschichte, stimmt's? Vielleicht liegt es daran, dass ihr weniger davon habt als wir. Vergiss nicht, ich bin nicht auf dem Château aufgewachsen und verbinde keine sentimentalen Gefühle damit. Als Fabrice' Vater, Marc-Antoine, nach dem Ersten Weltkrieg nicht zurückkehrte, wurde es nicht gut instandgehalten und verfiel im Grunde zu einer Ruine.«

»Warum ist Fabrice' Vater denn nicht zurückgekehrt?«

»Er hat eine Pariserin geheiratet, und du weißt ja, wie die sind.«

»Ehrlich gesagt, weiß ich das nicht, aber ich weiß, was Fabrice dazu sagen würde.«

»Ironischerweise ist Fabrice von allen Mitgliedern der erweiterten Familie Clément mit Abstand am ehesten Pariser. Schließlich ist er dort geboren und aufgewachsen.«

Wieder hielt Jean-Paul ihrem Blick stand. Seine Art war nicht flirtend – zumindest nahm sie es nicht an. Aber irgendetwas war da …

Sie räusperte sich. »Was diese Pläne betrifft … Gibt es denn genügend Bedarf für ein Hotel in diesem kleinen Dorf?«

»Ich denke schon.« Er nickte. »Saint-Véran liegt nah genug bei Avignon, um von den Touristen zu profitieren. Zumindest setze ich darauf.«

»Trotzdem, nach so vielen Generationen …«

»Es hat etwas Tugendhaftes, dem Château wieder zu seinem ehemaligen Glanz zu verhelfen und seine Türen der Allgemeinheit zu öffnen … das heißt, falls es überhaupt noch zu retten ist.«

»Du meinst, es ist zu stark verfallen? Sicher, ein paar Böden sind abschüssig, und die Wände haben Risse, und es gibt ein paar undichte Stellen, aber trotzdem … es scheint mir solide.«

»Ich kann es nicht mit Sicherheit wissen, bevor ich es nicht eingehend inspiziert habe. Mein Cousin hat es mir nicht erlaubt, und die Situation ist … Sie kann schwierig sein. Zum einen ist Fabrice nicht gerade ein Ausbund an Freundlichkeit, aber ich will auch nicht, dass er denkt, dass ich sein Ableben kaum noch erwarten kann.«

Sie nickte. »Das kann ich verstehen.«

Jean-Pauls Blick fiel auf irgendetwas hinter ihr. »Entschuldige mich bitte einen Moment. Da ist jemand, mit dem ich sprechen muss.«

»Natürlich. Ich wollte sowieso nach meinen E-Mails sehen.«

Sie loggte sich in ihren E-Mail-Account ein und freute sich, eine Nachricht von Olivia zu sehen:

Du bist einfach unglaublich, meine Freundin. Ich lasse dich für ein paar Tage allein in einem fremden Land, und schon lebst du bei einem alten Mann und seinem Hund. In einem CHÂTEAU???

Olivia fuhr mit einer witzigen Geschichte über die neuesten Abenteuer bei ihrer Hausrenovierung fort, wobei Sebastian in einen Eimer mit Wasser getreten war, während er versucht hatte, die Tapeten von den Wänden ihres alten viktorianischen Hauses abzuziehen und den ursprünglichen Putz freizulegen.

Man sagt ja, dass Paare bei einer Hausrenovierung viel übereinander lernen. Ich habe gelernt, dass Sebastian viele fantastische Fähigkeiten hat, aber handwerkliches Talent gehört nicht dazu. Mir graut vor der Zukunft, da bald Leitern zum Einsatz kommen werden. Die grobe Schätzung für unsere nächste Fahrt zur Notaufnahme ($$$!) liegt bei drei Tagen. Willst du wetten?

Olivias Plauderton und Humor zauberten Cady ein Lächeln ins Gesicht. Sie sah sich gern als Einzelgängerin, aber in Wahrheit hätte sie es ohne Maxine – und dann Olivia – nicht geschafft. Selbst ohne Jonquilla nicht, wenn sie genauer darüber nachdachte. Jede von ihnen war in gewisser Weise ein Echo ihres eigenen Charakters gewesen – hatte eine wichtige Rolle dabei gespielt, ihr zu zeigen, wer sie war. Was wäre das Leben ohne eine Freundin?

Hatte Fabrice jemanden? Nach über achtzig Jahren auf diesem Planeten, wie konnte er da so allein sein? Erst recht mit Verwandten in der Nähe.

Cady war dabei, Olivia eine kurze Nachricht zu schreiben, als Jean-Paul wiederauftauchte. Er hielt den Teenager, den sie beim Steinewerfen ertappt hatte, am Kragen gepackt.

»Cady, ich würde dir gern Johnny vorstellen«, sagte Jean-Paul auf Französisch. »Er hat dir etwas zu sagen.«

»Désolé«, sagte Johnny mürrisch.

»Danke«, erwiderte Cady. »Du solltest dich auch bei Fabrice entschuldigen.«

Er zuckte die Schultern und wich ihrem Blick aus, sah sich in der Bar um.

»Ich bin mir nicht sicher, wie hoch der Mindestlohn in Frankreich ist, geschweige denn, wie viel es kosten würde, den Schaden zu reparieren, den du angerichtet hast«, wiederholte Cady ungefähr das, was Maxine zu ihr gesagt hatte, nachdem sie mehrere Gegenstände aus ihrem Laden gestohlen hatte. »Zum Glück hatte ich für meinen Mietwagen eine Versicherung, die für die Reifen aufkommen wird, aber du schuldest Fabrice mehrere Stunden deiner Zeit. Komm morgen nach der Schule zum Château, dann kannst du anfangen, es bei ihm wiedergutzumachen.«

»Ja, na klar«, sagte er. »Kann ich jetzt gehen?«

Jean-Paul ließ ihn los, und der Junge schlurfte zur Tür hinaus.

»Er wird sich nicht blicken lassen, das ist dir schon klar, oder?«, sagte Jean-Paul, während er sich setzte.

»Man kann nie wissen«, erwiderte Cady. »Bei mir hat es geklappt, damals.«

»Ich habe das Gefühl, dass hinter dieser Geschichte noch mehr steckt.«

Sie lächelte. »Ich bin eine Frau voller Geheimnisse.«

»Noch einen Kaffee?«

»Nein danke. Ich muss noch einkaufen. Heute Abend stehen Nudeln auf dem Speiseplan.«

»Ich mag Nudeln.«

»Oh, ich … es steht mir eigentlich nicht zu, Leute zum Abendessen einzuladen.«

»Es steht dir eigentlich auch nicht zu, bei meinem Cousin zu wohnen, und trotzdem tust du es.«

»Noch ist es schließlich *sein* Château.«

»Das ist mir bewusst«, erwiderte Paul steif. »Ich bin nur frustriert, weil ich ihn nicht dazu bewegen kann, sich *mir* zu öffnen. Es ist ein bisschen – wie sagt man? – *aufreibend*, es so lange zu versuchen, und dann kommst du mit deinem Whiskey daher, und einfach so …«

»Na dann … Monsieur Mirassou, würden Sie uns heute Abend zum Essen die Ehre geben?«

Jean-Paul entspannte sich und lächelte. »Die Einladung nehme ich gern an. Aber wenn ich so forsch sein darf, es ist noch nicht einmal Mittag. Wie ich sehe, hast du deine Kamera dabei. Wie wär's mit einem Ausflug nach Avignon? Auf der Place de l'Horloge gibt es ein historisches Karussell, das du für deine Sammlung fotografieren könntest.«

»Warum solltest du mit mir nach Avignon fahren wollen?«

»Willst du denn nicht einen neuen Mietwagen abholen?«

»Schon, aber … versuchst du etwa, mich loszuwerden?«

»Das nicht«, antwortete Jean-Paul, während sie aufstanden und ihre Sachen einsammelten. »Ich will nur sicherstellen, dass du notfalls schnell wegkommen kannst.«

Kapitel 35

1900
CHÂTEAU CLÉMENT

Maëlle

Die Geräusche von Hämmern und das Surren von Handkurbelbohrern erfüllen den Hof, als Bayols Trupp sich an die Arbeit macht, um die nummerierten Teile wie ein Puzzle zusammenzusetzen. Fünf Männer sind damit beschäftigt, das Karussell zusammenzufügen, während die anderen mit dem Bau der Salonfassade beginnen. Der Eingang wird von zwei speziellen Pferdestatuen flankiert werden, die auf die Karussellfiguren im Inneren des Salons hindeuten. Paneele mit kunstvoll gemalten Szenen säumen die Wände, und ihre vergoldeten Rahmen folgen fließenden Jugendstillinien.

Der Ingenieur hantiert an der Dampfmaschine herum und verbindet die Stangen und Kurbeln. Die vordere Stange bewegt sich auf und ab, und die hintere dreht sich um ihre eigene Achse, während das Karussell auf seiner Schiene unter dem Plattformboden kreist. Es ist von entscheidender Bedeutung, dass alles reibungslos und wie am Schnürchen läuft, bevor sie nach Angers zurückkehren.

Die Arbeiter essen gemeinsam im Speisesaal der Bediensteten, der von der großen Küche im Erdgeschoss abgeht. Erst als sie alle Platz genommen haben, wird Maëlle bewusst, dass die Gerüchte vielleicht stimmen, dass die Familie Clément womöglich doch nicht so wohlhabend ist, wie es auf den ersten Blick scheint. Léon erzählt Maëlle, dass die Hälfte der Dienstbotenkammern leer steht; er zeigt ihr, wo die Teppiche abgewetzt und Ecken des Gartens ungepflegt sind. Er erwähnt mit einem verächtlichen Unterton, dass Madame Clément zweimal dasselbe Kleid getragen hat, seit sie vor zwei Wochen hier angekommen sind.

»Ich trage an jedem einzelnen Tag dasselbe Kleid«, erwidert Maëlle verwundert. Wie muss es sein, jeden Morgen ein anderes Kleid anzulegen und sich zum Abendessen erneut umzuziehen? »Ihre Kleiderschränke müssen riesig sein.«

Léon lacht, ein tiefes, kehliges Geräusch, das sie zu lange nicht mehr gehört hat. Maëlle versucht, nicht zu lächeln, sich nicht anmerken zu lassen, wie viel es ihr bedeutet. Bildet sie es sich nur ein, oder ist er tatsächlich weniger aufmerksam als früher? Als sie ihn danach fragt, erklärt er, dass er für den Arbeitstrupp die Verantwortung trägt; er muss jetzt noch diskreter sein.

Aber für einen Mann, der die Verantwortung trägt, verschwindet er während der Arbeitszeit ziemlich oft. Die anderen Männer hüten seine Geheimnisse; sie erzählen Maëlle nicht, wohin Léon geht, und verwenden vage Formulierungen wie »er macht Pause« oder »er musste in die Stadt, Materialien besorgen«. Als ob Maëlle nicht – viel besser als Léon – wüsste, welche Materialien sie vielleicht oder vielleicht auch nicht benötigen. Wenn er verschwindet, bricht an der Baustelle Chaos aus. Romain ist ein talentierter Tischler, aber er versteht nicht, wie der Mechanismus – die Kurbeln, Getriebe und Wellen – mit seiner Holzarbeit zusammenwirken muss. Guy ist ein begabter Ingenieur, der sich ausschließlich auf den Motor, die Stangen und die Schienen konzentriert. Die anderen sind zu jung, um die Initiative zu ergreifen, daher warten sie auf Anweisungen.

Während Léons Abwesenheit springt Maëlle ein, um die Entwürfe zu lesen und die Arbeiten zu koordinieren. Bald beginnen die Männer, sich Rat suchend an sie zu wenden.

Wenn Maëlle sich in die Arbeit stürzt, dann kann sie vergessen, dass Léon das attraktive Küchenmädchen heute Morgen allzu lange angesehen hat. Wenn sie das Holz unter ihren Händen spürt und zusieht, wie die verschiedenen Teile zusammenkommen, singt die Kunst des Karussells zu ihr wie eine Sirene.

Madame und Monsieur Clément schauen bei der Baustelle vorbei, um die Fortschritte zu inspizieren. Erst dann taucht Léon auf und führt sie als der verantwortliche Mann herum. Maëlle fällt auf, wie er an Madame Cléments Seite verweilt und auf jede ihrer Bemerkungen eingeht. Er bringt sie zum Lachen; sie wirft den Kopf in den Nacken und lässt feine weiße Zähne erkennen; ihr langer Hals – an dem sie ein kleines herzförmiges Muttermal hat, das eher wie ein Schönheitsfleck als wie ein Makel aussieht – ist mit einem glänzenden goldenen Kreuz geschmückt.

Allein schon beim Anblick von Joséphines cremefarbenem Spitzenkleid fühlt sich Maëlle unbedeutend und klein, wie eine Ameise. Sie hat sich noch nie nach Reichtum gesehnt, aber jetzt fragt sie sich: Wie wäre es, ein solches Teil zu tragen? Neben Joséphines lebhafter Fröhlichkeit wirkt Yves Clément unscheinbar; er ergraut bereits, und seine schmächtige Gestalt ist fast hager. Er spricht wenig und scheint zufrieden damit, seine Frau strahlen zu lassen. Maëlle stellt sich an seiner Stelle unwillkürlich einen Mann wie Léon vor, hochgewachsen, mit einer schönen Brokatweste und einem Gehstock mit silberner Spitze.

Maëlle wendet den Blick ab und betet, dass niemand spürt, was sie fühlt.

Als sie aufsieht, ruht Joséphines Blick auf ihr. Vermutlich bildet sie es sich nur ein … aber es kommt ihr vor, als ob Joséphine ihre Gedanken lesen kann.

Kapitel 36

GEGENWART
AVIGNON

Cady

»Auf der ganzen Fahrt von Paris nach Avignon«, sagte Cady, während sie und Jean-Paul auf die kopfsteingepflasterte Ruine des Pont d'Avignon starrten, »ging mir dieses alberne Lied durch den Kopf: ›*Sur le pont d'Avignon, l'on y danse, l'on y danse.*‹«

»Heutzutage ist schwer vorstellbar, dass hier früher fröhlich getanzt wurde, stimmt's?«, erwiderte Jean-Paul. Er war der vollendete Reiseführer gewesen und hatte ihr erklärt, dass Avignon im Mittelalter aufgrund seiner Lage an der Rhône eine Blütezeit erlebt hatte und einst der Sitz des Papstes gewesen war. »Die heutige Metropole erstreckt sich natürlich weit über die damaligen Stadttore hinaus, aber die meisten mittelalterlichen Befestigungen sind noch immer erhalten.«

Innerhalb der massiven Steinmauern, die Avignon umgaben, war ein Labyrinth aus Kopfsteingassen und von Laternen erhellten Durchgängen. Jongleure und Musikanten unterhielten Touristen auf der Place de l'Horloge, einem lang gezogenen Platz, der sich vor dem Hôtel de Ville, dem

Rathaus, erstreckte. Verkäufer boten handgemachten Schmuck und schöne Schals, importiertes Kunsthandwerk aus Kenia und Lederwaren aus Italien feil. Überfüllte Cafés rangelten auf der terrassenförmigen Anlage um Platz, und Musikanten und ein Jongleur unterhielten die Besucher.

»Viel los«, bemerkte Cady. »Und jetzt ist nicht einmal die Touristensaison.«

»Es heißt, dass sich die Bevölkerung von Avignon im Sommer mit den Besuchern verdoppelt. Es ist nicht Paris, aber es ist ein beliebtes Reiseziel, für Ausländer und Franzosen gleichermaßen.«

Den Ehrenplatz am oberen Ende der Place de l'Horloge nahm das Rokokokarussell Belle Époque ein. Die ringsum verlaufenden Paneele an der Krone waren von Glühbirnen gesäumt, und Cady versuchte sich vorzustellen, wie es nachts aussehen musste, wenn das Karussell diesen steinernen Platz erhellte. Zwei Ebenen mit tänzelnden Pferden und schaukelnden Kutschen drehten ihre endlosen Runden zu einem karnevalesken *Umpapa*, und mehrere Kinder mit vor Aufregung geröteten Wangen winkten ihren Eltern zu, während sie vorbeisausten.

Cady schoss etliche Fotos, aber das Karussell von Avignon war nicht einzigartig genug, um besondere Erwähnung in einem Buch zu verdienen, in dem es hauptsächlich um Pariser Karussells ging.

In diesem Augenblick flatterten mehrere kleine Zettel im Wind vorbei. Cady fühlte sich daran erinnert, wie sie nach ihrem letzten Elterntag beim Tilden-Park-Karussell in Berkeley aufgeräumt hatte. Die billigen Namensschilder hatten nicht gut an Stoff gehaftet, und am Ende des langen Nachmittags hatten die erschöpften Sozialarbeiter Cady angewiesen, die herumflatternden Sticker einzusammeln. Connor und Maria und Kristin und Tyrone. Angehende Eltern, die im Wind davonwehten.

»Geht es dir gut?«, fragte Jean-Paul.

Cady wurde bewusst, dass sie das Karussell wie gelähmt durch das Objektiv ihrer Kamera angestarrt hatte.

»Ja, entschuldige. Ich bin hier fertig. Was jetzt?«

»Der Palais des Papes.«

»Übernehmen Sie die Führung, Jeeves«, sagte Cady hoheitsvoll. »Ich werde Sie für Ihre Bemühungen am Ende des Tages mit einem großzügigen Trinkgeld entlohnen.«

»Ach ja?«

»Ich werde dir zumindest Nudeln vorsetzen.«

»Ich nehme das Angebot an. *Après vous, mademoiselle.*«

Eine kurze, schmale Straße führte von der Plaza zu dem festungsartigen Palais des Papes, dem päpstlichen Palast. Der hohe, düstere gotische Bau ragte grimmig und bedrohlich vor dem Nachmittagshimmel auf.

»Das wäre dann also dein Palast?«

»Pardon?«

»›Jean-Paul‹ klingt wie der Name eines Papstes. Daher wäre das dann dein Palast.«

Er blickte verwirrt.

»Entschuldige. Es war sowieso nicht sehr witzig«, meinte Cady. »Also, die Architektur erscheint mir völlig anders als die in Paris.«

»Ja, der mittelalterliche Stadtkern hat mehr mit dem Süden Frankreichs und mit Spanien gemeinsam. Avignon wurde streng genommen erst im späten achtzehnten Jahrhundert, nach der Revolution, ein Teil von Frankreich. Bis dahin war es in päpstlichem Besitz. Die Kathedrale ist einen

Besuch wert«, sagte Jean-Paul mit einem Blick auf seine Uhr, »aber ich weiß nicht, ob wir heute Zeit dafür haben.«

»Schon gut«, sagte Cady, während sie die Schlange von Besuchern beäugte, die darauf warteten, Eintrittskarten für den Palast zu kaufen. »Es ist ein schöner Tag, und ich genieße meinen Stadtrundgang.«

»Die Librairie Roumanille ist in dieser Richtung.« Er zeigte eine steinerne Gasse hinunter. »Angeblich ist sie eine der ältesten Buchhandlungen in ganz Frankreich.«

»Die muss ich sehen«, meinte Cady.

Sie gingen die Rue Saint-Agricol hinunter, bewunderten prächtig bemalte Türen und kleine Heiligenstatuen, die in schattigen Nischen an den Wänden uralter steinerner Stadthäuser standen. Sie blieben stehen, um das Schaufenster eines Antiquitätengeschäfts zu betrachten, in dem mehrere Holzskulpturen ausgestellt waren, und wieder fragte sich Cady, wie Gus auf einem Flohmarkt in San Francisco gelandet war, wo Maxine ihn gefunden hatte.

»Zeit zum Mittagessen«, verkündete Jean-Paul, als sie die Buchhandlung verließen.

»Aber es gibt Nudeln zum Abendessen.«

»Und?«

»Ich hatte nicht vor, groß zu Mittag zu essen. Vielleicht schnappen wir uns einfach irgendwo ein schnelles Sandwich.«

Er schüttelte den Kopf. »In diesem Teil Frankreichs essen wir spät zu Abend. Du brauchst ein kräftiges Mittagessen.«

»Fabrice hat gestern Abend etwas in dieser Richtung gesagt, als ich um halb sieben das Abendessen serviert habe.«

»Hier wird es manchmal sehr heiß und … wie sagt man? *Stickig?* Sehr schwül im Sommer. Daher nutzen die Leute die Kühle des Abends, um draußen zu sitzen und ihr Essen zu genießen. Es kühlt erst lange nach acht ab. Lass uns hier hineingehen: La Cour du Louvre ist ein wundervolles Restaurant.«

Cady wäre an der kleinen Gasse glatt vorbeigelaufen, wenn Jean-Paul sie nicht darauf aufmerksam gemacht hätte. Sie führte zu einem mit Lichterketten behängten Innenhof, und die Einrichtung des Restaurants war bohèmehaft, aber elegant. Jean-Paul fragte Cady, ob er für sie bestellen dürfe, und da sie sich abenteuerlustig fühlte, erklärte sie sich einverstanden.

Cady lehnte sich auf ihrem Platz zurück. Etwas verblüfft stellte sie fest, dass sie außerordentlich entspannt war. Zum Teil lag es an der schlichten Tatsache, dass Jean-Paul lieber Englisch mit ihr sprach. Sosehr Cady es auch genoss, die Welt zu erkunden, die ihr durch eine neue Sprache eröffnet wurde, und obwohl sie wusste, dass sie sie allmählich immer besser beherrschte, war es anstrengend gewesen, mit Fabrice Französisch zu sprechen. Cady befürchtete, dass ihr mindestens zwanzig Prozent – vielleicht noch mehr – von dem, was er sagte, und praktisch alle Nuancen entgingen. Sie musste sich ständig konzentrieren, musste sich vorstellen, wo ein Wort aufhörte und ein anderes begann, aber gleichzeitig darauf achten, dass sie sich nicht zu sehr in dem Mechanismus der Syntax und Grammatik verlor, um dem Gesprächsfluss noch folgen zu können.

Es war erschöpfend.

Daher war es eine willkommene Atempause, ihre eigene Sprache sprechen zu können, und es kam nur selten vor, dass Jean-Paul sie nicht verstand. Aber es war mehr als nur die Leichtigkeit der Kommunikation. Jean-Paul hatte etwas Beruhigendes an sich, eine Unbeschwertheit, mit der er sich in der Welt zurechtfand. Sie beneidete ihn um seine Selbstsicherheit.

»Kennst du diesen Wein?«, fragte er, während er eine Flasche mit einem schicken Etikett hochhielt.

»Nein«, antwortete Cady. »Ich war in Napa und weiß ein bisschen was über kalifornische Weine, aber französischer Wein ist für mich ein Buch mit sieben Siegeln. Ich bin leider eine ungebildete Wilde.«

Jean-Paul lachte. »Dann müssen wir das unbedingt ändern, *ma chère sauvage*. Das hier ist *Châteauneuf-du-Pape.*«

»Hat das wieder etwas mit den Päpsten zu tun?«

»Das ist der Name eines Dorfs nicht weit von Avignon. Ich glaube, ein Papst hatte dort ein Schloss, ja.« Er schenkte ihr den rubinroten Wein ein.

»Na ja, den Namen liebe ich auf jeden Fall. *Châteauneuf-du-Pape.*« Sie wiederholte ihn. »Scha-to-nöff-du-popp. Das könnte ich den ganzen Tag sagen. Châteauneuf-du-POPP.«

Er zog eine Augenbraue hoch.

»Entschuldigung.«

»Nicht doch. Du bist charmant. Ich habe nur noch nie über den Namen nachgedacht.«

Ich, charmant? Das war ja etwas ganz Neues. Aber andererseits war alles an diesem Ausflug etwas ganz Neues.

»Koste ihn«, drängte Jean-Paul.

Sie führte das Glas an ihre Lippen, aber sie hielt inne, als sie bemerkte, dass seine Augen ihren Bewegungen folgten. »Du siehst mir immer zu, wenn ich esse und trinke. Ist es so wie mit meinem Gang? Trinke ich wie eine Amerikanerin oder so?«

Er schenkte ihr ein langsames sexy Lächeln. »Absolut nicht. Du scheinst die Aromen so zu genießen … und was gibt es Sinnlicheres als eine schöne Frau, die isst und trinkt?«

»Ich bin wohl kaum eine schöne Frau, Jean-Paul. Was genau willst du von mir?«

»Wie bitte?«

»Als wir uns das erste Mal begegnet sind, hast du angeboten, mir mein Kaninchen abzukaufen. Und dann hast du dir einen Tag Zeit genommen, um mich durch Paris zu führen und jetzt durch ganz Avignon. Warum?«

»Wie ich bereits sagte, du bist …«

»Eine schöne Frau. Okay. Erzähl das jemand anderem.«

»Entschuldige, Cady, aber ich verstehe nicht, wie ich dich beleidigt habe.«

Cady holte einmal tief Luft und versuchte, ihr Temperament zu zügeln. War sie nur paranoid? Vermutlich. Die Franzosen waren berühmt für ihre Sinnlichkeit, vielleicht war es nicht mehr als das. Sie nahm einen kräftigen Schluck von dem Wein, der vollmundig und köstlich war. Diesmal wandte Jean-Paul den Blick betont ab, während sie trank, was sie irgendwie witzig fand.

»Es tut mir leid, Jean-Paul«, entschuldigte sich Cady. »Ich kann einfach … nicht gut mit Leuten umgehen.«

»Wenn hier jemand das Recht hat, wütend zu sein, dann ja wohl ich. Du bist bei meinem Cousin eingezogen, und ich nehme an, du unterstützt seine Überzeugung, dass er sich gegen meinen Versuch zur Wehr setzen sollte, das Château zu verkaufen. Trifft das zu?«

»Willst du sagen, ich mische mich ein?«

»Ich will sagen, dass das hier eine Familienangelegenheit ist, und sie ist kompliziert. Ich will nicht unhöflich sein, aber du verstehst die ganzen Beteiligten – oder die Geschichte – nicht, ganz zu schweigen davon, dass du längst nicht mehr hier sein wirst, wenn der Rest von uns sich mit den Konsequenzen herumschlagen muss.«

»Es gibt … Ich bin …«, stammelte sie, während der Kellner zwei dampfende Kupferterrinen auf den Tisch stellte. »Ich weiß, dass ich manchmal zu aufdringlich bin. Aber ich denke, Fabrice …«

»Cady«, unterbrach Jean-Paul sie, »könnten wir einen Pakt schließen, nur für diesen Moment, um unser Essen zu genießen? Bei einer Mahlzeit sollte man sich niemals streiten.«

»Natürlich«, sagte Cady und erhob ihr Weinglas. »Auf die Détente.«

»*À détente*«, sagte er und stieß mit ihr an.

Nach einem entspannten Mittagessen aus Seeteufel mit Kartoffeln *dauphinoise*, gefolgt von kräftigen einheimischen Käsesorten mit knusprigem Brot und begleitet von dem köstlichen, erlesenen Wein, bestand Jean-Paul darauf, dass sie sich ein Zitronentörtchen mit italienischem Baiser teilten.

»Ich kann nicht glauben, dass ich das alles gegessen habe«, sagte sie, als sie gingen.

»Ja, du hast dich wacker geschlagen, aber du wurdest von unserer einheimischen Küche verführt. Das ist schon so manchem amerikanischen Touristen so ergangen. Was du jetzt brauchst, ist ein langer Spaziergang, und das trifft sich gut, da der Wagen ein ganzes Stück entfernt steht.«

Während sie durch den vorfrühlingshaften Sonnenschein spazierten, machte Jean-Paul sie auf mehrere Wahrzeichen und Eigenheiten der mittelalterlichen Architektur von Avignon aufmerksam.

»Weißt du, wenn du es je leid sein solltest, ein schicker Pariser Architekt zu sein, würdest du einen hervorragenden Reiseleiter abgeben.«

»Danke. Das ist gut zu wissen.«

»Oh ... fast hätte ich's vergessen. Du hast ja vor, ein reicher Bauunternehmer für historische Immobilien zu werden.«

»Unsere Détente ist also schon jetzt vorbei«, meinte er mit einem traurigen Lächeln. »Hast du irgendetwas dagegen, Geld zu machen?«

»Nein. Und natürlich kannst du mit deinem Château tun, was immer du willst. Es ist nur so *historisch*; es wäre ein Jammer, wenn irgendeine Hotelkette es in eine Art Plastikversion seiner selbst verwandelt.«

»Best Western leistet hervorragende Arbeit.«

»Best Western?« Nach Cadys Vorstellung war jede Motelkette gleichbedeutend mit billigen Absteigen. Sie dachte zurück an die Motels, in denen sie im Laufe der Jahre geschlafen hatte – die grauenhaften Teppiche, die fragwürdige Bettwäsche, die schimmeligen Duschen. »Du nimmst mich auf den Arm, oder?«

»Es ist mein völliger Ernst. Sie kaufen alte Häuser auf, renovieren sie, bringen sie, wenn nötig, auf einen modernen Stand – vielleicht ist dir aufgefallen, dass zum Beispiel die Bäder in alten Gebäuden abscheulich sein können. Und sie führen sie als Luxushotels. Sie sind sehr schön.«

»Wenn du das sagst«, meinte sie skeptisch. »Du hast mich zu diesem fantastischen, köstlichen Mittagessen eingeladen, daher werde ich dir jetzt in so ziemlich allem recht geben, was du sagst.«

»Aha, dann weiß ich jetzt, wie ich dich dazu bringen kann, kooperativ zu sein.«

»Ich bin immer kooperativ.«

Er kicherte. Als sie wieder im Wagen saßen, kurvte er über stark befahrene Straßen und um eine Reihe von Kreisverkehren, um aus der Stadt zu kommen, und dann verkündete er: »Ich werde mit dir noch einen kurzen Abstecher machen.«

»Ich muss noch einkaufen und das Abendessen kochen.«

»Es geht ganz schnell.«

»Siehst du?«, sagte er, als er vor einem steinernen Gebäude aus dem 18. Jahrhundert mit dem Namen Le Najeti Hôtel la Magnaneraie in Villeneuve-lès-Avignon hielt, nur fünf Minuten außerhalb des eigentlichen Avignon. »Es ist ein wunderschönes Hotel, geführt von Best Western.«

Während Jean-Paul langsam daran vorbeifuhr, erhaschte Cady einen Blick auf die prächtige Lobby.

»Wow, ich muss sagen, du hattest recht. Das ist … na ja, das ist bezaubernd. Ich hatte wirklich keine Ahnung. Das heißt, Best Western ist interessiert daran, Château Clément in ein Hotel umzuwandeln?«

»Ich hatte bis jetzt nur ein Vorgespräch mit einigen Leuten. Es ist eine Möglichkeit.« Jean-Paul sah sie von der Seite an. »Ich weiß, es klingt romantisch, ein Château zu renovieren, Cady, aber es fehlt mir nicht nur an ausreichend Zeit und Geld – so etwas muss aus Liebe zur Sache geschehen. Ich müsste Vollzeit nach Saint-Véran zurückkehren …« Er schüttelte den Kopf.

»War deine Verlobte interessiert daran, das Château instand zu setzen?«

»Sie …« Er brach ab, suchte offenbar nach Worten. »Sie ist zu dem Schluss gekommen, dass ihr die Vorstellung vom Leben in einem kleinen Dorf nicht gefiel.«

»Ich finde es charmant«, seufzte Cady. »Und ich finde, es wäre bezaubernd, das Château zu renovieren.«

»Und *ich* finde, du bist eine Romantikerin«, erwiderte Jean-Paul. »Fabrice hat auf die harte Tour gelernt, wie schwer es ist, einem Ort wie Château Clément wieder zu seinem ehemaligen Glanz zu verhelfen.«

»Ja, das hat er erwähnt. Fabrice hat keine Kinder, war nie verheiratet?«

»Ich glaube, er war kurz verheiratet, vor langer Zeit. Als er in Paris lebte. Aber soweit ich weiß, hat es nur ein paar Jahre gehalten. Er war in jemand anders verliebt, eine andere Frau, sein Leben lang.«

»Aber er ist so …«

»Alt?«

»Ich wollte sagen, *kauzig*. Schwer vorstellbar, dass er bis über beide Ohren verliebt ist.«

»Er ist nicht der erste Mann, den die Liebe zum Narren gemacht hat.«

»Ich werde dir was sagen: Das gilt auch umgekehrt. Also, wer ist – oder war – sie?«

»Ich nehme an, zu dem Teil von *Le Château* bist du noch nicht gekommen.«

»Es steht in dem Buch?«

»Du musst danach suchen. Wenn mich meine Erinnerung nicht trügt, glaube ich, er spricht von ihr nur als ›*la minette*‹.«

»Ich dachte, das sei eine Sauce für Austern.«

»Das ist *mignonette*.«

»Sprache ist schwer.«

»Allerdings.«

»Augenblick – Fabrice hat das Buch vor sehr langer Zeit geschrieben. Soll das heißen, dass er *noch immer* an unerwiderter Liebe leidet?«

»Soweit ich sagen kann, ist er in *la minette* verliebt, seit er ein Teenager war. Sie haben sich während des Zweiten Weltkriegs kennengelernt, als sie in Paris in der Résistance kämpften.«

»Wirklich? Fabrice hat der Résistance angehört?«

»Er redet natürlich nicht gern darüber. Er war damals noch sehr jung.«

»Und was ist aus ›Minette‹ geworden?«

»Fabrice' Buch zufolge wurde sie von dem Drachen von Fontaine-de-Vaucluse verschlungen.«

»Das klingt nicht gut.«

»Das ist einer der Teile des Buchs, die sehr schwer zu verstehen sind. Soweit ich mich erinnern kann, ist die Geschichte ein lyrisches eigenständiges Kapitel ungefähr in der Mitte des Buchs. Ein bisschen hochtrabend, wenn du mich fragst, aber das war eben der Stil, in dem er geschrieben hat.«

»Das habe ich inzwischen gelernt. Was kannst du mir sonst noch sagen?«

»In dem Buch stammt *la minette* aus der Stadt Fontaine-de-Vaucluse. Als sie in Paris verschwindet, macht sich die Hauptfigur – die, wie ich vermute, in Wirklichkeit Fabrice ist – dort auf die Suche nach ihr. Es ist nicht weit von Saint-Véran und Château Clément gelegen und hat ihn damals zum ersten Mal zum Château der Familie geführt.«

»Aber er hat sie nie gefunden?«

Er zuckte die Schultern. »In dem Buch wird das nicht ganz klar. Es ist möglich, dass er sie gefunden und sie ihn abgewiesen hat, aber vielleicht wurde sie tatsächlich getötet, wenn auch natürlich nicht von einem Drachen.«

»Hast du ihn je gefragt?«

»Wie ich, glaube ich, bereits erwähnt habe, stehen Fabrice und ich uns nicht besonders nahe.«

»Warum eigentlich nicht?«

»Er mag mich nicht.«

»Er mag niemanden«, hob Cady hervor.

»Stimmt, aber *mich* mag er wirklich nicht.«

»Warum nicht?«

Er sah sie betont an. »Du bist sehr direkt.«

»Entschuldige. Ohne Arglist.«

Eine lange Pause trat ein, während sie an weitläufigen Weinbergen und Olivenhainen vorbeifuhren. Cady ließ ihr Fenster herunter und atmete den Duft von wildem Thymian und Rosmarin tief ein.

»Im Sommer sind hier Felder voller Sonnenblumen, Erdbeeren und Kirschen«, sagte Jean-Paul. »Und dieser ganze Hügel dort wird bald mit Mandelblüten bedeckt sein.«

»Es ist eine entzückende Gegend«, meinte Cady. »So anders als Paris. Ich nehme an, das ist der Grund, weshalb die Leute so liebevoll von der Provence sprechen.«

Jean-Paul nickte. Nach noch einem langen Schweigen sagte er: »Wie ich dir bereits erklärt habe, besteht seit vielen Jahren eine Kluft in der Familie. Yves und Joséphine

Clément haben von der Wende zum zwanzigsten Jahrhundert bis nach dem Ersten Weltkrieg auf dem Château gelebt. Sie hatten einen einzigen Sohn, Marc-Antoine.«

»Marc-Antoine war Fabrice' Vater, richtig?«

Er nickte. »Yves hat das Anwesen von seinem Vater geerbt, was hieß, dass seine beiden Brüder – ganz zu schweigen von seinen drei Schwestern – es nicht geerbt haben.«

»Erscheint mir nicht gerade fair, dass sie gar nichts bekommen haben.«

»Natürlich ist es unfair. Aber es ist notwendig. Andernfalls würde ein großes Anwesen unter den Kindern aufgeteilt werden, und dann unter deren Kindern …«

»Bis kein Anwesen mehr übrig ist.«

»Genau. Das Recht des Erstgeborenen, nach dem der älteste Sohn den Familiensitz erbt, ist nicht fair, aber für Grundbesitzer in gewisser Weise sinnvoll – nicht nur für den Adel, sondern auch für wohlhabende Bauern.«

»Das hat also das Zerwürfnis ausgelöst? Waren sie neidisch auf Yves? Es war doch nicht seine Schuld, dass er der Erstgeborene war.«

»Es ist noch ein bisschen komplizierter.«

»Die Frau im Lebensmittelgeschäft erwähnte irgendetwas von Gerüchten über Joséphine …?«

Er fluchte leise und schüttelte den Kopf. »Das ist das Problem, wenn man in einem kleinen Dorf lebt.«

»Sie hat mir nicht gesagt, *was* für Gerüchte das waren«, ergänzte Cady. »Nur dass es welche gab.«

»Das liegt in der Vergangenheit, ist lange her.«

»Vermutlich leicht gesagt, da du der Nächste in der Reihe bist, der das Château erben wird.«

»Um genau zu sein, wird es zuerst an meine Mutter fallen, aber sie will es nicht haben. Ich werde jeden Erlös mit der Familie teilen. In meiner Generation gibt es sowieso niemanden sonst, der es übernehmen will. Es ist Teil einer längst vergangenen Lebensweise, in gewisser Hinsicht eher eine Bürde als ein Geschenk.«

»Was waren das denn nun für Gerüchte?«

»Du bist wirklich sehr neugierig auf meine Familie. Ich dachte, du seist auf der Suche nach einem Karussell.«

»Das bin ich auch. Es ist nur … Ich habe meine eigene Familie nie kennengelernt, und ich finde verwickelte Geschichten über mehrere Generationen hinweg faszinierend.«

»Aus meiner Sicht sind sie eher ermüdend als faszinierend. Aber wie kommt es, dass du deine Familie nie kennengelernt hast?«

»Ich bin Waise«, antwortete Cady. Der Schlag in ihre Magengrube war noch immer spürbar, und sie nahm an, das würde er immer sein. Aber sie zwang sich, die ungeschminkte Wahrheit zu sagen: ohne zu beschönigen, ohne um den heißen Brei herumzureden. Sie war eine Waise ohne Familie. Trotzdem sah sie Jean-Paul in diesem Moment nicht an. Sie zog es vor, von dem Mitleid oder der morbiden Neugier verschont zu bleiben, die sie so oft in den Augen der Leute sah, wenn sie ihnen von ihrer Kindheit und Jugend erzählte.

»Du bist in einem Waisenhaus aufgewachsen?«

»Das klingt wie etwas aus einem Charles-Dickens-Roman. Gibt es in Frankreich noch Waisenhäuser? In den Staaten ist es im Allgemeinen das Pflegekindersystem.«

»Du bist in einer Pflegestelle groß geworden?«

»Einer Reihe von Pflegestellen. Ich war ein ziemlich schwieriges Kind. Als ich älter wurde, wurde ich in eine

Wohngruppe verlegt, bis ich eine Frau kennenlernte, die mich in meinen letzten Highschooljahren bei sich wohnen ließ.«

»Du hast deine Eltern nie kennengelernt?«

Sie schüttelte den Kopf, konzentrierte sich auf die vorbeiziehende Landschaft und darauf, die Emotionen aus ihrer Stimme herauszuhalten. »Es gab irgendein juristisches Problem – einer meiner leiblichen Eltern weigerte sich, den Papierkram zu unterzeichnen, oder konnte nicht gefunden werden oder so. Jedenfalls war ich als Baby nicht adoptionsfähig. Und je älter die Kinder werden, desto schwieriger ist es, Adoptiveltern für sie zu finden. Ich hatte nie das Glück.«

»Das heißt, du bist eine Frau ohne Geschichte«, sagte er. Cady hatte ihn noch immer nicht angesehen, aber seine Stimme war sanft, freundlich. Zu freundlich.

»Ich habe eine Geschichte«, meinte sie abwehrend. »Ich kenne sie nur nicht.«

»Selbst Familien, die einander kennen, kennen manchmal ihre eigene Geschichte nicht wirklich«, sagte Jean-Paul taktvoll. »Wenn du die Wahrheit wissen willst, das Gerücht in meiner Familie besagt, dass Marc-Antoine, das einzige Kind von Yves und Joséphine und Erbe von Château Clément, tatsächlich nicht Yves' leibliches Kind war.«

»Du meinst, er war adoptiert?«

Er schüttelte den Kopf. »Marc-Antoine war dem Gerücht zufolge unehelich, das Kind von Joséphines außerehelicher Affäre.«

»Aber wenn Yves nicht Marc-Antoines leiblicher Vater war, dann hätte doch einer von Yves' Brüdern, oder einer ihrer Söhne, das Anwesen erben sollen, nicht Marc-Antoine, oder?«

»Genau. Der Großvater meines Großvaters, Thierry, war Yves' Bruder. Er hat darauf beharrt, Château Clément hätte an ihn und dann an seinen ältesten Sohn fallen sollen, dann an Gerald und schließlich an *dessen* Älteste, Louise, die meine Mutter ist – Gerald hatte nur Töchter. Mein Großvater Gerald lebt noch, und er beharrt noch immer darauf, dass Fabrice nie einen rechtmäßigen Anspruch auf das Château hatte.«

»Dann ist es aber ironisch, dass du es trotzdem erben wirst.«

»Ja, nicht wahr?« Er sah sie von der Seite an. »Generationen von bösem Blut in der Familie, und alles umsonst. Andererseits nehme ich an, dass mein Großvater und sein Vater in den letzten Jahrzehnten sehr gern über das Château geherrscht hätten. Auch wenn ich mir, angesichts der Weltkriege und der wirtschaftlichen Veränderungen, nicht sicher bin, ob sie mehr daraus gemacht hätten als Fabrice. Vermutlich hätten sie sich bei dem Versuch finanziell ruiniert. Alles in allem betrachtet, war es zum Besten so, wie es gekommen ist.«

»Und du hast immer versucht, dich aus dem Drama herauszuhalten?«

Er nickte und atmete einmal tief aus. »Es ist nicht leicht. Jedes Familientreffen, jeder Feiertag, jedes Ereignis … Vielleicht war es früher einmal schön, aber seit ich es kenne, war Château Clément immer ein heruntergekommener alter Kasten und eine Quelle des Streits. Wie sagt man auf Englisch? Ein ›Mühlstein‹ um den Hals der Familie?«

»Woher kannst du eigentlich so gut Englisch?«

»Ich war ein Jahr in England, in Cambridge. Und Englisch ist die Standardsprache für internationale Verträge. Ich musste es lernen und halbwegs fließend sprechen können.«

»Trotzdem, es ist beeindruckend.«

»Hey, dein Französisch klang auch sehr gut, als du den Kellner beim Mittagessen um das Seeteufel-Rezept gebeten hast.«

Sie lehnte sich auf ihrem Platz zurück und klopfte sich den Bauch. »Apropos Mittagessen, ich kann nicht glauben, dass du mich überredet hast, dieses Baiser zu essen. Auch wenn ich heute Nacht davon träumen werde.«

Sein Blick huschte zu ihr hinüber und verharrte auf ihr. »Vielleicht brauchst du eine *sieste*.«

»Ich dachte, das sei etwas Spanisches.«

»Annähernd genug. In gewisser Hinsicht hat diese Gegend mehr mit Spanien gemeinsam als mit dem Rest von Frankreich. Wir sind nur ein paar Stunden von der Grenze entfernt.«

»Ach, geh!«

»Wie bitte – was? Wohin denn?«

Sie lachte. »Ich glaube, ich habe eben einen Ausdruck gefunden, den du noch nicht kennst. Er bedeutet: ›Ich glaube dir nicht.‹ Wir sind nur ein paar Stunden von Spanien entfernt?«

»Vielleicht vier bis zur Grenze. Ungefähr viereinhalb bis Barcelona.«

»Europa verblüfft mich immer wieder. Man braucht sechs Stunden, um von Los Angeles nach San Francisco zu kommen – und das ist alles noch immer innerhalb eines einzigen Bundesstaats –, aber hier könnte man in weniger Zeit von Frankreich nach Barcelona fahren.«

»Vielleicht solltest du länger bleiben und auf Erkundungstour gehen.«

»Du hast recht. Das sollte ich vermutlich tun.«

Jean-Paul richtete sich etwas höher auf. »Sieht so aus, als ob du das tun wirst – offenbar haben wir vergessen, bei deiner Autovermietung vorbeizuschauen.«

Kapitel 37

1944
PARIS

Fabrice

»Das ist ja widerlich«, meinte Paulette, während sie eines von Fabrice' Flugblättern las, in dem er Berichte aus dem Vichy-kontrollierten Frankreich zusammenfasste, wo Marschall Philippe Pétain – Staatschef des Vichy-Frankreich – dem Sittenverfall die Schuld an Frankreichs Niederlage gab. Er forderte die Frauen auf, an die häusliche Front zurückzukehren und Kinder zu bekommen, und untersagte es ihnen offiziell, Hosen zu tragen. Frauen durften ohne die Zustimmung männlicher Verwandter keine Arbeit aufnehmen und kein Bankkonto eröffnen.

»Und jetzt haben sich die Italiener zurückgezogen, und die Deutschen treiben die Juden zusammen«, sagte Paulette. »Genau wie sie es hier getan haben.«

»Das habe ich auch gehört«, meinte Fabrice. »Darüber habe ich gestern Nacht geschrieben.«

Sie waren allein in der Druckerei. Es war himmlisch. Fabrice erledigte die ganze Arbeit, während sie seine Flugblätter las, aber das machte ihm nichts aus. Er würde alles tun, um sie hier bei sich zu behalten, immer.

Sie sollten ausschließlich ihre Decknamen verwenden und nichts Persönliches erwähnen, aber Fabrice sprach offen mit Paulette und erzählte ihr von seinem Leben, von den Erfahrungen seines Vaters in einem deutschen Krankenhaus, seiner Tischlerei. Er erwähnte sogar Château Clément.

»Château Clément?« Sie legte das Traktat hin, das sie las. »Du bist mit den Cléments von Château Clément verwandt?«

Er nickte, nicht sicher, ob das etwas Gutes oder Schlechtes war. Sein Vater hatte sich für seine aristokratischen Wurzeln geschämt, es vorgezogen, sich ein glückliches, aber bescheidenes Familienleben als Tischler aufzubauen, wie er es bezeichnete.

»Aber ich stamme aus einem Dorf namens Fontaine-de-Vaucluse«, rief Paulette. »Das ist nur ein paar Kilometer von Château Clément entfernt!«

»Ich war noch nie in der Provence.«

»Noch nie?«

Er schüttelte den Kopf. »Mein Vater hat keinen Kontakt zu seiner Familie.«

»Warum nicht?«

Es war seltsam, aber bis zu diesem Augenblick hatte sich Fabrice noch nie nach dem Grund gefragt, hatte sich nie nach den Details des Familiendramas erkundigt. Es war nicht so sehr ein Geheimnis als vielmehr schlichtes Wissen, etwas, womit er aufgewachsen war, wie der Geruch von frisch geschnittenem Holz. Die Kluft in der Familie Clément war ihm so natürlich und selbstverständlich erschienen wie das Sägemehl auf dem Fliesenboden der Werkstatt, das sich in den Ecken anhäufte, bis seine Mutter wütend wurde und es schließlich selbst zusammenfegte und das Sägemehl dem Mann mit den Kaninchen gab oder den Kühlhäusern, die damit das Eis in den glühend heißen Sommern gefroren hielten. Oder jetzt, während des Krieges, den Bäckern und Fleischern in der Nachbarschaft als Füllung für Brot und Würste.

»Willst du mir etwa sagen, du bist Erbe eines prächtigen Châteaus und hast bei all deinen Versuchen, mich zu verführen, das nie erwähnt?«, sagte sie, während ein neckendes Lächeln ihre Lippen umspielte.

Fabrice spürte, wie er errötete. Er hatte sich nie als Erbe gesehen, aber natürlich war er das; er war der älteste Sohn von Marc-Antoine, der selbst ein Einzelkind war. Für einen Moment sah Fabrice die Zukunft aufblitzen: Er und Paulette würden nach dem Krieg nach Château Clément zurückkehren, würden die Kluft in der Familie kitten, würden bewundert werden, und die Einladungen zu ihren schwelgerischen Dinnerpartys würden hochbegehrt sein.

Seine Tagträumerei ließ ihn noch heftiger erröten.

Paulette tat, als würde sie die Papierstapel glatt streichen, die aus der Druckerpresse kamen, um ihm einen Moment Zeit zu geben, seine Fassung wiederzugewinnen. Fabrice fragte sich, woher er das wusste, aber er wusste es. So war sie. Er kannte sie. Er liebte sie.

»Paulette«, sagte er und nahm ihre Hand, »ich bin alt genug, um zu fühlen, was ich fühle. Ich weiß, ich bin jünger als du, aber meine Mutter ist auch zwei Jahre älter als mein Vater. Das ist nichts Unerhörtes.«

Sie lachte atemlos auf und zog ihre Hand zurück, spielte mit der Druckerpresse. »Es ist nicht nur das, Fabrice.«

»Bitte, Paulette«, sagte er. Er spürte, dass er sein Anliegen vorbringen musste, dass er später vielleicht keine Chance mehr dafür bekommen würde. »Ich habe noch nie so gefühlt. Ich kann nicht denken, ich kann nicht essen, ich kann nichts tun, es sei denn, es ist für dich. Ich werde dich immer lieben, Paulette. Ich würde dich niemals verlassen. Ich würde dich niemals verletzen.«

Er beugte sich vor, zögerte einen Moment, und dann küsste er sie.

Sie erwiderte seinen Kuss. Es war alles, wovon er geträumt hatte, und noch mehr. Es war Sonnenschein und Gold, es war ein Shakespeare-Sonett. Es war ein Ende dieses Krieges, es war die Niederlage der Nazis. Es war Männlichkeit. Es war köstlich.

Kapitel 38

GEGENWART
CHÂTEAU CLÉMENT

Cady

Jean-Paul setzte Cady dort ab, wo sie ihren Citroën geparkt hatte, und sagte, er müsse noch bei seiner Mutter vorbeischauen und würde Cady später beim Château treffen. Sie fuhr einkaufen, und als sie auf dem Weg zurück nach Château Clément war, sah sie, dass sein Wagen genau hinter ihr fuhr. Als Jean-Paul vor dem Château neben Cady anhielt, war Fabrice mit Lucy draußen. Er runzelte die Stirn, als er die beiden zusammen sah.

»Warum hast du *den* denn mitgebracht?«, wollte Fabrice wissen. »Und wo hast du den ganzen Tag gesteckt? Meine Einladung, dass du hier wohnen kannst, ist widerrufen.«

Cady hoffte, dass sie ihn falsch verstanden hatte, aber das hier war leicht: *Mon invitation est révoquée.*

»Fabrice«, schaltete sich Jean-Paul ein. »Sei doch vernünftig. Cady …«

»Was mischst du dich da ein? Sie als Amerikanerin ist weitaus interessanter als du als Pariser. Wenigstens bringt sie Whiskey mit.«

»Ich habe Brot mitgebracht.« Jean-Paul hielt die Tüte von der *boulangerie* hoch.

»Na, immerhin etwas«, knurrte Fabrice.

Noch ein Wagen bog in die lange Kiesauffahrt ein.

»Wer ist das denn jetzt?«, fragte Fabrice.

»Ich denke, das dürfte Dr. Miller sein«, meinte Jean-Paul.

Ein bebrillter Mann in den Fünfzigern hielt an und stieg vom Fahrersitz. *»Salut, Fabrice! Ça va?«*

»Verschwinde«, sagte Fabrice. »Ich habe dich nicht gerufen.«

Der Arzt begrüßte Jean-Paul und Cady höflich, dann wandte er sich wieder an Fabrice.

»Annick Boyer, vom Lebensmittelgeschäft? Sie hat mir erzählt, dass du seit einer Weile auf der Nase liegst. Und Jean-Paul hat es auch erwähnt, ebenso wie seine Mutter. Du siehst, die Leute machen sich Sorgen um dich.«

»Es geht mir gut«, knurrte Fabrice.

Während Cady den alten Mann beobachtete und an das dachte, was Jean-Paul ihr von einer unerwiderten Liebe erzählt hatte, grübelte sie über seine griesgrämige Art nach. War es nur die Verdrießlichkeit, die manchmal mit dem Alter einherging? Oder steckte mehr dahinter? Im Moment schien Fabrice wirklich überwältigt, wie er von drei Leuten umringt dort stand. Vielleicht hatte er eine Sozialphobie, so etwas wurde in seiner Generation oft nicht diagnostiziert. Vielleicht war das der Grund, weshalb sie beide sich so gut verstanden.

»Na ja«, meinte Dr. Miller gut gelaunt. »Da ich den ganzen Weg hierhergekommen bin und du offensichtlich eine Krücke benutzt, wie wär's, wenn du dich von mir untersuchen lässt?«

»Bitte, Fabrice«, sagte Jean-Paul. »Lass dich von dem Arzt ansehen.«

»Na schön.« Fabrice humpelte zu einer Steinbank. Jean-Paul trat hinzu, um ihm zu helfen, aber Fabrice tat ihn mit einer Handbewegung ab. »Ich bin kein Invalide.«

Dr. Miller schien nicht gekränkt von Fabrice' Verhalten. Er kniete sich in den Kies und untersuchte seinen Knöchel und Unterschenkel. Nach ein paar Minuten stand er auf.

»Wir müssten dich röntgen, um ganz sicher zu sein, aber der Knöchel scheint nicht gebrochen zu sein, nur schlimm verstaucht. Das ist eine gute Neuigkeit. Aber bei einem Mann deines Alters wird er eine Weile brauchen, um zu heilen.«

»Ich komme schon zurecht.«

»Ich muss dir sagen, Fabrice, ich habe kein gutes Gefühl dabei, dass du hier draußen ganz allein bist. Das Risiko einer erneuten Verletzung oder eines erschwerenden Sturzes ist groß. Es gibt Rehazentren …«

»Spar dir deine Worte«, sagte Fabrice. »Ich bleibe hier.«

»Aber …«

»Ich bin nicht allein. Das kleine Mädchen ist hier. Sie kocht.«

Der Arzt sah Cady an.

Cady hob die Hand. »*C'est moi,* glaube ich.«

Fabrice hatte sie *petite fille* genannt, was »kleines Mädchen«, aber auch »Enkelin« bedeutete. Cady hatte nie einen mürrischen Großvater oder einen trotteligen Onkel gehabt. Jahrelang hatte sie von solchen Figuren gelesen und sie in Filmen gesehen. Jetzt hatte sie Fabrice, zumindest vorläufig.

»Ich werde mich gut um ihn kümmern«, versprach sie.

»Ich bleibe auch eine Weile hier. Er wird nicht allein sein«, wandte sich Jean-Paul an den Arzt, während er vortrat.

Cadys Nackenhaare sträubten sich wieder. Nach dem Tag, den sie beide zusammen verbracht hatten, sollte sie sich Jean-Paul näher fühlen, und das tat sie auch … nur dass sie die Vorstellung, das Château in ein Hotel zu verwandeln, noch immer hasste, egal, wie gut es gemacht würde oder wie sinnvoll es in wirtschaftlicher Hinsicht sein mochte. Château Clément war wie eine Schatztruhe voller Familiengeschichte; wie konnte er es auch nur in Betracht ziehen, das aufzugeben?

Dr. Miller ließ sie mit einfachen Anweisungen zurück: den Knöchel so oft wie möglich hochlegen und in kalte Wickel packen.

Während der kleine Wagen des braven Arztes die Auffahrt hinunter verschwand, wandte sich Jean-Paul an Fabrice. »Danke, dass du uns diesmal nicht mit der Schrotflinte begrüßt hast.«

Fabrice zuckte die Schultern und kraulte Lucy unter dem Kinn.

»Also«, sagte Cady, »darf ich jetzt wieder hierbleiben? Es ist natürlich deine Entscheidung, ich würde es nur gern wissen.«

Als Fabrice keine Antwort gab, hielt sie die schweren Einkaufstüten hoch und ergänzte: »Denn wenn ich jetzt gehe, dann wirst du die Wunder von amerikanischem Knoblauchbrot nie kennenlernen, was eine Erfahrung ist, die du dir nicht entgehen lassen solltest. Ich habe alle Zutaten hier und kann gleich loslegen. Ja oder nein?«

Er sah sie eine lange Minute an, dann stemmte er sich von der Bank hoch und humpelte ins Haus.

»*Comme tu veux*«, rief er über die Schulter.

»Ich fasse das als ein Ja auf«, meinte Cady, während sie und Jean-Paul ihm folgten.

»Und das, meine Herren, ist der Grund, warum Knoblauchbrot von meinem Volk so sehr geliebt wird«, erklärte Cady, während Fabrice und Jean-Paul sich zum dritten Mal von der herrlich aromatischen Komposition nachnahmen. Heute Abend war es besonders gut gelungen, vermutlich weil das Brot selbst so gut war. »Und ich dachte, die Franzosen seien die vollendeten Gourmets.«

»Ich habe keine Ahnung, wovon sie redet. Du, Fabrice?«, meinte Jean-Paul neckend.

»Keine Ahnung«, erwiderte Fabrice und steckte eine Kruste des gebutterten Brots Lucy zu. Sie versuchte, sich unter dem Tisch zu verstecken, war aber so groß, dass der Tisch, als sie aufstand, wackelte und kippte, sodass sie alle nach ihren Gläsern greifen mussten.

Dass Fabrice sich überhaupt zu einer Antwort herabließ, brachte Cady zum Lächeln. »Ihr zwei habt vermutlich auch noch nie richtig gute Käsemakkaroni gegessen, was?« Sie wusste das französische Wort dafür nicht, daher sagte sie es auf Englisch.

»Käsemak … *was*?«, fragte Fabrice.

»Das sind Nudeln mit Käsesauce. Im Ofen überbacken und mit Paniermehl oder, wenn man es richtig wild mag, mit Kartoffelchips bestreut. Es schmeckt unglaublich gut. Nicht ganz so gut wie Knoblauchbrot, das gebe ich zu, aber trotzdem sehr gut. Ich werde es für dich machen«, versprach sie, und dann fragte sie sich, ob sie lange genug hier sein würde, um all ihre Rezepte auszuprobieren. Sie fühlte sich schon jetzt … wie? Zu Hause? War das möglich?

Vielleicht hatte das Knoblauchbrot bei Fabrice Wunder bewirkt, vielleicht war er einfach nur müde, aber heute Abend schien er halbwegs guter Laune zu sein und die Unterhaltung zu genießen. Cady fragte sich, ob er entgegen seiner Behauptungen vielleicht doch einsam war. Wie könnte er es auch nicht sein, hier draußen in diesem riesigen Château, ganz allein bis auf Lucy? Andererseits war er vielleicht gar nicht so einsam, wie sie gedacht hatte, denn er hatte Leute wie den Arzt und den Jungen, der ihm seine Einkäufe brachte, und alle in der Stadt schienen ihn zu kennen.

»Fabrice«, sagte sie, »als du nach dem Krieg in Paris warst, in den späten Vierziger- und frühen Fünfzigerjahren, stimmt es, dass du da Albert Camus und James Baldwin gekannt hast?«

Die Männer holten prompt zu einer Diskussion über Schriftsteller und Künstler aus, von denen sie noch nie etwas gehört hatte, und warfen mit Begriffen wie »phänomenologisch – im Heideggerschen Sinn« und der »Theorie der reinen Oberfläche« um sich. Jetzt bedauerte sie ihren Mangel an universitärer Bildung mehr als je zuvor. Ja, sie las wie eine Besessene und war aufmerksam. Aber wie könnte das einen puren Mangel an Bildung ausgleichen? Wie lange würde es dauern, das alles aufzuholen?

Andererseits, musste man *wirklich* imstande sein, mit Begriffen wie »Heideggersch« um sich zu werfen?

Cady machte sich daran, den Wein zu öffnen, und füllte ihre Gläser mit einem kräftigen Schuss der rubinroten Flüssigkeit, wobei sie sich wie eine Serviererin in einem literarischen Salon im Quartier Latin fühlte.

»Auf die Macht des amerikanischen Knoblauchbrots, Leute zusammenzubringen«, sagte Jean-Paul und erhob sein Glas. *»Salut.«*

Sogar Fabrice stieß mit an.

Cady entschied, über ihren Schatten zu springen, zuzuhören und zu lernen. Sie zückte ihr Tagebuch und begann, sich Notizen zu machen, während Fabrice und Jean-Paul weiter über die Pariser literarische Szene nach dem Zweiten Weltkrieg redeten.

»Was schreibst du da auf?«, fragte Fabrice.

»Ich weiß nicht viel über diese Zeit. Ehrlich gesagt, weiß ich grundsätzlich nicht viel über Literatur. Ich mache mir Notizen zu Autoren, die ich gern nachschlagen würde.«

Fabrice nickte, als würde er ihr Tun gutheißen.

»Weißt du, Fabrice«, sagte Jean-Paul, »Cady wird bald abreisen müssen, vermutlich in den nächsten ein, zwei Tagen. Was hältst du davon, wenn ich für eine kleine Weile bei dir bleibe?«

Cady machte den Mund auf, um ihm zu widersprechen, aber dann schluckte sie ihre Worte hinunter. Sie fühlte sich schon jetzt so wohl hier und hatte sich vorgestellt, länger als »ein, zwei Tage« zu bleiben, aber wieder wurde sie daran erinnert, dass Fabrice nicht *ihr* Cousin war. Es ärgerte sie, dass Jean-Paul offenbar auf etwas drängte, was genau das Gegenteil von dem war, was Fabrice immer gewollt hatte, aber es war nicht das Château ihrer Familie oder ihr Heimatdorf oder ging sie überhaupt irgendetwas an. Jean-Paul war freundlich gewesen, aber er hätte diesen Unterschied nicht deutlicher hervorheben können.

Sie starrte ins Feuer, während sie geistesabwesend über Lucys espressobraunes Fell strich. Lucys Haare waren fast ausnahmslos drahtig, aber ihr Kopf und ihre Ohren waren wie purer Samt. Ihr Atem ging in gleichmäßigen Zügen, während sie schlief, in einem Rhythmus mit den Sekunden, den Augenblicken. Cady war einmal zu einem »Achtsamkeitskurs« geschickt worden und hatte gelernt, dass die Buddhisten zu einem bestimmten Zeitpunkt eine Glocke läuteten, zu dem jeder in dem innehalten sollte, was er gerade tat, und sich ausschließlich aufs Atmen konzentrieren sollte: ein und aus, ein und aus. Das Säuseln der Luft, die durch die eigene Kehle und in die Lungen drang, war eine Erinnerung daran, dass alles, was wir haben, das Hier und Jetzt ist, das, was direkt vor uns liegt. Keine Vergangenheit, keine Zukunft, nur dieser Moment.

Aber, erinnerte sich Cady, in diesem Kurs gedacht zu haben, während sie unbequem im Schneidersitz auf dem Boden saß, *was, wenn dieser Moment, genau diese Sekunde jetzt, nervt?*

»Cady«, unterbrach Jean-Paul sie in ihren Gedanken.

»Entschuldigung. Was denn?«

»Alles okay?«, fragte er.

»Natürlich. Klar.«

»Cady …«, sagte Fabrice, während er mit einem Blatt Papier in ihre ungefähre Richtung wedelte, »hol uns noch eine Flasche von diesem Bordeaux. Ich habe dir diese verdammte Karte gezeichnet, um die du mich gebeten hast.«

»Ich mache das.« Jean-Paul erhob sich.

»Nein, schon gut.« Cady nahm das Blatt Papier entgegen und schnappte sich die Taschenlampe vom Tresen. »Ich gehe gern. Es ist ein geheimnisvoller französischer Weinkeller. Kann gar nicht genug davon kriegen. Dort, wo ich herkomme, haben wir nichts dergleichen.«

Lucy hob ihren ambossgroßen Kopf.

»Vor allem wenn ich diesen treuen Hund als Gefährten und Beschützer dabeihabe. Komm, Lucy.«

Sie ließ die Männer allein, damit sie weiter über Paris zur Blütezeit der Bohème reden konnten. Jean-Paul hatte natürlich an der Sorbonne und in Cambridge studiert. Er war gebildet, belesen, vertraut mit großer Literatur und großen Ideen. Cady hingegen konnte sich nur mit Mühe durch Fabrice' Roman kämpfen, und selbst dann verstand sie das meiste nicht einmal. Gestern Abend war ihr mit Schrecken bewusst geworden, dass Fabrice jünger gewesen war als sie jetzt, als er ihn geschrieben hatte. Sie sehnte sich nach einem Exemplar von *Der König von Narnia.* Oder vielleicht einem *Harry Potter*. Irgendetwas, was sie schon früher, schon mehrmals gelesen hatte, nach einem Buch mit einer geradlinig erzählten Handlung. Fantasie war eine Sache, aber dieses »Neuer Roman«-Zeug war etwas völlig anderes.

Unten im Keller, in ihre Gedanken verloren und nur mit dem Strahl der Taschenlampe als Lichtquelle, bog sie in den falschen Raum ein und lief genau gegen einen Stapel Kartons.

Einer von ihnen war randvoll mit uralten Filmrollen. Belichteten, aber nicht entwickelten Filmrollen.

Kapitel 39

GEGENWART
CHÂTEAU CLÉMENT

Cady

»Ich dachte schon, ich muss vielleicht einen Suchtrupp losschicken.«

»Seht mal, was ich gefunden habe.« Sie stellte die Flasche Bordeaux auf den Tisch und den Karton mit Filmrollen daneben.

Fabrice sah sie von der Seite an. »Einen Karton mit Müll? Wo das herkommt, ist noch jede Menge mehr.«

»Das ist kein Müll, Fabrice«, sagte Cady, außerstande, ihre Aufregung im Zaum zu halten. »Das sind Fotos, die darauf warten, entwickelt zu werden – und sieh dir die handschriftlichen Notizen an! Ich glaube, die müssen deinem Großvater gehört haben.«

»Dabei fällt mir ein«, sagte Jean-Paul, »ich habe Yves Cléments Fotografien aus dem Haus meiner Mutter mitgebracht.« Er beugte sich vor und zog einen dicken braunen Umschlag aus seiner ledernen Kuriertasche. »Das hier sind Abzüge, die Originale liegen im Archiv. Weißt du noch, Fabrice? Ich habe vor ein paar Jahren versucht, sie dir zu zeigen …«

»Ça me fait chier ça«, sagte Fabrice. Cady war sich nicht sicher, was der Ausdruck bedeutete, aber sie verstand in etwa, was gemeint war: Er wollte sie nicht sehen.

»Aber sie wurden von deinem Großvater aufgenommen, auf genau diesem Anwesen«, drängte Cady ihn. »Ist es okay, wenn ich sie durchsehe?«

Er zuckte die Schultern.

Cady nahm die Fotos aus dem Umschlag und studierte sie. Wie Jean-Paul ihr gesagt hatte, zeigten die meisten davon Leute, die früher auf dem Anwesen, hauptsächlich auf den Feldern, gearbeitet hatten. Sie beflügelten Cadys Fantasie von den Geistern, die über das Gelände des Châteaus streiften, auch wenn es leider nicht viele Innenaufnahmen gab. Yves Clément war offenbar ein Naturliebhaber gewesen: Es gab Dutzende Fotos von Vögeln – Wachteln und Raufußhühnern –, Pferden, Ziegen und Jagdhunden.

»Und die hier zeigen Joséphine Clément.« Jean-Paul reichte ihr ein halbes Dutzend Fotografien einer entzückenden jungen Frau mit einem zarten Gesicht, das dunkle Haar zu einem riesigen Gebilde im Gibson-Girl-Stil hochfrisiert. Ein auffälliges Muttermal an ihrem Hals war fast wie ein Herz geformt. »Sie war sehr jung, als sie Yves geheiratet hat, erst achtzehn, und er war fast vierzig. Aber nach allem, was man hört, waren sie glücklich miteinander.«

»Am Anfang«, knurrte Fabrice.

»Was ist später passiert?«, fragte Cady. Kaum hatte sie es gesagt, erinnerte sie sich an das Gerücht, dass Joséphine untreu gewesen sei.

Die Männer tauschten einen raschen Blick, aber keiner der beiden sagte etwas.

»Woher hast du diese Fotos überhaupt?«, fragte Fabrice.

»Meine Mutter hatte sie.«

»Gestohlen, wohl eher.«

Jean-Pauls Kiefer spannte sich an. »Nach Yves' Tod, als Marc-Antoine in Paris blieb, statt zurückzukehren, um Anspruch auf das Château zu erheben, wurde es dem Verfall überlassen. Ein paar Familienangehörige kamen und haben ein paar Sachen mitgenommen, ja. Hauptsächlich Erinnerungsstücke.«

Fabrice starrte ins Feuer.

»Ich habe es dir schon mal gesagt, Fabrice. Ich werde mich gern darum kümmern, dass einige der Gegenstände zurückgebracht werden, wenn du es wünschst, oder zumindest ein paar Besuche arrangieren, damit du sie sehen kannst.« Jean-Paul schien seine Worte vorsichtig zu wählen. »Aber wenn keine Familienangehörigen gekommen wären, wäre alles verloren gegangen. Du weißt selbst, dass das Château im – und nach dem – Krieg gründlich geplündert wurde.«

»Zu der Zeit bin ich hierhergekommen. Ich weiß genau, in welchem Zustand es war. Was mir nicht klar ist, ist das Ausmaß, in dem sich meine sogenannte Familie an der Zerstörung beteiligt hat.«

»Wie dem auch sei«, sagte Cady nach einer langen, unangenehmen Pause, »diese Fotografien sind doch toll, oder? Nicht nur wegen des Themas – Yves war ein begabter Fotograf. Seht euch an, wie er die Schatten einsetzt. Sie sind so … beschwörerisch.«

»Das fand ich auch immer«, pflichtete Jean-Paul ihr bei, während er den hohen Stapel rasch durchging. »Und die hier dürften dich ganz besonders interessieren – sie zeigen das Karussell.«

Cady nahm die Fotos ehrfürchtig entgegen und begann, sie durchzusehen. Die meisten zeigten den Bau des Karussells, Männer, die die verschiedenen Teile des Mechanismus zusammensetzten. Karussells wurden damals von einer Dampfmaschine angetrieben, und Bayol war berühmt dafür, dass er bei einigen seiner Tiere Blasebälge verwendete, um Geräusche zu erzeugen. Leider gab es nur wenige Nahaufnahmen, und die Gesichter der Arbeiter waren schwer zu erkennen: Die Aufnahmen zeigten hauptsächlich Gruppen von Leuten, die sich mit ihren Aufgaben abmühten. Die Fotografien, die Cady am meisten interessierten, waren die von Arbeitern, die den Farbanstrich nachbesserten und einen Schutzlack auftrugen, da auf diesen die fantasievollen Tierfiguren zu sehen waren: Pferde, Hühner, Katzen, Hunde, Schweine und Kaninchen – außerdem eine schaukelnde Kutsche und eine Drehschüssel.

Die Fotografien waren alle in Schwarz-Weiß, sodass die typischen grellen, skurrilen Farben nicht zu erkennen waren. Aber die Bilder vermittelten dennoch einen Eindruck von dem Karussell.

»Soweit ich weiß«, sagte Jean-Paul, »wurde das Karussell nicht allein geliefert, sondern mit einer Art dekorativem Salon, der es beherbergt hat. Aber es war nicht solide genug, um den Elementen zu trotzen – vor allem nicht unseren provenzalischen Winden –, daher wurde es in Teile zerlegt hierhergebracht und in einem Nebengebäude zusammengebaut. Richtig, Fabrice?«

Fabrice knurrte und nahm einen Schluck, dann nickte er.

»Und es ist immer noch da?«, fragte Cady.

»Was davon übrig ist«, meinte Fabrice.

»Wie ich bereits sagte, ich habe eine Karussellfigur eines Kaninchens, das vielleicht zu dem Set gehört hat. Ein Foto, das in der Figur versteckt war, trägt den Stempel von Château Clément. Außerdem«, ergänzte Cady, die ihre Aufregung kaum noch im Zaum halten konnte, während sie zu der Fotografie einer Frau vorblätterte, die an der Seite der Männer arbeitete, »glaube ich, dass ich ein Foto von *dieser* Frau habe. Ich bin gleich wieder da.«

Cady stürmte die Treppe hoch, den großen Flur entlang, durch den büchergesäumten Raum, die Treppe zu dem roten Flur hoch und in ihr Zimmer, um das Kästchen zu holen, das in Gus' Bauch versteckt gewesen war, zusammen mit ihren Fotos von Gus und der Liebesbotschaft, die sie als Lesezeichen verwendet hatte. Dann rannte sie wieder zurück.

Fabrice blickte ihr belustigt und verärgert zugleich entgegen. »Was ist denn in dich gefahren?«

»Sieh dir das an«, keuchte Cady. Sie stellte das Kästchen vor Fabrice hin.

»Na los, mach es auf.«

Fabrice hob den Deckel an und äugte hinein. Er nahm als Erstes die Fotografie heraus, starrte sie lange an und stieß ein »Ha!« aus. Dann strich er über den Haarzopf und las die kleine Liebesbotschaft. Er legte alles wieder zurück und schloss den Deckel.

»Wo hast du das gefunden?«

»Es war im Bauch meines Kaninchens versteckt.« Während sie sprach, schob sie ihm ein paar ihrer Abzüge im Acht-mal-zehn-Zoll-Format hin. »Das ist Gus.«

Fabrice holte erschreckt Luft und richtete sich ein klein wenig auf. Wie gebannt starrte er auf die Fotos. Sie reichte ihm noch ein paar mehr.

Er nickte. »Siehst du diese *muguet*-Blumen hier? An die kann ich mich erinnern.«

Cady hatte das Wort *muguet* nachgeschlagen, nachdem Madame Martin es in Paris verwendet hatte. Es bedeutete »Maiglöckchen«. Kleine weiße Glockenblumen an einem schmalen Stängel.

»Dann hat es also den Weg nach Amerika geschafft«, sagte Fabrice. Seine Stimme war von einer Art Staunen erfüllt.

»Du kennst es?«

»Dieses Kaninchen war früher hier.«

»Mit dem Karussell?«

»Um genau zu sein, war es hier im Haus, drinnen.«

»Weißt du, wer es geschnitzt hat?«

»Wer immer das Karussell geschnitzt hat, nehme ich an.«

»Und du hast es hier gesehen, auf dem Château?«

Er nickte. »Nach dem Krieg sind mein Vater und ich hierher zurückgekommen, um eine Weile zu bleiben. Es gab noch immer ein paar schwere Möbel und so, Zeug, das nicht geplündert worden war. Irgendein Typ kam und hat uns einen Haufen davon abgekauft, hat gesagt, er wüsste einen Markt für europäische Antiquitäten. Wir brauchten das Geld.«

»Das ist erstaunlich«, sagte Cady. »Ich habe dieses Kaninchen schon seit vielen Jahren. Ich habe es immer geliebt und mich gefragt, woher es kommt. Es tut mir leid, dass es in keinem guten Zustand ist – ich wollte es restaurieren, aber ich war mir nicht sicher, wie sich das auf seinen Wert auswirken würde.«

»Du weißt, wie man so etwas restauriert?«

»Ich bin keine Expertin, aber ja, ich habe früher in einem Antiquitätenladen gearbeitet, und ich habe so einiges restauriert.«

»Hm.«

Fabrice starrte ins Feuer, verfiel wieder in seine unkommunikative Stimmung. Trotzdem, seit sie ihn kennengelernt hatte, hatte er noch sie so viel Interesse an irgendetwas gezeigt.

»Meinst du, ich könnte das Karussell seh…«, begann sie.

»Das reicht jetzt«, unterbrach Fabrice sie. »Wo ist dieser Whiskey?«

Cady stand auf, um die Flasche aus dem Schrank über dem Kühlschrank zu holen.

»Fabrice«, sagte Jean-Paul, »was hältst du davon, wenn ich für eine Weile hier einziehe, nur bis es dir besser geht?«

»Ich habe mehr als genug Hilfe mit dem Mädchen hier.« Er zeigte in Cadys Richtung.

Jean-Paul warf einen Blick auf Cady. »Cady hat anderes zu tun. Sie ist Fotografin, mit einem Auftrag. Sie wird bald wieder unterwegs sein. Ich bin Familie.«

»Sie kann hier fotografieren, so viel sie will. Und überhaupt, sie ist Amerikanerin. Amerikaner sind mir lieber als Familie. Was hat die Familie je für mich getan?«

»Sie hat dir dieses Château überlassen, erstens einmal«, antwortete Jean-Paul. »Und wir wären gern Teil deines Lebens gewesen, wenn du uns gelassen hättest.«

»Dieses Château, das du über alles liebst? Du kannst mich nicht zum Narren halten, Jean-Paul. Du willst es nur auseinandernehmen, in Einzelteilen verkaufen und zurück in dein ach so schickes Paris verschwinden.«

»Ich will es *retten*. Das ist ein Unterschied. Wenn du mir

einfach nur erlauben würdest, mit ein paar Leuten herzukommen, um es zu begutachten …«

Fabrice winkte mit einer wütenden Handbewegung ab.

Cady gab sich alle Mühe, so zu tun, als würde sie nicht zuhören, während sie den Tisch abräumte und die Küche sauber machte. Ein Teil von ihr freute sich über Fabrice' Worte, die Vorstellung, dass sie bevorzugt wurde. Aber ein anderer Teil von ihr verstand diese Familiendynamik absolut nicht, und das fühlte sich unangenehm an, nachdem Jean-Paul sich solche Umstände gemacht hatte, um ihr Avignon zu zeigen. Sie war hin- und hergerissen, was das Schicksal des Châteaus betraf. Genau wie Fabrice wollte sie sehen, dass es in privaten Händen blieb, dass es gehegt und gepflegt wurde. Aber sie verstand auch Jean-Pauls Standpunkt. Ein Gebäude wie dieses war für eine andere Zeit, eine andere Lebensweise bestimmt gewesen. Wer hatte denn schon die Mittel für die Renovierung, die nötig war, um einen solchen Wohnsitz zu erhalten?

Sie erinnerte sich an eine Fantasie, die sie vor sehr, sehr langer Zeit einmal gehegt hatte. Dass sie in einem riesigen alten Haus lebte und die Zimmer mit ungewollten Kindern füllte. Es war ein netter Traum gewesen, aber als Erwachsene hatte sie begriffen, dass es nicht wirklich ein Rezept war, um den Lebensunterhalt zu bestreiten.

»Du solltest gehen, Jean-Paul«, sagte Fabrice etwas lauter. »Geh und sag deinem Großvater, dass du dieses Haus buchstäblich nur über meine Leiche bekommen wirst.«

»Fabrice, bitte …«

»Geh!«

»Ich bitte um Entschuldigung. Offenbar habe ich einen Abend ruiniert, der, davon abgesehen, sehr schön war.« Jean-

Paul erhob sich, und ein Muskel in seinem Kiefer zuckte. »Cady, vielen Dank für das köstliche Essen. Du kannst diese Fotos erst mal behalten, wenn du willst. Fabrice, hat mich gefreut, mit dir über deine Pariser Zeiten zu sprechen. Ich freue mich darauf, bald mehr darüber zu hören.«

Er streckte die Hand aus. Fabrice sah sie an, seufzte und schüttelte Jean-Paul dann die Hand, als würde es ihm Schmerzen bereiten.

»Cady«, sagte er mit einem Nicken in ihre Richtung. Keine Küsse diesmal.

Sie folgte ihm zur Tür hinaus in den Flur.

»Jean-Paul«, rief sie.

Er zögerte einen Moment, bevor er sich umwandte.

»Es tut mir leid. Du weißt doch, wie kauzig er ist.«

»Und ob ich das weiß. Ich kenne ihn schon mein ganzes Leben, Cady, wie auch meine Mutter und ihr Vater vor ihr.«

»Ich wollte nicht … Ich wollte mich nicht irgendwo einmischen, wo ich nicht willkommen bin.«

»Du bist *ihm* offensichtlich willkommener als ich oder irgendjemand sonst aus der Familie.«

»Na ja … danke für heute«, sagte Cady und trat auf ihn zu. »Die Tour durch Avignon hat mir wirklich Spaß gemacht.«

»Danke fürs Abendessen. Und dafür, dass du mir die Augen für die Wunder von Knoblauchbrot geöffnet hast.«

Sie verharrten einen Moment in dem schmalen Korridor, neben der kalkblauen Holztür, umhüllt von dem Geruch von altem Stein und der feuchten, moderigen Luft. Es hätte eine andere Zeit, ein anderer Ort sein können, zwei Hausangestellte, die am Dienstboteneingang beisammenstanden und versuchten, aus den Launen ihres jähzornigen Herrn schlau zu werden.

Jean-Pauls Zunge spielte einen Moment mit der Innenseite seiner Wange, während er Cadys Gesicht studierte. Er hob ganz langsam eine Hand, nahm eine Locke ihres Haars und liebkoste sie zwischen Daumen und Zeigefinger.

»Seide«, sagte er, fast zu sich selbst. »Ich habe mich immer gefragt, wie sich das anfühlt.«

»Das ist das französische Shampoo«, sagte Cady. Sie wand sich innerlich angesichts ihrer dümmlichen Worte. »Nehme ich an.«

Jean-Paul kicherte leise und ließ die Hand sinken. »Wie auch immer, viel Glück mit ihm. Du hast meine Nummer, falls einer von euch irgendetwas braucht. Ich melde mich.«

Er schlug den Kragen hoch und schlüpfte hinaus in den peitschenden, eisigen Wind.

Cady schloss hinter ihm die Tür und ging zurück in die Küche, wo Fabrice noch immer am Kamin saß und grübelnd in die schwächer werdenden Flammen starrte.

Sie setzte sich auf den Stuhl, den Jean-Paul eben geräumt hatte.

Zehn Minuten Stille verstrichen, unterbrochen nur von Lucys leisem Schnarchen und dem Knistern des Feuers, dem Wind und dem Regen, der gegen die Fensterscheiben schlug. Jede Sekunde wurde vom Ticken der Uhr ohne Zeiger heruntergezählt.

Schließlich sagte Cady: »Ich würde alles für eine Familie geben. Selbst eine, über die ich mich ärgere.«

Fabrice' meerschaumgrüne Augen, trübe vom Alter, richteten sich auf sie. Trotz ihrer Jahre schienen sie über die Oberfläche hinaussehen zu können. Wieder fühlte sich

Cady an die Art erinnert, wie Maxine sie angesehen hatte: als ob sie es *wüsste*.

»Du bist allein?«, fragte Fabrice.

Cady betrachtete ihre eigene Situation im Allgemeinen nicht mit solch schroffen Worten. Aber ja, sie ging allein durch diese Welt.

Sie nickte und starrte ins Feuer, riss die Augen weit auf, um gegen die Tränen anzukämpfen, die sich darin sammelten. Sie fühlte sich so verletzlich wie das kleine Mädchen, das auf dem Tilden-Park-Karussell immer und immer wieder im Kreis gefahren war und sich nach Eltern gesehnt hatte, davon geträumt hatte dazuzugehören.

»Na ja, Cady, dann verrate ich dir ein Geheimnis«, sagte Fabrice mit einer Stimme, die so traurig klang wie die ächzenden Winde, die an den Fensterscheiben rüttelten. »Letzlich sind wir alle allein. Jeder Einzelne von uns.«

Kapitel 40

1900
CHÂTEAU CLÉMENT

Maëlle

Maëlle schlüpft durch eine Seitentür ins Haus und geht zu ihrem Zimmer. Obwohl es viele Tage her ist, seit sie hier angekommen sind, fühlt sie sich noch immer wie ein Eindringling in den Räumlichkeiten des prächtigen Châteaus. Sie eilt, so leise sie kann, durch die Flure, in der Hoffnung, unbemerkt zu bleiben.

»Maëlle«, hört sie Madame Cléments Stimme.

»*Oui*, Madame«, sagt sie und wendet sich zu ihr um. »Kann ich etwas für Sie tun?«

»Rate mal, was ich hier habe? *Chouchenn!*«, sagt sie und hält eine Flasche bretonischen Met hoch.

»Pardon?«

»Komm, trink einen Schluck mit mir.«

»Madame, ich …«

»Bitte nenn mich Joséphine«, lacht sie. »Ich denke, ich kann nicht mehr als ein, zwei Jahre älter sein als du. Und wir sind hier die einzigen Bretonen, oder nicht?«

Maëlle ist um Worte verlegen. Ihr Vater hat ihr, genau wie es Léon tut, immer gepredigt, dass kein Mensch besser ist als ein anderer, egal, wie wohlhabend oder einflussreich er ist. *Wir sind alle ebenbürtig erschaffen*, zitierte er gern Wahlsprüche aus der Französischen Revolution. Maëlle hatte das Argument zu ihren Gunsten gedreht, war ihrem Vater mit derselben Logik begegnet, als sie darauf bestand, schnitzen zu dürfen: Wenn kein Mensch besser ist als ein anderer, warum kann eine Frau dann nicht die gleichen Ziele haben wie ein Mann?

Aber jetzt, als sie vor Madame Cléments – *Joséphines* – modischem, spitzenverziertem Kleid, ihren Perlohrringen und ihrem hübsch frisierten Haar steht, fühlt sich Maëlle unsicher. Geringer. Naiv in der Welt.

Joséphines Auftreten ist entspannt und freundlich. Aber Maëlle fällt es trotzdem schwer, ihr in die Augen zu sehen, zu plaudern, als wäre sie mit einer Freundin zusammen. Ist es typisch für die Dame des Hauses, eine Handwerkerin zu bitten, ihr bei einem Drink Gesellschaft zu leisten?

»I-Ihr Mann ist nicht hier?«, stammelt Maëlle.

»Er geht sehr früh zu Bett und steht vor Sonnenaufgang auf. Wir haben einen entgegengesetzten Tagesrhythmus, ich bin leider eine Nachteule. Nach unserer Hochzeit habe ich versucht, zur selben Zeit aufzuwachen wie er, aber dann habe ich die Nachmittage verschlafen! Daher genieße ich es jetzt, an den Abenden mit meinen Gedanken allein zu sein, während er früh aufwacht, um in seiner Dunkelkammer zu arbeiten.«

»Es tut mir leid, ich komme mir sehr unwissend vor, aber was ist eine ›Dunkelkammer‹?«

»Du bist ganz und gar nicht unwissend. Das hat mit der Kunst der Fotografie zu tun. Der Film muss im Dunkeln entwickelt werden, und dann werden spezielle chemische Bäder verwendet, um die Bilder sichtbar zu machen. Es ist ein sehr kompliziertes Verfahren.«

»Oh«, sagt Maëlle. Sie weiß nicht, was sie sonst sagen soll.

Sie stehen noch immer verlegen in dem breiten getäfelten Flur, der zu dem Raum mit den Büchern und weiter zu der Treppe zu Maëlles Zimmer führt. Sie sehnt sich nach dem weißen, weichen Leinen dieses Betts nach einem sehr langen und anstrengenden Arbeitstag.

Andererseits verbringt sie ihre Tage ausschließlich in der Gesellschaft von Männern, und die Aussicht auf ein Gespräch unter Frauen ist verlockend. Und überhaupt gehen ihr Monsieur Bayols Worte wieder durch den Kopf: Sie muss sicherstellen, dass ihre Auftraggeber glücklich sind. Wer ist Maëlle Tanguy, einen Drink mit einer Dame wie Joséphine Clément abzulehnen?

»Nun, willst du mir nicht Gesellschaft leisten?«, fragt Joséphine noch einmal. »Sicher, es mag dir … forsch erscheinen, vielleicht, oder seltsam. Aber ich bin hier jeden Tag von Männern umgeben – genau wie du! In Quimper hatte ich viele Freundinnen, aber hier nicht. Und ich würde sehr gern mehr über deine Arbeit erfahren und wie du schnitzen gelernt hast. Du faszinierst mich: eine Frau und Künstlerin!«

»Danke«, sagt Maëlle errötend. »Ja, natürlich, ich würde mich geehrt fühlen, Ihnen bei einem Drink Gesellschaft zu leisten.«

»Wundervoll! Dann folge mir.« Joséphine geht voran, den Korridor hinunter zu einem kleinen Salon, in dem schwere Holzmöbel von einem fröhlichen Feuer erhellt werden. Sie setzen sich an einen kleinen Tisch nahe dem Kamin, und Joséphine schenkt etwas von dem Met in zwei Aperitifgläser von einem Set, das auf einem Regal in der Nähe steht.

»*Yec'hed mat!*«, erhebt sie ihr Glas mit einem traditionellen bretonischen Trinkspruch.

Eine Stunde, dann zwei verstreichen, während sie an ihrem *chouchenn* nippen und in Erinnerungen an ihre Heimat schwelgen: Sie reden von den steifen weißen Spitzenhäubchen, *coiffes* genannt, die die Frauen in der Bretagne traditionellerweise tragen, und den gestreiften Hemden, *marinières* genannt, der Matrosen und Fischer – mit den Streifen sind sie in den Wellen leichter zu sehen, falls sie über Bord gehen. Sie reden von den Fischerbooten, die morgens aufs Meer hinausfahren, der Schroffheit der felsigen Küstenlinie. Dem hellroten Sand und Gestein an der rosa Granitküste.

»Das heißt, Sie vermissen das alles?«, fragt Maëlle. »Obwohl Sie hier leben, in einem solch prächtigen Zuhause?«

Joséphine lässt den Blick durchs Zimmer schweifen, betrachtet die kostbare Täfelung und die langen Brokatvorhänge, die eleganten Holzmöbel. »Ich kann mich sehr glücklich schätzen, ich weiß. Und Yves ist sehr gut zu mir. Auch wenn … es stimmt, dass es heutzutage schwerer ist als früher. Die Ländereien sind nicht mehr so ertragreich, wie sie es einmal waren …«

Maëlle denkt über das nach, was Léon gesagt hat, über die Anzeichen des Verfalls.

Joséphine tut es mit einer Handbewegung ab. »Aber egal. Wir können uns immer noch glücklich schätzen, oder? Und die Provence ist wunderschön. Die Vegetation ist karg, aber ich habe mich daran gewöhnt. Und die Winde bringen die erstaunlichsten Gerüche mit sich, ist dir das aufgefallen?«

»O ja! Es fällt mir jeden Morgen auf, wenn ich mein Fenster öffne. Kräuter und Lavendel.«

Joséphine nickt. »Und ich vermisse es nicht, die *coiffe Bretagne* zu tragen. Meine Mutter war sehr traditionell und hat darauf bestanden, dass ich sie aufsetze. Ich habe gehört, dass heutzutage immer weniger Frauen sie tragen.«

Maëlle lächelt. Ihre Mutter machte auch immer ein Aufhebens darum, aber Maëlle hörte nicht auf sie. Sie zog es vor, einen Hut im Pariser Stil oder gar keine Kopfbedeckung zu tragen. Nicht dass sie eine große Auswahl hatte.

»Aber ich vermisse meine Familie und meine Freundinnen«, fährt Joséphine fort. »Jeden Abend schreibe ich stundenlang Briefe und erwarte voll gespannter Vorfreude ihre Antworten. Trotzdem, es ist nicht dasselbe, wie mit Freundinnen beisammenzusitzen und zu reden.«

»Nein, natürlich nicht.«

»Es gibt hier eine ...« Wieder sieht sie sich in ihrem eleganten Salon um, als würde sie alles in sich aufnehmen. »Es gibt hier eine ›Einsamkeit des Herzens‹. Ich vermisse es, eine Frau zu haben, mit der ich reden kann, eine Freundin, die mich versteht.«

Maëlle nickt, entzückt von der Vorstellung, dass eine solch feine Dame wie Joséphine Clément *sie* als verwandte Seele ansehen könnte.

»Außerdem«, fährt Joséphine fort, »vermisse ich unsere wilde bretonische Küste. Das Mittelmeer ist ruhig und warm, sehr friedlich, wie eine riesige Badewanne. Aber das ist nicht dasselbe. Ich mochte immer das Krachen der Wellen gegen die Felsen. Meine Mutter hat mir gesagt, es sei nicht anständig, so heftig auf eine solche Leidenschaft zu reagieren.«

»Meine hat dasselbe gesagt!«, wirft Maëlle ein, verwundert und erfreut zugleich, so viel mit einer Frau gemeinsam zu haben, die ein Château besitzt.

»Nun, erzähl mir, wie du dazu gekommen bist, bei Monsieur Bayol zu schnitzen«, sagt Joséphine. »Seit er uns in seinem Schreiben von dir erzählt hat, ist meine Neugier geweckt. Eine Frau, die schnitzt!«

Maëlle spürt, wie sie sich Joséphine öffnet. Sie schildert, wie sie das Schnitzen von ihrem Vater gelernt hat und wie sie und Erwann in ihrem bescheidenen Zuhause in Concarneau lange Gespräche geführt haben. Sie erzählt ihr, wie Erwann sie ermuntert hat fortzugehen, und wie traurig und allein – und doch aufgeregt – sie sich fühlte, als sie zusah, wie er immer kleiner wurde, während der Zug aus dem Bahnhof zuckelte. Maëlle erzählt, wie sie sich auf den Straßen von Angers verlief, als sie Bayols Fabrik suchte, und wie sie von allen ausgelacht wurde, als sie ihre Absicht kundtat, ein Lehrling zu werden. Sie erzählt von ihrer kleinen warmen Kammer neben Madame Bayols Küche – und wie viel hübscher ihre Unterkunft hier auf Château Clément ist.

»In diesem Schlafzimmer fühle ich mich wie … *Marie-Antoinette*!«, sagt Maëlle kichernd. Zum ersten Mal, seit Léon sie links liegen gelassen hat, denkt Maëlle nicht an ihn, sondern nur an ihre Kunst und ihre neue Freundin.

Joséphine hat ein perlendes Lachen, das wie Kirchenglocken klingt, und schenkt ihnen noch mehr Met in ihre winzigen Gläser. Der Raum wird vom Feuer erwärmt, und die

Stimmung der beiden ist beschwingt von der Gesellschaft, ihrer Unterhaltung und dem *chouchenn*.

Zwei Frauen. Neue Freundinnen, die sich die Einsamkeit des Herzens vertreiben.

Kapitel 41

GEGENWART
CHÂTEAU CLÉMENT

Cady

Als Cady am nächsten Morgen in die Küche kam, sah sie einen hohen Stapel mit Büchern auf dem Tresen.

»Was ist das denn alles?«, fragte Cady, während sie eines in die Hand nahm. Die Seiten waren vergilbt und fleckig vom Alter, der Einband war aus grünem Leinen. Darin stand eine Widmung: *Für meinen Freund und Kollegen, Fabrice Clément. Simone de Beauvoir.*

»Simone de Beauvoir?«, fragte Cady. »*Die* Simone de Beauvoir?«

»Du hast doch gesagt, du wolltest mehr lesen«, antwortete Fabrice. »Die hier sind von einigen der Leute, über die wir gestern Abend geredet haben.«

»Sie sind unglaublich. Aber … sie sind auf Französisch.«

»Du kannst doch Französisch.«

»Nicht perfekt.«

Er machte eine wegwerfende Handbewegung. »Gut genug. Gib dir ein bisschen Mühe. Man sollte Bücher immer in ihrer Originalsprache lesen, wenn man es irgendwie kann.«

Wieder fragte sie sich, ob in der englischen Fassung von *Le Château* ein paar entscheidende Punkte vielleicht übersehen – oder falsch übersetzt – worden waren. Als sie das erste Mal versucht hatte, mit Fabrice über das Buch zu diskutieren, hatte er ihr damit gedroht, sie hinauszuwerfen; beim zweiten Mal war er dem Thema ausgewichen. Sie fragte sich, ob er jetzt aufgeschlossener sein würde. Vielleicht heute Abend, nachdem er seinen Aperitif genossen hatte.

»Weißt du«, sagte Cady, während sie die dicken Bände betrachtete, »diese Bücher könnten richtig viel wert sein, Fabrice. Viele davon sind signierte Erstausgaben.«

»Was kümmert mich das jetzt noch? Ich nehme an, Jean-Paul wird sie alle früh genug verkaufen, wenn er das Haus verkauft.«

»Und was hältst du davon?«

Eine lange Pause trat ein, während die Espressomaschine zischte und spuckte. Als Fabrice Cady schließlich eine winzige Tasse Kaffee hinstellte und ihr antwortete, war sein Ton gedämpft. »Es ist egal.«

»Wirklich?«

»Dieser Ort hat mich besiegt, und er würde auch ihn besiegen«, sagte er zunehmend erregt. »Vielleicht ist er wenigstens schlau genug, ihm sofort zu entkommen und sich in Paris ein Leben aufzubauen.«

Sie entschied, das Thema zu wechseln. »Was ich dich fragen wollte: Hättest du etwas dagegen, wenn ich die Filmrollen entwickle, die ich gefunden habe? Sie sind belichtet worden, aber nicht entwickelt.«

Er sah sie verständnislos an.

»Mit anderen Worten«, nahm sie einen neuen Anlauf, »da könnten Fotos sein, die noch zu retten sind.«

»Nach all der Zeit?«

»Vielleicht, vielleicht auch nicht. Alte Filme sind widerstandsfähig. Man hat in einem Eisblock ein paar Filme von Shackletons Expedition in die Antarktis gefunden und sie hundert Jahre später entwickelt.«

»Mach, was du willst. Was kümmert es mich?« Er wandte sich wieder seiner Zeitung zu.

»Bist du denn gar nicht neugierig? Das könnten Fotos von deiner Familie sein.«

»Manche Dinge lässt man besser ruhen.« Er machte eine wegwerfende Geste. »Nimm sie mit, wenn du willst, aber ich will sie nicht sehen.«

»Dann hast du also nichts dagegen, wenn ich sie entwickeln lasse?«

Er zuckte die Schultern. »Von mir aus kannst du sie auch verbrennen, ist mir egal.«

Die Frage war, ob und wie sie sie entwickeln lassen sollte. Was würde Cady nicht dafür geben, jetzt Zugang zu ihrer alten Dunkelkammer zu haben. Frankreich war altmodischer als die Vereinigten Staaten, und Avignon war eine ziemlich große Stadt, das hieß, vielleicht gab es dort noch einen Filmentwicklungsssservice. Aber konnte sie einen solch kostbaren Film einem kommerziellen Labor überhaupt anvertrauen? Sie wollte es am liebsten selbst tun. Allein schon der Gedanke an die chemischen Gerüche erfüllte sie mit Wehmut nach den langen Nachmittagen, die sie im Dunkeln verbracht hatte. Sie hatte Hörbücher gehört, während sie die Bogen Fotopapier einen nach dem anderen in ihre chemischen Bäder tauchte und zusah, wie ein Bild erschien, wo vorher nichts gewesen war.

Diese einsamen Nachmittage waren Balsam für ihre

Seele gewesen: erst als Jugendliche, als sie noch lernte, und später als Erwachsene, als die Fotografie ihr Lebensunterhalt wurde.

»Wann gehst du einkaufen?«, fragte Fabrice.

»Es wird dich vielleicht überraschen, Fabrice, aber der halbe Tag muss nicht mit Einkaufen zugebracht werden. Man kann genug für mehrere Tage einkaufen und nicht jeden Tag zum Laden fahren.«

Er sah sie an.

Sie lächelte. »Aber ich hatte vor, heute Vormittag zu fahren.«

»Ich will Fisch zum Abendessen«, erklärte er und reichte ihr eine Liste.

»Dann also Fisch. Oh, hey, rate mal, wem ich gestern in der Stadt über den Weg gelaufen bin.«

»Ich gebe auf.«

»Johnny.«

»Johnny Clément?«

»Er ist ein Clément? Der Junge, der hier war und mit Steinen geworfen hat?«

»Die Stadt ist voller Cléments.«

»Das wird mir allmählich klar. Jedenfalls, er kommt nach der Schule zum Arbeiten vorbei.«

»Arbeiten wo?«

»Hier. Er wird das Chaos beseitigen, das er angerichtet hat.«

Fabrice schnaubte. »Das glaube ich erst, wenn ich es sehe.«

»Er ist eindeutig dabei, auf die schiefe Bahn zu geraten«, sagte sie zu Fabrice. »Du musst ihm die Hand reichen.«

»Warum ich? Er hat mein Haus mutwillig beschädigt.«

»Das weiß ich. Aber ich habe ein bisschen Erfahrung mit so etwas. Ich war selbst ein böses Kind. Und du auch, wenn meine Vermutung mich nicht täuscht.«

Er funkelte sie an.

»Kinder brauchen eine Rettungsleine. Vielleicht ist er ein hoffnungsloser Fall, aber einen Versuch ist es wert. Manchmal ist nur ein klein wenig Hilfe nötig. Sieh mal, ich bin eine Außenseiterin. Ich habe hier keine Autorität. Aber wenn du vielleicht mit seinem Vater redest, ihm sagst, dass er herkommen wird, um es abzuarbeiten …«

»Reich mir das verdammte Telefon.«

»Weißt du noch, wie du mir an unserem ersten Abend gesagt hast, du hättest kein Telefon?«, neckte sie ihn, während sie nach dem altmodischen Festnetztelefon griff. Das Kabel war lang genug, um durch die ganze Küche zu reichen.

»Wollte nicht belästigt werden. Außerdem gab es niemanden anzurufen.«

Cady lächelte, während sie zusah, wie er die Nummer nachschlug. Sein knotiger Finger glitt eine lange Liste handgeschriebener Namen und Nummern in einem zerfledderten alten Adressbuch hinunter.

Sie nahm an, dass der Abschnitt »C« in seinem Adressbuch tatsächlich sehr voll war.

Cady betrachtete die begrenzte Fischauswahl im Lebensmittelgeschäft, als die Kassiererin, Annick, sie herüberwinkte.

»Falls du Fisch suchst, solltest du ihn direkt bei der Forellenfarm kaufen. Das ist ein Geschäft, das seit Generationen von derselben Familie geführt wird. Auf dem

Weg dorthin gibt es außerdem eine entzückende *fromagerie*.«

Cady kaufte ihre restlichen Lebensmittel und folgte Annicks Wegbeschreibung eine gewundene Bergstraße am Fluss entlang. Sie erreichte eine kleine Gruppe von Steingebäuden, von denen eines offensichtlich ein großes Wohnhaus war, mit bildschönen Spitzenvorhängen in den Fenstern und einer dicken Katze, die sich in einem Strahl Aprilsonne träge auf der Veranda aalte.

In dem Laden begrüßte eine mollige rotgesichtige Frau sie mit den Worten: »*Ah oui,* Sie sind die Amerikanerin, die auf dem Château wohnt?«

Es hatte sich also herumgesprochen.

»Wie geht es Fabrice?«, erkundigte sich die Frau. »Ich habe gehört, er hat sich den Knöchel verletzt.«

»Es geht ihm schon besser, danke. Ich brauche zwei Forellen für unser Abendessen.«

»Der Fisch hier ist etwas ganz Besonderes, wissen Sie«, sagte die Frau, während sie ein großes Netz nahm, um eine zappelnde Forelle aus dem Becken zu holen. Sie legte sie auf den Tisch und erledigte sie mit einer einzigen glatten Bewegung. Cady verzog das Gesicht und konzentrierte sich auf die Aussicht auf den smaragdgrünen Fluss hinter dem Fenster. Es war eine witzige Vorstellung, Fisch an der Quelle zu kaufen, aber Cady war eindeutig ein Großstadtmädchen, das Fleisch lieber in Plastik verpackt im Supermarkt sah.

»Der Fluss Sorgue entspringt aus dem Bauch des Berges in Fontaine-de-Vaucluse. Keine kleine Quelle, wohlgemerkt, sondern ein richtiger Fluss, der einfach so aus dem Felsen kommt. Das ist der Grund, weshalb er immer sehr kalt ist, selbst in den heißesten Sommern. Niemand weiß, woher er kommt, niemand konnte je auf seinen Grund vordringen.«

Cady erinnerte sich, dass Jean-Paul den Ort erwähnt hatte; Fabrice' »Minette« stammte von dort, und angeblich war es vor langer Zeit einmal das Zuhause eines Drachen gewesen.

»Ich nehme auch noch ein Päckchen geräucherte Forelle«, entschied Cady spontan, als die Frau ihr eine Tüte zusammen mit einem kleinen Blatt Papier reichte, auf dem ein Rezept für *truite provençale* stand, mit klassischen Kräutern der Provence.

Als Nächstes entwickelte sich ein »kurzer Zwischenstopp« bei der *fromagerie* zu einer vierzigminütigen Verkostungsodyssee, während der Käsemacher sie mit den einheimischen *fromages* bekannt machte. Ein Ziegenkäse namens Banon war klein, rund und kräftig im Geschmack, in Kastanienblätter gewickelt und mit Bast zugebunden. Ein anderer, Brousse du Rove, wurde als *petit lait* bezeichnet und hatte eine zylinderartige Form, die mit Weidengeflecht ummantelt war.

Sie war in Kauflaune und nahm zwei von jeder Sorte, außerdem ein Stück Roquefort, einen kleinen runden Camembert und ein Glas Zwiebelkompott.

Zu Hause in Oakland hatte Cady nie zu Impulskäufen geneigt. Aber sie war schließlich in Frankreich.

Cady schleppte die Einkäufe in die Küche und traf Fabrice auf seinem Lieblingsplatz vor dem Kamin an. Obwohl er gestern gegen den Rat des Arztes gewettert hatte, befolgte er seine Anweisungen, hatte den Knöchel hochgelegt und ihn im Laufe des Tages immer wieder in Eis gepackt.

»Wie geht es deinem Knöchel?«

»Ein bisschen besser, vielleicht«, antwortete er, während er zusah, wie sie die Einkäufe auspackte. »Woher hast du das alles?«

»Von einer fantastischen *fromagerie* auf dem Rückweg vom Fischladen.«

Er funkelte sie an. »Nur Idioten kaufen bei *fromageries*.«

»Ich habe nie behauptet, *kein* Idiot zu sein.«

»Apropos Idioten, Johnny wird nach dem Mittagessen vorbeikommen.«

»Warum ist er eigentlich so wütend auf dich?«, fragte Cady.

»Er hat mir nicht gebracht, was ich wollte. Deshalb habe ich ihn gefeuert.«

»Und dann hat das Lebensmittelgeschäft ihn gefeuert.« Cady packte die braune Papiertüte von der Forellenfarm aus.

Fabrice beäugte die Päckchen, die aus der Tüte zum Vorschein kamen. »Die Forellenfrau hat dich überredet, zu viel zu kaufen.«

»Sie hat mich zu gar nichts überredet, ich habe einfach so viel gekauft, wie ich wollte. Und überhaupt, heute bezahle ich die Einkäufe, daher musst du dir darüber nicht den Kopf zerbrechen.«

»Mais ça coûte les yeux de la tête.« Was wörtlich hieß, dass es die Augen aus dem Kopf kostete.

Sie holte tief Luft und zeigte mit einem Messer auf ihn, das sie in die Hand genommen hatte, um es abzuspülen. »Hör zu, alter Mann, das hier ist das erste und vermutlich letzte Mal, dass ich je in Frankreich sein werde, und ich war auf einer provenzalischen *Forellen*farm in den *Bergen*. Das heißt, wenn ich mir ein bisschen Räucherfisch kaufen will, dann geht das niemanden außer mich etwas an.«

Er zog die Augenbrauen hoch, als wollte er *Schscht* sagen, und wandte seine Aufmerksamkeit wieder seiner Zeitung zu.

»Kann ich dich etwas fragen?«, sagte Cady.

»Ich habe das Gefühl, das ist so ziemlich das Einzige, was du tust.«

»Du liest ständig die Zeitung. Warum interessierst du dich so für die Welt, wenn du gar nicht an ihr teilnehmen willst?«

»Die Zeitung wird zugestellt. Ich habe nicht darum gebeten, aber solange sie kommt, kann ich sie auch lesen.«

Sie lächelte. »Die Fischfrau hat mir heute von einem Ort namens Fontaine-de-Vaucluse erzählt. Du erwähnst ihn auch in *Le Château*.«

»Das ist ein berühmter Ort. Petrarca hat dort gelebt. Er hat einige seiner berühmtesten Verse dort geschrieben.«

»Er war ein Dichter, richtig?«

»Du kennst Petrarca nicht? Die Erfindung der Romantik ist sein Verdienst.«

»Mir war gar nicht bewusst, dass es je eine Zeit ohne Romantik gab.«

Fabrice schnaubte, ein Beinahe-Lachen, das Cady entzückte. »Ich meinte, in der Literatur. In Fontaine-de-Vaucluse hat er seine berühmtesten Zeilen geschrieben, für seine geliebte Laura: ›Die Wasser sprechen von der Liebe, die Luft, die Zweige und auch die Vögel und die Fische und die Blumen und die Kräuter, sie alle flehen mich an, ewig zu lieben.‹«

»Und, hat er?«

»Hat er was?«

»Ewig geliebt?«

»Ja. Ja, das hat er«, antwortete Fabrice in einem düsteren Ton. »Weswegen lächelst du denn jetzt?«

»Deinetwegen«, sagte Cady, während sie Wasser für den Kaffee erhitzte. »Du benimmst dich wie ein griesgrämiger alter Kauz, aber unter dieser ganzen Schale bist du ein solcher Romantiker.«

Er schnaubte. »Du erinnerst mich an … jemanden, den ich kannte, als ich ein Teenager war.«

»Das war während des Krieges?«

Er nickte.

»Jean-Paul erwähnte, dass du in der Résistance warst.«

Er neigte fast unmerklich den Kopf, einen weltentrückten Blick in den Augen.

»Ich habe in Paris ein paar Tafeln gesehen, ich war mir nicht sicher, was sie bedeuten. Aber Madame Martin hat mir erzählt, dass sie zum Gedenken an Widerstandskämpfer der Résistance angebracht wurden.«

Er nickte. »Ich habe nur ganz zum Schluss am Kampfgeschehen teilgenommen. Eine entsetzliche Klarheit stellt sich ein, wenn ein Mensch nichts mehr hat, wofür es sich zu leben lohnt.«

»Du hattest nichts mehr, wofür es sich zu leben lohnte?«

»Meine Familie war von der Gestapo abgeholt worden.« Sein Ton war nüchtern, aber sein Mund zuckte leicht, während er auf das nicht vorhandene Feuer im Kamin starrte.

Cady versuchte, sich irgendeine Antwort zurechtzulegen, die der Situation angemessen war, aber ihr fehlten die Worte. Dann erinnerte sie sich an die Leute, die sich gezwungen fühlten, über Maxines Tod irgendetwas zu sagen, und sie entschied, den Mund zu halten, schweigend dazusitzen und den Moment zu teilen, so unangenehm er auch war.

»Ich würde gern noch einmal nach Fontaine-de-Vaucluse fahren«, sagte Fabrice auf einmal. »Ich würde es gern ein letztes Mal sehen, bevor ich sterbe.«

»Soll ich dich hinbringen?«

Er stand auf und begann, das Zimmer zu verlassen, aber am Türrahmen wandte er sich noch einmal um und sagte: »Ja. In ein, zwei Tagen, wenn es meinem Knöchel besser geht, fahren wir nach Fontaine-de-Vaucluse. Und … wenn du immer noch willst, zeige ich dir auch dieses verdammte Karussell.«

»Wirklich? Jetzt gleich?«

»Dein kleiner Freund Johnny wird jeden Moment hier sein. Du kümmerst dich um ihn und führst diesen Hund aus, und dann machst du das Abendessen, und wenn mir dann immer noch danach ist, werden wir es uns nach einem Whiskey ansehen.«

Kapitel 42

1944
PARIS

Fabrice

Ein blauer Schal hing im Fenster von Dr. Duhamels Praxis.

Fabrice entdeckte ihn erst im letzten Augenblick und duckte sich in den Eingang des Mietshauses nebenan. Er tat, als würde er an den Klingelschildern nach einem Namen suchen, als würde er einen Freund besuchen.

Sein Herz hämmerte in der Brust. Es war wie damals, als er im Zug durchsucht wurde, nur noch schlimmer. Fabrice sah die Praxis des Arztes inzwischen nicht so sehr als seine Zuflucht an, sondern vielmehr als sein Entkommen aus der Langweile und der zermürbenden Gleichförmigkeit des Lebens unter der deutschen Besatzung: Die Praxis war die Quelle von Glamour und Intrigen und Romantik.

Langsam, ganz vorsichtig, bemüht, seinen Atem unter Kontrolle zu bringen, spähte er aus dem Türeingang. Er betete, er möge sich getäuscht haben, dass seine Augen vielleicht von der Illusion des goldenen Abendlichts in die Irre geführt wurden, das sich auf der Scheibe spiegelte.

Er hatte sich nicht getäuscht. Das Hausmädchen, Carine, hatte seinen blauen Schal ins Fenster gehängt. Es war das vereinbarte Zeichen für eine Falle. Wenn die Gestapo in das Hauptquartier einer Zelle einfiel, blieb sie drinnen und wartete still und heimlich darauf, dass andere auftauchten: Kuriere, Boten, irgendjemand, der auf irgendeine Weise mit den anderen in der Zelle in Verbindung stand.

Was jetzt? Die Anweisungen waren klar. Wenn man das Zeichen sah, sollte man wieder mit der Nichtschattenwelt verschmelzen. Und warten.

Aber er musste Paulette finden.

Er rannte zu Claude Frenet nach Hause. Sie waren sich durch ihre gemeinsamen Ziele nähergekommen, aber dennoch eher Kollegen als Freunde. Doch da er sonst niemanden hatte, dem er sich anvertrauen konnte, hatte Fabrice ihm seine Liebe zu Paulette gestanden.

Claudes Mutter berichtete Fabrice unter Tränen, dass Claude verschwunden war, sie hatte seit dem Vorabend nichts mehr von ihm gesehen oder gehört. Jetzt wurde Fabrice von einer ganz anderen Angst erfasst: Würde Claude Paulette verraten? Und den Rest ihrer Gruppe? Hatte er es bereits getan? Claude könnte die ganze Zeit ein Informant gewesen, könnte derjenige gewesen sein, der die Zelle verraten hatte, der die Arbeit des Arztes und seiner Frau preisgegeben hatte.

Und Paulette? War sie verhaftet worden? Fabrice wusste nicht einmal ihren Nachnamen. Die Realität stürzte mit voller Wucht auf ihn ein, und die Angst durchbohrte ihn. Er hätte darauf bestehen sollen, hätte sie zwingen sollen, ihm den Namen zu nennen. Er hätte die Möglichkeit einer solchen Situation vorhersehen sollen.

Verzweifelt suchte Fabrice Paris nach ihr ab: von Cafés über Buchhandlungen bis hin zu dem Viertel, in das er ihr einmal gefolgt war, wo sie seiner Vermutung nach wohnte, nahe dem Moulin Rouge. Beim Anblick der Nazis, die vor den Nachtclubs mit Pariserinnen flirteten, wurde ihm schlecht, aber er lächelte und wackelte vor ihnen mit den Augenbrauen, um keinen Verdacht zu erregen. Die Leute sagten, die Prostituierten würden sich der *collaboration horizontale* schuldig machen, gewissermaßen auf dem Rücken liegend kollaborieren. Aber was hatten sie schon für eine Wahl? Fabrice war noch angewiderter von den Bankern und Geschäftsleuten, die unter der deutschen Besatzung reich wurden. Und von denen, die sich wie Schafe unterwürfig in die neue Nazi-Realität fügten.

Fabrice entdeckte eine rote Baskenmütze auf kurzem honigblondem Haar. In einem Anfall von Erleichterung packte er die Frau am Arm und drehte sie herum, aber es war nicht Paulette.

Der deutsche Offizier, der mit ihr zusammen war, beschimpfte ihn, aber seine Worte drangen kaum zu Fabrice durch. Er schlenderte weiter, zu dem einzigen anderen möglichen Treffpunkt, den er sich denken konnte: der Druckerei.

Die Druckerei war durchsucht worden, die Tür stand angelehnt, und die kostbaren Apparate waren zerstört. Fabrice stand wie gelähmt vor der zertrümmerten Druckerpresse, als er auf einmal Schritte hinter sich hörte.

Als er sich umwandte, sah er Claude, der eine Waffe auf ihn richtete.

»*Du?*«, fragte Fabrice. »Du bist der Verräter?«

»*Non*«, erklärte Claude mit einem entschiedenen Kopfschütteln. »Ich war es nicht. Ich bin selbst nur knapp mit dem Leben davongekommen. Ich kann nicht nach Hause. Ich …«

Claude ließ die Pistole sinken. Fabrice wusste, dass er Angst vor Schusswaffen hatte, und mit einer einzigen gezielten Bewegung stürzte er sich auf seinen ehemaligen Kameraden. Die Pistole fiel Claude aus der Hand und schlitterte über die von Druckerschwärze fleckigen Dielen, und Fabrice machte einen Satz darauf zu. Die Männer rangelten miteinander, rollten sich auf dem Boden, und obwohl Fabrice jünger und kleiner war, war er der bessere Kämpfer, gewillter, brutal zu sein.

Er erhob sich, sodass er drohend über Claude aufragte, und richtete die Waffe auf seinen Kopf.

»Ich war es nicht!«, brüllte Claude. »*Sie* war es!«

»Wer?«, wollte Fabrice wissen.

»*Michelle.*« Paulettes Deckname. »Deine Freundin, die du so sehr liebst.«

Es war, als würde er von einer Klippe stürzen. Als würde er ertrinken. Als würde er an eine Wand gestellt und erschossen werden und die Kugel seine Eingeweide zerreißen.

»W-wovon redest du da?«, stammelte Fabrice.

»*Sie* war die Kollaborateurin. Sie sind zu ihrer Familie gegangen, in ihrem Dorf in der Provence, und haben ihr gedroht. Sie hat uns verraten.«

»Das glaube ich dir nicht.«

»Frag den Arzt oder das Hausmädchen – Carine war eine der Ersten, die den Verdacht hatte.«

»Das kann ich nicht. Es ist niemand mehr da.«

»Denk darüber nach, Fabrice. Woher wusste die Gestapo denn von Pierre und Françoise oder Monsieur R. oder irgendeinem der anderen, die auf einer Mission waren und nie zurückgekehrt sind?«

Fabrice versuchte nachzudenken. Alles tat weh. Die Kratzer und Prellungen von der Rangelei mit Claude waren nichts verglichen mit dem Hämmern in seinem Kopf, dem flauen Gefühl hinter seinen Augen, der Überzeugung, dass sein Herz in Splitter zersprang, die seine Brust ausfüllten und blutig und zerbrochen in seine Magengegend sanken. Er kämpfte gegen den Drang an, sich zu übergeben.

»Weißt du noch, wie du damals in der Nähe von Nantes diese Fotos gemacht hast?«, fuhr Claude fort. »Der Arzt hat ihr gesagt, du seist nach Brest geschickt worden. Er hatte sie schon damals in Verdacht.«

Fabrice erinnerte sich: Paulette hatte schockiert ausgesehen, als sie ihn nach seiner Rückkehr aus Saint-Nazaire in die Praxis kommen sah. Damals dachte er, sie sei überwältigt von Erleichterung, überglücklich angesichts seiner Rückkehr. Das war das erste Mal gewesen, dass er sie in den Armen gehalten hatte. War es möglich, dass sie ihn hatte in den Tod schicken wollen?

Fabrice ließ die Waffe sinken, hielt seinen ehemaligen Freund aber noch immer am Kragen fest. Seine Gefühle und Gedanken rangen miteinander. Er hatte so lange unter der Bedrohung von Verrat gelebt, hatte an einem Tag die Frau in der *boulangerie* verdächtigt, am nächsten den Jungen, der in der Druckerei den Boden fegte, am Tag danach die alte Frau an der Ecke, die an ihrem Fenster saß und durch zerschlissene Seidenvorhänge in die Welt hinausspähte.

»Wir müssen *fliehen*, Fabrice«, sagte Claude. »Fliehen und uns verstecken. Ich habe gehört, wie sie dich bei deinem richtigen Namen genannt hat. Vielleicht wissen sie schon, wo du wohnst. Wir sind nicht mehr sicher, unsere *Familien* sind nicht mehr sicher.«

»Was meinst du damit, unsere Familien?«, fragte Fabrice. Seine Stimme war kaum mehr als ein Flüstern. Er fühlte sich ausgelaugt, und schließlich ließ er Claude los und sank an der Wand hinunter, um sich neben ihm auf den schmutzigen Boden zu setzen. »Meine Eltern wissen nichts davon.«

Claude lachte harsch auf. »Meinst du, es kümmert die Gestapo, dass unsere Familien unschuldig sind? Die sind nicht dafür bekannt, dass sie da Unterschiede machen. Vielleicht ist es bereits zu spät. Du solltest zu deiner Familie gehen – oder, noch besser, einen Nachbarn bitten, nachzusehen, nur für den Fall, dass dort bereits Soldaten sind und auf dich warten.«

Claude hielt sich an einem Rohr über seinem Kopf fest und zog sich daran hoch. Er zuckte zusammen und hielt sich die Brust mit einem Arm. Benommen fragte sich Fabrice, ob er ihm mit seinen Faustschlägen, beflügelt von Wut und Angst um Paulette, vielleicht eine Rippe gebrochen hatte.

Claude war nur ein Jahr älter als Fabrice, aber seine Augen waren die eines weitaus älteren Mannes. Claude und er waren beide noch Jugendliche, doch sie hatten sich beide verändert, seit der Krieg ausgebrochen war, und mehr noch, seit sie in der Résistance arbeiteten: Sie waren hart, misstrauisch und argwöhnisch geworden.

»Na ja, *ich* werde fliehen«, erklärte Claude auf einmal entschlossen. »Es geht jetzt schon seit drei Jahren so, dieser Krieg kann doch nicht ewig dauern. Die Freien Französischen Streitkräfte arbeiten mit den Alliierten zusammen, am Ende werden sie uns befreien. Da bin ich mir ganz sicher. Bis dahin werde ich untertauchen. Und du solltest es auch tun.«

Fabrice sah zu, wie sein Freund zur Hintertür humpelte, sie einen Spaltbreit öffnete und hinausspähte, um sich zu vergewissern, dass die Gasse sicher war, bevor er hinausschlüpfte. Die Metalltür fiel scheppernd hinter ihm zu.

Sollte Fabrice Claudes Version der Ereignisse Glauben schenken? Wenn Claude selbst der Informant war, wäre es dann nicht logisch, dass er die Schuld jemand anderem zuschob? Trotzdem, irgendetwas an seinen Worten ließ ihm keine Ruhe. Und egal, ob es Claude oder Paulette oder irgendjemand sonst war, der die Zelle verraten hatte, Fabrice musste fliehen und sich verstecken. Aber zuerst musste er sich vergewissern, dass seine Familie in Sicherheit war.

Seine Eltern hatten sich nichts anderes zuschulden kommen lassen, als Statuen zu reparieren, aber es brauchte nicht viel, um verhaftet zu werden. Schon der Hauch einer Verbindung genügte, und sie könnten so schnell und spurlos verschwunden sein wie jeder andere auch.

Er sah ihre Gesichter vor sich: das geduldige, sanfte Lächeln seiner Mutter, den ernsten, dunklen Blick seines Vaters, die pummeligen roten Wangen seiner kleinen Schwester. Es gab Augenblicke, da verachtete er sie, hatte das Gefühl, dass sie ihn aufhielten … aber sie waren seine Familie. Sie waren alles, was er hatte, und er liebte sie. Er hatte sie doch sicher nicht in Gefahr gebracht? Sie hatten nichts mit irgendwelchen seiner Aktionen zu tun. Notfalls würde er sich selbst an die Gestapo ausliefern und alles gestehen, nur damit ihnen nichts zustieß.

Tränen brannten in seinen Augen, als er aufsprang, die Tür aufriss und die Rue Saint-Séverin hinunter und über den Boulevard Saint-Michel rannte, die Straßen, durch die er schon als Kind gelaufen war, zu der Wohnung, in der er sein Leben lang mit seiner Familie gelebt hatte. Die Tischlerwerkstatt seines Vaters befand sich im Erdgeschoss eines Gebäudes in der Impasse Hautefeuille, unweit der Place Saint-André-des-Arts. Ein kleines Schild, CHARPENTERIE ClÉMENT, war der einzige Hinweis darauf.

Das OUVERT-Schild hing im Fenster, aber die Tür war verschlossen.

Fabrice hämmerte dagegen und brüllte, während er gegen seine Panik ankämpfte. Die Tür war während der Geschäftszeiten nie verschlossen, Marc-Antoine lehnte es grundsätzlich ab, jemanden abzuweisen, erst recht jetzt. Die Familie brauchte jeden Auftrag, der hereinkam, um die Miete zu bezahlen, Essen aufzutreiben, zu überleben.

Schuldgefühle überwältigten ihn. Fabrice hätte hier sein und an der Seite seines Vaters arbeiten müssen, hätte Bretter glatt hobeln und Details schnitzen, das Holz mit Bimsstein und Kalksteinmehl auf Hochglanz polieren müssen. Er hätte hier sein müssen.

Er hämmerte wieder gegen die Tür. *»Maman! Papa! Capucine!«*

Noch immer keine Antwort. Er wollte eben seinen Schlüssel benutzen, als er die Seidenvorhänge in dem Fenster an der Ecke schwingen sah. Fabrice rannte in den Hausflur des Gebäudes und eine gewundene Treppe hoch in den ersten Stock. Er hämmerte gegen die Tür der alten Frau, hörte aber keine Antwort. Er versuchte den Türknauf, die Tür war nicht abgeschlossen, also stürzte er in die Wohnung.

Die alte Frau saß in einem Polstersessel am Fenster. Die Wohnung war bescheiden möbliert, und Fabrice erinnerte sich, wie seine Mutter ihn einmal mit einem Stück Brot und einem Topf Suppe hierhergeschickt hatte, als die alte Frau an einer Lungenentzündung litt. Aber er konnte sich beim besten Willen nicht an ihren Namen erinnern.

»Haben Sie etwas gesehen?«, fragte er. »Haben Sie meine Familie gesehen?«

Sie zuckte unter Fabrice' Zorn zusammen.

»*Madame, excusez-moi.* Aber ist …« Er hatte Angst davor, die Worte auch nur auszusprechen. »Ist irgendjemand gekommen? Sind die … Sind Soldaten gekommen?«

Schließlich antwortete sie tonlos: *»Ce matin.«*

Heute Morgen.

»Aber was haben sie … Wohin sind sie gegangen?«, stammelte er. »Was soll ich jetzt tun?«

Sie wickelte sich fester in ihr schwarzes Schultertuch und schüttelte den Kopf. Traurigkeit lag in jeder ihrer Bewegungen.

»Was soll ich jetzt tun?«, brüllte Fabrice noch einmal. Er wollte die Frau am liebsten schlagen, wollte ihr wehtun. Wollte fragen, warum sie nicht eingeschritten war, um ihrer netten Nachbarin zu helfen, die ihr Brot und Suppe geschickt hatte, als sie krank war.

Fabrice ging zurück zur Charpenterie Clément, zögerte einen Moment, dann steckte er seinen Schlüssel in das rostige Schloss und drehte ihn. Vorsichtig drückte er die Tür auf.

»Allô? Maman? Papa?«

Er wusste, dass es gefährlich war. Die Nazis ließen oft einen jungen Soldaten vor Ort zurück, um auch die restlichen Familienangehörigen festzunehmen, jeden, der vorbeikam, um nach seinen Verwandten zu suchen. Aber in diesem Augenblick hoffte Fabrice fast, verhaftet und mit seiner Familie wiedervereint zu werden, selbst unter diesen Umständen. Er wollte unbedingt wissen, was mit ihnen passiert war, wohin man sie gebracht hatte. Würden sie in ein Arbeitslager geschickt werden? Oder würden sie vielleicht freigelassen werden – manche Leute wurden schließlich freigelassen, und Marc-Antoine verfügte über Fähigkeiten, die den Besatzern nützlich sein konnten. Und Capucine war nur ein spindeldürres, unschuldiges Wesen, kaum fünf Jahre alt. Sie würden sie doch sicher nicht als irgendwie bedrohlich ansehen. Oder … würden seine Eltern gefoltert werden, damit sie Informationen preisgaben? Informationen über *ihn*? Sie wussten nichts, er hatte ihnen nie irgendetwas von seinen Aktivitäten erzählt. Was hieß, dass sie keine interessanten Details wussten, die sie der Gestapo im Tausch für ihr Leben anbieten konnten.

Diese Gedanken wirbelten Fabrice durch den Kopf, unablässig und quälend.

Die Werkstatt war leer. Stiefelspuren verunzierten die feine Sägemehlschicht auf den breiten Bodendielen. Ein Regal war umgestoßen worden, und die Werkzeuge und Winkel und Messer lagen im Eingang verstreut.

Oben in ihrer Wohnung stand ein Topf Kohlsuppe noch immer auf dem Herd, aber das Feuer war erloschen, die Brühe erkaltet. Er schlüpfte ins Schlafzimmer seiner Eltern, dann in das, das er sich mit seiner kleinen Schwester teilte. Die Betten waren ordentlich gemacht, aber die Schranktüren standen offen, und der Inhalt war durchwühlt worden. Rings um den kleinen Schreibtisch am Fenster lagen

Papiere und Bücher auf dem Teppich verstreut wie überdimensionales Konfetti.

Die Nazis kamen, um Leute abzuholen, aber sie suchten immer auch nach Wertsachen. So lief das.

Fabrice stolperte die Treppe wieder hinunter. Sein Kopf war völlig leer.

Die Madonna stand auf der Werkbank, ihre Hand repariert, ihr blaues Samtgewand geflickt, und betete erfolglos für sie alle.

Fabrice schleuderte sie zu Boden und verfluchte ihren Namen.

Kapitel 43

GEGENWART
CHÂTEAU CLÉMENT

Cady

Johnny tauchte mit einem blauen Auge auf.

»Woher hast du das denn?«, fragte Cady.

Er zuckte die Schultern. »Schlägerei.«

»Ich sollte den anderen Typen sehen, oder?«

»Was?«, fragte er mit einem spöttischen Grinsen.

»Das ist etwas, was wir im Englischen sagen, wenn jemand bei einer Schlägerei verletzt wurde, als ob der andere Typ noch mehr abgekriegt hätte. Egal. Manche Dinge lassen sich einfach nicht übersetzen.«

Irgendetwas an der Art, wie Johnny sich gab, seine abwehrende Haltung, brachte Cady ins Grübeln, ob vielleicht noch etwas anderes los war.

Geht mich nichts an, rief sie sich in Erinnerung. Sie hatte sich schon jetzt weitaus mehr eingemischt, als erwartet wurde oder vermutlich gesellschaftlich akzeptabel war angesichts der Tatsache, dass sie ein Eindringling in einem kleinen Dorf war, eine Fremde, die bald wieder gehen würde.

Sie wies den Jungen an, die Graffiti-Tags mit Farbe zu

übermalen, die sie in dem Schuppen neben dem alten Wagen gefunden hatte. Dann ließ sie ihn die Fenster abmessen, die er eingeschlagen hatte, und die Scherben zusammenfegen. Er sagte nicht viel, knurrte meist nur zur Antwort, nicht unähnlich einem gewissen kauzigen Einsiedler.

»Also, warum warst du hier und hast Fabrice' Eigentum beschädigt?«

»Er ist ein Idiot.«

»Viele Leute sind Idioten. Aber weißt du, wenn jemand dich wütend macht, gibt es andere Möglichkeiten, damit umzugehen, als um sich zu schlagen.«

»Egal.«

»Warum hast du meine Reifen aufgeschlitzt?«

»Ich dachte, Fabrice hätte einen neuen Wagen«, antwortete er, während er Glasscherben in einen Plastikmülleimer kehrte. Er zuckte wieder die Schultern. »Mein Fehler.«

Während Johnny arbeitete, holte Cady ihre Kamera und begann, Fotos von den alten Gebäuden und dem Schatten einer Zypresse in der Kiesauffahrt zu schießen. Sie liebte das schräge Frühlingslicht der Aprilmitte. Es war kalt im Schatten und warm im Sonnenschein – und irgendwie wollte sie dieses Gefühl auf Film festhalten.

Sie bemerkte, wie Johnny sie immer wieder heimlich ansah, während sie sich in diese und jene Richtung drehte, um genau den richtigen Winkel zu finden.

»Willst du's mal versuchen?«, fragte sie und hielt ihm ihre Leica hin.

»Nein. Ich habe ein Handy.«

»Mit einem Handy zu fotografieren, ist etwas völlig anderes. Und auf diese Weise kann ich meine Fotos selbst entwickeln.«

Er verdrehte die Augen. »Sie klingen wie der Fliesentyp. Er schwafelt ständig von altmodischer Fotografie.«

»Wirklich? Der Fliesentyp? Hier im Ort?«

»Ja, am Ortsrand gibt es eine Ziegelei. Da ist ein alter Italiener, heißt Guido.«

Genau wie sie es mit den Abmessungen für die neuen Fensterscheiben getan hatte, notierte sich Cady die Informationen in ihrem Tagebuch.

»Was schreiben Sie denn da dauernd auf?«

»Alles. Dinge, an die ich mich erinnern muss, Telefonnummern und Namen zum Beispiel. Und auch anderes: Ideen oder Rezepte oder einfach … alles eigentlich. Seit ich nach Frankreich gekommen bin, habe ich auch Listen mit französischen Wörtern und Ausdrücken erstellt, die ich nachschlagen muss.«

Er machte wieder damit weiter, die Glasreste aus dem Fensterrahmen herauszubrechen.

Cady versuchte noch einmal, einen Blick in das Nebengebäude zu werfen, das das Karussell beherbergte, aber wie schon beim letzten Mal konnte sie nicht viel mehr als undeutliche schwarze Umrisse erkennen.

Sie dachte darüber nach, wie Fabrice gesagt hatte, er würde ihr das Karussell zeigen, und was sie versprochen hatte: mit ihm nach Fontaine-de-Vaucluse zu fahren, wenn es seinem Knöchel besser ging. Sie war sich nicht ganz sicher gewesen, ob sie in »ein, zwei Tagen« noch immer in Frankreich, und erst recht in der Provence, sein würde. Jean-Paul würde sich vermutlich freuen, wenn sie abreiste. Die Umbuchungsgebühr für ihren Flug war nicht unerheblich, und sie war davon ausgegangen, dass sie rechtzeitig wieder in Paris sein würde, um ihren Flug zu erreichen. Aber jetzt …?

Oakland erschien ihr in letzter Zeit immer unwirklicher. Die windgepeitschten Gerüche von Lavendel und Thymian – der Duft der Provence – schienen in sie einzudringen, sie festzuhalten, ihr fast das Gefühl zu geben, als ob sie hierhergehörte, in dieses fremde Land, dieses kleine Dorf, dieses verfallene Château.

Sie würde nirgendwohin gehen, jedenfalls vorläufig nicht. Wenn sie Zugang zu dem antiken Karussell bekommen konnte, dann würde sie ihr Ticket in null Komma nichts umbuchen, koste es, was es wolle.

Kapitel 44

1900
CHÂTEAU CLÉMENT

Maëlle

Maëlle hatte gedacht, ihr Aufenthalt auf Château Clément würde es ihr ermöglichen, mehr Zeit mit Léon zu verbringen, ohne Monsieur Maréchals Anweisungen und Madame Bayols scharfen Blicken ausgesetzt zu sein. Aber seit sie hier angekommen sind, schenkt Léon ihr kaum noch Beachtung. Sie denkt mit Sehnsucht an seine aufreibenden Neckereien im Zug zurück.

Sie hatten einen einzigen Spaziergang zusammen gemacht, durch die Gärten, an der kunstvollen Formschnitthecke entlang, die sie entzückend fand, er jedoch als »grauenhaften Versuch, die Wildnis der Natur in die Schranken zu weisen«, ansah. Sie hatte eingewandt, dass in gewisser Hinsicht doch jede Art Gärtnern ein Versuch sei, die Wildnis der Natur in die Schranken zu weisen, dass aber manche Gärten einfach entzückend seien, oder? Er hatte nur abfällig geschnaubt.

»Ich glaube, Château Clément ist der entzückendste Ort, den ich je gesehen habe«, erklärte sie und reckte trotzig das Kinn. »Und die Cléments sind so freundlich und fein – sie sind überhaupt nicht die verwöhnten reichen Leute, für die du sie gehalten hattest. Gib es zu.«

»Ich werde nichts dergleichen zugeben. Aber ich werde dir ein Geheimnis verraten: Du durftest nur deshalb mit hierherkommen, weil du nur halb so teuer bist.«

»Wovon redest du denn?«

»Bayol wollte dich nicht mehr in der Fabrik haben – du bist eine zu große ›Ablenkung‹, hat er gesagt. Kleine Mädchen gehören nicht in ein solches Umfeld. Daher hat er den Cléments geschrieben und ihnen gesagt, sie könnten dich haben, solange sie wollten, für die Hälfte von dem, was sie auch nur dem niedrigsten Hilfsarbeiter in der Werkstatt zahlen würden.«

Maëlle stand der Mund offen, aber sie wusste nicht, was sie darauf erwidern sollte. Sie betrachtete die kunstvollen Formen der Hecke mit einem tiefen, aber seltsam distanzierten Gefühl der Erschütterung. Gleichzeitig versuchte sie, es sich auszureden: *Es war nicht persönlich gemeint*. Jeder hatte angedeutet, dass die Cléments Geldprobleme hatten, es war nur logisch, dass sie versuchten, ein Schnäppchen zu machen. Und alle wussten, dass Frauen als weniger wert galten als Männer. Alle wussten das.

Léon starrte sie an, aber als sie weder mit Wut noch mit Tränen reagierte, seufzte er entnervt auf und stürmte davon. Seine Stiefel klapperten über den gehauenen Stein des Fußwegs.

Seitdem war er immer öfter verschwunden, und wenn er doch auftauchte, war er betrunken. Mehr als einmal musste Maëlle seinen alkoholisierten Zustand vor ihren Auftraggebern verbergen. Sie stellte eine Pritsche hinten in dem Gebäude auf, damit er seinen Rausch ausschlafen konnte, ohne in seine Unterkunft zurückzukehren und die Hausangestellten auf seinen betrunkenen Zustand aufmerksam zu machen.

In der Zwischenzeit nimmt das Karussell vor ihren Augen Gestalt an. Nach und nach fügen sich kleine Teile zusammen, die Fugen werden ausgefüllt und geschmirgelt, grundiert und bemalt, vergoldet und versiegelt.

Sie hört die Männer kichern, hört sie darüber reden, wie sich Léon in letzter Zeit warm hält. Die Demütigung schmerzt, aber sie verhärtet irgendetwas tief in ihr. Haben sie es die ganze Zeit gewusst? Ist das der Grund, weshalb sie vor ihr flüstern, oder ist es nur, weil sie eine Frau ist und daher nicht in ihre Scherze eingeweiht wird?

Schließlich entscheidet Maëlle, dass sie genug hat. Wenn sie die Leiterin dieses Projekts ist, dann soll es eben so sein. Aber dann wird sie sich auch eine Scheibe von Monsieur Maréchal abschneiden und laut werden.

»Wo ist er?«, will sie von Romain wissen, als er einen neuen Stapel Holz auf der Schulter hereinträgt.

»Wer, Mademoiselle?«

»Du weißt genau, wer. An diesem Karussell sollen neun Männer arbeiten. Mir ist bewusst, dass ich als Frau mindestens zwei Männer wert bin, aber da Léon Morice für seine Arbeit bezahlt wird, würde ich gern wissen, wo er ist.«

Die Männer johlen über ihren Ton und darüber, wie sie ihren eigenen Wert einschätzt.

»Ist er in der Stadt, im Café?«, hakt sie nach.

Guy, mit dem sie in den vergangenen zehn Tagen ein paar interessante Gespräche geführt hat, tritt vor. »Ich habe ihn heute Morgen draußen im Weinberg gesehen, Maëlle. Er …« Guy dämpft seine Stimme. »Er war nicht allein.«

»Danke, Guy. Alle wieder an die Arbeit.« Maëlle hofft, dass ihre Stimme so fest und streng klingt, wie Monsieur Maréchals in der Fabrik immer klang, auch wenn sie befürchtet, dass sie ein klein wenig zittert. »Wir sollten diesen Mechanismus in den nächsten paar Tagen zum Laufen bringen, und wenn die Bemalung des Salons weiterhin planmäßig verläuft, werden wir binnen dieser Woche unsere Zugfahrkarten zurück nach Angers lösen.«

Dann bindet sie ihre Schürze auf, wirft sie auf den Sägebock und verlässt das Gebäude. Sie geht die Auffahrt hinunter, durch den Weinberg und zum Rand der umliegenden Wälder, als sie auf einmal einen Zweig knacken hört.

»Léon?«, ruft sie, während sie sich weiter in den Wald vorwagt.

Stattdessen trifft sie auf Yves Clément mit seiner allgegenwärtigen Kamera.

»Mademoiselle! Wie nett, Sie hier draußen zu treffen. Heißt das, Sie lieben die Natur, so wie ich es tue?«

»Nein. Ich meine, ja, Monsieur.«

Er legt den Kopf auf die Seite und lächelt. »Sie sind sich nicht sicher?«

»Das ist es nicht … Ja, ich liebe die Natur, und Ihre Wälder sind wunderschön. Das ganze Anwesen, um genau zu sein.«

»Aber im Moment genießen Sie nicht die Natur?«

»Nein, Monsieur. Im Moment bin ich auf der Suche nach meinem …« Sie zögert, dann sagt sie: »Meinem Lehrmeister, Léon Morice. Haben Sie ihn zufällig gesehen?«

»Nein, leider nicht. Aber wie es der Zufall will, bin ich heute Vormittag auf der Suche nach meiner entzückenden

Frau«, sagt er. »Ich wollte ihr ein Vogelnest zeigen, das ich gefunden habe. Würden Sie es gern sehen?«

»Nein, nein. Es tut mir leid, Monsieur«, erwidert Maëlle. Sie spürt, wie sie von einer Hitzewelle überwältigt wird, die ihr Übelkeit bereitet. »I-Ich muss jetzt wirklich zurück zum Karussell. Ein andermal vielleicht.«

Er nickt, dann hält er sich die Kamera vors Auge und konzentriert sich auf ein Blatt, das träge an einem lockeren Zweig hängt. »Ich will Ihnen etwas sagen: Wenn ich Ihren Lehrmeister finde, werde ich ihn zurück zum Karussellgebäude schicken. Und wenn Sie meine Frau finden, werden Sie sie zurück zu mir schicken, ja?«

»*Oui, monsieur*, natürlich.«

Maëlle eilt davon, schluckt Tränen und Abscheu hinunter, überwältigt von dem entsetzlichen Gefühl, verraten worden zu sein. *Sie sind zusammen. Sie müssen es sein*. Deshalb hat Joséphine ihr an dem Abend neulich all diese Fragen über Léon gestellt. Natürlich.

Joséphine und Leon. Maëlle kann das Bild nicht mehr aus dem Kopf bekommen: Léon, der sich hinunterbeugt, um dieses herzförmige Muttermal auf Joséphines langem blassem Hals zu küssen. Und warum sollte er sich auch nicht in sie verlieben? Joséphine ist schön und reich und süß, und sie riecht immer nach Rosen. Und Léon ist schneidig und gut aussehend, ein kräftiger junger Mann neben diesem Leichnam – einem sehr vornehmen Leichnam, aber trotzdem –, den Joséphine Ehemann nennt. Es wäre ein Unterschied wie Tag und Nacht, von einem Mann wie Léon geküsst zu werden, nachdem sie immer nur Yves' Berührung gekannt hat.

Sie kann ihrer Freundin kaum einen Vorwurf machen. Nur dass … Joséphine ihre zuverlässige Vertraute geworden ist. Fast eine Schwester. Das hatte sie zumindest gedacht.

Maëlle schwankt mit blinden Augen zurück zum Karussellgebäude, bis sie gegen eine alte Eiche taumelt und vor Verzweiflung die Augen schließt. Gestern Nacht hatte sie davon geträumt, dass Léon und die anderen Männer ohne sie in den Zug zurück nach Angers stiegen; sie war mit hämmerndem Herzen aufgewacht, während sie dem Zug noch immer nachrief und -jagte, aber ohne Erfolg. Es war, als würde sich das Glück, das vor gar nicht langer Zeit zum Greifen nah schien, immer weiter von ihr entfernen, egal, wie schnell sie rannte.

Im Moment würde sie nichts lieber tun als schnitzen. Maëlle kehrt zur Baustelle zurück und überprüft die Karussellfiguren auf Kerben und Kratzer, die sie bei der Montage auf den Mechanismus erlitten haben könnten. Jetzt werden sie von den Metallstangen durchbohrt, die später durch den Karussellboden und die Decke geführt und mit den Kurbeln verbunden werden, die sie zum Tänzeln bringen werden.

Wie immer hört Maëlle im Kopf das Gelächter von Kindern, während sie arbeitet. Aber die Cléments *haben* keine Kinder. Sie sind seit Jahren verheiratet, ohne gesegnet worden zu sein.

Wer wird dann also auf diesem wunderschönen Karussell fahren?

Kapitel 45

GEGENWART
CHÂTEAU CLÉMENT

Cady

Den ganzen Abend fühlte sich Cady wie das sprichwörtliche Kind, das auf den Weihnachtsmorgen wartet. Sie hatte diese idyllische Erfahrung nie wirklich gemacht, aber sie war sich sicher, wenn, dann hätte es sich so angefühlt. Sie konnte ihr Essen kaum genießen, so aufgeregt war sie angesichts der Aussicht, das Karussell, das Gustave Bayol für Fabrice' Großeltern geschnitzt hatte, mit eigenen Augen zu sehen.

Um Fabrice nicht vor den Kopf zu stoßen, achtete sie darauf, es nicht zu erwähnen, während sie sich ihre provenzalische Forelle schmecken ließen.

»Hat es dir geschmeckt?«, fragte sie, während Fabrice die restliche Sauce auf seinem Teller mit einem Stück Brot aufwischte.

»*C'est pas mauvais*«, sagte er und neigte leicht den Kopf.

»Aus deinem Mund ist das allerdings ein großes Lob«, erwiderte sie. »Fabrice, würdest du mir mehr von deiner Arbeit in der Résistance während des Krieges erzählen? Das ist eine Zeit, die mich wirklich sehr interessiert.«

Er sah in die Tiefen seines Weißweins, der im Schein des Feuers golden schimmerte.

»Ich war nur ein Junge, der ein bisschen Quatsch gemacht hat.«

»Ein Nichtsnutz?«

»Ein Nichtsnutz. Es war wie ein Spiel für mich. Ich hatte kaum eine Ahnung …« Seine Stimme verlor sich. Als klar wurde, dass er nicht mehr sagen würde, räumte Cady den Tisch ab und kratzte die Fischgräten in den Abfall.

»Du solltest den Müll rausbringen, damit er nicht stinkt«, sagte Fabrice, stand auf und nahm seine Krücke. »Und wenn du immer noch willst, zeige ich dir jetzt dieses Karussell.«

Cady schlang sich ihre Leica um den Hals.

Sie gingen zusammen zu den Mülltonnen und dann hinüber zu dem Gebäude, das die Reste des Karussells beherbergte. Fabrice kämpfte ein paar Minuten mit dem rostigen Vorhängeschlos und bat dann Cady, ihm behilflich zu sein.

Das große Scheunentor ging knarrend auf. Drinnen wurde die pechschwarze Finsternis nur vom fahlen Licht des Mondes durchbrochen, das durch ein paar hohe staubige Fenster hereinfiel. Es roch nach altem Ruß und Nagetieren.

»Hier draußen gibt es keinen Strom«, erklärte Fabrice, während er und Cady mit ihren Taschenlampen in das Innere leuchteten.

Anfangs sah Cady nicht mehr als die riesigen dunklen Umrisse, die sie schon durchs Fenster gesehen hatte. Aber dann erkannte sie, dass unter und hinter anderem Gerümpel – Abdeckplanen und wahllosen Holzteilen, einem kaputten Stuhl, einer alten Schubkarre – die Reste eines antiken Karussells waren, beschädigt, zerlegt, die Teile überall im Gebäude verstreut.

Und ganz hinten befand sich der Hauptmechanismus; der Drehboden mit der Krone darüber, verunstaltet durch mehrere klaffende, an den Rändern verkohlte Löcher – aber im Wesentlichen intakt.

Nur zwei der Karussellfiguren, eine Katze und ein Schwein, waren noch immer durch Stangen mit dem Boden verbunden. Die eine war eine unbewegliche Standfigur am äußeren Rand, die andere konnte auf der inneren Reihe auf und ab tänzeln. Mehrere andere Tiere lagen in dem staubigen Gebäude verstreut, mit aufplatzenden Nahtstellen und sich lockernden Fugen. Und sie entdeckte etwas, das eine Drehschüssel gewesen sein musste, und ein anderes Teil, das vielleicht eine schaukelnde Kutsche gewesen war.

Darüber erhellte die Taschenlampe ein ehemals prächtiges Rundbrett – die »Krone« des Karussells, die abwechselnd mit bemalten Paneelen und geschnitzten Schilden verziert war. Der mittlere Raum, der traditionell einen Teil des Mechanismus und manchmal auch die Karussellorgel beherbergte, war ebenfalls mit Paneelen abgedeckt, einige bemalt, andere verspiegelt. Alles schien fast schwarz von Ruß und Schmutz zu sein, jede Farbe verloren an die Elemente und die Nacht. Die Fassade des Salons war zerlegt worden, und die Teile schienen an gegenüberliegenden Wänden zu lehnen.

Cady trat auf einen intakten Abschnitt des Karussells zu, streckte eine Hand aus und strich damit über das Schwein. Sein süßes Gesicht sah schräg zu ihr hoch, mit heraushängender Zunge und großen Schlappohren, die zur Berührung durch ein Kind einluden. Tagsüber und in gutem Zustand wäre es entzückend gewesen; jetzt, im Dunkeln und von Schmutz und Ruß verkrustet, wirkte es fast unheimlich, als könnte es zum Leben erwachen und den Betrachter verfolgen.

Sie fand die typische Messingplakette an der Satteldecke: Bayols Fabrik hatte diese Figuren geschnitzt.

Cady hatte Hunderte Fotos von Karussells aufgenommen und viele einzelne Figuren gesehen, die repariert und bearbeitet wurden, aber sie hatte noch nie ein abgebautes und zerlegtes Karussell gesehen, verkohlt und wie wertloses Gerümpel dem Verfall überlassen. Es tat ihr in der Seele weh.

Sie hob die Leica, die um ihren Hals hing, und knipste drauflos. Sie arbeitete nicht gern mit Blitzlicht, zog natürliches Licht immer vor, aber nur für den Fall, dass das hier ihre einzige Chance war, Fotos von diesem stark beschädigten Karussell aufzunehmen, wollte sie lieber nicht darauf verzichten.

»Ich sag dir was«, meinte Fabrice kopfschüttelnd. »Vor langer Zeit habe ich mal jemanden kommen lassen, der es sich angesehen hat. Es ist geplündert worden, ganz abgesehen von dem Brandschaden, und danach gab es auch noch einen Wasserschaden. Die Restaurierung würde mehr kosten, als es wert ist. Und es ist unmöglich, alle originalen Figuren wiederzubeschaffen.«

»Trotzdem, die hier sind etwas wert«, sagte Cady in einem leisen und ehrfürchtigen Ton, als wären sie in einer Kirche. Das hier, unter ihren Fingern, war Geschichte. Rußige, schmuddelige Geschichte.

»Vielleicht waren sie das früher einmal, aber sieh sie dir jetzt an. Nur noch Schrott.«

»Nein, Fabrice, das sind sie nicht. Sie müssen nur ein bisschen – oder gründlich – gereinigt und repariert werden. Sie sind die Mühe wert. Sie wurden vom Hause Bayol in Angers geschnitzt.«

»Na und?«

»Bayol gilt als Frankreichs berühmtester Karussellschnitzer. Er war ein Bildhauer, ein Künstler.«

»Warum sollte mich das kümmern?«

»Weil sie wertvoll sind.«

»Wie ich bereits über die signierten Bücher, die ich besitze, gesagt habe, es ist mir egal. Ich habe alles, was ich brauche. Ich werde ohnehin nicht mehr viel länger hier sein. Dein Freund kann sie zu Geld machen, nehme ich an, wenn es das ist, was er will.«

»Mein Freund?«

»Jean-Paul.«

»Er ist nicht mein Freund.«

»Sieht für mich anders aus. Wie dem auch sei ...« – er wandte sich um und leuchtete mit dem Strahl seiner Taschenlampe über die Figuren, trat jedoch nicht über die Schwelle – »... das hier erscheint mir einfach nur traurig. Es wurde alles für meinen Vater gebaut, Marc-Antoine.«

»Er war das einzige Kind von Yves und Joséphine, richtig?«

Er nickte. »Klingt, als ob du meine Familiengeschichte ziemlich gut kennst.«

»Ich versuche nur, die einzelnen Personen auseinanderzuhalten.«

»Nach dem, was ich gehört habe, haben sie dieses Ding bauen lassen, bevor mein Vater überhaupt geboren wurde. Ich vermute, sie wollten es mit Kindern füllen, aber dazu ist es nicht gekommen. Und Yves hat ein Vermögen dafür ausgegeben, ohne zu ahnen, dass er das Geld später brauchen würde, um das Château erst durch eine Weltwirtschaftskrise und dann durch den Ersten Weltkrieg zu bringen.«

»Aber Marc-Antoine muss es geliebt haben. Und die Dorfkinder sind früher zu Festen hierhergekommen.«

»Du bist seit, was, weniger als einer Woche hier? Diese Stadt redet gern.« Der Strahl seiner Taschenlampe ruhte auf einer alten Kutsche, mit einer geschnitzten Rose über der Türöffnung. »Meinst du wirklich, du könntest mit diesem alten Ding etwas machen?«

»Das ist eine Aufgabe für einen Restaurator. Es gibt Profis, die könnten …«

»Ich will keine Profis. Wenn du dieses Teil reinigen willst, kannst du es gern tun. Nur du allein.«

»Aber ich bräuchte Hilfe. Was ist mit Johnny? Es wäre das perfekte Projekt für jemanden wie ihn. Und Jean-Paul natürlich, falls er sich bereit erklärt zu helfen.«

Er schnaubte, aber dann sagte er: »Na schön. Du, der Junge und Jean-Paul. Aber ich will hier nicht noch mehr Fremde herumlaufen haben. Wenn du ›Experten‹ hinzuziehen willst, dann warte damit, bis ich tot bin. Danach könntest du Jean-Paul vermutlich überreden, dir völlig freie Hand zu lassen. Aber bis dahin, keine Außenstehenden auf meinem Grundstück.«

»Fabrice, du weißt aber schon, dass Jean-Paul sich um dich sorgt, oder? Und ja, er macht sich auch Sorgen um das

Château und was aus ihm werden soll, aber es ist nun wirklich nicht seine Schuld, dass er der Nächste in der Erbfolge ist. Oder dass sein Großvater ein Idiot ist.«

Er zuckte die Schultern. »Es ist nur … dieses Karussell erscheint mir wie eine Metapher. Alles Schöne und Unschuldige wurde zerstört.«

Sie fotografierte das Schwein, die Katze und die Kutsche aus mehreren Winkeln, während sie sich fragte, was das harsche Licht des Blitzes aufzeigen würde, wenn sie den Film entwickelte. Oft enthüllte die Kamera Dinge, die das bloße Auge nicht bemerkte.

»Wie ist es eigentlich in Brand geraten, weißt du das?«

Fabrice schwieg so lange, dass sie schon dachte, er würde gar nicht antworten. Aber schließlich sagte er: »Mein Vater sagte, seine Mutter – meine Großmutter, Joséphine – sei früher nachts auf diesem Karussell gefahren. Viele Leute im Dorf dachten, Joséphine sei untreu gewesen …«

Cady schoss ein paar Fotos von der Drehschüssel.

»Es gab ein Problem mit der Dampfmaschine, als die falsche Art Petroleum verwendet wurde. Joséphines Leichnam wurde hier gefunden, nachdem das Feuer gelöscht war.«

»Es tut mir so leid«, sagte Cady, während sie Fotos von dem Rundbrett über dem Karussell schoss. »Was für ein tragischer Unfall.«

»Manche Leute haben behauptet, mein Großvater sei vor Eifersucht verrückt geworden und hätte das Ding in Brand gesteckt, während sie hier draußen war. Sie dachten, er hätte sie absichtlich getötet.«

Cady erstarrte. Langsam ließ sie die Kamera sinken und sah Fabrice an. Sein Gesicht war von seltsamen kräftigen

Schatten und Ebenen von den Strahlen der Taschenlampen gezeichnet.

»Hat dein Vater das geglaubt?«

»Ich weiß nur, dass so ein Traum aussieht, der sich in einen Albtraum verwandelt hat.«

Kapitel 46

GEGENWART
CHÂTEAU CLÉMENT

Cady

Cady war um sechs hellwach und wartete sehnsüchtig auf das Licht des Tages.

Sie konnte es kaum erwarten, Jean-Paul zu erzählen, dass Fabrice ihr das Karussell gezeigt hatte, aber ihr Handy hatte keinen Empfang, und sie hatte nicht das Gefühl, mit dem Telefon in der Küche ungestört telefonieren zu können. Außerdem rechnete sie damit, dass Johnny heute schon früh zur Arbeit erscheinen würde. Sie würde später mit Jean-Paul reden müssen.

Als der Morgen dämmerte, zog sie sich warm an und ging mit ihrer Kamera hinaus. Sie drückte die großen Türen des Gebäudes auf und begutachtete die Überreste des Traums im klaren weißen Licht des frühen Morgens, das schräg durch die hohen staubverkrusteten Fenster fiel.

Wie üblich war das Tageslicht besser für ihre Fotografie, aber schwerer für die Fantasie. Die gespenstische Romantik des Karussells war mit der Nacht verschwunden, und an ihre Stelle war vollkommenes und absolutes Chaos getreten. Cady verspürte einen Anflug von Selbstzweifeln. Vielleicht hatte Fabrice doch recht. Gab es unter diesem ganzen Schmutz überhaupt irgendetwas zu retten?

Sie baute ihre Kameras auf, stellte sich hinter das erste Objektiv und knipste drauflos.

Als Johnny kam, führte Fabrice sie beide zu einem Lagerraum, wo sie Ventilatoren, Masken und Handschuhe fanden, die von seinen früheren Reparaturbemühungen noch übrig waren. Sie nahmen ihre Utensilien mit zu dem Nebengebäude, öffneten die Fenster und stellten die Ventilatoren so auf, dass sie für Durchzug sorgten.

Johnny lehnte sich an die Außenwand des Gebäudes, zückte ein Päckchen Marlboros und zündete sich eine an.

Cady sah ihn entnervt an. »Wir haben eben diese Ventilatoren aufgestellt, um unsere Lungen zu schützen, und jetzt rauchst du?«

Er zuckte die Schultern und wies mit dem Kopf auf das Innere des Gebäudes. »Das ist doch nur ein Haufen Gerümpel.«

»Auf den ersten Blick sieht es so aus. Aber so manches Gerümpel braucht nur eine zweite Chance. Drück diese Zigarette aus, während wir drinnen sind, bitte.«

Widerstrebend tat er es und folgte ihr in das Gebäude.

»Sieh dir das an.« Cady führte ihn über den Karussellboden zu einem der inneren Paneele. Sie rieb eine Ecke mit einem Lappen ab. »Unter diesem Ruß ist ein ganzes Gemälde. Siehst du es dort hervorschauen?«

Er hockte sich auf die andere Seite des Gemäldes. »Was soll ich machen, es abwaschen?«

»Nein, ganz so einfach ist das leider nicht. Wenn du Seife und Wasser verwendest, kann das sogar unter die Ölfarbe gelangen und dazu führen, dass sie abblättert oder ein trüber Rückstand zurückbleibt, ›Blüte‹ genannt.« Es war schon eine Weile her, seit Cady mit Maxine zusammen alte Ölgemälde gereinigt hatte. Sie wollte nichts Radikales tun wie zum Beispiel, den Firnis entfernen und damit riskieren, die originale Farbe gleich mit abzutragen. Zumindest vorerst wollte sie nur den Ruß entfernen, um das darunterliegende Gemälde zum Vorschein zu bringen. »Wir werden ein spezielles Lösungsmittel brauchen. Ich nehme an, in Saint-Véran gibt es kein Geschäft für Künstlerbedarf?«

Er blickte verwirrt.

»Das war ein Witz. Ich habe einen Witz gemacht. Aber in Avignon muss es irgendetwas geben. Gibt es dort eine Kunstschule?«

»Es gibt dort eine Universität und die Académie des Arts d'Avignon.«

»Perfekt. Wo es Studenten gibt, gibt es auch Künstlerbedarf zu kaufen.«

»Oder Sie könnten die Blumenhändlerin in Saint-Véran fragen«, schlug Johnny vor. »Ihre Tochter restauriert Gemälde für große Museen, sie hat im Louvre gelernt.«

»Und sie lebt hier im Dorf?«

Er nickte. »Sie hat sich von ihrem Mann getrennt und hat eine kleine Tochter, daher sind sie wieder zurück zu ihrer Maman gezogen.«

»Und ihre Maman ist die Blumenhändlerin? Wie heißt sie denn?«

»La Toinon – sie ist auch eine Clément, aber ihr Ehename ist Goselin. Sagen Sie, woher wissen Sie eigentlich, wie so was geht?«

»Ich habe es gelernt, als ich ungefähr in deinem Alter war. Komm, hilf mir, diese Karussellfiguren ans Licht der Fenster zu tragen. Ganz vorsichtig.« Er tat, was sie ihm sagte, und sie begannen, die Menagerie zu verfrachten. Insgesamt waren es zwei Kaninchen, drei Hunde, eine Katze und ein Schwein. »Ich war selbst ein böses Kind, so wie du. Wenn du glaubst, dass Saint-Véran übel ist, solltest du mal versuchen, als Kleinkrimineller auf den Straßen von Oakland zu leben.«

Er starrte sie an.

»Jedenfalls, eines Tages – ehrlich gesagt, an vielen Tagen – habe ich etwas aus einem Laden gestohlen, der einer Frau namens Maxine gehörte. Sie hat Antiquitäten verkauft und viel alten Trödel. Aus irgendeinem Grund hat sie entschieden, mich für sich arbeiten zu lassen, anstatt mich der Polizei zu übergeben.«

Sie hielt einen Moment inne, in der Hoffnung, dass er die Bedeutung ihrer Worte erfasste. Es war schwer zu sagen. Johnny hatte die ausdruckslose Art vieler schwieriger Teenager – die Folge davon, dass sie ihre Emotionen so viele Jahre unter Verschluss gehalten hatten, aus Angst, sich andernfalls verletzlich zu machen. Leider war es schwer, diese Art Selbstschutz von einem grundsätzlichen Mangel an Verständnis oder Intelligenz zu unterscheiden.

»Jedenfalls«, fuhr Cady fort, während sie Johnny Handfeger und Kehrschaufel reichte, »Maxine hat mir beigebracht, Antiquitäten zu reinigen und zu restaurieren, und ich habe lange für sie gearbeitet. Sie hat mir auch Lesen beigebracht.«

Johnny murmelte etwas, das wohl so etwas wie »Gibt's doch nicht!« heißen sollte.

»Doch, es stimmt. Ich habe oft die Schule gewechselt und es geschafft, mich irgendwie durchzumogeln, ohne je lesen zu lernen. Ich war damals so alt wie du jetzt. Kannst du dir das vorstellen? Alles, was ich wusste, bevor ich Maxine kennenlernte, war, wie man überlebt und wie man sich prügelt.«

»Sie prügeln sich?«

»Jetzt nicht mehr. Ich habe gelernt, stattdessen meine Sprache zu benutzen. Aber wenn Maxine mir nicht geholfen hätte, würde ich wohl längst im Gefängnis sitzen.«

Er betrachtete das rußgeschwärzte Durcheinander in dem Gebäude. »Vielleicht wäre das gar nicht so schlimm, verglichen mit dem hier.«

Sie lachte. »O doch, das wäre es. Dieses Karussell hat echtes Potenzial, Johnny. Es ist ein Teil der französischen Geschichte und der Geschichte deiner Familie. Glaub mir. Du wirst schon sehen. Also, auf welche Universität willst du später mal gehen? Willst du nach Avignon oder lieber ein bisschen weiter weg?«

»Was?«

»Du bist, wie alt, fünfzehn? Heißt das nicht, dass du in ein paar Jahren auf die Universität gehen wirst?«

Seine Miene deutete an, dass sie irgendetwas völlig Schwachsinniges gesagt hatte.

»Ist das Studium in Frankreich nicht kostenlos? Oder zumindest staatlich gefördert? Das ist doch ein ziemlich netter Deal.«

»Na ja, schon, wenn man einen Platz kriegt. Aber ich bin irgendwie kein guter Schüler.«

»Warum nicht?«

Er zuckte die Schultern.

»Maxine hat mir immer gesagt, es sei keine Schande, Hilfe zu brauchen, nur eine, nicht um Hilfe zu bitten, wenn man sie braucht.«

»Sie stellen sie wie eine Art Heilige hin.«

Sie lächelte bei dem Gedanken an eine »heilige Maxine«. Zum ersten Mal seit Maxines Tod musste sie nicht gegen das Bild ankämpfen, wie ihre gute Freundin und Mentorin stürzte und auf dem Boden lag und ihr letzter Atemzug aus ihrem Körper entwich. Das Gefühl, das sie hatte, als Maxine vor ihren Augen entschwand und sie allein zurückließ.

Stattdessen war das erste Bild, das ihr durch den Kopf schoss, eines von Maxine, wie sie hinter ihrer Kasse saß und in einer Zeitschrift blätterte. Dann dachte Cady an Maxine, wie sie in ihrer großen Schürze hinter dem Arbeitstisch stand und den Kopf zurücklegte, um durch den unteren Bereich ihrer Zweistärkenbrille zu sehen, während sie ein Projekt studierte. Sie dachte an den Moment, als Maxine sie eingeladen hatte, bei ihr zu wohnen.

»Ich glaube, sie war vielleicht tatsächlich eine Heilige, jetzt, wo ich darüber nachdenke«, meinte Cady. »Jedenfalls hat sie mich gerettet. ›Die heilige Maxine‹. Klingt doch irgendwie nett.«

Johnny schwieg und fixierte Cady nur mit einem misstrauischen Blick, als sei er eben zu dem Schluss gekommen, dass sie völlig übergeschnappt war.

Genau das hatte Cady von Maxine gedacht, als die alte Frau verkündete, dass sie Cady zu ihrem nächsten Projekt machen würde. Cady war vielleicht nur noch für ein paar Tage in der Provence, aber manchmal war das genug Zeit, um jemandem wie Johnny eine Rettungsleine zuzuwerfen, seine Perspektive zu ändern.

Cady wurde bewusst, dass sie hierzulande bereit war, die Hand auszustrecken und Kontakt aufzunehmen, wohingegen sie sich in Oakland immer davor scheute. Olivia hatte sie oft zu überreden versucht, sich als Kinderpatin zu engagieren oder Highschoolschülern Nachhilfe zu geben, aber Cady hatte immer irgendeine Ausrede gefunden, hatte immer gedacht, sie würde »irgendwann« in der Zukunft eine Pflegemutter werden und so ihre Spur hinterlassen. Oder … selbst ein Baby bekommen. Genau wie bei Maxine wurde Cady bewusst, dass sie seit … Tagen nicht mehr über ihre Fehlgeburt nachgedacht hatte.

Vielleicht hatte Olivia doch recht … vielleicht gab es tatsächlich so etwas wie Heilung durch Ortswechsel. Aus irgendeinem Grund fühlte es sich an diesem fremden Ort leichter an, ihr Herz und ihren Verstand zu öffnen und nach vorn zu blicken.

»Genug von der heiligen Maxine«, sagte Cady, als sie sah, dass Johnny damit fertig war, den Bereich zu fegen, in dem die Karussellfiguren gestanden hatten. »Lass uns jetzt erst mal diese Fenster putzen, damit wir hier drinnen mehr sehen können, und dann diese Paneele an der Wand dort drüben aufstellen. Dann können wir sie nacheinander reinigen, sobald wir die richtigen Lösungsmittel haben. Und lass uns alle anderen geschnitzten Figuren, die wir finden, dort drüben aufstellen«, sagte sie und zeigte zu der Nische auf der anderen Seite des Raums. »Dann können wir sehen, was wir alles haben.«

»Das heißt, dieses Ding war früher ein Karussell, das richtig funktioniert hat?«

»Ja, das war es. Aber es gab noch viel mehr Figuren als die hier. Ich bin mir nicht sicher, wie viele, aber wir können die Löcher im Boden zählen und es ausrechnen.«

Sie arbeiteten eine Weile Seite an Seite, dann fragte Johnny: »Woher können Sie eigentlich so gut Französisch?«

»Ich habe Kurse besucht. Und ich habe früher für eine französisch-amerikanische Schule in der Nähe von dort, wo ich in den Staaten lebe, die Schulfotos gemacht. Dort habe ich ein paar Franzosen kennengelernt, die mit mir geübt haben. Aber angefangen hat alles mit einem Kaninchen namens Gus.«

Er starrte sie an.

»Gus ist eine Karussellfigur. Früher dachte ich, sie könnte zu dieser Gruppe hier gehören, aber jetzt …« Sie zuckte die Schultern.

»Ich spreche ein bisschen Englisch«, sagte er auf Englisch. Sein Akzent war grausam, daher klang es eher wie: »Isch spresche ein bissken Änglisch.«

»Das ist ja toll!«, antwortete Cady. »Für mich ist es viel entspannender, Englisch zu sprechen. Wollen wir üben?«

»Ein bissken.« Dann wechselte er wieder ins Französische über. »Aber nicht jetzt. Ich kann nicht gleichzeitig putzen und Englisch sprechen.«

Sie kicherte. »Weißt du, Johnny, du musst dich bei Fabrice entschuldigen.«

»Er muss sich bei *mir* entschuldigen.«

»Okay, vielleicht muss es eine generelle Détente zwischen euch geben.«

Er zuckte die Schultern.

»Ich weiß, er ist ein kauziger alter Mann, aber er hat in seinem Leben viel gemacht, und er hat viel gesehen. Du könntest von ihm lernen. Er ist ein berühmter Schriftsteller. Und hast du gewusst, dass er im Zweiten Weltkrieg in der Résistance gekämpft hat?«

Er nickte. »Alle sagen, dass er ein Held war.«

»Wirklich?«

»Ja. Er hat hier einen Verräter festgenommen, als er nach dem Krieg nach Château Clément zurückgekommen ist. Einen Nazikollaborateur.«

»Wirklich? Was ist passiert?«

»Ich kenne die Details nicht. Das ist nur, was die Leute sagen.«

Sie arbeiteten noch ein paar Stunden zusammen und machten gute Fortschritte. Die Luft wurde bereits besser, und mit ein bisschen Organisation konnten sie leichter sehen, womit sie es zu tun hatten. Sobald sie alles von dem Karussellboden entfernt hatten, untersuchte Cady die Löcher für die Stangen und Schrauben und kam zu dem Schluss, dass das Karussell ursprünglich aus vierundzwanzig Tierfiguren und vielleicht zwei Drehschüsseln und der Kutsche bestanden hatte. Sie fanden drei Hühner, ein Pferd und noch ein Kaninchen, sodass sie insgesamt zwölf hatten. Wenn sie richtig gerechnet hatte, war nur noch die Hälfte der ursprünglichen Figuren übrig, und mehrere davon waren stark beschädigt. Wenn sie die anderen nicht finden konnten, lohnte es sich dann überhaupt zu versuchen, das Clément-Karussell zu retten?

»Genug für heute«, verkündete Cady. »Ich muss nach Avignon fahren, um diese speziellen Reinigungsmittel zu kaufen. Jetzt, wo Fabrice mich endlich hier hereingelassen hat, will ich nichts vermasseln. Willst du mitkommen, dir vielleicht die Universität ansehen?«

»Ähm … nein, ich muss los.«

»Okay. Dann bis morgen?«

Er knurrte zustimmend und schlich davon.

Cady blieb zurück. Ihre Haut juckte, und sie musste dringend duschen. Der Ort war ein Trümmerfeld. Selbst mit der frischen Luft roch es noch immer nach Ruß und Moder, dem seltsamen Geruch eines seit Langem leer stehenden Gebäudes.

Könnte Cady Joséphine und Yves Clément helfen, ihre Träume wahr werden zu lassen, indem sie das Karussell restaurierte, sodass es wieder von entzückten Kinder gefahren werden konnte? War sie überhaupt imstande, einen solchen Job zu übernehmen, nur mit der fragwürdigen Hilfe eines widerspenstigen Teenagers und (falls sie ihn überhaupt dazu überreden konnte) eines desillusionierten Pariser Architekten, der jetzt schon erbost darüber schien, wie sehr sie sich in seine Familienangelegenheiten einmischte?

Es war lächerlich.

Aber wenn sie die Augen schloss, konnte Cady die blechernen Klänge der Karussellorgel hören, das Wirbeln des Karussells spüren und die Dame des Hauses, Joséphine Clément, sehen, wie sie bis in alle Ewigkeit auf ihrem eigens angefertigten Karussell ihre Runden drehte.

Während Cady unter dem erstaunlich starken und heißen Strahl der Dusche stand, kam ihr eine Idee: Könnte sie das Karussellbuch um ein Kapitel ergänzen, das Fotos eines verlorenen Karussells auf einem nahezu verlassenen Château zeigte?

Sie hatte die Fotos, die sie aufgenommen hatte, natürlich noch nicht sehen können, aber ihre Erfahrung sagte ihr, dass sie gut geworden waren. Der Kontrast der süßen Gesichter der Figuren zu ihrem ramponierten Zustand, die einst leuchtenden Farben der bemalten Holzfiguren, die zusehends verfielen. Wie Fabrice gesagt hatte, war es ein Traum, der sich in einen Albtraum verwandelt hatte.

Natürlich, sie würde ihr Bestes geben, um diesen Albtraum wieder in etwas zu verwandeln, das entzückend und liebenswert war, aber in der Zwischenzeit könnte eine Fotoreportage, die jeden Schritt dokumentierte, doch faszinierend sein. Oder nicht?

Cady wollte die Idee Olivia vorstellen und sie bitten, sich damit an den Lektor bei Addison Avenue Books zu wenden. Cady wusste, dass sie dem Verleger selbst schreiben sollte, und sie würde es tun, wenn der Lektor offen für ihre Idee war, aber Olivia konnte so viel besser mit Leuten umgehen als Cady. Olivia könnte ihnen die Idee schmackhaft machen, und wenn sie interessiert waren, würde Cady einen detaillierten Vorschlag einreichen. Sie stellte sich vor, wie sich das ganze Dorf für ihre Idee einsetzte. Es wäre das perfekte Mittel für die Bewohner, Fabrice ihre Unterstützung zu zeigen.

Oder … preschte sie zu schnell voraus, wie sie es so oft tat?

Eine Frage, die sie ins Grübeln brachte, war, wie Fabrice auf eine solche Idee reagieren könnte. Natürlich würde sie nichts ohne seine ausdrückliche Erlaubnis tun, aber er legte so viel Wert auf seine Privatsphäre. Sie hoffte, dass ihn nicht allein schon die Frage in Rage brachte.

Aller Wahrscheinlichkeit nach war die Frage ohnehin müßig. Cady konnte nicht gut einschätzen, was für andere Leute von Interesse sein könnte. Vermutlich war sie die Einzige, die ein verfallenes Karussell faszinierte.

Sie würde die Idee zuerst Olivia vorstellen.

Kapitel 47

1945
PROVENCE

Fabrice

Nachdem die Alliierten und die Freien Französischen Streitkräfte gekommen waren, um die Nazis ein für alle Mal aus Paris zu vertreiben, wurden den *collaborateurs horizontales* die Köpfe rasiert, und sie mussten halb nackt durch die Straßen von Paris laufen und ihre Sünden gestehen.

Es war ein makabres Schauspiel. Fabrice erinnerte sich daran, diese Frauen schon früher gesehen zu haben, voller Mitgefühl für ihre Notlage und ihre Versuche zu überleben. Jetzt, beim Anblick ihrer blassen, ausdruckslosen Gesichter und ihrer kahl geschorenen Köpfe verspürte er nichts als Scham und Wut. Er suchte in ihren Gesichtern erfolglos nach dem einen, das er finden wollte. Nach Paulette.

Hatte sie ihre Zelle wirklich verraten? Den Arzt und seine Frau, das Hausmädchen und alle anderen, die mit ihnen zusammengearbeitet hatten? Sie waren alle verschwunden. War es Paulette gewesen, die ihm seine Familie entrissen hatte? Selbst die kleine Capucine?

Zweifel und Ängste wirbelten unaufhörlich durch seinen Kopf, ein Tornado von Gedanken, den er nicht unter Kontrolle hatte.

Als der Krieg noch tobte, hatte er versucht, in die Provence zu fahren, um nach Paulette zu suchen, aber ohne Sondergenehmigung konnte er nicht ins Vichy-Frankreich einreisen. Jetzt, wo die Besatzer abgezogen waren, fuhr er an den Ort, von dem sie ihm erzählt hatte: Fontaine-de-Vaucluse. Er fragte nach Paulette in der *boulangerie* und im Lebensmittelgeschäft, wo die Regale noch immer leer waren aufgrund der kriegsbedingten Knappheit, die auch nach Kriegsende fortbestand. Aber Paulette konnte natürlich nicht ihr richtiger Name gewesen sein. Sie musste gelogen haben, und vielleicht hatte sie ihn auch über den Ort belogen. Sie hatte von seiner Verbindung zu Château Clément gewusst, daher hatte sie ihn vielleicht darüber belogen, um ihn zum Reden zu bringen.

Trotzdem versuchte er noch immer, an Türen zu klopfen. Nach der Euphorie der Befreiung hatte sich eine grimmige Realität breitgemacht. Die Leute hatten die hohlen Augen und stumpfen Mienen von Überlebenden. Die Deutschen waren vertrieben worden, aber die Felder lagen brach oder mit Bomben übersät, und die Vorräte waren längst gestohlen. Häfen, Bahngleise und Straßen waren zerstört worden, sodass das Verkehrsnetz in Trümmern lag. Fleisch war noch immer rationiert, Hunger und Krankheiten griffen um sich. Auf den Waffenstillstand folgten eine Sommerdürre und ein bitterkalter Winter, als hätten sich die Jahreszeiten selbst gegen das Überleben des französischen Volks verschworen.

In Fontaine-de-Vaucluse waren viele Leute beschuldigt

worden, Sympathisanten zu sein. Mehrere Ladenfronten waren mit Schmierereien verunstaltet, die den Besitzern vorwarfen, mit dem Feind kollaboriert zu haben. Jetzt war die Zeit für Konsequenzen, für Rache.

Fabrice folgte dem Chemin de la Fontaine am Ufer des Flusses Sorgue entlang.

Riesige Libellen sprenkelten den Himmel, leuchteten in schillernden Grün- und Blautönen. Er erinnerte sich, wie seine Mutter ihm erzählt hatte, Libellen seien aus dem Wasser geboren, deshalb seien sie magische Geschöpfe. Er hatte sich nie gefragt, woher sie solche Dinge wusste, aber jetzt tat er es. Jetzt hatte er eintausend Fragen an sie. Sein Vater hatte ihr einmal eine hölzerne Libelle geschnitzt, und sie hatte Fabrice gebeten, sie für sie an einer Schnur zu befestigen, damit sie über ihrem Bett schweben konnte. War sie noch immer da?

Fabrice hatte an jenem entsetzlichen Tag der Entdeckung nichts aus dem Haus mitgenommen. Er war einfach geflohen und hatte dann überlebt, so gut er konnte. Er versteckte sich in den Katakomben unter den Straßen von Paris, er schloss sich einer anderen Zelle der Résistance an. Er stahl. Er tötete. Er überlebte.

Bei jedem Schritt, jedem Atemzug suchten ihn ihre Gesichter heim: seine Mutter, sein Vater, seine Schwester. Und Paulette.

Fabrice kam an einem Denkmal für Petrarca vorbei, dem Dichter, der einst Gedichte an seine keusche Liebe, Laura, verfasst hatte. Voller Verbitterung dachte er an all die Verse, die er im Laufe des vergangenen Jahres für Paulette geschrieben hatte. Keinen davon hatte er ihr gezeigt, zum Glück nicht. Damals hatte er gedacht, sie seien nicht gut genug, seine Worte unangemessen, um die Tiefe seiner Gefühle, die Komplexität seiner Emotionen für sie zum Ausdruck zu bringen. Aber jetzt war er froh, dass ihm wenigstens diese Demütigung erspart geblieben war.

Eine junge Frau verkaufte Handarbeiten an einem Stand – kleine Tischtücher und Servietten. Fabrice fragte sich unwillkürlich, wer solche Dinge zu einer Zeit kaufte, zu der alle verzweifelt auf der Suche nach Essen waren, aber vielleicht konnte es die Verzweiflung ein klein wenig lindern, einen Tisch hübsch zu decken. Er erinnerte sich, wie Paulette immer ihre Lieblingsrezepte rezitiert hatte, um ihnen die Zeit zu vertreiben, während sie arbeiteten oder sich in Durchgängen vor den Nazis versteckten.

Die Frau war jung und hübsch, mit geröteten Wangen und einem süßen Lächeln. Er blieb stehen, um sie zu fragen, ob sie eine Frau namens Paulette kannte, und beschrieb sie, so gut er konnte.

Sie schüttelte den Kopf. »*Désolée, monsieur.* Es tut mir leid. Ich weiß es wirklich nicht. Sie kommt mir nicht bekannt vor.«

Er nickte, dann blieb er aus Höflichkeit noch ein bisschen länger, um sich ihre Ware anzusehen. Er bemerkte bei mehreren Gegenständen und ein paar Halsketten ein Libellenmotiv.

»*Pourquoi les libellules?*«, fragte er. Warum die Libellen?

»Die meisten Leute verkaufen die Zikade, das ist unser provenzalisches Symbol. Aber ich bevorzuge die Libellen: Sie sind Nachfahren des Drachen, der früher einmal hier gelebt hat.«

»Was denn für ein Drache?«, fragte Fabrice belustigt.

In ihren schokoladenfarbenen Augen lag noch immer ein Funken von Interesse, von Jugend, von Hoffnung. Fabrice hatte vor ein paar Wochen seinen sechzehnten Geburtstag gefeiert, aber er fühlte sich so alt und hart wie das Kopfsteinpflaster unter seinen abgelaufenen Ledersohlen.

»Haben Sie denn noch nie die Legende von Coulobres gehört?«, fragte sie mit weit aufgerissenen Augen. »Das war ein riesiger geflügelter Drache, der in der Quelle lebte, wo der Fluss aus dem Berg entspringt. Er hat die Leute von Fontaine-de-Vaucluse heimgesucht, bis er schließlich in die Alpen vertrieben und von Saint-Véran, dem Bischof von Cavaillon, getötet wurde.«

Fabrice kicherte leise über die Vorstellung von Drachen, die in Quellen lebten. Er wusste nur zu gut, dass Monster menschlich waren. Es gab keinen Grund, sich welche auszudenken, wenn die Menschheit grausam genug war.

»Es heißt, dass in dieser Quelle antike Münzen liegen. Die Römer haben sie dort hineingeworfen, um den Drachen zu besänftigen. Niemand weiß, wie tief sie reicht.«

»Ist das in dieser Richtung?« Er zeigte zu dem gewundenen Pfad, der die Kalksteinsteilhänge hinaufführte.

Sie nickte, ihr schüchternes Lächeln enthielt eine Einladung. »Nicht weit.«

In einem anderen Leben wäre Fabrice entzückt gewesen, wenn eine hübsche Frau ihn so ansah, als wäre er ihr Interesse wert. Jetzt fühlte er sich vergiftet, verunreinigt. Er war sich sicher, er würde alles Schöne auf seinem Weg zerstören.

Er nahm ein paar Münzen aus seiner Hosentasche und kaufte eine Libellenhalskette aus Blech und Draht, dann machte er sich auf den Weg den Berg hinauf.

Kapitel 48

GEGENWART
CHÂTEAU CLÉMENT

Cady

Auf dem Weg ins Dorf entdeckte Cady den Blumenladen in der Hauptstraße. Ein altes Steinhaus hinter einer hohen Kopfsteinmauer war durch ein Gewächshaus mit dem Blumenladen verbunden. Die Ladentüren standen offen.

Cady fuhr auf den kleinen Parkplatz. Bevor sie ausstieg, sah sie, dass ihr Handy Empfang hatte, daher schickte sie Olivia rasch eine Nachricht und skizzierte ihre Idee, das verfallene Karussell auf Château Clément zu fotografieren. In Kalifornien war es neun Stunden früher, aber Olivia war eine Nachteule. Nachdem sie auf Senden gedrückt hatte, kam Cady zu dem Schluss, dass ihre Bedenken vermutlich richtig waren. Aller Wahrscheinlichkeit nach würde niemand ihre Faszination für die *saloperie* eines einstmals schönen Karussells teilen.

Vermutlich war es auch besser so. Wenigstens musste sie Fabrice dann gar nicht erst auf die Idee ansprechen.

Cady stieg aus und ging auf den Blumenladen zu. Eine zierliche Frau, die etwa Ende sechzig zu sein schien, stand hinter dem Tresen und arrangierte Blumen. Mit ihren großen Augen und hochgesteckten grau melierten Haaren sah sie wie eine gealterte Sophia Loren aus.

»*Bonjour*«, sagte sie mit einem kühlen Nicken.

»*Bonjour*«, sagte Cady ihrerseits. Die Luft war schwer von dem blumigen Geruch von Rosen und Nelken, Lavendel und Gänseblümchen. Wie musste es sein, jeden Tag umgeben von einem solchen Duft zu arbeiten? Hörte man nach einer Weile auf, ihn zu riechen? War es wie eine schöne Aussicht, die man anfangs schätzte, dann aber vergaß? Oder genoss man es jeden Morgen aufs Neue, sobald man den ersten Schritt zwischen die Blumen tat?

»*Est-ce que vous êtes madame Goselin?*«, fragte Cady.

»*Oui. Et vous?*«

»Ich bin Cady Drake. Ich wohne für eine Weile bei Fabrice Clément, auf Château Clément.«

Die Frau stöhnte auf und ließ buchstäblich alles fallen, und Rosen purzelten aus ihren Händen, während sie um das Ende des Tresens kam. »Ich habe schon gehört, dass eine Amerikanerin bei ihm wohnt! Geht es ihm gut?«

»Ja, er …«

»Seine Gesundheit?«

»Er hat sich den Knöchel verletzt, aber Dr. Miller sagt, er muss ihn nur eine Weile schonen.«

»Ich habe gehört, dass er dort hinausgefahren ist, um ihn zu untersuchen. Bitte nennen Sie mich Toinon.« Sie nahm Cadys Hände in ihre, drückte sie leicht und küsste sie auf beide Wangen. Cady hätte es nicht für möglich gehalten, dass die Luft noch besser riechen könnte, aber ein zartes Parfüm hüllte sie jetzt über den Duft der Blumen hinweg ein.

»Ein Glück, dass Sie bei ihm sind«, fuhr Toinon fort. »Bitte, nehmen Sie einen Aperitif.«

Bevor Cady etwas erwidern konnte, schloss Toinon die Ladentür, drehte das Schild auf GESCHLOSSEN um, nahm Cady bei der Hand und führte sie durch das angeschlossene Gewächshaus. Der verglaste Raum war charmant, aber mit so viel Krimskrams, Pflanzen, Antiquitäten und Gartenmöbeln vollgestopft, dass sie sich einen schmalen Weg durch das Chaos bahnen mussten.

»Entschuldigen Sie, wie es hier aussieht«, sagte Toinon. »Mein Mann ist letztes Jahr gestorben, und jetzt, wo ich den Laden allein führe, verliere ich einfach den Überblick. Aber meine Tochter ist jetzt hier bei mir, daher hoffe ich, dass sich das alles bald ändern wird.«

»Das mit Ihrem Mann tut mir sehr leid«, sagte Cady.

»Es war … ein Schock.« Toinon trat in eine helle, luftige Küche mit einem großen Bauerntisch am Ende des Raums.

»Ich habe selbst kürzlich jemanden verloren, der mir viel bedeutet hat«, sagte Cady.

Toinon wandte sich um und nahm Cadys Hände wieder in ihre. Sie hatte Tränen in den Augen. »Das tut mir so leid. Wen denn?«

»Meine … eine Freundin, aber sie war fast wie meine Mutter.«

Toinon nickte nur und hielt Cadys Blick. Cady konnte spüren, wie sich ihre eigenen Augen mit Tränen füllten, als sie das Mitgefühl in Toinons Miene sah. Die ältere Frau hielt nur einen langen Moment schweigend ihre Hände.

Schließlich sagte sie: »*Bien*, kommen Sie in den Salon, und wir trinken ein Glas.«

Sie gingen durch die große Küche und weiter in ein winziges Büro mit einem unaufgeräumten Schreibtisch vor einem Fenster und Bücherschränken von Wand zu Wand. Ein bequem aussehender Zweisitzer war mit salbeigrünem Brokat gepolstert.

Auf der Couch saß das entzückendste Mädchen, das Cady je gesehen hatte. Sie war nicht älter als vier Jahre, mit kastanienbraunen Haaren, die zu einem Bob geschnitten waren, hellbraunen Augen und rosigen Wangen – von denen eine großzügig mit Schokolade beschmiert war. Auf ihrem Schoß lag ein Bilderbuch, das ungefähr halb so groß war wie sie selbst. Sie trug ein altmodisch aussehendes, cremefarbenes Kleid mit einer grau-rosa Schürze, komplett mit Krinoline, aber ihre Füße waren nackt und die Fußsohlen schmutzig.

»Das ist meine Enkelin, Jacinthe. Jacinthe, bitte sag der Dame guten Tag.«

Etwas widerstrebend, mit dem Gesäß voran, rutschte das Mädchen von der Couch und stellte sich vor Cady. Sie hob das Gesicht und schürzte die Lippen, als wartete sie darauf, geküsst zu werden. Cady beugte sich zu ihr hinunter, und Jacinthe drückte ihr einen klebrigen, nach Schokolade riechenden Kuss auf jede Wange, während sie intonierte: *»Bonjour, madame.«*

»Bonjour, Jacinthe«, erwiderte Cady. *»Enchantée.«*

»Enchantée«, sagte Jacinthe ihrerseits, und dann krabbelte sie wieder auf das Sofa, um ihr Buch weiterzulesen.

Das nächste Zimmer, das Toinon den »Salon« nannte, war ein Wohnzimmer mit einem massiven steinernen Kamin an einem Ende, ähnlich dem in Fabrice' Küche. Eine Wendeltreppe nahm die Mitte des Raums ein, und dahinter stand ein Arbeitstisch, übersät mit verschiedenen Gläsern und Pinseln und einer Palette.

Ein schwacher Geruch von Terpentin erreichte sie, getragen von einer kühlen Frühlingsbrise, die durch ein offenes Fenster hereinwehte.

»Bitte machen Sie es sich bequem. Ich sage meiner Tochter Élodie Bescheid, dass Sie hier sind.«

Toinon schlüpfte durch eine Tür auf der anderen Seite des Salons hinaus und überließ es Cady, sich umzusehen. Auf dem riesigen, grob gehauenen hölzernen Kaminsims standen Bilder von, wie sie vermutete, Familienangehörigen und Erinnerungsstücke eines ganzen Lebens: eine Fußballtrophäe, ein klobiges handgetöpfertes Hündchen, eine afrikanische Holzskulptur, ein paar Postkarten, an die Wand gelehnt.

Sie schlenderte durch den Raum und blieb dann stehen, um das Bild auf der Staffelei neben dem Arbeitstisch zu betrachten. Es zeigte ein kunstvolles Blumenarrangement in einer Glasvase, die gedämpften Farben im starken Kontrast zu dem fast schwarzen Hintergrund. Als sie genauer hinsah, glaubte sie, Blätter zu erkennen, die um die Vase verstreut lagen, aber sie waren so dunkel, dass sie sich nicht sicher sein konnte.

»Hier sind wir«, sagte Toinon, als sie mit ihrer Tochter wiederkam und die beiden jungen Frauen miteinander bekannt machte.

Élodie hatte ein hübsches, reifes Gesicht mit den rosigen Wangen und Lippen, die auch ihre Tochter hatte. Sie war zierlich und vogelartig, wie Toinon, und trug einen makellosen weißen Rock und darüber einen blassgelben Pullover mit Perlknöpfen.

Cady überlegte, wie hoch die Wahrscheinlichkeit war, dass sie, wenn eine Fremde bei ihr vorbeischaute, so angezogen sein würde, als wäre sie eben aus einem Katalog gestiegen. Vermutlich gegen null.

Nachdem sie sich begrüßt hatten, verschwand Élodie in das kleine Büro, und Toinon hockte sich auf einen Stuhl und bedeutete Cady, auf der Couch Platz zu nehmen.

»Nun, erzählen Sie uns bitte, was es Neues von Fabrice gibt. Als sein Vater noch bei ihm war, kam er oft zum Einkaufen ins Dorf, aber in den letzten Jahren ist er immer mehr zu einem Einsiedler geworden.«

»Wie ich bereits sagte, es geht ihm gut.« Cady hatte fast das Gefühl, ihn allein dadurch, dass sie von ihm sprach, zu verraten. Er lebte so entschieden zurückgezogen. Vielleicht hatte er Cady nicht zuletzt deshalb erlaubt, bei ihm zu wohnen, weil sie absolut keine Verbindung zu dem Dorf und seinen Bewohnern hatte.

Élodie kam mit einem Tablett wieder, auf dem drei Flaschen, drei Gläser, eine Schale gemischte Nüsse und ein Eiskübel mit einer silbernen Zange standen.

»Was darf ich Ihnen anbieten?«, fragte Toinon, nachdem Élodie das Tablett auf dem großen Polsterhocker abgestellt hatte. »Pastis, Armagnac oder Génépy?«

»Äh … ich kenne nichts davon. Könnten Sie das für mich entscheiden?«

Cady freute sich, wie offen sie für die Idee war, etwas Neues zu kosten, aber dann wurde ihr bewusst, dass die beiden sie einen Moment zu lange anstarrten.

»Natürlich«, sagte Toinon. »Hier, vielleicht würden Sie gern den Génépy kosten. Er ist aus Kräutern aus den Rhône-Alpes gemacht.«

»Danke«, sagte Cady. Die märchenhafte Atmosphäre des Orts gab ihr das Gefühl, in einem Film zu sein, aber natürlich wurde sie prompt auf den Boden der Tatsachen zurückgeholt. Sie fühlte sich schwer und unbeholfen, fast plump unter diesen zarten, schönen Künstlerinnen. »Ich hatte gehofft, Élodie fragen zu können, was Sie verwenden, um Ruß von Ölgemälden zu entfernen?«

»Am besten ist es, wenn Sie Ihr Gemälde herbringen«, antwortete Élodie. »Ich kümmere mich sehr gern für Sie darum.«

»Ehrlich gesagt, ist das nicht so einfach. Ich will sehr große Paneele reinigen …« Zu spät fragte sich Cady, ob ihre Arbeit geheim bleiben sollte. Aber wenn die Kassiererin im Lebensmittelgeschäft von dem Clément-Karussell wusste, dann taten diese Frauen es sicher auch. »Sie gehören zu dem Clément-Karussell.«

Toinon und Élodie wechselten einen Blick.

»Aber …«, sagte Toinon, »ich dachte, es sei vor langer Zeit zerstört worden.«

»Es wurde stark beschädigt, und etliche Stücke fehlen. Aber ein Teil davon ist noch immer da. Fabrice hat mir erlaubt, es zu reinigen, und dann werden wir sehen, ob irgendetwas davon noch zu retten ist.«

»Soll ich vorbeikommen und es mir ansehen?«, bot Élodie an.

Cady zögerte. Es war schon auf Englisch schwer genug, alles in Worte zu fassen, aber auf Französisch erst recht. »Monsieur Clément lebt, wie Sie sicher wissen, sehr zurückgezogen. Er hat mich gebeten, andere Leute vorläufig fernzuhalten. Ich hoffe, er wird sich mit der Zeit ein bisschen mehr öffnen, aber im Augenblick sind dort nur ich und Johnny Clément.«

Toinons Augenbrauen schossen hoch. »Johnny?«

»Er erledigt für Fabrice ein paar Aufräumarbeiten.«

»Natürlich«, sagte Élodie und erhob sich. Sie hatte eine stille, aber selbstbewusste Art. »Wissen Sie denn etwas über Restaurierungen dieser Art?«

Cady nickte. »Ein bisschen. Ich habe früher in Kalifornien in einem Antiquitätengeschäft gearbeitet.«

»Gut, dann kennen Sie sich ja mit den Grundlagen aus. Untersuchen Sie es als Erstes auf lose Farbe. Wenn alles intakt ist und es nur ein Rußschaden ist, wird das hier helfen.« Sie sammelte Utensilien ein, während sie redete und die verschiedenen Verfahren erklärte. Sie packte fusselfreie Lappen, weiche Pinsel, Wattebällchen und -tupfer und, was am wichtigsten war, ein Glas mit einem speziellen Lösungsmittel, in eine Tüte.

»Arbeiten Sie behutsam, immer nur fünfzehn Quadratzentimeter auf einmal.« Sie wandte sich zu dem Ölgemälde mit Blumen auf der Staffelei um. »Sehen Sie? Hier sind Blumen und Blätter, die von dem Künstler ganz bewusst dort platziert wurden. Die rosa Kamelie bedeutet: ›Ich sehne mich nach dir‹, die violette Hyazinthe bedeutet: ›Es tut mir leid.‹ Die kleinen weißen Maiglöckchen bedeuten eine Wiederkehr des Glücks. Es waren alles Teile einer Sprache, und wenn wir sie nicht sehen können, sind sie verloren.«

Tiefe, zarte Farben tauchten aus dem dunklen Hintergrund auf, während sie ihr kleines Quadrat behutsam reinigte.

»Es ist ein langsamer Prozess, sehen Sie? Sie dürfen nicht hastig arbeiten, wenn Sie zu hart reiben, drücken sie den Schmutz nur noch tiefer in den Firnis oder reiben womöglich den Firnis insgesamt ab.«

Sie füllte noch ein paar Gläser mit verschiedenen Lösungsmitteln und beschriftete sie in einer fein säuberlichen, typisch französischen Handschrift.

»Ich wünschte, ich könnte kommen, um Ihnen dabei zu helfen«, sagte Élodie, während sie Cady die Tüte reichte. »Es wäre mir eine Ehre.«

»Vielen Dank, Élodie. Ich werde es Fabrice auf jeden Fall ausrichten, vielleicht überlegt er es sich mit der Zeit ja noch anders.«

»Das ist nicht gesund«, meinte Toinon kopfschüttelnd. »Er braucht Familie, und er kann sich glücklich schätzen, eine zu haben.«

»Da gebe ich Ihnen recht«, erwiderte Cady. »Ich kann mir nicht denken, warum er allein sein will. Aber ich habe nicht das Gefühl, dass ich jemanden einladen darf, schließlich bin ich bei ihm zu Gast.«

»Das verstehen wir. Aber bitte, wenn es Ihnen möglich ist, vielleicht können Sie ihn überzeugen, seine Meinung zu ändern.«

»Ich hoffe es.« Die Uhr schlug fünf. »Aber jetzt sollte ich wirklich gehen. Ich muss noch fürs Abendessen einkaufen, und ich habe Ihre Zeit lange genug in Anspruch genommen. Vielen Dank.«

Als sie wieder durch das kleine Arbeitszimmer gingen, bekam Cady noch zwei nach Schokolade riechende Küsse von der kleinen Jacinthe. Sie gingen weiter durch die nach Vanille duftende Bauernküche.

»Bevor Sie gehen, muss ich Ihnen noch das hier zeigen«, sagte Toinon. Sie führte Cady auf einen schmalen Weg, der zum Rand des vollgestopften Gewächshauses führte.

Dort, fast versteckt hinter Kartons und Tüten, stand ein

geschnitztes hölzernes Pferd mit einem zarten, nach oben gewandten Gesicht. Wenn ihre Vermutung sie nicht täuschte, war es eine Bayol-Kreation.

»Ist das von Château Clément?«, fragte Cady.

Toinon nickte. »Ich habe es von meiner Mutter geerbt. Ich bin mir nicht sicher, wie sie in den Besitz gekommen ist. Aber … ich weiß, dass im Laufe der Jahre Familienmitglieder Dinge aus dem Château mitgenommen haben. Es war sehr lange verlassen.«

Cady untersuchte die Figur und fand die typische Bayol-Plakette am Sattel, die ursprüngliche Farbe schien größtenteils intakt zu sein.

»Meinen Sie, andere Familienmitglieder könnten auch noch Teile des Karussells haben?«

»Möglich. Ich werde sie fragen. Und wenn Fabrice Ihnen wirklich erlaubt, das Karussell zu restaurieren, würde ich das hier natürlich gern zurückbringen, damit es wieder seinen ursprünglichen Platz einnimmt.«

Cady sagte *au revoir* zu Toinon und sah dann zu, wie das Märchencottage in ihrem Rückspiegel kleiner wurde. *Fabrice muss verrückt sein, nicht zu alledem gehören zu wollen.* Was würde Cady nicht geben, um eine solche Vertrautheit zu haben, das Gefühl, zu einer solchen Welt zu gehören.

Jetzt musste sie nur noch herausfinden, wie sie irgendwelche anderen entwendeten Tiere zurückbekommen konnte, ohne im Clément-Clan noch mehr Staub aufzuwirbeln. Sie hatte den deutlichen Eindruck, dass nicht alle Verwandten so offen und hilfsbereit sein würden wie Toinon und Élodie.

Kapitel 49

1900
CHÂTEAU CLÉMENT

Maëlle

Maëlle und Joséphine machten es sich rasch zur Gewohnheit, abends ein Glas zusammen zu trinken. Nachdem sie den *chouchenn* ausgetrunken hatten, kostete Maëlle zum ersten Mal Cognac und dann ein paar einheimische Magenbitter und Sherrys. Sie vertrauten einander Geheimnisse an, und Joséphine erzählte Maëlle, dass die Einheimischen ihr nicht trauten und sie nicht besonders mochten – sie hielten die Bretonen für verschlagen und geheimnistuerisch und glaubten, sie würden zu viel trinken. Sie befürchtete auch, dass es um die Finanzen von Château Clément schlimmer bestellt sei, als ihr Mann zugeben wollte – er hatte die Seele eines Künstlers nicht eines Geschäftsmannes, und sein Bruder Thierry setzte ihn unter Druck, das Château insgesamt aufzugeben.

Maëlle erzählte Joséphine, wie sie zwei Heiratsanträge von Männern in ihrem Dorf abgelehnt hatte und dass ihre Mutter beide Male nachts geweint hatte. Und nachdem ihre Mutter erkrankt war, hatte sie gelobt, den nächsten Antrag anzunehmen, aber der Zustand ihrer Mutter verschlechterte sich rasch, und sie starb zu früh, als dass Maëlle ihr Versprechen hätte einlösen können. Und Maëlle gab Joséphine die kleinen Holztiere, die sie geschnitzt hatte. Joséphine war entzückt und erklärte, sie würde ihnen einen Ehrenplatz auf dem Kaminsims im Kinderzimmer einräumen.

Aber jetzt … Maëlle gelingt es, ihrer Auftraggeberin zwei Tage aus dem Weg zu gehen. Schließlich kommt Joséphine heraus zu dem Karussellgebäude.

Das Scheppern und Sägen hält prompt inne, als die Männer sich respektvoll aufrichten. Maëlle tut dasselbe und stellt ihre Farben hin – aber sie flucht leise.

»Oh, es ist entzückend!«, ruft Joséphine atemlos. »Ich wollte es nicht sehen, bevor es fertig ist, aber ich konnte einfach nicht länger warten. Es ist hinreißend!«

Joséphine hält einen Moment inne, dann sagt sie: »Maëlle, könnte ich dich einen Moment sprechen?«

»Natürlich, Madame.«

»Draußen?« Joséphine geht voran in den Hof, wo eine warme, kräftige Sommerbrise ihre Wangen liebkost. Sie wendet sich zu Maëlle um und blickt ihr forschend ins Gesicht. »Ist alles in Ordnung, Maëlle?«

»Natürlich. Warum sollte es das nicht sein?«

»Ich dachte … Wir hatten oft solch schöne Abende zusammen, aber in letzter Zeit habe ich dich gar nicht mehr gesehen.«

»Ich habe viel zu tun und bin am Ende des Tages immer sehr müde, das ist alles.«

»Soweit ich weiß, ist Léon Morice nicht regelmäßig zur Arbeit erschienen«, fährt Joséphine fort. »Trifft das zu?«

»Wer hat dir das erzählt?«

»Einer meiner ›Informanten‹«, erwidert sie mit einem leichten Lachen. »Glaub mir, Maëlle, auf einem Anwesen wie diesem bleibt nicht viel geheim. Gerüchte machen die Runde. Versuch gar nicht erst, es abzustreiten. Ich weiß, dass er dich verlassen hat.«

Maëlle erwidert Joséphines Blick. Sie will sich ihrer Freundin unbedingt anvertrauen, aber dann ruft sie sich in Erinnerung, dass Joséphine das alles vermutlich schon weiß, da sie selbst mit ihm zusammen ist.

»Oh, meine Liebe, du hast einen so traurigen Blick in den Augen!«, ruft Joséphine aus. »Natürlich hast du das. Du versuchst jetzt, alles zu machen, nicht wahr? Du leitest hier die Arbeiten, einen ganzen Trupp von Männern. Du bist wirklich eine absolut erstaunliche junge Frau.«

»Danke, aber ich muss jetzt wieder an die Arbeit.«

»Ich … natürlich«, sagt Joséphine. »Entschuldige, dass ich dich aufgehalten habe. Wie dumm von mir, wo ich nichts zu tun habe, als umherzuflattern, während du die Arbeit von zwei Männern erledigen musst. Jetzt verstehe ich das. Du sollst nur wissen, dass ich unsere Gespräche sehr genossen habe und dich heute Abend sehr gern sehen würde, wenn auch nur für kurze Zeit, falls du nicht zu müde bist.«

Maëlle nickt, während sie mit den Tränen kämpft.

Am nächsten Abend ruft Joséphine Maëlle zu sich, als sie nach der Arbeit ins Haus geht.

»Maëlle, es ist so lange her. Willst du dich nicht auf ein paar Worte zu mir setzen?«

»Es tut mir leid, ich bin sehr beschäftigt, Madame. *Bonne continuation*«, murmelt Maëlle, während sie rasch weitergeht und dabei Joséphines Blick ausweicht.

»*Madame?*«, sagt Joséphine. »Nennst du mich jetzt wieder *Madame*? Jetzt *weiß* ich, dass irgendetwas nicht stimmt.«

Maëlle schüttelt den Kopf. Sie will nur noch zurück in die Privatsphäre ihres Schlafzimmers.

»Was ist los, Maëlle? Bitte sag es mir. Sind wir nicht Freundinnen?«

Maëlle bricht in Tränen aus.

»Oje, meine Liebe.« Joséphine legt einen Arm um Maëlle, führt sie rasch in den Salon und schließt hinter ihnen die Tür. Sie geleitet sie zu dem Sessel, in dem sie bei ihren abendlichen Gesprächen immer gesessen hat, reicht ihr ein Taschentuch und hockt sich auf die Kante des Sessels ihr gegenüber.

»Meine liebe, liebe Maëlle. Ich weiß, wir kennen uns noch nicht sehr lange. Aber ich habe das Gefühl, wir stehen uns schon jetzt so nahe. Als Frauen, als Bretoninnen. Als Seelenverwandte. Bitte, willst du es mir nicht sagen?«

»Liebst du … liebst du deinen Ehemann, Joséphine?«

»Aber natürlich! Er ist der freundlichste Mann, den ich je gekannt habe. Selbst in der Familie sagt man, dass Yves alles Süße und sein Bruder Thierry alles Saure bekommen hat.« Sie lächelt ein wenig betrübt. »Andererseits hat Thierry schon drei Kinder, obwohl er erst ein Jahr nach Yves und mir geheiratet hat. Daher gibt es vielleicht einen Grund, weshalb er gesegnet ist und wir nicht.«

»Ich …« Maëlle putzt sich mit dem Taschentuch die Nase, dann drückt sie die Schultern durch und platzt heraus: »Hast du eine Affäre mit Léon Morice?«

Joséphine bäumt sich auf, als hätte Maëlle sie mit der Faust geschlagen.

»Was? Ich habe ganz gewiss *keine* Affäre – das würde ich niemals tun, und schon gar nicht mit diesem Schuft.«

»Du … du magst Léon nicht?«

»Nun ja, er ist ein schöner Mann, und ich liebe schöne Dinge«, erwidert Joséphine, während sie lächelt und nickt. »Aber es ist offensichtlich, dass er gern den Frauen nachschaut. Und hier hat er dich allein gelassen, damit du dieses ganze Projekt leitest, eine junge Frau wie dich! Ich weiß, du bist sehr tüchtig, in bemerkenswerter Weise. Aber es scheint nicht fair, das alles dir aufzubürden.«

Maëlle schweigt in ihrem Elend.

»Ich bin sicher, das ist der Grund, weshalb du weinst, süße Maëlle. Du bist übermüdet. Wir lassen dich zu hart arbeiten. Nimm dir einen Tag oder zwei frei – ich bin sicher, alle Männer könnten einen Ruhetag gebrauchen.«

»Das ist es nicht. Ich liebe die Arbeit«, sagt Maëlle. »Es ist nur, ich … ich glaube, ich erwarte ein Kind.«

Kapitel 50

GEGENWART
CHÂTEAU CLÉMENT

Cady

Am nächsten Nachmittag, nachdem sie ihre täglichen Einkäufe erledigt hatte, fuhr Cady zum Hound Dog Café.

»Bonjour«, sagte sie mit lauter Stimme, um sich über »Heartbreak Hotel«, das im Hintergrund dröhnte, Gehör zu verschaffen.

»Bonjour, Americaine!«, rief Hubert.

Cady fiel auf, dass noch ein anderer schweigsamer alter Mann über der Bar kauerte, und entschied, dass Fabrice jederzeit besser aussah. Er mochte griesgrämig sein, aber wenigstens vertrank er nicht den ganzen Tag und funkelte nicht fremde Leute über sein Bier hinweg finster an.

»Un café allongé, s'il vous plaît«, sagte Cady in Huberts ungefähre Richtung, während sie auf ihren üblichen Tisch in der Ecke am Fenster zusteuerte. Sie hatte sich einen Kaffee mit einem extra Schuss Wasser bestellt. In Frankreich bedeutete *café* Espresso, was ihr manchmal zu stark war. Aber sie hatte in Paris den Fehler begangen, einen *Americano* zu bestellen, und mochte den allzu verwässerten Ge-

schmack nicht. Genau wie Goldlöckchen hatte sie festgestellt, dass *allongé* genau das Richtige für sie war.

Sie öffnete ihren E-Mail-Account und freute sich, eine neue Nachricht von Olivia zu sehen. Sie schätzte diese Verbindung zu einer Freundin, jemandem, für den sie mehr war als »das amerikanische Mädchen, das bei Fabrice Clément wohnt«. Frankreich hatte Cady die Chance gegeben, einen anderen Teil von sich zu erkunden, aber es erdete sie, jemanden zu haben, der wusste, woher sie kam. Ihr war gar nicht bewusst gewesen, wie abgeschnitten, wie losgelöst sie sich gefühlt hatte.

Cady bemerkte es kaum, als Hubert ihr die Tasse Kaffee hinstellte.

Hallo, meine liebe Freundin,

na, das sind ja Geschichten! Du machst keine halben Sachen, oder? Als ich dich genötigt habe, nach Europa zu fahren, konnte ich kaum ahnen, dass du dich ausgerechnet auf einem Château auf dem Land einschmeicheln würdest. Vielleicht sollten Sebastian und ich dich dort besuchen kommen?
Also, ich habe mit Marjorie bei Addison Avenue Books geredet, und sie hat mit ihren Leuten geredet.
Sie waren nicht unbedingt angetan von deiner Idee. Ihnen gefällt die Idee nicht, dass dein verfallenes Karussell ein eigenständiges Kapitel in dem Buch bildet. Stattdessen sind sie interessiert an der Möglichkeit, ein völlig anderes Buch daraus zu machen! Offenbar mögen viele Leute verlassene Dinge (siehst du? Du bist nicht die Einzige), und sie glauben, dass es mit den Fotos richtig

interessant werden könnte. Sie wollen ein paar Beispiele sehen. Eines noch: Sie wollen, dass du den alten Mann und seinen Hund miteinbeziehst. Klassisch.
Du wirst doch immer noch mit mir reden, wenn du eine Bestsellerautorin bist, oder?

Danach plauderte Olivia noch ein bisschen über den örtlichen Bauernmarkt und eine Aufführung, die sie in Oaklands berühmtem Paramount Theatre gesehen hatte, sodass Cady sich fühlte, als hätte sie mit ihrer besten Freundin bei einem Kaffee beisammengesessen und geredet. Ihrer *einzigen* Freundin, eigentlich. Der Gedanke brachte sie zum Lächeln, sorgte aber auch dafür, dass sie Olivia schmerzlich vermisste.

Es war nicht nur die Leichtigkeit der Sprache, nach der Cady sich sehnte, sondern auch das Gefühl, verstanden zu werden, ohne etwas zu sagen.

Cady las die E-Mail zweimal durch und den Teil über das Buch dreimal. Sie lehnte sich auf ihrem Platz zurück und starrte hinaus auf die Gasse hinter dem Fenster. Zwei Grundschulkinder gingen zu beiden Seiten ihrer Mutter vorbei und plapperten aufgeregt, während die Mutter lächelte und nickte. Madonnenartig, grenzenlose Geduld verströmend. Eine gebeugte alte Frau stützte sich auf den Arm eines Mannes in mittleren Jahren, der sich zwei Baguettes unter den anderen Arm geklemmt hatte. Eine orange getigerte Katze kauerte auf der anderen Straßenseite auf einem Fensterbrett. Cady sah zu, wie das Tier dieselben Passanten beobachtete wie sie. Seine großen, intelligenten grünen Augen sahen … was?

Ein Buch. Ein ganzes Buch über das verfallene Château

Clément und den Prozess, sein beschädigtes Karussell zu restaurieren. Konnte sie das wirklich durchziehen?

Eine Sorge nagte prompt an ihr, tief unten. Sie war eben erst dabei, Fabrice' Vertrauen zu gewinnen. War es möglich, dass er kooperieren würde, oder – was eher anzunehmen war – würde er es als endgültiges Eindringen in seine Privatsphäre sehen? Er war so kratzbürstig ... Wie konnte sie ihm die Idee überhaupt nahebringen?

»Bist du die Amerikanerin?«, hörte sie auf einmal die heisere Stimme eines alten Mannes, der neben ihrem Tisch aufgetaucht war.

Cady hatte sich so daran gewöhnt, dass fremde Leute in Saint-Véran freundlich zu ihr waren, dass sie nicht auf der Hut war. Aber dieser Mann war erregt, und er schwankte leicht. Ihre Oakland-Abwehrhaltung schaltete sich prompt ein.

»Und wer sind *Sie*?« Noch während sie die Frage stellte, begriff sie, dass er der Mann war, der über seinem Bier an der Bar gekauert hatte.

»Was fällt dir ein, meinem Jungen Flausen in den Kopf zu setzen?«

Cady verstand nicht jedes gelallte Wort, aber sie nahm an, dass es ungefähr das war, was er sagte. Allmählich begriff sie, dass er von ihrem neuesten Assistenten sprechen musste.

»Sie sind Johnnys Vater?«

»Ja, der bin ich. Und ich wäre dir dankbar, wenn du ihn in Ruhe lassen würdest. Er ist schon idiotisch genug, auch ohne deine amerikanischen Flausen im Kopf.«

»Darf ich fragen, von was für Flausen genau Sie reden?«

»Er hat mir erzählt, dass du glaubst, er gehört auf die

Universität.« Er sprach dieses letzte Wort mit einer spöttischen, übertriebenen Betonung aus.

»Er scheint intelligent und feinfühlig zu sein«, sagte Cady. »Die Universität ist nicht jedermanns Sache, aber wenn er will …«

»Das geht dich gar nichts an. Wer bist du überhaupt? Meinst du, du kannst hier in unsere kleine Stadt platzen und anfangen, dich in die Angelegenheiten anderer Leute einzumischen?«

Er beschimpfte sie: *salope*. Den Ausdruck hatte sie auf der französisch-amerikanischen Schule, bei der sie gelegentlich aushalf, in den Pausen aufgeschnappt. Wortwörtlich bedeutete es »Schlampe«, aber oft wurde es auch im Sinn von »Biest« verwendet. Was im Englischen vermutlich nicht anders war.

Cadys erster Gedanke war es, zurückzublaffen und ihn mit ein paar französischen Schimpfnamen zu belegen – als *connard* oder *crétin,* ebenfalls auf dem Schulspielplatz gelernt, bedauerlicherweise –, aber dann besann sie sich eines Besseren. Stattdessen nahm sie eine ausdruckslose Haltung an und hörte sich seine Tirade an, bis er sich verausgabt hatte. Es war, als würde sie mit jemandem im Bus fahren, der seine Medikamente nicht genommen hatte: Er sah nicht *sie*, sondern reagierte auf irgendetwas in seinem eigenen Kopf.

Nach ein paar Minuten verhaspelte sich der Mann zunehmend, und es verstrich mehr Zeit zwischen den Beleidigungen, als würde ihm allmählich die Luft ausgehen.

»Andres«, hörte sie auf einmal eine neue Stimme. Jean-Paul stürzte ins Café, baute sich zwischen Cady und ihrem Angreifer auf und stauchte den Mann zusammen. Bedauerlicherweise verlieh das Johnnys Vater nur neue Energie.

Sie stritten sich lautstark, bis Jean-Paul den älteren Mann schließlich am Oberarm packte und ihn zur Tür hinausschleifte. Andres schleuderte noch ein paar Schimpfwörter – zusammen mit der gleichen obszönen *bras d'honneur*-Geste, die sein Sohn neulich gemacht hatte – in die ungefähre Richtung der Bar, bevor er die Straße hinunterwankte.

»Schön, dich wiederzusehen«, sagte Cady, nachdem Jean-Paul in das Café zurückgekommen war und sich ein Bier bestellt hatte. »Was für ein Zufall.«

»Hubert hat mich angerufen.«

»Wieso das denn?« Sie sah hinüber zu dem Cafébesitzer, der hinter dem Tresen stand und ein Bier zapfte.

»Weil du angegriffen wurdest. Hast du das nicht gemerkt?«

»Es waren nur Worte.«

»Hässliche Worte.«

»Ich habe schon schlimmere gehört. Außerdem klingen Flüche auf Französisch so elegant. Ich glaube, ich habe ein paar neue Wörter gelernt.« Sie klopfte auf ihr Tagebuch. »Ich sollte sie aufschreiben.«

Er schüttelte kichernd den Kopf.

Hubert brachte Jean-Paul sein Bier und entschuldigte sich bei Cady, bevor er hinzufügte: *»Andres boit comme un trou.«*

Andres säuft wie ein Loch.

»Warum bedienst du ihn dann noch immer?«, fragte Jean-Paul Hubert.

Der Mann zog seine gut gepolsterten Schultern hoch und hob die Hände, als wollte er sagen: Was soll man da machen? *»C'est le vent qui le rend fou«*, erwiderte er.

»Es ist nicht der Wind, der ihn um den Verstand bringt«, entgegnete Jean-Paul, »sondern das Trinken.«

Hubert schlurfte wieder hinter die Bar.

»Putain«, fluchte Jean-Paul, während er sich mit einer Hand durchs Haar fuhr. Cadys Blick folgte für einen Moment der Bewegung seiner Finger, die kleine Vertiefungen in seinen dichten braunen Haaren hinterließen: *»J'en ai vraiment marre de tout ça.«*

Womit er im Grunde meinte, dass er das alles leid war.

»Was bist du so leid?«, fragte Cady.

»Kleinstadtgeister, Kleinstadtgeschwätz.«

»Es scheint ein ziemlich effizientes Kommunikationssystem zu sein. Also, sprichst du jetzt Französisch mit mir?«

Er schüttelte lächelnd den Kopf. »Mir war nach Fluchen, und du hast gesagt, dass es auf Französisch eleganter klingt. Außerdem weiß ich auf Englisch nicht so viele gute Schimpfwörter.«

»Ich könnte dir ein paar beibringen.«

»Das glaube ich dir gern. Ich nehme an, du kennst eine ganze Menge von deinen Tagen auf den Straßen von Oakland.«

»Allerdings«, erwiderte sie lächelnd. Ihre Blicke trafen sich und hielten einander ein paar Sekunden zu lange fest.

»Glaub mir, es hat nichts mit dir zu tun – Andres trinkt zu viel, und seine Frau ist letztes Jahr ganz plötzlich gestorben. Ich habe das Gefühl, er empfindet Teenager als Herausforderung, gelinde gesagt.«

»Außerdem mag er keine Amerikaner.«

»Das auch, offenbar.« Sein Blick kam auf ihr zu ruhen. »Geht es dir gut?«

»Natürlich geht es mir gut. Die Leute mögen mich nicht, das bin ich gewohnt.«

»Warum sagst du das ständig?«

»Weil es stimmt. So war es schon immer. Jedenfalls, ich weiß deine Ritterlichkeit sehr zu schätzen, aber sie ist nicht nötig. Ich kann selbst auf mich aufpassen.«

»Ich weiß. Das hast du mir schon gesagt. Aber ich glaube, es ist mehr als das. Ich glaube, du bittest nicht gern um Hilfe.«

»Das ist mir neu – schließlich habe ich Fabrice um Hilfe gebeten, und jetzt wohne ich in seinem Château.«

»Ich denke, in dem Fall war es eher so, dass du Hilfe angeboten statt darum gebeten hast.«

»Egal.« Cady räusperte sich und wandte den Blick von diesen sherryfarbenen Augen ab. »Wieso hat Hubert gesagt, dass der Wind Andres um den Verstand gebracht hat?«

»Ist dir noch nicht aufgefallen, wie windig es hier in der Gegend ist? In der Provence gibt es angeblich zweiunddreißig verschiedene Winde, die alle aus unterschiedlichen Richtungen kommen. Jeder von ihnen hat einen anderen Namen und seinen eigenen Charakter. Aber der Mistral ist der Meister über sie alle – tatsächlich bedeutet *mistral* in der provenzalischen Sprache ›meisterlich‹.«

»Ich wusste gar nicht, dass es so etwas wie eine provenzalische Sprache überhaupt gibt.«

Er nickte. »Heutzutage ist sie fast ausgestorben, aber ein paar von den alten Leuten sprechen sie noch. Sie sagen, dass der Mistral den Schwanz von einem Esel oder die Hörner von einem Bullen wehen kann.«

Cady lächelte und trank ihren Kaffee aus.

»Wenn der Mistral heult«, fuhr Jean-Paul fort, »benehmen sich die Haustiere schlecht, und die Leute beklagen sich, dass das Tosen des Windes ihnen Kopfschmerzen bereitet und den Schlaf raubt. Außerdem bringt er die Leute angeblich um den Verstand: *C'est le vent qui rend fou.*«

»Der Wind ist mir durchaus aufgefallen«, erwiderte sie. »Ich wäre nur nie auf die Idee gekommen, einem Wind einen Namen, geschweige denn einen Charakter zuzuschreiben. Das heißt, der Mistral ist der Fluch der provenzalischen Existenz?«

»Witzig, dass du das fragst. Es gibt eine Geschichte darüber, die meine Großmutter mir oft erzählt hat.«

»Na ja, dann heraus damit. Ich bin schließlich hier, um die hiesige Kultur aufzusaugen.«

»Offenbar waren die Leute den Mistral irgendwann so leid, dass sie herausfanden, wo er seinen Ursprung hatte, hoch oben in den Bergen, und eine Gruppe tapferer junger Männer baute eine sehr starke Tür aus dickem Holz und verstärkte sie mit Eisenbalken. Sie schleppten sie hoch zu der Felsspalte, in der der Mistral seinen Ursprung hat, hämmerten sie in den Fels des Berges und schafften es so, den Wind einzusperren.«

»Das klingt ja nach einer richtig tollen Tür«, bemerkte Cady.

»Unterschätze nie einen entschlossenen provenzalischen Mann.«

»Ich werde es mir merken.«

Cady leckte sich etwas Kaffee von den Lippen und sah, wie Jean-Pauls Augen den Bewegungen ihrer Zunge folgten. Er räusperte sich und fuhr mit seiner Geschichte fort.

»Anfangs freuten sich alle darüber, wie still die Luft auf einmal war. Aber nach einer Weile machte die Feuchtigkeit die Gegend sumpfig, und Schimmel vernichtete die Ernten. Insekten vermehrten sich rasant, und alle beklagten sich. Daher stiegen die jungen Männer erneut den Berg hinauf, um den Wind wieder herauszulassen. Dann kommt irgendetwas darüber, wie sie mit dem Mistral verhandelten, irgendwelche Forderungen an ihn stellten, bevor sie sich bereit erklärten, ihn herauszulassen, und dass der Wind seinen Teil der Übereinkunft nicht einhielt, aber ich habe die Details vergessen. Der Punkt ist, dass er jetzt die Wolken fortweht, was der Grund ist, weshalb wir in dieser Gegend so viel Sonnenschein haben, dass er die Weinblätter trocknet, sodass sie nicht schimmeln, und die Sümpfe reinigt.«

Sie nickte zögernd. »Okay, das ist eine ziemlich gute Geschichte.«

»Die alten Leute schmücken sie mit vielen Details und einem lautstarken Wortwechsel zwischen dem Wind und den Männern aus«, fuhr Jean-Paul fort. »Dazu ein, zwei Gläser Wein, und es kann den ganzen Abend dauern.«

»Das möchte ich wetten«, sagte Cady, und sie lachten beide.

»Jedenfalls, ich freue mich, dich zu sehen.«

»Und umgekehrt. Ich habe dir zwei aufregende Dinge zu berichten. Erstens, Fabrice hat mir die Erlaubnis gegeben, die Filme zu entwickeln, die ich im Keller gefunden habe. Irgendwelche Vorschläge?«

»Ich habe einen Freund, der Hobbyfotograf ist. Er hat eine eigene Dunkelkammer.«

»Ist das zufällig ein Fliesenmann namens Guido?«

»Ich sehe, du kennst dich schon gut aus in dieser Stadt. Du brauchst mich überhaupt nicht mehr.«

»So weit würde ich nicht gehen. Und jetzt die *große* Neuigkeit: Fabrice hat mir das Karussell gezeigt!«

Jean-Paul blinzelte. »Wirklich?«

»Ich dachte, du würdest dich freuen.«

»Das tue ich ja auch. Natürlich. Das ist eine tolle Neuigkeit. Ist dort denn noch irgendetwas? Ist es intakt?«

»Es ist in einem fürchterlichen Zustand, und es sieht aus, als würden mehrere Tiere fehlen. Aber ich habe mit Toinon und Élodie gesprochen, und sie haben mir ein paar Utensilien und Ratschläge zur Restaurierung gegeben.«

»Toinon und Élodie auch? Du richtest dich hier in unserer hübschen Stadt ja wirklich häuslich ein. Und Fabrice wird dir erlauben, es zu restaurieren?«

»Ich bin natürlich kein Profi, aber er sagt, er wird mir nicht erlauben, irgendjemand anders hinzuzuziehen. Im Moment kann ich nicht mehr tun, als es zumindest ein bisschen zu reinigen – Johnny ist gekommen, und er hat mir auch geholfen. Aber ich wollte dich noch etwas anderes fragen: Toinon hat eines der Tiere von dem Karussell. Die Frage ist mir bis jetzt noch nie in den Sinn gekommen, aber hat sonst noch irgendjemand in deiner Familie eines, oder kennst du irgendjemanden, der eines haben könnte? Fabrice schien sich sicher zu sein, dass Familienmitglieder Dinge aus dem Château entwendet haben.«

»Es kann sein, dass irgendwo noch ein oder zwei stehen. Aber sie könnten genauso gut vor Jahrzehnten verkauft worden sein.«

Cady nickte. »Es ist ein Jammer, dass sie alle so verstreut sind. Ich würde gern alle Teile wieder zusammenführen, dem Karussell wieder zu seinem ehemaligen Glanz verhelfen.«

»Klingt, als ob du vorhast, ein bisschen länger zu bleiben.«

»Ich habe meinen Rückflug storniert. Wenn Fabrice nichts dagegen hat, dass ich noch länger bleibe, scheint mir das eine Gelegenheit zu sein, die ich mir nicht entgehen lassen sollte. Wie oft stößt man schon auf ein antikes Karussell, das restauriert werden muss?«

Jean-Paul hielt ihrem Blick einen langen Moment stand. Er lächelte, aber in seinen Augen lag Traurigkeit, wie ein Dunstschleier, der über einem Sommernachmittag hing.

»Und«, fragte Cady, »wie steht's mit dir? Wie lange hast du vor, in Saint-Véran zu bleiben?«

»Ich bin mir noch unschlüssig, ob ich für immer hier bleiben oder schleunigst wieder zurück nach Paris verschwinden sollte. Ich denke, ich würde meine Zeit immer zwischen Paris und Saint-Véran aufteilen, wenn ich es irgendwie könnte. Mir gefällt beides auf seine eigene Art.«

»Ich dachte, du seist das Kleinstadtgeschwätz leid.«

»Das bin ich auch. Aber ich liebe die Leute hier und den langsameren Lebensrhythmus. Ganz zu schweigen von dem provenzalischen Klima. Und die Wahrheit ist, in einer Kleinstadt kann man etwas bewirken. Wenn ich bleiben und ein Teil der Dorfgemeinschaft werden würde, könnte ich vielleicht dazu beitragen, etwas an den Einstellungen zu ändern.« Er zuckte die Schultern und wandte den Blick ab, und ein Muskel bewegte sich in seinem Kiefer.

Cady fragte sich, ob es das war, was Jean-Paul gemeint hatte, als er davon geredet hatte, in seinem Leben an einem Scheideweg zu stehen. Sie fragte sich auch, wie lange es her war, dass seine Heiratspläne geplatzt waren, und sie wollte ihn eben schon danach fragen, als er das Thema wechselte.

»Mein Großvater Gerald würde gern mit dir reden.«

»Toinon hat ihn erwähnt, sie sagte, er wüsste viel über die Geschichte des Châteaus.«

»O ja, das tut er. Wie du dich vielleicht erinnerst, war sein Großvater Thierry der Ansicht, dass Geralds Vater Pierre der rechtmäßige Erbe von Château Clément sei, nicht Fabrice' Vater, Marc-Antoine. Gerald ist, wie sagt man auf Englisch, ›ein harter Brocken‹? Und genau wie Andres fragt auch er sich, warum jetzt eine Amerikanerin bei Fabrice auf dem Château wohnt.«

»Ich werde sehr gern mit ihm reden, auch wenn ich mir nicht sicher bin, ob ich ihm irgendetwas erzählen kann, was er nicht schon weiß. Aber dafür würde ich *ihm* gern ein paar Fragen stellen.«

»Hast du jetzt Zeit?«

Sie sah auf ihre Uhr. »Könnte sein, dass Fabrice mich erwartet, ich sollte ihn anrufen und ihm Bescheid geben, dass ich mich verspäten werde.«

»Er wird nicht rangehen. Im Allgemeinen tut er, als hätte er kein Telefon.«

»Ja. Das Spiel kenne ich.«

Sie wählte seine Nummer trotzdem, aber wie Jean-Paul prophezeit hatte, klingelte das Telefon immer weiter. Cady stellte sich vor, wie das schrille Geräusch durch die Flure des Châteaus hallte, während ein einsamer alter Mann am Kamin saß und seinen Hund streichelte, die Außenwelt ignorierte und so tat, als wäre er in Sicherheit, allein im Kokon seiner Fantasie.

Kapitel 51

GEGENWART
CHÂTEAU CLÉMENT

Cady

Während sie auf Jean-Pauls Kindheitszuhause gleich außerhalb des Dorfs zugingen, schoss eine riesige Libelle, grün und bläulich schillernd, an ihnen vorbei.

»Es scheint mir ein bisschen früh für Libellen«, meinte Cady. »Wie heißen sie auf Französisch?«

»Libellules«, antwortete Jean-Paul. »Die Zikade ist das Symbol der Provence, aber viele Leute in der Gegend hier ziehen die Libelle vor. Wusstest du, dass sie das Leben als Wassernymphe beginnt, bevor sie Flügel entwickelt und fliegt?«

»Das klingt wie eine Metapher«, meinte Cady, während sie zusah, wie das Insekt in der Luft schwebte und bald in die eine, bald in die andere Richtung schoss.

»Ja, nicht wahr?« Sie gingen durch eine kleine Pforte über einen Backsteinweg auf ein steinernes Bauernhaus neben einem Feld zu. »Im Sommer steht dieses Feld voller Sonnenblumen.«

»Es ist wunderschön.«

»Das ist es«, bestätigte er in nüchternem Ton.

»Siehst du es überhaupt?«

»Was meinst du damit?«

»Wenn man umgeben von dieser ganzen Schönheit aufwächst, genießt man es dann, oder betrachtet man es einfach als selbstverständlich?«

Jean-Paul blieb stehen und sah wieder über das kleine Tal hinaus. »Als Kind habe ich es geliebt, durchs Dorf zu stromern, das stimmt. Das Haus war für mich immer mit gemischten Gefühlen verbunden. Mein Vater ist vor ein paar Jahren gestorben, aber davor war er … schwierig. Und jetzt lebt mein Großvater mit meiner Mutter hier, was auch eine Herausforderung sein kann.«

Drinnen sah das Haus bewohnt und bäuerlich, aber hübsch eingerichtet aus. In den Fenstern hingen Spitzenvorhänge, im Wohnzimmer war ein riesiger Kamin, und ein Tisch war für einen *apéro* gedeckt.

»Cady, das hier ist meine Mutter, Louise Mirassou«, stellte Jean-Paul ihr eine ältere vogelartige Frau vor, deren grau meliertes Haar zu einem praktischen Bob frisiert war. Eine Narbe unter ihrem rechten Auge leuchtete weiß neben ihrer leicht geröteten Wange.

»Es ist mir eine solche Freude!« Louise lächelte breit und hüllte Cady in eine zarte Parfümwolke, während sie Küsse zur Begrüßung tauschten. »Ich habe schon so viel von dir gehört, erst von meinem Sohn und jetzt offenbar auch von jedem anderen im Dorf.«

»Und das hier ist mein Großvater, Gerald Clément.«

Gerald war nicht die eindrucksvolle Gestalt, die Cady erwartet hatte, er wirkte eingefallen und klein. Die Familienähnlichkeit mit Louise und Jean-Paul war da, aber anders als die beiden hatte er eine gebieterische Miene, und als er das Wort ergriff, hatte seine Stimme einen leichten Kommandoton.

Sie tauschten Höflichkeiten aus, und Gerald und Cady wurden gebeten, sich an den Tisch zu setzen, während Louise und Jean-Paul Wein einschenkten und ein paar kleine Teller holten.

Cady versuchte zu ignorieren, wie Gerald sie über den Tisch hinweg anstarrte, ohne etwas zu sagen.

Schließlich setzten sich Jean-Paul und Louise zu ihnen, und sie stießen auf ihre gegenseitige Gesundheit an.

»Ich verstehe nicht, warum Fabrice Sie auf dem Château wohnen lässt, wenn er niemanden sonst, nicht einmal Jean-Paul, dort haben will«, begann Gerald schließlich, während er sich einen Cracker in den Mund steckte. »Was tun Sie überhaupt dort draußen? Worauf sind Sie aus?«

»Ich helfe ihm mit dem Hund und den Einkäufen, und ich koche.« Cady hatte nicht die Absicht, freiwillig Informationen über das Karussell preiszugeben und schon gar nicht über die Filmrollen, die sie gefunden hatte.

Gerald knurrte missbilligend und lehnte sich auf seinem Platz zurück.

»Es ist wohl kaum Cadys Schuld, wenn Fabrice sie mag, Großvater«, warf Jean-Paul ein. »Wenigstens lässt er sich überhaupt von jemandem helfen.«

»Er hätte schon längst in ein Pflegeheim verfrachtet werden sollen«, meinte Gerald.

»Er will die letzten Tage seines Lebens in seinem Zuhause verbringen«, wand Louise ein. »Das können wir ihm wohl kaum vorwerfen.«

»Wir können ihm vorwerfen, dass er ein Château behält, das ihm nicht rechtmäßig gehört«, entgegnete Gerald.

Louise tätschelte seinen Arm und murmelte besänftigend. Sie war wie ihr Sohn, dachte Cady: eine Friedensstifterin.

Gerald wandte sich wieder an Cady: »Sie haben Fragen nach diesem Karussell gestellt.«

»Ja. Was können Sie mir darüber erzählen?«

»Falls er vorhat, dieses verteufelte Karussell zu benutzen, um sein Château zu retten …«

»Ich glaube nicht, dass er irgendetwas in der Richtung vorhat«, unterbrach ihn Cady. »Aber andererseits bin ich mit Sicherheit nicht seine Sprecherin. Wenn Sie seine Pläne erfahren wollen, darf ich Ihnen vielleicht vorschlagen, direkt mit ihm zu sprechen?«

»Das ist nicht so einfach, wie Sie sicherlich wissen.«

»Ich habe mich gefragt, ob Sie zufällig irgendetwas über den Verbleib anderer Teile des Karussells wissen«, sagte Cady. »Ich weiß, dass Toinon eines hat, und ich dachte, vielleicht sind noch andere Mitglieder der Familie im Besitz einiger Figuren.«

Er durchbohrte sie mit einem einschüchternden Blick. Wie er jetzt hier saß, dachte Cady, sah er fast lächerlich aus, wie eine Taube mit gesträubtem Gefieder. Aber sie fragte sich unwillkürlich, wie Gerald als Vater für die junge Louise gewesen sein musste, wenn er sich über das Château ausließ, das er – und dann sie – hätte erben sollen, oder sie einfach mit diesem funkelnden Blick fixierte, falls sie es wagen sollte zu vergessen, ihr Bett zu machen, oder Widerworte zu geben. Das war der Teil an einer Familie, den Cady nicht vermisste.

»Jetzt hören Sie mir mal gut zu, junge Dame«, begann Gerald. »Dieses Karussell geht Sie überhaupt nichts an, ebenso wenig wie Fabrice oder irgendjemand sonst aus der

Familie Clément. Ich denke, es ist höchste Zeit, dass Sie aus unserer kleinen Stadt verschwinden.«

»Großvater …«, begann Jean-Paul, aber Cady brachte ihn mit einer Handbewegung zum Schweigen und hielt dem Blick des alten Mannes stand.

»Ich werde verschwinden, wenn es mir passt. Davon abgesehen, können Sie mir irgendetwas über einen Karussellschnitzerlehrling sagen, der vielleicht auf dem Château gewohnt hat?«

»Sie meinen Fabrice' Großvater?«

Sie starrte ihn an, antwortete aber nicht.

»Ich sage Ihnen, was passiert ist. Seine Großmutter, Joséphine – mein eigener Vater kannte sie, wie auch sein Vater. Zu gut. Sie hatte eine Affäre mit einem Lehrling namens Léon Morice, während er dort war, um das Karussell aufzubauen. Ist Ihnen nicht aufgefallen, dass Fabrice keinem von uns ähnlich sieht? Die Familienähnlichkeit in der Familie Clément ist stark. Joséphine hat über dieses Château geherrscht, als ob sie dazugehörte. Noch eine Ausländerin.«

»Woher stammte sie denn?«

»Bretagne.«

»Ist das nicht … ein Teil von Frankreich?« Cadys Blick huschte zu Jean-Paul, der nickte.

»Das dort ist eine andere Welt, mit anderen Lebensweisen«, fuhr Gerald fort. »Jedenfalls, sie war so stolz auf sich, weil sie einen Clément geheiratet hatte und die Dame des Hauses wurde. Sie hielt sich für etwas Besseres als die provenzalischen Leute. Jahrelang bekamen sie und Yves keine Kinder, und dann kommt ein gut aussehender Lehrling daher und *voilà*. Neun Monate später kommt ein Kind zur Welt.«

»Ich habe gehört, dass sie früher Feste abhielten und das ganze Dorf einluden, auf dem Karussell zu fahren«, warf Cady ein.

»Natürlich, sie wollten ihren Reichtum und ihr Glück über das ganze Dorf ausschütten. Es gab ein großes Fest, um Joséphines Zustand und die Ankunft des Karussells zu feiern. Mein eigener Vater konnte sich erinnern, als Junge darauf gefahren zu sein.«

»Wirklich? Hat er Ihnen erzählt, auf welchem Tier er geritten ist?«

Er schien verblüfft von ihrer Frage, aber dann antwortete er: »Es war ein, äh, Schwein. Mit heraushängender Zunge.«

»Daran kannst du dich nach all den Jahren noch erinnern?«, fragte Louise.

Cady nahm an, dass sie sich an das Seeungeheuer, auf dem sie im Tilden Park geritten war, erinnern würde, solange sie lebte.

»Was ist mit der Musik? Hat er irgendetwas davon erzählt? Oder der Dampfmaschine? Und was war mit Blasebälgen?«, fuhr Cady fort. »Hat er erwähnt, ob irgendeines der Tiere Muhgeräusche gemacht hat?«

Gerald schien verblüfft darüber, in welche Richtung seine Tirade gegen Fabrice' und die Rechtmäßigkeit seines Erbes das Gespräch geführt hatte. »Warum sind Sie so besessen von diesem Karussell?«, wollte er wissen.

Sie zuckte die Schultern. »Das ist mein Ding.«

»Cady ist Fotografin«, warf Jean-Paul ein. »Sie ist nach Paris gekommen, um historische Karussells für ein Buch zu fotografieren.«

»Dann sollte sie besser zurück nach Paris fahren.«

»Papa …«, begann Louise.

»Großvater …«, sagte Jean-Paul im selben Moment.

»Schon gut«, beschwichtigte Cady Louise und Jean-Paul. Sie lächelte und steckte sich ein paar Mandeln in den Mund, während sie Geralds Blick standhielt. »Ganz ehrlich, ich glaube, Monsieur Clément und ich verstehen uns. Aber ich bin noch nicht bereit, nach Paris zurückzufahren, da ich das Karussell ein bisschen reinigen und sehen will, was da ist und ob es noch zu retten ist. Wenn Fabrice mich nicht bittet, früher zu gehen, ist das mein Plan.«

»Danke für den Wein, *Maman*.« Jean-Paul erhob sich und schob seinen Stuhl zurück. »Ich glaube, für heute haben wir Cady genug Prüfungen unterzogen. Cady, können wir gehen?«

»Oh, na klar.« Cady erhob sich und tauschte Wangenküsse mit Louise. »Hat mich sehr gefreut, Sie kennenzulernen. Und Monsieur Clément.« Sie zögerte kurz, dann beugte sie sich vor, um auch ihm zwei Wangenküsse zu geben. »Schönen Tag noch.«

Jean-Paul führte sie durch eine Seitentür hinaus. Die Spätnachmittagsluft war kühl, aber die Sonne war warm und willkommen auf ihrer Haut.

»Na, das ist ja großartig gelaufen«, meinte Cady.

Jean-Paul sah mit belustigter Miene zu ihr hinunter. »Es war ganz schön frech von dir, ihn nach den fehlenden Karusselltieren zu fragen.«

»Du meinst, er hat einige davon?«

»Gut möglich. Oder zumindest weiß er, wo sie sind. An das Schwein schien er sich ja ziemlich gut zu erinnern. Ich werde es herausfinden.«

»Danke. Wie auch immer, ich dachte, es sei einen Versuch wert. Wie ich bereits sagte, ich bin es gewohnt, dass die Leute mich nicht mögen, und da er ohnehin in diese Richtung zu neigen schien, dachte ich, es könnte nichts schaden.«

»Warum glaubst du, dass die Leute dich nicht mögen?«

»Weil es so ist.«

»Fabrice mag dich. *Ich* mag dich.«

Sie lächelte. »Das bringt mich manchmal ins Grübeln. Jean-Paul, warum hast du angeboten, mein Kaninchen zu kaufen, unbesehen? Und dann, jedes Mal wenn das Karussell zur Sprache kam, schien es dich zu stören.«

Er stieß einen langen Atemzug aus. »Ich habe versucht, mit Fabrice über die Möglichkeit zu sprechen, das Château zu retten, aus mehreren Blickwinkeln im Laufe der Jahre, unter anderem über die Idee, ein restauriertes Karussell als Touristenattraktion zu nutzen. Ich bin nach Saint-Véran zurückgekommen, weil ich dachte, ich würde ein letztes Mal versuchen, mit ihm über die verschiedenen Möglichkeiten zu reden, aber du hast ja gesehen, wie er mich begrüßt hat. Und dann hat er dich nicht nur in sein Haus, sondern offensichtlich auch in sein Herz gelassen. Ich freue mich für ihn, aber es ist auch ein bisschen …«

»Ärgerlich?«

Jean-Paul nickte. Er ging durch das Haus voran ins Erdgeschoss, wo sich unter einer Pergola eine malerische steinerne Veranda befand. Eine Weinrebe schlang ihre Ranken um die Pfosten, frei von Blättern, aber mit kleinen grünen Knospen bedeckt, die neue Triebe und Blüten versprachen.

Er öffnete eine Verandatür und winkte Cady herein.

»Hier war früher ein Lager und Weinkeller, aber ich habe diesen Eingang geschaffen und es zu einer kleinen

Wohnung umgebaut, die ich nutze, wenn ich zu Besuch komme.«

Drinnen bildeten goldgraue Steinwände den Hintergrund für eine schlichte Einrichtung: eine Kochnische mit einem kleinen Tisch in einer Essecke, ein Schlafbereich mit einem Bad dahinter. Es gab hübsche Einbauschränke und Nischen mit zur Schau gestellten Kunstgegenständen, und ein paar leuchtende Ölgemälde hellten die in gedeckten Tönen gehaltenen Wände auf.

»Das ist entzückend«, sagte Cady, während sie alles in sich aufnahm.

»Es ist nicht leicht, Rohre und elektrische Leitungen in alte Steinwände hineinzuzwängen«, sagte Jean-Paul, während er sie durch die kleine Wohnung führte. »Aber der historische Charakter ist es wert.«

»Daher weißt du also so viel über Restaurierung?«

»Ich mache viele historische Umgestaltungen mit meinem Architekturbüro. Und ich liebe alte Gebäude – die Geschichte, die Romantik, die Handwerksarbeit. Daher weiß ich genau, worauf ich mich mit dem Château einlassen würde.« Er schüttelte den Kopf. »Ich habe es mir immer wieder durch den Kopf gehen lassen, und es wäre einfach nicht sinnvoll zu versuchen, es zu übernehmen. Jedenfalls nicht allein.«

»Gibt es denn keine anderen Familienmitglieder, die interessiert daran wären, sich zu beteiligen?«

»Nein, sie sind alle mit ihrem eigenen Leben beschäftigt, und es ist ein gewaltiges Unterfangen.«

Sie bemerkte eine Rolle mit Bauplänen neben einem Bündel mit Papieren mit einer vertraut aussehenden Handschrift und Skizzen.

»Sind die hier von Fabrice?«, fragte sie und nahm den Stapel in die Hand. »Sie sehen aus wie die Karten, die er für mich gezeichnet hat, von dem Dorf und dem Weinkeller.«

»Ja, das sind sie. Als er in den Siebzigerjahren mit seinem Vater zurückkam, um auf dem Château zu leben, hatte Fabrice vor, es zu renovieren. Offenbar haben er und sein Vater einen Teil der Holzarbeiten repariert und ein paar Zimmer hergerichtet, aber ihre großen Pläne sind letztendlich auf der Strecke geblieben.«

»Und die Baupläne sind vom Château?«

Er nickte. »Meine Ex-Verlobte und ich haben sie ein bisschen überarbeitet.«

»Das war damals, bevor sie zu dem Schluss kam, dass das Kleinstadtleben nichts für sie war?«

»Genau.«

»Das heißt, jetzt bräuchtest du ein ganzes Heer von Helfern, um das Château auf Vordermann zu bringen?«

»Oder zumindest ...«, Jean-Paul fixierte Cady mit einem Blick, den sie inzwischen kannte, einem Blick mit einem irgendwie verwirrten, interessierten, aber auch klein wenig verärgerten Lächeln, »... eine wirklich engagierte Partnerin.«

»Ich komme nicht damit klar, wie du mich ansiehst.«

»Wie sehe ich dich denn an?«

»Als ob du mich nicht mögen *willst*.«

Nach einer kurzen Pause sagte er: »Du reist bald ab.«

»Das rufst du mir ständig in Erinnerung. Ich habe dir doch gesagt, ich habe meinen Rückflug storniert.«

»Du meinst, du reist gar nicht ab?«

»Natürlich werde ich das tun. Aber im Moment ist alles noch offen.«

Sie verfielen in Schweigen. Sie standen in der Mitte der Wohnung, einander zugewandt, jeder in seine eigenen Gedanken verloren. Cady streckte eine Hand aus und legte sie an seine Brust. Er sah auf die Hand hinunter, eine vorsichtig neutrale Miene im Gesicht.

»Ach ja«, sagte Cady leise, während sie die Hand sinken ließ, »ich kann mich erinnern, dass du mir gesagt hast, du seist nicht gut genug für deine Ex-Verlobte. Ich bin mir ziemlich sicher, mein Ex hatte auch das Gefühl, ich sei nicht gut genug für ihn. Aber die Wahrheit war, ich war viel zu gut für ihn. Damals wusste ich das natürlich nicht. Das habe ich erst mit dem Erwachsenwerden gelernt.«

»Willst du damit sagen, dass ich nicht erwachsen geworden bin?«

Sie lachte. »Absolut nicht. Du siehst erwachsen aus, und du hast einen *sehr* erwachsen klingenden Job in einem ›Büro‹ in Paris.«

»Wo ich im Moment nicht arbeite, weil ich mir in Saint-Véran die Zeit vertreibe.«

»So siehst du dich selbst?«

Er lachte leise und schüttelte den Kopf.

»Ehrlich gesagt«, sagte er, »weiß ich nicht, *was* ich tue. Ich habe das Gefühl, in meinem Leben an einer Art Scheideweg zu stehen. Das Einzige, was für mich in letzter Zeit einen Sinn ergibt … bist du.«

Sie starrten sich einen langen Moment an.

»Was *du* brauchst«, sagte Cady schließlich, »ist, ein bisschen Zeit damit zu verbringen, ein altes Karussell zu reparieren.«

Kapitel 52

1900
CHÂTEAU CLÉMENT

Maëlle

»Du hältst mich nicht für schlecht?«

Joséphine lässt sich mit ihrer Antwort Zeit, als würde sie ihre Worte sorgfältig abwägen. »Ehrlich gesagt, hätte ich es vielleicht getan, vor ein paar Jahren. Aber jetzt … Es ist leicht zu sehen, dass Frauen ein anderes Schicksal im Leben beschieden ist als Männern. Aber wir alle haben Leidenschaften, oder etwa nicht? Warum ist es den Männern gestattet, ihre zum Ausdruck zu bringen, während von uns erwartet wird, uns immer nur vorbildlich zu verhalten?«

Maëlle schüttelt den Kopf und schluchzt in ihr Taschentuch. »Ich d-dachte, er *liebt* mich.«

»Natürlich hast du das gedacht«, erwidert Joséphine, während sie Maëlle den Rücken reibt.

»Ich habe davor noch nie …« Maëlle hickst. »Ich meine, ich habe davor kaum auch nur einen Jungen geküsst.«

»Nicht einmal die beiden Männer, die dir einen Heiratsantrag gemacht haben?«

»Nicht einmal die – nur zwei flüchtige Wangenküsse. Nicht so wie mit Léon …«

Sie kann das Gefühl seiner Lippen auf ihren noch immer spüren. »Er hat davon geredet, mit mir nach Paris zu fahren, mir die Welt zu zeigen. Er hat gesagt, wir würden zusammen bildhauern, von Château zu Château reisen, um unter der Gönnerschaft begüterter Kunstliebhaber zu arbeiten. Aber jetzt ... Was soll ich jetzt tun, Joséphine?«

Joséphine schenkt ihr ein trauriges Lächeln. »Könntest du zu deiner Familie in der Bretagne zurückkehren?«

»Wie könnte ich das tun? Ich bin in die Großstadt geflüchtet, und jetzt komme ich unverheiratet und mit einem Kind zurück? Meine Mutter ist nicht mehr am Leben, wir wären nur eine Last für meinen Vater.«

»Wenn er dich liebt, wird er euch nicht als Last ansehen.«

»Außerdem ist mein Bruder krank. Ich habe die Hälfte meiner Löhne nach Hause geschickt.«

Joséphine macht ein missbilligendes Geräusch. »Und deine Löhne sind ein Skandal. Für eine begabte, intelligente Frau wie dich.« Sie legt die Stirn in Falten und schüttelt den Kopf.

»Und ... wie könnte ich arbeiten? Die Welt meint es nicht gut mit einer unverheirateten Mutter – oder dem Kind, das sie in die Welt setzt.«

Sie sitzen einen langen Moment schweigend da, jede in ihre eigenen Gedanken verloren, und starren in das Feuer, das im Kamin knistert und knackt.

»Lass es uns einmal anders betrachten«, sagt Joséphine nach einem Moment. »Was hättest du getan, wenn du dich nicht in der Lage wiedergefunden hättest, in der du jetzt bist?«

»Was meinst du damit?«

»Stell dir vor, du wärst diesem *crétin* Léon Morice nie begegnet. Würdest du zu Bayols Werkstatt in Angers zurückkehren, wenn du mit dem Karussell fertig bist?«

»Ich habe dort eine Menge gelernt, das ist wahr«, beginnt Maëlle, denn sie will nicht undankbar sein. »Aber es ist nicht leicht. Ich bin dort die einzige Frau, wie du dir vorstellen kannst. Und ich habe das Gefühl ... Nun ja, Monsieur Bayol und die anderen nennen mich ›kleines Mädchen‹. Es war eine Offenbarung, hier auf Château Clément zu sein und die Leitung zu haben. Es ist das einzig Gute, das bei Léons verantwortungslosem Verhalten herausgekommen ist.«

»Was wünschst du dir tief in deinem Herzen? Wenn du zum Beispiel als Mann geboren worden wärst. Was würdest du auf der ganzen weiten Welt am meisten wollen?«

Maëlle lächelt schüchtern.

»Wenn ich ein Mann wäre? Versprichst du mir, nicht zu lachen? Ich hatte die Fantasie, du würdest mich vielleicht bitten, auf Château Clément zu bleiben, um deine Stürze zu schnitzen.«

»Meine Stürze?«

»Deine Türeingänge und die Fensterrahmen. Kaminsimse und Säulen ... Sie sind aus wunderschönem Holz, aber so ... schlicht. Regelrecht streng sogar. Kannst du dir vorstellen, wie sie verziert mit den Blättern und Beeren aus den Wäldern rings um das Château aussehen würden?« Maëlle schnieft noch einmal leise in das Taschentuch, aber sie weint nicht mehr. »Und mit den Vögeln, die dein Ehemann so sehr liebt?«

»Jedes Mal wenn du von Schnitzarbeit sprichst, hellt sich dein ganzes Gesicht auf«, bemerkt Joséphine.

»Seit ich ein kleines Mädchen war, war ich immer am glücklichsten, wenn ich Holz in meinen Fingern hatte, in der flachen Hand gehalten. Dann fühle ich mich, als ob der Geist des Holzes selbst zu mir spricht, mich bittet, seine Figuren freizulassen. Ich liebe die Schärfe der Messer, die Spitzen der Pfrieme und Stichel, die Art, wie die Hobel alles glätten. Ich liebe sogar das Schmirgeln – und *niemand* liebt das Schmirgeln.« Sie schüttelt den Kopf. »Es ergibt keinen Sinn.«

»Verzeih mir, aber es ergibt sehr viel Sinn«, erwidert Joséphine besänftigend. »Was ich interessant finde, ist: Ich denke, die meisten Frauen würden, wenn sie gefragt werden, wovon sie träumen, sagen, einen freundlichen Ehemann zu finden und Kinder zu bekommen. Eine Familie zu gründen.«

»Ich weiß, es klingt … unnatürlich.« Maëlle zögert. »Aber ich wollte immer nur schnitzen. Ich habe geholfen, meine jüngeren Schwestern großzuziehen, und ich liebe sie, aber ich verspüre nicht denselben Drang wie andere Frauen. Ich wollte das hier nie. Eine Mutter sein.«

»So wie ich es will«, sagt Joséphine. »Ich persönlich bin es allmählich leid, dass die Leute mir sagen, was ›natürlich‹ für eine Frau ist. Sind wir nicht Menschen mit unterschiedlichen Emotionen, so wie Männer?«

Maëlle beginnt wieder zu weinen, schluchzt in ihr bereits feuchtes Taschentuch. »Wie kann das Schicksal so grausam sein? Wie kann es sein, dass ich mich in diesem Zustand wiederfinde, während du …«

»Kinderlos bleibst.« Joséphines Stimme ist tonlos, aber sie nimmt den eisernen Schürhaken und stößt ihn heftig ins Feuer, sodass eine Wolke orangefarbener Funken hochwirbelt. »Das Schicksal ist in der Tat grausam. Aber mir geht der Gedanke durch den Kopf, Maëlle, dass das Schicksal ein bisschen wie die Winde ist, die über dieses Land fegen.«

»Was meinst du damit?«

»Es gibt eine einheimische Geschichte darüber, wie die Leute mit dem Wind verhandelt haben, der als der *Mistral* bekannt ist. Auf den ersten Blick scheint es unmöglich, aber … vielleicht kann man mit dem Schicksal verhandeln.«

Kapitel 53

GEGENWART
CHÂTEAU CLÉMENT

Cady

Am nächsten Morgen machte sich Cady früh und fröhlich an die Arbeit an dem Karussell. Sie konnte es kaum erwarten, einige der Produkte, die Élodie ihr mitgegeben hatte, auszuprobieren.

Johnny erschien, mürrisch wie eh und je, aber pünktlich. Und dann tauchte auch Jean-Paul auf, in zerschlissenen Jeans und einem Sweatshirt über einem fleckigen weißen T-Shirt.

»Guido erwartet uns nach dem Mittagessen«, verkündete Jean-Paul. »Er ist sich nicht sicher, ob er viel Zeit für uns haben wird, aber er sagt, du kannst gern seine Dunkelkammer benutzen.«

»Das ist ja toll«, sagte Cady, während ihr Blick über sein Outfit glitt. »Mir fällt auf, dass du Arbeitskleidung trägst.«

»Ich dachte, ein kaputtes altes Karussell zu reparieren, könnte eine etwas staubige Angelegenheit werden.« Jean-Paul sah sich in dem Gebäude um. »Das ist ja …« Er brach kopfschüttelnd ab.

»C'est une saloperie«, warf Johnny ein, womit er im Grunde meinte, dass das Gebäude ein Schweinestall war.

Es sah tatsächlich chaotisch und durcheinander aus. Aber Cady konnte sich jetzt deutlicher denn je vorstellen, was es *werden* könnte. Beim letzten Mal hatten sie und Johnny damit begonnen, die Figuren nach Dringlichkeit zu ordnen. Die alten Stangen waren noch immer im Raum verstreut, einige noch immer mit der Plattform verbunden, während andere wie Brennholz auf dem Boden lagen. Die Landschaftspaneele, die Rundbretter und die Spiegel der ursprünglichen Konstruktion waren rußgeschwärzt, schienen aber größtenteils intakt zu sein. Cady hatte keine Ahnung, wie sie den Motor reparieren oder all die Kurbeln und Kolben so wieder anschließen sollte, dass das Karussell sich drehte, aber damit würde sie sich später befassen.

Eins nach dem anderen: Erst einmal die Kunst retten.

Johnny bestand darauf, die Playlist auf seinem Handy – darunter Songs von Johnny Hallyday und Johny Cash, beides Sänger, nach denen er benannt zu sein behauptete – abzuspielen, daher hörten die drei eine Mischung aus amerikanischen Hits und Europop, während sie sich an die Arbeit machten.

Cady zeigte Johnny, wie er die kunstvoll gerahmten Spiegel reinigen und sich dabei vor Glassplittern in Acht nehmen sollte, und Jean-Paul krempelte die Ärmel hoch und begann, an dem Motor und den Schwenkmechanismen herumzuhantieren. Er hatte am Abend zuvor zu Karussells recherchiert, um zu verstehen, wie der Mechanismus grundsätzlich funktionierte.

Cady fand eine alte Leiter und kletterte hinauf, um die Rundbretter zu überprüfen, wo sich flache Zierpaneele mit dreidimensionalen Schilden abwechselten, auf denen die Gesichter von Hofnarren prangten. Mithilfe von Wattebällchen, die sie mit dem Spezialreiniger tränkte, den Élodie ihr mitgegeben hatte, tupfte Cady behutsam den Ruß und Schmutz von den bemalten Stellen.

Zentimeter für Zentimeter legte sie fein detaillierte Landschaften und wilde Tiere, Tiger und Löwen, aber auch mythologische Geschöpfe frei: ein Einhorn und einen Hippogreif. Dank der Reinigungslösung war die Arbeit so einfach, dass Johnny sie übernehmen konnte, mit der Anweisung, langsam und behutsam vorzugehen. Cady konnte es kaum erwarten, sich ihrer wahren Liebe zuzuwenden: den Karussellfiguren selbst.

Sie kletterte von der Leiter, um zu überprüfen, wie Johnny mit den Spiegeln vorangekommen war, dann ging sie zu Jean-Paul, um zu sehen, was er im Schilde führte: Er lag auf dem Rücken und war mit einer Taschenlampe unter die Plattform gekrochen.

»Wonach suchst du denn da?«

»Wollte nur sehen, wie es funktioniert«, kam seine gedämpfte Antwort. »Wir könnten diese Stangen vermutlich ohne allzu große Mühe wieder montieren, vorausgesetzt, dass diese ganzen Kolben noch immer funktionieren. Aber mit den Stangen werden wir natürlich warten, bis du die Teile auf Vordermann gebracht hast.«

»Meinst du, es ist irgendwie möglich, alle fehlenden Figuren ausfindig zu machen?«

Er kroch unter dem Karussellboden hervor. Spinnweben hingen in seinen Haaren, und sein Sweatshirt war von Schmutz und Ruß verschmiert. Er sah … hinreißend aus.

»Es würde eine Menge Detektivarbeit erfordern«, sagte er. Er sprang auf und stemmte die Hände in die Hüften. »Und selbst wenn du sie ausfindig machen könntest – wenn sie in die Hände von Sammlern gelangt sind, würden sie ein Vermögen kosten. Wie sollten wir das Geld aufbringen, um sie zu kaufen?«

»Gute Frage.«

»Wie ich dir bereits gesagt habe, ich werde mich vergewissern, dass sich keine weiteren Figuren mehr in den Händen der Familie befinden. Aber davon abgesehen, müssten es denn unbedingt Originale sein?«

»Was meinst du damit?«

»Ich habe im Laufe der Jahre hier und da Karussellteile gesehen«, sagte er. »Schrottreife Teile könnte man billig aufkaufen, in Schuss bringen und die Menagerie damit ergänzen.«

Cady dachte an die Holzskulpturen, die sie im Schaufenster des Antiquitätengeschäfts in Avignon gesehen hatte, und an das Karussellpferd, das sie vor so vielen Jahren in Maxines Schaufenster bewundert hatte. Jean-Paul hatte recht – man konnte hier und da vereinzelte Karusselltiere finden, vor allem restaurierungsbedürftige. Aber hatte sie die Zeit dafür? Wie viel länger konnte sie sich Fabrice noch aufdrängen? Seinem Knöchel ging es allmählich besser, und so, wie sie ihn kannte, konnte er sie jederzeit fortschicken, wenn sie auf irgendeine Weise sein Missfallen erregte. Und ganz abgesehen von alledem hatte sie in Kalifornien ein Leben, zu dem sie zurückkehren musste. Oder nicht?

»Denk darüber nach«, meinte Jean-Paul, während er sich allmählich für das Thema erwärmte. »Du könntest Figuren adoptieren und dein Set damit ergänzen.«

Im Laufe der Jahre hatte Cady Karussells fotografiert, die eine Menagerie von Tieren enthielten, die von verschiedenen Künstlern geschnitzt worden waren. Den Kindern machte es nichts aus, um genau zu sein, liebten sie die Vielfalt. Wer sagte denn, dass die Karusselltiere von Château Clément ein zusammengehöriges Set sein mussten?

Sie dachte zurück an Maxine, die kaputte, verunstaltete, ungewollte Gegenstände adoptiert, sie gereinigt und geliebt und ein Zuhause für sie gefunden hatte.

Sie wieder ganz gemacht hatte.

Nach einem angenehmen Mittagessen mit Fabrice – Jean-Paul und Cady hielten die Unterhaltung hauptsächlich in Gang, aber Johnny und Fabrice warfen hier und da eine Bemerkung ein – ging Johnny für den Tag nach Hause, und Jean-Paul und Cady fuhren zu Guido.

»Seine Familie ist nach dem Krieg aus Italien hierhergekommen«, erklärte Jean-Paul während der Fahrt. »Viele Italiener, aber auch Spanier sind nach dem Zweiten Weltkrieg nach Frankreich eingewandert.«

»Ich dachte, Frankreich hätte nach dem Krieg eine Weile gebraucht, um wieder auf die Beine zu kommen.«

Er nickte. »Das stimmt. Aber Italien und Spanien wurden noch schwerer getroffen.«

Angesichts des kleinstädtischen Lebensgefühls von Saint-Véran hatte Cady einen winzigen Laden erwartet. Aber Le Bricolage de Valenti stellte sich als ein beeindruckend großes Geschäft heraus, das nicht nur Fliesen anbot, sondern auch andere Bodenbeläge und Verlegematerialien für die ganze Region.

Guido begrüßte Jean-Paul mit begeisterten Küssen auf beide Wangen und war charmant zu Cady. Er entschuldigte sich dafür, dass er zu beschäftigt war, um sie zu seiner Dunkelkammer zu führen, aber er versicherte Cady, dass sie sich selbst bedienen könne und dass sie alles finden würde, was sie brauchte.

Guido hatte nicht übertrieben, seine Dunkelkammer war gut ausgestattet. Die meisten Dunkelkammern waren extrem ordentlich. Da ein Großteil der Arbeit im Dunkeln oder fast im Dunkeln erledigt wurde, war es unerlässlich, alles in greifbarer Nähe und an seinem richtigen Platz zu haben. Dutzende fein säuberlich beschrifteter Flaschen und Gläser säumten die Regale: ENTWICKLER, STOPPBAD, FIXIERER.

»Ich habe so etwas noch nie gemacht«, sagte Jean-Paul. »Kann ich dir irgendwie behilflich sein?«

Cady lächelte. »Das ist eher ein Job für eine einzelne Person. Aber du kannst mir Gesellschaft leisten.«

Sie zeigte ihm, wie er die Filmrollen ausschließlich mithilfe seines Tastsinns in der völligen Dunkelheit entrollen und sie auf Spulen wickeln sollte, um Negative herzustellen. Diese mussten anschließend eine Weile trocknen, bevor sie und Jean-Paul sie auf dem Leuchttisch in Augenschein konnten, um zu sehen, ob es dort irgendwelche Fotos gab, die noch zu retten und einen Abzug wert waren.

In der Zwischenzeit gingen sie zurück zu Le Bricolage und stöberten in Guidos Auswahl an Bodenbelägen. Sie machten sich einen Spaß, indem sie altmodisch aussehende Keramik- und Steinfußböden suchten, die sich in diesem oder jenem Zimmer von Château Clément gut machen würden. Guido hatte eine Mappe mit historischen Häusern, an deren Renovierung er mit seinen Materialien mitgewirkt hatte. Cady sah zu, wie Jean-Paul die laminierten Seiten durchblätterte, auf einen Flur hier und ein paar Erkerfenster dort zeigte und davon redete, welche Elemente im Château seiner Familie machbar sein könnten.

»Du hast doch gesagt, du hättest nicht vor, es zu renovieren«, neckte Cady ihn.

Er antwortete mit einem rätselhaften Lächeln und einem leichten Schulterzucken.

Guido gesellte sich zu ihnen. »Ich sage ihm ständig, dass er selbst an diesem Haus arbeiten muss, mit seinen eigenen Händen.« Er hob seine eigenen fleischigen Hände als Beispiele. »*Das* wird einen Ort wie das Château vom Abgrund zurückholen.«

Jean-Paul hielt den Blick auf die Mappe geheftet, eine nachdenkliche Miene auf dem Gesicht.

Als sie in die Dunkelkammer zurückgingen, um die Negative zu studieren, schienen erstaunlich viele Bilder etwas geworden zu sein.

»Und jetzt kommt der witzige Teil«, erklärte Cady. »Drückst du bitte auf diesen Lichtschalter?«

Das rote Licht ging an. Mit dem Vergrößerer projizierte sie die Bilder auf Fotopapier.

Die drei Schalen standen ordentlich aufgereiht da, gefüllt mit den entsprechenden chemischen Bädern. Cady zeigte Jean-Paul, wie er das erste Blatt mithilfe einer Zange behutsam in den Entwickler legen sollte, und sah dann zu, wie sich die Magie der Fotografie entfaltete.

Die ersten paar Bilder zeigten Arbeiter auf den Feldern. Die Ränder waren beschädigt, aber die Unvollkommenheit verstärkte nur das Gefühl von Geschichte.

»Das erinnert mich daran, wie wir als Kinder mit Zitronensaft gespielt und ihn ›unsichtbare Tinte‹ genannt haben«, sagte Jean-Paul, während er noch einen Abzug aus dem Bad nahm.

»Das ist wirklich faszinierend. Es verschlägt mir noch immer den Atem. In der frühen Zeit der Fotografie fand man heraus, wie man die Bilder sichtbar machen konnte, aber nicht, wie man sie erhalten konnte. Daher erschienen die Fotos immer nur für kurze Zeit, bevor sie verblassten. Stell dir vor, wie frustrierend das gewesen sein muss.«

Sie hängte die Fotos auf dem Draht über ihnen auf, sodass die Flüssigkeit in eine flache Schale tropfen konnte.

»Erinnerungen, die einhundert Jahre oder noch älter sind«, bemerkte Jean-Paul, während er sie durchsah. *»Merci beaucoup, Yves Clément.«*

»Sieh dir das hier an.« Cady hielt einen Abzug eines gut aussehenden dunkelhaarigen Mannes hoch, der mit dem Rücken an einer Karussellkatze lehnte.

»Das muss der Lehrling namens Léon Morice sein«, meinte Jean-Paul. »Er wurde auf einigen der anderen Fotos, die wir haben, identifiziert, aber das hier ist die erste Nahaufnahme, die ich von ihm sehe.«

»Im ersten Moment dachte ich, das sei der junge Fabrice«, sagte Cady.

»Fabrice war blond – das war eine Sache, die ihm im Zweiten Weltkrieg das Leben gerettet hat.«

»Ich meinte eigentlich nicht die Haarfarbe, sondern die Gesichtsform.«

Jean-Paul studierte das Foto über ihre Schulter. »Ich kann das nicht erkennen.«

»Jetzt sieht er natürlich nicht mehr so aus«, sagte sie, bemüht, das kribbelnde Gefühl zu ignorieren, wie Jean-Paul sich fast unmerklich an ihren Rücken presste. »Aber das Foto auf dem Umschlag seines Buchs sieht dem hier sehr ähnlich. Ich habe das Buch beim Château. Ich werde es dir zeigen, wenn wir zurückkommen.«

Die nächsten Fotos zeigten ein halbes Dutzend Arbeiter, die sich mit dem Karussell abmühten, unter ihnen eine Frau, die wie eine etwas pummeligere Version der Frau auf dem Foto aussah, das Cady in Gus' Bauch gefunden hatte.

»Ich wünschte, es gäbe eine Möglichkeit herauszufinden, wer sie war. Das macht mich noch wahnsinnig.«

Jean-Paul schüttelte den Kopf. »Es war nirgends eine Frau verzeichnet, die für Bayol gearbeitet hat. Ich habe es überprüft. Vielleicht war sie irgendeine Art Bedienstete oder ein Hausmädchen auf dem Anwesen, das ausgeholfen hat.«

»Vielleicht.« Cady dachte noch immer darüber nach, während sie sich dem nächsten Bild zuwandte, das von einer anderen Filmrolle stammte.

»Oh, sieh mal, meinst du, das ist Marc-Antoine als Teenager?«

»Die Frau ist eindeutig Joséphine, daher ist er es vermutlich. Das hier müssen Fotos aus einer viel späteren Zeit sein.«

Die beiden Personen lächelten, und die ersten paar Fotos sahen aus, als ob sie herumalberten, die letzten beiden waren förmlichere Porträts von Mutter und Sohn.

»Diese Aufnahmen sind fantastisch«, meinte Jean-Paul. »Bis jetzt hatten wir nur frühe Porträts von Joséphine und keine von Marc-Antoine, auf denen er älter als ein Baby war.«

»Vielleicht werden die hier Fabrice interessieren, schließlich ist es sein Vater.« Cady legte das nächste Blatt Papier in das chemische Bad. »Jean-Paul, sieh dir das an. Es sieht wie ein Feuer im Karussellgebäude aus.«

Drei aufeinanderfolgende Fotos waren offenbar von einem oberen Fenster des Châteaus aus aufgenommen worden und blickten auf das Gebäude hinunter. Das erste zeigte nur ein schwaches Schimmern, aber auf den nächsten beiden hatte sich das Feuer ausgebreitet.

»Aber warum hätte Yves stehen bleiben sollen, um Fotos zu machen?«, fragte Cady. »Wäre er nicht hinuntergelaufen, um seiner Frau zu helfen?«

»Vielleicht wusste er nicht, dass sie dort unten war«, überlegte Jean-Paul. »Yves war Künstler, vermutlich fand er den Anblick wunderschön. Und das ist er ja auch, auf eine irgendwie düstere Art.«

»Wenn er diese Fotos gemacht hat, beweist das dann nicht, dass er das Feuer nicht gelegt hat?«

»Spielt das jetzt noch eine Rolle?«

»Wohl kaum. Wann war das Feuer denn?«

»Ich bin mir nicht sicher, wann genau, aber es war, nachdem Marc-Antoine in den Ersten Weltkrieg gezogen war.«

»Das heißt, diese Fotos von Marc-Antoine müssen kurz vor seinem Weggang aufgenommen worden sein. Er sieht so kindlich aus, findest du nicht?«

Jean-Paul stand nah bei ihr. In dem rötlichen Licht schimmerten sie beide. Der stille, geschlossene Raum fühlte sich eintausend Meilen weit entfernt vom Rest der Welt an.

»Also, haben wir jetzt alle Negative durchgesehen?«, fragte Jean-Paul.

»Ich glaube, das war's. Verdammt. Ich hatte gehofft, noch mehr über die geheimnisvolle Frau zu finden. Warum war ihr Bild in meinem Kaninchen?«

»Du bist so ein neugieriger Mensch«, sagte er. »Wie sagt man auf Englisch? ›Neugier war der Katze Tod‹?«

»Heißt das, du wirst mich umbringen, weil ich in deine Familiengeheimnisse eintauche?«

Er lachte. »Absolut nicht. Aber für meinen Großvater lege ich die Hand nicht ins Feuer.«

Sie sammelten ihre Sachen ein, gingen in den Laden, um sich bei Guido für seine Hilfe zu bedanken, und dann fuhr Jean-Paul Cady zurück zum Château. Sie bat ihn herein, um ihm Fabrice' Autorenporträt zu zeigen.

Fabrice war nicht in der Küche oder seinem Wohnzimmer, daher gingen sie sofort zu Cadys Schlafzimmer im roten Flur. Auf dem Weg dorthin warf Jean-Paul einen Blick in die anderen Zimmer, auf den ruinierten Putz, die Wasserflecken. Cady erinnerte sich, dass er gesagt hatte, er sei seit Jahren nicht weiter als bis in die Küche vorgelassen worden. Sie hoffte, der Zustand des Herrenhauses entmutigte ihn nicht noch mehr.

»Mir ist aufgefallen, dass es bei vielen von euch Cléments eine starke Familienähnlichkeit gibt«, sagte Cady. »Die Form eurer Augen, der Nasenrücken, die Wangenknochen. Aber nicht bei Fabrice – oder auch nur Marc-Antoine, jetzt, wo ich darüber nachdenke. Sieh dir das an.«

Sie reichte ihm ihr Exemplar von *Das Château*, drehte es um, um ihm Fabrice' Autorenporträt zu zeigen. Dann legte sie das Foto von Léon Morice daneben.

Er nickte langsam. »Du glaubst also, mein Großvater hat recht? Joséphine hatte eine Affäre mit Léon Morice?«

»Er sah sehr gut aus.«

Jean-Paul lächelte. »Und wäre das Grund genug für sie, sich außerhalb der Ehe zu vergnügen?«

»Nein, natürlich nicht. Und es steht mir selbstverständlich nicht zu, über sie zu urteilen. Es ist nur … Ihr Mann war so viel älter als sie, und sie hatten jahrelang versucht, Kinder zu bekommen, konnten es aber nicht. Und dann kommt ein gut aussehender Lehrling daher und …«

»… wohnt monatelang im Haus und schnitzt.«

»Klingt nach einem romantischen Arrangement.«

»Allerdings.«

Cady stand neben dem Türrahmen und glitt mit den Händen über die geschwungenen Formen der Schnitzarbeiten: die Blumen und Beeren, einen kleinen Zaunkönig. Das Holz hatte einen samtartigen Anstrich, keinen Lack, aber ähnlich dem, was Maxine immer eine »französische Politur« genannt hatte, die durch ein vielschichtiges Polierverfahren erzielt wurde. Es war glatt und einladend unter ihren Fingerspitzen.

Jean-Paul legte eine Hand auf ihre. Sie hob ihr Gesicht zu seinem.

»Das ist vermutlich keine gute Idee«, flüsterte er.

»Ich weiß.«

Du bist eine entsetzlich schlechte Menschenkennerin, Drake, sagte sie sich. Trotzdem schlang sie ihm die Arme um den Hals und zog seine Lippen zu ihren herunter. Der Kuss war der zarteste, den sie je erlebt hatte, wie das Streifen eines Schmetterlingsflügels, die Sanftheit der Morgendämmerung.

Aber dann vertiefte er sich. Der Kuss fing Feuer und riss sie beide mit sich mit.

Cady hatte dieses Gefühl vergessen, die Wildheit, die Begierde, die Sehnsucht. Wie lange war es her, seit sie ein solch tollkühnes Verlangen verspürt hatte? Die gestohlenen Augenblicke jenes One-Night-Stands vor all der Zeit, beflügelt vom Alkohol, zählten nicht. Das hier war pure, hemmungslose Leidenschaft, Lust, die durch ihre Adern strömte. Das hier war das Gefühl von Jean-Pauls Brust unter ihren Händen, sein Backenbart, der ihre Wangen kitzelte, sein Mund, der hinunterglitt, um ihren Hals zu liebkosen.

Sie wollte das hier. Sie wollte Jean-Paul. Sie wollte *mehr*.

Kapitel 54

GEGENWART
CHÂTEAU CLÉMENT

Cady

Danach musste Jean-Paul gehen, weil er noch eine Verabredung mit seiner Mutter hatte. Sie hatten wenig gesprochen, während sie ihre achtlos weggeworfenen Kleider einsammelten und sich anzogen. Beide mieden offensichtlich ein Gespräch über das, was soeben passiert war, ganz zu schweigen von der Zukunft.

Cadys Körper fühlte sich köstlich befriedigt an, aber ihr Geist war in Aufruhr. Außerstande, ihre Rastlosigkeit abzuschütteln, ging Cady wieder hinaus zum Karussell.

Sie musste ein Kabel von der nahe gelegenen Garage herüberführen, um eine Arbeitslampe an Strom anzuschließen, aber sie mochte das Gefühl, nachts mit dem Karussell allein zu sein. Die Schatten schienen irgendwie ein Teil davon zu sein. Sie konnte das Hämmern und Scheppern der Arbeiter, die sie tagsüber auf den Fotografien gesehen hatte, fast hören. Und wieder grübelte sie über die einsame Frau in der Gruppe nach, die an der Seite der Männer gearbeitet hatte.

Souviens-toi de moi.

Und Cady stellte sich Joséphine vor, wie sie nachts allein auf ihrem eigens angefertigten Karussell fuhr. Immer und immer wieder im Kreis.

»Paulette saß genau dort, auf diesem Pferd«, sagte Fabrice, der auf einmal im Türrahmen aufgetaucht war und selbst ein bisschen wie ein Geist aussah.

»Oh! Hast du mich erschreckt!«

»Das tut mir leid«, meinte Fabrice, aber er sah nicht aus, als täte es ihm besonders leid. Er wandte den Blick nicht von dem Karussellpferd ab.

»Ich dachte, du hättest gesagt, du hättest sie nie gefunden.«

»Das habe ich auch nicht – sie hat mich gefunden. Der Krieg war vorbei, aber es war für alle eine … schwierige Zeit. Anfangs waren wir natürlich überglücklich. Aber die Nachwirkungen waren grausam.«

»Das Land war zerstört?«

Er nickte. »Die Rationierungen dauerten noch jahrelang an. Doch es war mehr als das. Es ist … es ist schrecklich, wenn das eigene Land besetzt wird. Ich nehme an, es ist nur natürlich, nur menschlich, dass Allianzen geschmiedet werden, Verrat begangen, Rache genommen wird.«

Cady schwieg, während sie mit den Händen über die geschwungenen Konturen und Vertiefungen der Pferdemähne glitt.

»Wie sich herausstellte, hatte sie mir tatsächlich ihren wahren Namen genannt: Paulette Olivier«, fuhr Fabrice fort. »Aber sie kam nicht aus Fontaine-de-Vaucluse selbst, sie kam von einem kleinen Bauernhof auf dem Land.«

»Du hast sie gefunden?«

»Mehr noch. Ich habe sie getötet.«

Kapitel 55

1945
CHÂTEAU CLÉMENT

Fabrice

Fabrice hatte mehrere Tage auf dem Château gewohnt, so verfallen es auch sein mochte. Seine zahlreichen Cousins in der Stadt, denen er sich zum ersten Mal vorgestellt hatte, besaßen nach dem Krieg nicht viel. Trotzdem hatten sie ihm alle ein warmes Bett und einen Platz an ihrem Esstisch angeboten, aber Fabrice lehnte ihre Gastfreundschaft dennoch ab. Er hatte von seinem Vater einfach zu viele Geschichten über ihre gehässigen Gerüchte gegen seine Großeltern gehört.

Sie schienen großzügig zu sein, aber wenn Fabrice im Krieg eines gelernt hatte, dann war es das hässliche Stechen des Verrats.

Außerdem war ihm die Trostlosigkeit des einst prächtigen Kindheitszuhauses seines Vaters lieber. Sie passte zu seinem eigenen düsteren Gemütszustand. Die Überreste alter ledergebundener Bücher und türkischer Teppiche unter seinen Füßen – beschädigt von Rattenkot und Schimmel – passten zu den verblassten Bestrebungen seiner Seele. Das sinnlose Ticken der massiven Standuhr, der die Zeiger fehlten, spiegelte das erbärmliche, kümmerliche Schlagen seines Herzens wider.

Das Château war geplündert worden, alles, was von Wert, was nicht niet- und nagelfest war, war längst gestohlen. Dennoch waren viele Papiere und Fotografien geblieben. Fabrice verbrachte endlose Stunden damit, alte Holzspielzeuge in dem Zimmer durchzusehen, das einst das Kinderzimmer seines Vaters gewesen war. Er las die Tagebücher seines Großvaters Yves Clément und durchsuchte Stapel mit der Korrespondenz seiner Großmutter Joséphine, die von einem zerschlissenen blauen Seidenband zusammengehalten wurden.

Und dann war da natürlich noch das Karussell.

Sein Vater hatte ihm von fröhlichen Festen erzählt, bei denen die Kinder aus dem Dorf eingeladen wurden, auf dem Karussell zu fahren. Das war, bevor die Gerüchte und Andeutungen die Familie den Dorfbewohnern entfremdet hatten, bevor alles zusammengebrochen war.

Ein paar Karussellfiguren waren noch immer intakt, wie auch der Großteil des Mechanismus selbst, auch wenn alle mit Ruß und Schmutz bedeckt waren. Trotzdem, abends fühlte er sich von den Überresten angezogen, saß gern dort draußen im Dunkeln und rauchte, während das silbrige Mondlicht durch die schmutzigen Fensterscheiben schimmerte und allem eine gespenstische Nostalgie verlieh. Er konnte die laute Musik fast hören, konnte seinen Vater als Jungen sehen, wie er zusammen mit den Kindern aus dem Dorf auf dem Karussell immer und immer wieder im Kreis fuhr. Seinen ehemaligen Freunden.

Und eines Nachts war dies der Ort, an dem er auf Paulette stieß.

Ihr Haar war kahl geschoren, wie das einer Prostituierten, und ihr Kleid aus Sackleinen genäht. Ihre Wangen waren nass von Tränen, aber sie weinte lautlos. Sie saß auf einem skurrilen einstigen Karussellpferd, ohne sich an dem Ruß zu stören. Mit einer Pistole in ihrem Schoß.

»Du warst es?«, stieß Fabrice schließlich hervor.

Sie nickte.

»Sie haben meine Familie abgeholt.«

»Ich weiß … Fabrice. Ich werde dir niemals sagen können, wie leid es mir tut. Ich werde niemals erklären können …«

»Sie haben meine Familie abgeholt!«, brüllte er, während er auf sie zustürzte.

Sie hob die Pistole mit beiden Händen und richtete sie auf ihn. Er hielt inne, kam genau vor ihr zum Stehen, versuchte, nicht zu würgen, sich nicht zu übergeben. Er wollte sie töten, er wollte sich selbst töten.

»Hör mich an! Bitte, Fabrice, *hör mich einfach an.*« Die Tränen flossen noch immer, aber ihre Stimme war fest. »Ich hatte keine Wahl. Sie haben meiner Familie gedroht. Meiner Mutter, meinem Bruder und meinen Schwestern … Die Gestapo hat mit solch entsetzlichen Dingen gedroht …« Schließlich begann sie, laut zu schluchzen. »Es tut mir so leid, Fabrice, es tut mir *so* leid.«

»*Hör auf, das zu sagen!* Es ist *egal*, wie leid es dir tut. Es ist egal, verstehst du das denn nicht?« Er sah auf die Pistole hinunter, die noch immer auf ihn gerichtet war. »Na los, schieß schon. Es erscheint mir passend, von der Frau getötet zu werden, die ich geliebt habe.«

»Sie ist nicht für dich«, entgegnete Paulette, ihre Stimme jetzt ruhig und still. »Sie ist für mich.«

Sie hob die Pistole und hielt sich die Mündung an die Schläfe.

Er stürzte auf sie zu und packte ihre Hand. Ein Schuss löste sich.

Kapitel 56

GEGENWART
CHÂTEAU CLÉMENT

Cady

»Fabrice?«

Der alte Mann hatte aufgehört zu sprechen und starrte so lange auf die Karussellfigur, dass Cady schon anfing, sich Sorgen zu machen. Aber er schien seine eigene Geschichte zu erzählen, in seinem eigenen Tempo.

»Es gab entsetzliche Vergeltungsmaßnahmen gegen die Franzosen, die mit den Deutschen zusammengearbeitet hatten. Wir nannten sie *collaborateurs*. Aber wenn man mit seinen Besatzern zusammenlebt, so wie wir es getan haben … Nun ja, jede Geschichte hat viele Seiten.«

»Was ist denn nun passiert, als Paulette kam?«

»Sie saß auf diesem Pferd, dem, das du gerade reinigst. Saß einfach nur da, aber mit einer Pistole in der Hand. Sie hatte gehört, dass ich nach ihr suchte, sagte, sie hätte gewusst, dass ich letztendlich zum Karussell hinauskommen würde.«

»Warum?«

»Wir haben damals in Paris viel über das Château meiner Familie geredet. Bevor sie uns alle verraten hat, bevor sie der Gestapo meinen Namen genannt hat. Sie war der Grund, weshalb meine Familie abgeholt wurde.«

Cady brauchte einen Moment, um das zu verdauen.

»Meine Mutter und meine Schwester haben nicht überlebt. Mein Vater hat überlebt, und er hat mir nie die Schuld an dem gegeben, was passiert ist, auch wenn er natürlich allen Grund dazu hatte. Ich habe ihn nach dem Krieg gefunden. Eines muss man den Deutschen lassen: Ihre Buchführung ist vortrefflich. Nachdem ich mit meinem Schreiben etwas Geld verdient hatte, kehrten mein Vater und ich zum Château zurück und lebten hier zusammen, bis er im Alter von zweiundachtzig Jahren starb. Eine Zeit lang haben wir zusammen an der Renovierung des Châteaus gearbeitet. Manchmal, wenn er und ich zusammen geschnitzt haben, sagte er, es sei Gottes grausamer Scherz, ihn so lange am Leben zu lassen, nachdem Er seiner Frau und seinem Kind das Leben genommen hatte. Aber ich kannte die Wahrheit: Gott hatte ihnen nicht das Leben genommen, *ich* war es gewesen.«

»Fabrice, es war nicht deine Schuld. Es war der Krieg. Die Nazis haben entsetzliche Taten begangen … Es war nicht deine Schuld.«

»Doch, war es«, beharrte er in einem nüchternen Ton, während er in die Schatten starrte. »Es *war* meine Schuld. Mein Vater hatte mich angefleht, mich herauszuhalten, mit ihm in seiner Werkstatt zu arbeiten, zu überleben.«

»Und du *hast* überlebt.«

Er nickte grimmig.

»Genau wie ich«, sagte Cady, in Gedanken daran, wie sie Jonquilla – und später Maxine – das letzte Mal gesehen hatte. Sie dachte an das Baby, das sie verloren hatte, und an den erbärmlichen, verzweifelten Drang weiterzuleben, selbst wenn das bedeutete, andere zurückzulassen. »Und was ist dann mit Paulette passiert? Hat sie gedroht, dich zu erschießen?«

»Nein, sie hat versucht, sich selbst zu erschießen. Ich habe ihr die Pistole entwunden, aber meine Cousins, Pierre und seine Brüder, waren bereits auf dem Weg zum Château, um mich zu treffen. Die Pistole ging los, aber keiner von uns beiden wurde verletzt. Meine Cousins hörten den Schuss und fanden uns und nahmen sie mit, um sie verhaften zu lassen.«

»Und haben dich als Helden gefeiert.«

»Sie wurde als Verräterin vor Gericht gestellt, was sie natürlich war …« Er brach ab und räusperte sich, strich über den Kopf des Pferdes und glitt mit den Fingern über seinen gewellten, mit Schleifen verzierten Schweif. »Schließlich ist es ihr gelungen, sich im Gefängnis das Leben zu nehmen. Kannst du dir vorstellen, wie schmerzlich es ist, als Held bezeichnet zu werden, weil du die Frau, die du liebst, dem Tod ausgeliefert hast?«

»Wenn Pierre und die anderen euch nicht gefunden hätten, hättest du Paulette dann gehen lassen?«

Fabrice gab keine Antwort. Er wandte sich nur ab und ging hinaus in die schwarze Nacht.

Am nächsten Tag kam Jean-Paul früh und traf Cady im Hof an, wo sie auf einer niedrigen Steinmauer saß, in *Das Château* blätterte und versuchte, ein paar Passagen mit der französischen Fassung des Romans zu vergleichen, die sie im Bücherzimmer gefunden hatte.

Ihre Blicke trafen sich, als er auf sie zukam. Er sah hinreißend aus, und sie konnte an nichts anderes denken als an das Gefühl, wie sie gestern Nacht in seinen Armen gelegen hatte. An seinen Geruch, der sie umgeben hatte, die verführerische Wärme seiner nackten Brust unter ihren Händen, die Art, wie sein Backenbart sie gekitzelt und gekratzt hatte.

Die Glut in seinem Blick verriet ihr, dass er an dasselbe dachte.

»Ich wünschte, ich hätte gestern Nacht bleiben können.«

»Ich auch.«

»Keine Renovierung heute Morgen?«

»Aber natürlich. Ich habe nur ein bisschen in dem Buch geblättert, um zu versuchen, ein paar Antworten zu finden. Oder zumindest Erkenntnisse. Was meinst du, könnte dieses bedeuten? Kannst du mir sagen, ob es richtig übersetzt ist?«

Er las:

»Immer und immer wieder im Kreis auf dem Karussell.
Werde ich mein Ziel je erreichen?
Der Lehrling Anon
Immer und immer wieder im Kreis, auf der Jagd
Wie ein Märchen
Die Pferde laufen und laufen, ohne je anzukommen
Der Karussellschnitzer verneigt sich
Und in der verheilten Wunde
Hütet die Figur das Geheimnis
Anon.«

»Das scheint im Wesentlichen korrekt«, sagte Jean-Paul. »Aber ich hätte *panser* hier nicht als ›verheilte Wunde‹

übersetzt – *panser les plaies* kann heißen, seine Wunden zu heilen oder zu lecken, aber ich glaube, in diesem Fall könnte das Wort so etwas wie diesen Teil hier, bei einem Tier, bedeuten.« Er klopfte sich auf den flachen Bauch.

»Der Rumpf? Du meinst, im Sinne von Bauch? Wie der Bauch meines Kaninchens?«

»Könnte sein«, meinte er. »Schließlich hast du dort ja etwas gefunden. Das würde bedeuten, dass Fabrice auch von dem Kästchen wusste – oder vielleicht hatte er zumindest die Geschichte gehört. Aber was für ein Geheimnis hat dieses Kästchen denn nun enthüllt?«

»Das versuche ich ja herauszufinden. Ich wünschte, ich wüsste, wer ›Anon‹ war.«

Cady berichtete Jean-Paul, was Fabrice ihr am Abend zuvor erzählt hatte, über Paulettes Verrat und wie er sie auf dem Karussellpferd sitzend vorgefunden hatte. »Das ist also einer der Gründe, weshalb er all die Jahre so gelitten hat. Er fühlt sich schuldig, weil er sich von ihr hat täuschen lassen und sie seine Familie verraten hat.«

»Ich glaube, das stimmt so nicht ganz«, widersprach Jean-Paul. »Ich glaube, tatsächlich fühlt er sich schuldig, weil er sie immer noch liebt. Bis zum heutigen Tag bedeutet sie ihm immer noch sehr viel.«

»Aber … sie ist schuld am Tod seiner Mutter und seiner Schwester.«

»Das ist der Punkt, an dem die Schuldgefühle ins Spiel kommen. Aber Liebe folgt nicht immer der Vernunft. Um genau zu sein, tut sie es fast nie, oder? Ich weiß, du liest im Moment sein erstes Buch, aber das Thema zieht sich durch all seine Romane: eine unerwiderte Liebe, die in eine Katastrophe mündet. Ganz ähnlich wie die Gedichte, die

Petrarca schrieb, als er in Fontaine-de-Vaucluse lebte.« Er streckte die Hand nach dem Buch aus. »Sieh dir mal die Widmung von *Le Château* an, das ist ein Zitat von Petrarca über seine Laura:

Nun wach' ich, sinne, glüh' und wein', alleigen
Dem, der mich stets verfolgt mit süßen Plagen.
Krieg ist mein Zustand, Zorn und Missbehagen;
Nur, denk' ich sie, will Friede mir sich zeigen.

»Ich kann es nicht glauben«, sagte Cady. »Wie könnte man jemanden lieben, der einen so verraten hat?«

»Liebe ist Schmerz. Ich glaube, darum ging es ihm.«

»Das kannst du laut sagen«, meinte Johnny, der sich in diesem Augenblick zu ihnen gesellte. »Also, was sitzt ihr hier herum? Haben wir nicht ein Karussell zu retten?«

Kapitel 57

GEGENWART
CHÂTEAU CLÉMENT

Cady

Cadys Lieblingsbeschäftigung des Tages war es, zuzusehen, wie Johnny mit dem Besitzer des Geschäfts für Künstlerbedarf in Avignon leidenschaftlich über das Karussell redete. Sie hatte ihn mitgenommen, um Utensilien zu kaufen, und offenbar hatte ihn das Fieber ebenfalls gepackt.

Sobald ein Mensch den Wert davon, alten Krempel zu retten, begriffen hat, dachte Cady im Stillen, *ist es schwer, wieder davon loszukommen.*

Sie fuhren auch kurz bei der Universität vorbei, »nur um einen Blick hineinzuwerfen«. Natürlich war es nicht Cadys Entscheidung, ob Johnny eine höhere Bildung anstrebte, aber sie wollte ihm vor Augen führen, dass es eine Möglichkeit war.

Während sie zurück zu Château Clément fuhren, piepste Cadys Handy.

»Könntest du kurz nachsehen, ob das Jean-Paul ist?«

»Es ist jemand namens Olivia«, sagte Johnny, während er die Nachricht überflog. In stark akzentuiertem Englisch las er laut vor: »›Wann können sie ein paar Beispiele für das

Buch über das verfallene Château und Karussell sehen, mit Fotos von dem Besitzer und seinem Hund?‹ Was heißt ›ver-fal-len‹?«, fragte er.

»Heruntergekommen, alt.«

»Aaah«, antwortete er, jetzt wieder auf Französisch. »Aber ist das dein Ernst? Du willst ein Buch über Fabrice' unheimliches altes Haus machen?«

»Ich weiß nicht. Ich denke darüber nach. Ich würde es gern tun. Aber …« Sie brach ab. Wie sollte sie Fabrice die Idee auch nur nahebringen? Natürlich, er könnte einfach Nein sagen, und damit wäre die Sache vom Tisch. Trotzdem, allein schon die Frage müsste sehr, sehr behutsam gestellt werden, damit er nicht gleich in die Luft ging.

»Warum interessiert dich das eigentlich so? Du bist doch nicht mal von hier. Mein Dad sagt, du bist besessen von meiner Familie.«

»Na ja …«, meinte sie, während sie auf einmal vor sich sah, wie sie gestern Abend die Arme um Jean-Pauls muskulösen Oberkörper geschlungen hatte, »… vielleicht von *manchen* Mitgliedern deiner Familie.«

»Warum? Familie nervt total, sie fragen ständig, wohin du gehst, kennen immer jemanden da, wo du hingehst.«

»Deswegen solltest du dir überlegen, auf die Universität zu gehen. Im Ernst. Ich selbst hatte nie die Chance, aber es klingt weitaus lustiger, als sein ganzes Leben in Saint-Véran herumzuhängen. Es ist ein tolles kleines Dorf für Familien und alte Leute wie mich, aber jemand wie du sollte ein bisschen mehr erleben, bevor er sesshaft wird.«

Er schien ihre Worte abzuwägen.

»Du solltest mit Jean-Paul darüber reden. Er ist zum Studium nach Paris gegangen und geblieben.«

»Das war nur, weil sein Papa seine Maman geschlagen hat und das alles.«

»Das hat er getan?«

»Ja. Er war auch ein Trinker, wie meiner. Aber mein Papa hat meine Maman wenigstens nicht geschlagen. Er schlägt nur mich ab und zu, wenn ich ihn richtig in den Wahnsinn treibe.«

»War er es, der dir das blaue Auge verpasst hat?«

Er zuckte die Schultern. »Ich war selbst schuld.«

»Johnny«, begann Cady. Wenn alle schon vorher gedacht hatten, dass sie sich einmischte, dann war das jetzt noch weitaus schlimmer. »Dein Vater sollte dich nicht schlagen. Wenn du Hilfe …«

»Im Ernst«, schnitt er ihr das Wort ab, »es ist schon in Ordnung. Es geht uns gut. Wir verstehen uns. Und er hat es nicht leicht, seit meine Maman gestorben ist und das alles.«

»Bestimmt nicht.«

»Aber … vielleicht hast du recht. Es könnte cool sein, auf die Universität zu gehen, vielleicht.«

»Vielleicht. Sprich mit Jean-Paul.«

»Ich weiß nicht, ob ich überhaupt einen Platz kriegen würde.«

»Das kannst du nur herausfinden, indem du es versuchst.«

Er nickte und sah aus dem Fenster.

»Was ist denn mit Jean-Pauls Vater passiert?«

»Er hat Krebs bekommen und ist dann ziemlich schnell gestorben. Ich hatte das Gefühl, dass es niemanden wirklich gekümmert hat. Ich habe gehört, dass er Jean-Paul einmal richtig schlimm verprügelt hat, als Jean-Paul versucht hat, seine Maman zu beschützen. Nicht lange danach ist Jean-

Paul nach Paris gegangen. Meine Maman hat gesagt, dass er dort bei irgendwelchen Verwandten gewohnt hat, damit er in den Ferien nicht mehr nach Hause zurückmusste.«

»War das Madame Martin?«

»Kann sein. Ich habe die Namen vergessen.«

Sie hatten Château Clément erreicht. Die Reifen knirschten auf dem Kies, als Cady die Auffahrt hoch und ums Haus nach hinten fuhr.

»Willst du vielleicht zum Essen bleiben?«, fragte sie. »Ich war vorhin einkaufen.«

»Nö«, antwortete Johnny. Fabrice hatte die Hintertür geöffnet und stand auf der Schwelle, Lucy an seiner Seite. »Ich glaube, Fabrice hat in letzter Zeit genug von mir gesehen. Aber trotzdem danke.«

»Gerne. Sag Fabrice wenigstens Gute Nacht, bevor du gehst, okay?«

Sie stiegen aus, riefen Fabrice ein *salut* zu, und Johnny half Cady, die Utensilien ins Karussellgebäude zu bringen.

Dann wünschte er Cady eine gute Nacht und ging hinüber zu Fabrice, um mit ihm zu reden. Cady blieb zurück, stellte die Utensilien in der richtigen Reihenfolge auf und ließ den beiden einen Moment allein. Sie freute sich, dass sie nicht nur ein kurzes Wort wechselten, sondern sich mehrere Minuten unterhielten. Vielleicht brauchte Johnny wirklich nur ein bisschen Freundschaft, ein bisschen Anleitung. Und Fabrice eigentlich auch. War es möglich, dass sie mit ihrem Aufenthalt in Saint-Véran tatsächlich etwas Gutes bewirkt hatte?

Aber Johnny sah sie seltsam an, als er ging – halb schuldbewusst, halb verlegen –, und dann wandte er den Blick rasch ab und lief die Auffahrt hinunter.

Cady las Trostlosigkeit in Fabrice' Augen, bevor er ihr den Rücken kehrte und auf das Château zuhumpelte.

»Fabrice, ist alles in Ordnung?«, rief Cady.

Er schlüpfte durch den Dienstboteneingang.

Cady folgte ihm ins Haus. Er ging weiter den schmalen Korridor hinunter, ohne noch einmal zurückzusehen, und das rhythmische Klopfen seines Gehstocks auf den alten Steinen schien herunterzuzählen zu ... was?

An der Schwelle zur Küche hielt er inne.

»Fabrice?«, versuchte es Cady noch einmal. »Johnny hat sich in letzter Zeit richtig gut gemacht, aber wenn er ...«

»Johnny ist nicht das Problem.«

»Dann ...?«

Fabrice wandte sich sehr langsam und bewusst zu ihr um.

»Cady, machst du deine Fotos von Château Clément – und von *mir* –, um ein Buch zu machen?«

»Nein, nein, natürlich nicht. Ich meine, ich habe meinem Verleger vorgeschlagen, dass dein Karussell vielleicht eine hübsche Ergänzung zu dem Buch sein könnte, und ich ...«

Ein Vorhang fiel über seine Züge.

»Aber, Fabrice, ich würde niemals ...«

»Ich dachte, du wärst anders, Cady. Pack deine Sachen und verschwinde von hier. Diesmal meine ich es ernst.«

»Fabrice, bitte hör mich an. Ich hätte nichts getan, und ich hätte mit Sicherheit nichts *veröffentlicht*, ohne deine Erlaubnis einzuholen. Natürlich nicht. Ich dachte nur ...«

»Ich bin Menschen so leid, dass ich einfach nur spucken könnte«, sagte Fabrice. Er starrte auf die alten Steine, als suchte er in ihrer unnachgiebigen Härte nach Klarheit.

»Man würde meinen, ich hätte es inzwischen gelernt. Das kommt davon, wenn man Menschen in seine Nähe lässt. Lucy und mir ging es rundum gut, und dann kommst du daher und benimmst dich ein bisschen wie sie und …« Er sah sie an, mit den traurigsten Augen der Welt. »Und dann verrätst du mich, genau wie sie es getan hat.«

»Wer, Paulette?«

»Ich möchte dich bitten zu gehen, Cady. Bitte sei morgen früh nicht mehr hier.«

»Aber … wir sind noch gar nicht nach Fontaine-de-Vaucluse gefahren. Und das Karussell …«

»*Bitte*, Cady, lass diesen alten Mann in Frieden.« Er schlurfte in die Küche und schloss hinter sich die Tür.

Cady packte ihre Sachen und ging die wenigen Kilometer zu Fuß in die Stadt. Sie zog ihren kleinen Koffer hinter sich her, und ihre Fototasche hing schwer über ihrer Schulter. Sie ging zu Jean-Pauls Wohnung.

»Cady! Was für eine schöne Überraschung«, sagte er, aber dann huschte sein Blick zu den Taschen, die sie hielt. »Alles in Ordnung?«

»Fabrice hat mich rausgeschmissen«, sagte sie mit zitternder Stimme.

»Oh, Cady, das tut mir so leid. Komm rein, ich mache dir etwas zu trinken. Kaffee? Aperitif?« Er nahm ihre Taschen und führte Cady in die Wohnung.

Ihre Arme schmerzten, nachdem sie die Taschen den ganzen Weg in die Stadt geschleppt hatte, wobei sie sich immer wieder hinter stämmige Platanen geflüchtet hatte, wenn Autos auf der Landstraße vorbeischossen. Aber die Erschöpfung, die sie verspürte, beruhte nicht so sehr darauf, sondern vielmehr auf ihren Gefühlen. Wie hatte das alles nur so schnell so gründlich schiefgehen können? Sie fühlte sich wie damals, als sie ein Pflegekind war, wenn sie anfing, sich in einer neuen Situation zu entspannen, ihr »wahres« Selbst strahlen zu lassen, Gefühle für die Leute zu entwickeln, mit denen sie zusammen war, und dann abrupt wieder herausgerissen und ohne irgendeinen Halt allein gelassen wurde.

Sie setzte sich an seinen kleinen Küchentisch, und er schob eine dicke Rolle mit Bauplänen und einen Stapel Millimeterpapier zur Seite.

»Du wirst meiner Mutter und meinem Großvater und mir beim Abendessen Gesellschaft leisten und die Nacht hier verbringen, und dann überlegen wir, wie es weitergeht. Wir können zusammen mit Fabrice reden, wenn du willst.«

»Es war nur ein dummes Missverständnis, aber er wollte es mich nicht einmal erklären lassen.«

Jean-Paul stieß einen langen Atemzug aus. »Hör zu, Cady, bis jetzt war er dir gegenüber erstaunlich offen. Aber ich denke, du solltest wissen, dass Fabrice schon sehr, sehr lange niemanden mehr in sein Leben gelassen hat.«

»Ich weiß. Ich hatte einfach das Gefühl, wir hätten eine … Verbindung.«

»Ich glaube, die hattet ihr auch. Oder *habt* sie.« Er stellte ihr ein kleines Glas Campari hin und gab einen Schuss Mineralwasser dazu. »Gib ihm ein, zwei Tage Zeit, um sich zu beruhigen, und sieh, was er dann sagt. Willst du mir sagen, was ihn so aus der Fassung gebracht hat?«

»Na ja, Johnny …«

Er verdrehte die Augen. »Was hat Johnny denn jetzt schon wieder angestellt?«

»Nein, es war nichts dergleichen. Johnny hat eine SMS gelesen, die ich bekommen habe, über die Idee, ein Buch über Château Clément zu machen, mit Fotos.«

»Du meinst, von dem Karussell?«

»Mit dem Karussell hat es angefangen, aber dann hat dem Verleger die Vorstellung gefallen, dass ich mit einem alten Mann und seinem Hund in einem verfallenen Château herumhänge, und sie dachten, es könnte ein richtig cooles Buch werden.«

Jean-Paul blieb am Tresen gelehnt stehen. Seine im Allgemeinen offene Miene wirkte auf einmal vorsichtig. »Du hast vor, eine Art Enthüllungsgeschichte über Fabrice zu schreiben?«

»Nein, natürlich nicht. Ich hätte mit Sicherheit niemals irgendetwas getan, ohne seine Erlaubnis einzuholen. Es war eigentlich nur eine Fantasie – ich liebe es einfach, Fotos zu machen, und natürlich war die Idee, dass sie veröffentlicht werden könnten, verlockend, aber das würde ich niemals tun. Nicht ohne seine Zustimmung. Ich weiß, ich habe ein paar Probleme mit Grenzen, aber nicht so.«

Nach einem Moment nickte er. »Gut. Das freut mich zu hören. Und Fabrice wollte dich das alles nicht erklären lassen?«

Sie schüttelte den Kopf und nahm einen langen Schluck von ihrem Drink. »Es war fast, als hätte er nur darauf gewartet, dass ich ihn verrate. So wie Paulette. Er hat gesagt, ich würde ihn an sie erinnern.«

Über sich hörten sie Schritte und das gedämpfte Geräusch von Stimmen. Jean-Paul sah auf seine Uhr. »Ich sollte meiner Mutter helfen, das Abendessen vorzubereiten. Wirst du mit uns essen?«

»Danke. Sehr gern. Könnte ich mich nur kurz frisch machen …?«

»Natürlich.« Er ging ins Bad, schaltete das Licht ein und reichte ihr ein Handtuch. »Du kannst duschen oder was immer du willst. Lass dir ruhig Zeit, Essen gibt es frühestens in einer Stunde.«

»Danke.«

»Gern geschehen, Cady«, sagte Jean-Paul. Sie wandte sich noch einmal zu ihm um. »Sagst du mir die ganze Wahrheit? Sonst ist nichts passiert?«

Sie lachte humorlos auf und verkniff es sich, die Badezimmertür zwischen ihnen zuzuknallen.

Cady gestattete sich, unter der Dusche kurz und entnervt zu weinen. Sie gab noch immer den Hormonen die Schuld – es wäre besser, wenn es an den Hormonen lag, dachte sie. Allerdings, wenn es das war, was das Älterwerden mit sich brachte, würde sie irgendwann richtig ausflippen. Andererseits war sie erst seit kurzer Zeit in Saint-Véran. In mancher Hinsicht kam es ihr vor wie eine Ewigkeit, aber in Wirklichkeit war ihre Zeit auf dem provenzalischen Land kaum mehr als ein Lidschlag in ihrem Leben, erst recht im Leben einer Stadt, die alt genug war, um sich an Drachen zu erinnern.

Sie zog sich an und ging zur seitlichen Küchentür des Haupthauses, durch die Jean-Paul sie das letzte Mal hereingeführt hatte.

Cady hob die Hand, um zu klopfen, aber sie zögerte, als sie laute Stimmen hörte.

»Elle est une intruse«, sagte eine Stimme, die, wie sie glaubte, Johnnys Vater, Andres, gehörte. »Sie ist ein Ein-

dringling, vermutlich will sie ein Vermögen mit diesem Karussell machen.«

»Sie hat *geholfen*«, kam Jean-Pauls stets geduldige Stimme. »Sie hat sich nicht nur um Fabrice gekümmert, sie hat ihn auch endlich dazu gebracht, ihr zu erlauben, das Karussell auszugraben – und ja, es wird viel Geld wert sein, wenn wir es auf Vordermann bringen können. Es könnte helfen, Mittel aufzubringen, um das Château richtig zu restaurieren. Und sie hat vielleicht sogar ein paar Fotos von Yves Clément entdeckt, die etwas Licht in unsere Familiengeschichte bringen könnten.«

»Mein Punkt ist, sie gehört *nicht* zur Familie«, erklärte Gerald. »Sie sollte ihre Energie auf ihre eigene Familie konzentrieren und unsere in Ruhe lassen.«

»Jean-Paul hat mir erzählt, dass sie eine Waise ist«, warf Louise ein. »Sie hat *keine* Familie.«

»Das ist ihr Problem, nicht unseres.«

»Es könnte ein Grund sein, weshalb sie nicht versteht, wie eine Familie funktioniert«, meinte Louise sanft.

»Cady hat mir selbst erzählt, dass sie Probleme damit hat, Grenzen zu erkennen«, sagte Jean-Paul. »Manchmal scheint sie vielleicht ein bisschen … aufdringlich oder forsch. Aber das ist vermutlich genau der Grund, weshalb sie bei Fabrice so weit gekommen ist.«

»Familie ist Familie«, meinte Gerald.

»Und sie gehört *nicht* zur Familie«, ergänzte Andres.

Das dachten sie also von ihr. Cady konnte es nicht ertragen, noch länger zuzuhören.

Nachdem sie ihr Baby und die Wohnung verloren hatte und dann auch noch Maxine gestorben war, war Cady fassungslos gewesen, wie schnell das Leben sich ändern konnte. Und jetzt hatte sie wieder dieses Gefühl. Gestern hatte sie noch antike französische Karussellfiguren restauriert und zugehört, wie Fabrice ihr seine düstersten Geschichten anvertraute, hatte mit Jean-Paul geschlafen und das Gefühl gehabt dazuzugehören. Aber die Wahrheit war: Sie war hier nicht erwünscht. Sie gehörte nicht dazu.

Cady ging zurück zu Jean-Pauls Wohnung und schrieb eine kurze Nachricht, in der sie sich bei ihm bedankte und sich von ihm verabschiedete. Auf dem Küchentisch lagen, wie schon beim letzten Mal, die zusammengerollten Baupläne und handschriftlichen Skizzen von Château Clément. Aber daneben lag ein förmliches Schreiben eines Auktionshauses über den ungefähren Wert »eines Bayol-Karussells, circa 1900«.

Fabrice hatte Jean-Paul wiederholt beschuldigt, Geld machen zu wollen, indem er »das Haus in Einzelteilen verkaufte«. Hatte er die ganze Zeit recht gehabt? Hatte Jean-Paul ihr nur deshalb bei der Karussellrestaurierung geholfen, weil es viel Geld wert sein würde?

Oder wurde sie allmählich wie Fabrice und witterte an jeder Ecke Treulosigkeit und gestattete einem einzigen Verrat, alles andere zu beschmutzen?

Aber das spielte jetzt sowieso keine Rolle mehr. Es war Zeit zu gehen. Sie rang einen Moment mit sich, dann entschied sie, ihre belichteten Filmrollen dazulassen, zusammen mit den Fotos, die sie von Lucy, Fabrice und dem Karussell während ihres Aufenthalts auf Château Clément aufgenommen hatte. Sollte die Familie damit machen, was sie wollte. So würde Fabrice wenigstens keinen Grund zu der Befürchtung haben, sie hätte die Fotos irgendjemandem gezeigt.

Dann nahm sie ihre Taschen und schlüpfte in den frühen Abend hinaus.

Ihre Augen waren jetzt tränenlos, leer geweint. Aber das Problem in einer Kleinstadt war, dass die Leute Cady kannten, auch wenn sie erst seit kurzer Zeit hier war. Was würde sie nicht dafür geben, in diesem Moment wieder in Paris zu sein, dort durch die Straßen zu schlendern und die Anonymität zu genießen.

Anonymität.

Olivia sagte immer, dass, historisch gesehen, »Anonymus« eine Frau war. Anon.

Was, wenn …

Was, wenn der »Lehrling«, der auf dem Château gewohnt hatte, gar nicht Léon Morice war, sondern eine Frau? *Die* Frau. Die auf der Fotografie – das Geheimnis, das im Bauch ihres Kaninchens gehütet worden war.

Sie ließ ihre Tasche fallen und nahm den Umschlag mit den historischen Fotos, die sie entwickelt hatte, heraus. Auf den Fotos, auf denen sie an dem Karussell arbeitete, hatte die Frau in Cadys Augen ein bisschen pummelig ausgesehen. Aber jetzt konnte Cady es sehen. Die Frau war nicht pummelig.

Sie war schwanger.

Kapitel 58

1901
CHÂTEAU CLÉMENT

Joséphine und Maëlle

Die Kamera fühlt sich unhandlich zwischen ihren Fingern an, und Joséphine muss blinzeln, um durch das winzige Loch sehen zu können. Wie schaffte es Yves nur, das Objektiv so ruhig zu halten? War es die Folge von Übung, oder lag es an seiner entschlossenen Art bei allem, was er tat?

»Stell dich genau dorthin«, sagt Joséphine zu der Mutter ihres Babys. »Mit dem Karussell hinter dir.«

»Hier? So? Lass mich wenigstens meine Schürze abnehmen.«

Seit etlichen Monaten trägt Maëlle immer weitere Kleider, um Platz für ihren wachsenden Bauch zu schaffen, während sie die Stürze, Kaminsimse, Treppenpfosten und Türrahmen im ganzen Château schnitzt. Joséphine hat ebenfalls zugenommen und sich zuletzt noch ein kleines Kissen unter ihre Röcke gestopft. Yves versteht nichts von Frauen, und er ist so überglücklich bei dem Gedanken, dass Joséphine sein Kind erwartet, dass ihm die offensichtlichen Details nicht auffallen. Ein paar der eher scharfsinnigen

Hausmädchen haben ihren Verdacht, und Joséphine kann nur beten, dass sie den Mund halten werden. Aber niemand sonst achtet auf die stille Schnitzerin, die die Räume des Châteaus mit dem Duft von frisch gesägtem Holz und dem Schaben und Hämmern ihrer Arbeit, ihrer Leidenschaft, ihrer Freude erfüllt.

Die Wahrheit nagt an Joséphine, sie windet sich bei dem Gedanken, wie sie ihren lieben Ehemann täuscht. Sie hätte es ihm schon tausendmal gebeichtet, aber Yves ist ein solch aufrechter Mann, dass er, sollte er die Wahrheit erfahren, seinen Platz räumen und das Château an seinen Bruder abtreten würde. Es würde ihm das Herz brechen. Ihr kleiner Sohn, Marc-Antoine, nach Yves' Vater benannt, bereitet ihnen schon jetzt so viel Freude, dass sie betet, ihr Ehemann möge es irgendwann einmal verstehen.

»Nein, nein«, sagt Joséphine zu Maëlle. »Bleib genau so, wie du bist, in genau diesem Augenblick. So werde ich dich immer in Erinnerung behalten, und so sollte auch dein Sohn dich kennenlernen. Du bist eine Künstlerin, eine Bildhauerin.«

»Er wird mich nie kennenlernen«, erwidert Maëlle mit der traurigsten Stimme, die Joséphine je gehört hat.

Sie lässt die Kamera sinken. »Das wird er, Maëlle. Wenn er alt genug ist, um es zu verstehen, wird er von dem Lehrlingsmädchen erfahren, das nach Château Clément gekommen ist und dort gewohnt hat. Dafür werde ich sorgen. Ich werde ihm an seinem achtzehnten Geburtstag sagen, dass er in dem Kaninchen nachsehen soll. Er wird wissen, dass er von dem aufstrebenden Lehrling von Angers geliebt wurde.«

Maëlle nickt.

Ihr Sohn wird als ein Clément aufwachsen. Es wird ihm nie an irgendetwas mangeln, und er wird nie die bittere Zurückweisung eines außerehelichen Kindes erfahren.

Joséphine hat Briefe geschrieben, hat Maëlle Aufträge in ganz Frankreich gesichert. Bald wird Maëlle zum nächsten Château weiterziehen. Eine Familie, die am Rande von Nizza lebt, hat ihr bereits einen Auftrag angeboten. Sie wird bildhauern können. Obwohl sie eine Frau ist. Obwohl sie anonym bleiben muss.

Maëlle hat eine einzige, frei stehende Karussellfigur geschaffen. Sie hat sie für ihn geschaffen, von Anfang bis Ende, ganz allein. Es ist ein Kaninchen mit einem süßen Gesichtsausdruck, jeder Zentimeter von ihm gestaltet mit dem Flüstern von Liebe und Hoffnung und Ermutigung. Sie gestattet sich zu träumen, dass ihre zärtlichen Koseworte in das Holz der Figur selbst eindringen werden, über die Jahre hinweg fortdauern werden, um ihren Sohn und künftige Generationen zu besänftigen und zu trösten.

Maëlle hebt das Kinn, und Joséphine schießt das Foto.

Kapitel 59

GEGENWART
PROVENCE UND PARIS

Cady

Es gab keinen Taxiservice in der Stadt, aber Hubert kannte einen Mann, der Leute zum Festpreis zum Bahnhof fuhr, somit hatte Cady eine Möglichkeit, nach Avignon zu kommen. Sie hatte geplant, den nächsten Zug nach Paris zu nehmen, aber dann überlegte sie es sich noch einmal anders und bat ihn, sie bei einem anständigen Hotel in der Nähe des Gare d'Avignon abzusetzen, das, wie sich herausstellte, ein wunderschönes Best Western war.

Es gab noch eine Sache, die sie tun wollte, bevor sie die Provence verließ.

Cady hatte vorgehabt, am nächsten Morgen einen Wagen zu mieten, aber letztendlich blieb sie ganze zwei Tage in ihrem Hotelzimmer. Sie schlich hinaus zu einem Eckladen, um sich eine Flasche Wein, eine Tüte Chips und eine Packung Petit-Écolier-Kekse zu kaufen, und versuchte, diesen ausschweifenden Rückzug zu wiederholen, der ihr damals in Oakland geholfen hatte, ihre Wunden zu lindern, aber zu ihrer Enttäuschung musste sie feststellen, dass es im Fernsehen keine französische Version von *Leben im*

Chaos gab. Sie war ohnehin nicht in der Stimmung, sich irgendetwas anzusehen. Aber sie war auch nicht bereit, sich der Außenwelt zu stellen.

Immer wieder betrachtete Cady die Fotografie und die Botschaft, die sie zu Château Clément geführt hatte. *Je t'aime toujours. Souviens-toi de moi.*

Ich liebe dich auf immer und ewig. Gedenke meiner.

Während sie auf ihrem Bett lag und allmählich allzu vertraut mit ihrer Hotelzimmerdecke wurde, ließ sie sich ihre Aktionen noch einmal durch den Kopf gehen.

Und sie begriff etwas.

Was hatte sie in Saint-Véran getan, das so abscheulich war? Sie hatte einem alten Mann, wenn auch nur kurz, geholfen und sich mit einem schwierigen Teenager angefreundet. Sie hatte sogar Kontakt zu ein paar Dorfbewohnern geknüpft, genug, um zu glauben, dass sie mit der Zeit ein paar Beziehungen hätte aufbauen können. Zumindest hatte sie sich bemüht.

Cady war immer ein unbeholfenes Kind gewesen, das schwer zu lieben war. Aber … war sie wirklich so schlimm? Sie war vielleicht schroff oder abrupt, und sie mochte ein paar Probleme mit Grenzen haben, aber sie war nicht *bösartig*. Sie hatte noch nie absichtlich einen anderen Menschen verletzt.

Und wer sagte schließlich, dass aus einer schlechten Saat nicht manchmal auch ein anständiger Baum wachsen konnte?

Am nächsten Morgen mietete Cady einen Wagen und fuhr nach Fontaine-de-Vaucluse. Sie wollte das Zuhause des Drachen mit eigenen Augen sehen.

Das Dorf lag in einer Sackgasse in einem Tal, umschlossen von einer riesigen Kalksteinklippe. Es gab reichlich Parkplätze, und viele Geschäfte und Restaurants hatten für die Saison noch nicht geöffnet. Diese einst verschlafene Stadt war eindeutig zu einer Touristenattraktion geworden und im Hochsommer vermutlich von Besuchern überlaufen. Sie dachte an Fabrice' Verdacht, was die Motive seiner Familie bezüglich Château Clément betraf. Wollten sie wirklich ein ähnliches Schicksal für ihr entzückendes kleines Dorf Saint-Véran?

Das geht dich nichts an, Drake, schalt sie sich. Nicht mehr. Im Grunde war es sie noch nie etwas angegangen, aber an diesem Punkt … Es war eine deprimierende Erkenntnis, dass Cadys Aufenthalt in der Provence zu einer winzigen Fußnote in ihrem Leben verblassen würde. Schon bald würde das komplex verschlungene Gewebe von Geschichten, von Fabrice und Paulette, Marc-Antoine, Yves und Joséphine, Johnny, Léon und der anonymen Frau, die an dem Karussell gearbeitet hatte – und auch von Jean-Paul –, in ihrem Gedächtnis zurückweichen, so sicher wie die Flut in einer mondlosen Nacht.

Trotzdem hatte Olivia recht gehabt. Als Cady nach Frankreich gekommen war, war sie nicht vor etwas weggelaufen, sondern zu etwas *hin*. Und das würde sie für den Rest ihres Lebens bei sich behalten.

Sie kam an dem schlichten steinernen Klotz der Kirche Saint Véran vorbei, sie stammte aus dem zehnten Jahrhundert, und an ihrem Eingang stand eine grob gehauene Statue des Drachens. Ein Mann an einem Crêpes-Stand erklärte Cady, sie müsse einen Weg namens Chemin de Gouffre am Ufer des Flusses Sorgue entlanggehen, um die

Quelle des Wassers – und das angeblich unergründliche Zuhause des mythologischen Ungeheuers – zu finden. Sie kam an Bistros und Eisbuden vorbei, von denen die meisten noch immer verriegelt waren und auf die Touristensaison warteten. Sonnenlicht drang zwischen den Blättern hindurch und sprenkelte die Szene mit einem Kaleidoskop aus Licht und Schatten.

In der Luft lag noch immer eine frische Aprilkühle, und Kirchenglocken schlugen elf, während sie weiter hinaufstieg. Stockenten quakten, und kleine Vögelchen huschten in den überhängenden Platanen umher. Trotz ihrer niedergeschlagenen Stimmung verspürte Cady eine Art Frieden in dem besänftigenden Gemurmel der Sorgue und der Stille der riesigen Farne an ihren Ufern. Das Wasser war kristallklar, ein wunderschönes leuchtendes Grün über wogendem Schilf und ein strahlendes Türkisblau, wo es sich in Strudeln über weißem Sand sammelte. Während sie weiter den Hügel hochstieg, strömten gewaltige weiße Wassermassen über Felsblöcke ins Tal hinunter.

Weiter oben verschwand der Fluss unter Felsen und Gestrüpp, aber Cady ging weiter, entschlossen, die berühmte Quelle zu finden, aus der die Sorgue entsprang.

Schließlich erreichte sie den Eingang einer Höhle in einem dramatischen Granitsteilhang, an dessen Fuß sich ein strudelndes grünes Becken befand. Der Ursprung, die Quelle.

Das Zuhause des Drachen.

»Unergründlich«, sagte Cady laut.

»Aber wunderschön«, erwiderte die Stimme eines Mannes.

Als sie herumschnellte, sah sie Jean-Paul.

»W-was machst du denn hier?«, fragte sie. »Woher wusstest du, wo ich bin?«

»Der Mann, der dich nach Avignon gefahren hat, ist ein Clément-Cousin. Er hat mir das Hotel genannt, bei dem er dich abgesetzt hat, und die Frau an der Rezeption hat mir gesagt, wann du losgefahren bist und dass du dich nach dem Weg nach Fontaine-de-Vaucluse erkundigt hast.«

»Lass mich raten – sie ist eine andere Clément-Cousine?«

Er schüttelte den Kopf. »Aber ich kann sehr überzeugend sein, wenn ich will.«

»Du bist ja ein richtiger Detektiv.«

Er neigte fast unmerklich den Kopf. »Irgendwie wusste ich, dass du nicht einfach abhauen würdest. Nicht so.«

Sie starrten sich einen langen Moment an. Cady suchte nach einer Antwort, aber schließlich sah sie zurück zu dem Becken, ohne etwas zu sagen.

»Im Wagen habe ich etwas für dich«, sagte Jean-Paul.

»Was denn?«

»Jemand namens Olivia Gray hat dir ein großes, schweres Paket aus Amerika geschickt. Neben die Adresse ist ein Kaninchen gezeichnet.«

Ihre Stimmung sank. *Schönen Dank auch, Olivia.*

»Das muss mein Kaninchen sein. Meine Freundin wusste, dass ich an dem Clément-Karussell arbeite.« Sie seufzte frustriert. »Okay, ich werde es mir von dir geben lassen und wieder mit nach Hause nehmen. Aber … du hast meine Spur bis nach Fontaine-de-Vaucluse verfolgt, nur um mir mein Paket zu geben?«

»Das nicht, nein«, erwiderte er. »Fabrice ist hier. Mit seinem Knöchel konnte er den Aufstieg nicht bewältigen, aber er sitzt unten auf einer Bank am Ufer der Sorgue. Und wartet.«

»Wartet worauf?«

»Auf dich.« Jean-Paul streckte eine Hand nach ihr aus. »Vertraust du mir?«

Sie schüttelte den Kopf. »Ich habe die Schätzung des Karussells auf deinem Tisch gesehen, Jean-Paul. Du hast mir immer wieder gesagt, du seist nicht interessiert daran, das Château in Einzelteilen zu verkaufen, aber du hattest vor, aus dem Karussell Profit zu schlagen.«

Er schnaubte verzweifelt. »Ich habe dir gesagt, dass ich versucht habe, die Châteaurestaurierung aus mehreren verschiedenen Blickwinkeln zu betrachten. Ja, das Karussell könnte uns einen besonderen Vorteil bieten, es könnte einer Bank das Vertrauen geben, uns einen Kredit zu gewähren. Und wie sich herausstellt, hat Fabrice etwas Geld auf die Seite gelegt, das er gern in die Restaurierung stecken würde, und meine Mutter und sogar mein Großvater haben sich bereit erklärt, mir dabei unter die Arme zu greifen. Bis jetzt reden wir nur darüber ... aber es könnte tatsächlich passieren. Und du wärst ein Teil davon. Ich kann nicht glauben, dass du nur wegen dieser Sache abgehauen bist, ohne mit mir darüber zu reden. Vor allem nach dem, was zwischen uns gewesen ist.«

»Das war es nicht.«

»Was war es denn dann?«

»Ich habe dich und deine Familie reden hören. Ich weiß, ich bin ...« Sie schüttelte den Kopf, brach ab und sah hinunter in den Kessel des Drachens. Selbst nach ihrer Erkenntnis im Hotelzimmer schoss es ihr in den Kopf, fast wie ein Mantra: »Ich weiß, ich bemühe mich zu sehr. Ich bin zu viel. Die Leute wollen mich nicht.«

»Cady, ich wünschte, du würdest mir glauben: Du bist *nicht* zu viel. Du bist ein klein wenig anders, aber anders muss nicht unbedingt schlecht heißen. Wir Franzosen haben bei vielen Dingen einen etwas exklusiveren Geschmack.«

Sie brachte ein Lächeln zustande. »Aber deine Familie hat recht, wenn sie sagt, dass Château Clément nicht mein Zuhause ist und die Cléments nicht meine Familie sind.«

»Das muss ja nicht so bleiben.«

»Was soll das denn heißen?«

»Das heißt, dass sich solche Dinge manchmal ändern können.« Er streckte wieder die Hand nach ihr aus. »Bitte nimm meine Hand, Cady, und lass dich von mir zu Fabrice bringen. In einem sehr seltenen Schritt hat er sich eine Entschuldigung zurechtgelegt, die er dir gern anbieten würde. Es ist nur fair, ihm zu erlauben, sie persönlich auszusprechen, und wenn du dann immer noch abreisen willst, werde ich dir dein Kaninchen geben, und dann kannst du gehen.«

Als sie den Hügel hinunterstiegen, stellten sie fest, dass sich Fabrice von der Bank zu einem nahe gelegenen Café begeben hatte, wo Heizstrahler die Terrasse erwärmten. Allein schon der Anblick seiner zerzausten grauen Haare und seiner Adleraugen erfüllte Cady mit einem Gefühl von Wehmut, als wäre er in Wirklichkeit ein lange verschollener Großvater.

Er stemmte sich auf seinen gesunden Fuß hoch, als sie sich näherte. Auf dem Tisch stand eine Flasche Châteauneuf-du-Pape mit drei Gläsern.

»Ich habe Austern bestellt«, sagte Fabrice, noch bevor sie sich setzen konnte.

»Ich … Ehrlich gesagt, habe ich noch nie Austern gegessen.«

Er zog die Augenbrauen hoch. »Noch nie? Das ist ein Skandal. Du bist in Frankreich, daher musst du sie jetzt kosten, frisch aus dem Mittelmeer. Du wirst sie lieben, genau wie ich dein Knoblauchbrot. Und Jean-Paul hat beharrlich erklärt, dass Châteauneuf-du-Pape dein Lieblingswein ist, auch wenn Rotwein im Allgemeinen nicht zu Austern passt.«

»Fabrice, wolltest du dich nicht bei Cady entschuldigen?«, erinnerte ihn Jean-Paul sanft.

Fabrice nickte, wandte aber den Blick ab. Als er wieder das Wort ergriff, war seine Stimme leise und schroff. »Cady, es kann sein, dass ich überreagiert habe. Es tut mir leid.«

»Ich hatte mich gar nicht zu dem Buchprojekt bereit erklärt, Fabrice«, erwiderte Cady. »Ich habe die Idee gehabt, aber ohne deine Erlaubnis hätte ich es niemals umgesetzt. Und ich war mir ziemlich sicher, dass ich deine Erlaubnis nicht bekommen würde. Ich habe mich einfach so begeistert … Mir gefiel die Idee, Fotos von dem Château in das Buch mit aufzunehmen und das alte Karussell zu restaurieren, aber ich hatte nicht vor, dich ans Licht zu zerren.«

»Ich glaube, das wusste ich. Später, als ich darüber nachdachte. Und dann hat Jean-Paul mir erzählt, dass du deine Filmrollen bei ihm zu Hause gelassen hast. Ich dachte einfach …« Er brach ab und zuckte die Schultern. »Ich nehme an, ich habe die ganze Zeit mit einem neuen Verrat gerechnet. Jean-Paul hier sagt mir, dass ich meine Denken ändern muss.«

Während Jean-Paul den Wein einschenkte, entschied Cady, dass sie Geheimnisse gründlich leid war.

»Da ist noch etwas«, begann sie vorsichtig. »Ich glaube, Geralds Seite der Familie hat recht. Zumindest zum Teil.«

Sie erzählte Fabrice und Jean-Paul von ihrer Vermutung bezüglich der Frau auf den Fotografien.

»Willst du damit sagen, dass sie Fabrice' Großmutter ist?«, fragte Jean-Paul. »Die Frau auf der Fotografie, die du in deinem Kaninchen gefunden hast?«

Sie nickte, sah dabei aber Fabrice an. »Ich weiß nicht … Ich meine, ich weiß, es gab Gerüchte über den Status deines Vaters als rechtmäßiger Erbe, und ich würde sie nur ungern befeuern.«

»Ich bin inzwischen so alt, dass das keine Rolle mehr spielt. Aber um die Wahrheit zu sagen, mein Vater wusste, dass Yves nicht sein leiblicher Vater war.«

»Er wusste es?«, fragte Jean-Paul.

Fabrice nickte. »Nach dem Krieg, als ich meinen Vater wiedergefunden hatte, hat er mir einen Teil der Geschichte erzählt, und dann habe ich auf dem Château Briefe gefunden, die mir geholfen haben, mir den Rest zusammenzureimen. Mein Vater hat im Zweiten Weltkrieg zwei Jahre in einem deutschen Krankenhaus verbracht, und als er entlassen wurde, wartete ein Stapel Post auf ihn. Da waren Briefe von seinem Vater, Yves, über Joséphine und das, was sie gegen Ende ihres Lebens durchmachen musste. Meinen Vater hatte schon vorher die Nachricht erreicht, dass seine Mutter bei einem Unglück ums Leben gekommen war, aber erst als er die Briefe las, verstand er die

Gerüchte, das Geschwätz über sie ... Es war Yves' Bruder, Thierry, der am gehässigsten war. Aber Thierrys Sohn Pierre – Jean-Pauls Urgroßvater – war fast genauso schlimm. Und er hat die Einstellung an seinen Sohn Gerald weitergegeben.«

Cady warf einen Blick auf Jean-Paul, der den Kopf gesenkt hatte. »Ich habe Pierre nie kennengelernt«, sagte Jean-Paul, »aber mein Großvater war immer ein gemeiner alter Mann, schon als ich ein Kind war. Manchmal frage ich mich, ob das der Grund war, weshalb meine Mutter sich zu meinem Vater hingezogen fühlte, sein jähzorniges Wesen war ihr vielleicht vertraut vorgekommen.«

»Sie haben Joséphine und Yves jahrelang gequält. In der Nacht des Unglücks bat Joséphine Yves, ihr zu helfen, die Dampfmaschine des Karussells in Gang zu setzen. Zu dem Zeitpunkt hatten sie bereits fast alles verloren und nur noch ein einziges Hausmädchen, daher war sonst niemand da, um ihr zu helfen. Aber Yves weigerte sich, daher hat sie es offenbar selbst versucht und dann das falsche Petroleum verwendet – sie wusste nicht, dass es unterschiedliche Arten gab. Yves hatte viel zu viel Geld in den Auftrag für das Karussell investiert, was der Grund war, weshalb sein Bruder ihn so unerbittlich drangsalierte. Daher hasste er das Gefährt inzwischen. Und in dieser Nacht war sein Verstand von den Andeutungen seines Bruders über Joséphine zusätzlich vergiftet. Also dachte er, sie wolle sich mit einem Liebhaber treffen. Nach dem Unglück war er zutiefst verzweifelt und hat sich im Grunde binnen eines Jahres zu Tode getrunken.«

»Das heißt, die Gerüchte haben alle beide getötet«, warf Jean-Paul ein.

Fabrice nickte. »Joséphine hatte die ganze Zeit gelogen, aber nicht in der Hinsicht, die ihr Mann vermutete. Sie vermisste ihre Freundin Maëlle und ihre gemeinsame Zeit. Sie war einsam und litt darunter, dass sie sich ihrem Ehemann bezüglich ihres Sohns nicht anvertrauen konnte.«

»Und diese Maëlle war der Lehrling, der auf dem Château gewohnt hat«, warf Cady ein, »und sie war es auch, die ein Baby – deinen Vater, Marc-Antoine – bekommen hat?«

»Ja. Yves hat nie etwas geahnt. Erst nach Joséphines Tod fand er Briefe an sie von Maëlle und hat sich alles zusammengereimt.«

»Und du hast es die ganze Zeit gewusst?«, fragte Jean-Paul Fabrice.

»Ich weiß es schon seit einer ganzen Weile, ja. Aber ich habe mir geschworen, Gerald zu ärgern, bis ich ins Grab sinke, zuallermindest. Ich habe einfach immer gehofft, er würde vor mir sterben. Diese Leute haben meine Großmutter Joséphine getötet und Yves' Glück zerstört, genau wie sie auch meine Paulette getötet haben.«

»Aber das ist alles so lange her, Fabrice«, meinte Cady. »Es ist nicht mehr dasselbe Dorf. Es gibt ein paar sehr nette Leute dort, Leute, die sich um dich sorgen.«

»Ich nehm's an. Die ganze Geschichte steht in dem Roman, an dem ich arbeite. Wieder ein Schlüsselroman, aber diesmal einer mit einem richtigen Schlüssel – und er ist eine relativ einfache Erzählung meines Lebens.«

»Würde man so etwas nicht Memoiren nennen?«, fragte Cady.

»Na, na, na, sieh sich einer Mademoiselle Literatur hier an«, meinte er mit einem Seitenblick auf sie. »Wie immer du es nennen willst, darin ist die ganze Geschichte dargelegt, soweit ich sie kenne.«

»Das heißt, du hast immer gewusst, dass diese Handwerkerin, Maëlle, deine leibliche Großmutter war?«

»Unter den Briefen, die auf meinen Vater warteten, war auch einer von seiner Mutter, in dem sie ihm von Maëlle und von dem besonderen Kaninchen erzählte, das sie für ihn geschnitzt hatte. Er war auf und davon in den Krieg gezogen, ohne seinen Eltern von seinen Plänen zu erzählen, daher konnte sie ihr Versprechen gegenüber Maëlle nicht erfüllen, ihm an seinem achtzehnten Geburtstag von seiner leiblichen Mutter zu erzählen.«

»Warum hast du denn nie in dem Kaninchen nachgesehen?«, fragte Cady.

Fabrice kicherte. »Wir hatten keine Ahnung, dass tatsächlich etwas *in* dem Kaninchen versteckt war – wir dachten, ihre Anspielung auf ein Geheimnis im Bauch des Kaninchens sei übertragen gemeint, nicht wortwörtlich. Kaninchen sind das Symbol der Fruchtbarkeit und das alles. Als wir nach dem Krieg ein paar Möbel und Ähnliches verkauft haben, hat der Händler das Kaninchen aus dem Kinderzimmer auch mitgenommen. Mein Vater hatte eigentlich nicht vor, es zu verkaufen, aber zu dem Zeitpunkt brauchten wir das Geld dringend.«

»Weißt du eigentlich, was aus Maëlle geworden ist?«, fragte Jean-Paul.

»Nein.« Er schüttelte den Kopf. »Mein Vater hat eine Weile nach ihr gesucht, aber sie hatte als Wanderschnitzerin gearbeitet, und er hat sie nie gefunden. Er hat ihre Spur bis zu einem Château in Nizza verfolgt, wo die Familie sie eine Nische für ihre Kapelle schnitzen ließ, und die Besitzer dort sagten, sie hätte danach eine andere Stelle bei Bordeaux angenommen. Viel später habe ich in Joséphines Schreibtisch ein paar Briefe von Maëlle gefunden, die in San Francisco abgestempelt waren, aber das war das Letzte, was wir von ihr hörten.«

»Sie ist nach Amerika gekommen?«, fragte Cady.

Fabrice nickte. »Sie hat Joséphine eine wunderschöne Ansichtskarte geschickt, die die Gebäude von der Internationalen Panama-Pazifik-Ausstellung im Jahr 1915 zeigte. Sie schrieb, sie hätte in der Neuen Welt sinnvolle Arbeit gefunden und mehr Gelegenheiten.«

Nach allem, was sie unternommen hatte, um Gus' Herkunft auf die Spur zu kommen, konnte Cady kaum glauben, dass sie zu Hause in Kalifornien vielleicht durch einige derselben Straßen gegangen war wie seine Schnitzerin Maëlle.

»Und weißt du mit Sicherheit, wer Marc-Antoines leiblicher Vater war?«, fragte Jean-Paul.

»Joséphine hat nur erwähnt, dass Maëlle ›freundlos‹ war«, erwiderte Fabrice, »was zu der damaligen Zeit ein Euphemismus für eine unverheiratete Mutter war.«

»Fabrice«, warf Cady ein, »du siehst Léon Morice, dem leitenden Lehrling, der an dem Karussell gearbeitet hat, wirklich sehr ähnlich.«

»Dem, von dem alle dachten, Joséphine hätte eine Affäre mit ihm gehabt?«

»Genau.«

Er zuckte die Schultern. »Ich nehme an, das ergibt Sinn. Es ist mir nicht besonders wichtig, ehrlich gesagt. Nicht nach all dieser Zeit.«

»Letztendlich, nehme ich an, ist offizielle Abstammung tatsächlich nicht besonders wichtig, oder?«, meinte Jean-

Paul, wobei er Cadys Blick standhielt. »Vielleicht ist Familie einfach das, was man daraus macht.«

»Klingt wie ein T-Shirt-Slogan«, bemerkte Cady, während sie einen Schluck Wein trank, »aber es gefällt mir.«

»Du wirst dich freuen zu hören, dass ich Toinons Tochter Élodie habe kommen lassen, damit sie sich deine Fortschritte an dem Karussell ansieht«, sagte Fabrice. »Sie hat gesagt, du hättest bis jetzt tolle Arbeit geleistet. Toinon hat mich angeschrien, weil ich dich habe gehen lassen. Louise ist auch gekommen und hat mich zusammengestaucht. Und Johnny – in dem Jungen hast du einen echten Fan.«

Eine lange Pause trat ein.

»Sag ihr den besten Teil«, drängte Jean-Paul.

»Arthur, der Dorfmechaniker, hat sich die Dampfmaschine angesehen. Er meint, dass er den Mechanismus wieder zum Laufen bringen kann.«

»Ist das dein Ernst?«

»Ich habe entschieden, dass wir das Karussell für die Fête du Muguet wieder fahrbereit haben werden.«

»Aber du hast nur noch die Hälfte der Tiere«, wand Cady ein.

»Der Mechanismus kann auch ohne einige der Figuren laufen. Und Jean-Paul nimmt an, dass er den Klauen der Familie noch ein paar mehr entreißen kann.«

Jean-Paul nickte. »Mindestens ein oder zwei. Offenbar besitzt mein Großvater das Schwein mit der heraushängenden Zunge, das, das er neulich erwähnte.«

»Und ich würde sehr gern mein geschnitztes Kaninchen mit dem Rest der Karussellfiguren wiedervereinen, an denen Maëlle mitgearbeitet hat«, bot Cady spontan an. »Es erscheint mir nur richtig, dass Gus auf Château Clément bleibt, von wo er ursprünglich gekommen ist.«

»Sobald wir das Ding richtig zum Laufen gebracht haben, werden wir die Leute wohl einladen müssen, es zu sehen«, sagte Fabrice in einem mürrischen Ton, der Cady inzwischen nichts mehr vormachte. »Johnny hat sich gegenüber den Kindern im Dorf verplappert, und jetzt sind sie alle ganz aufgeregt. Kaum zu glauben, dass sie ihre Videospiele für einen Nachmittag aufgeben würden, aber es scheint so zu sein.«

»Was sagst du dazu?«

»Ich nehme an, du hattest recht mit Johnny. Er ist ein anständiger Junge.«

»Nein, ich meine, was sagst du zu … mir?«

»Ich sage, wir brauchen deine Hilfe, um alles rechtzeitig fertig zu kriegen. Das Fest ist schon in ein paar Wochen.« Fabrice' Stimme wurde etwas sanfter. »Komm zurück zum Château, Cady. Ich habe dir vor einer Weile gesagt, dass du mich ignorieren sollst – dass ich nur ein gemeiner alter Mann bin. Tatsache ist, du kannst bleiben, solange du willst. Bleib von mir aus für immer. Und du bekommst unbegrenzte Freifahrten auf dem Karussell.«

Cady sah hinaus auf den Fluss Sorgue, um Worte verlegen. Sie hatte solche Gefühle schon einmal erlebt, als Maxine ihr angeboten hatte, bei ihr zu wohnen. Es war das Angebot dazuzugehören, zu einer Familie. Nicht als Blutsverwandte, aber als Seelenverwandte.

Eine Libelle flog an ihrem Tisch vorbei, grün, gelb und bläulich schillernd im goldenen Licht des Spätnachmittags. Sie huschte über die Wasser der Sorgue, bevor sie in Richtung der Quelle verschwand.

Drei Augenpaare sahen ihr zu und staunten über den vielflügeligen Nachfahren des großen Drachen, der einst die Gegend in Angst und Schrecken versetzt hatte.

Und schließlich kam eine große Platte mit Austern.

»Das sind dann einundzwanzig Tiere, mit Gus«, sagte Cady mit einem Blick in ihr Notizbuch, während sie und Jean-Paul die Rue de Rivoli hinunterschlenderten. Sie kamen von einem Antiquitätenverkauf in Le Village Saint-Paul, einem berühmten *brocantes*-Bezirk von Paris. »Nur noch drei Figuren, dann haben wir ein vollständiges Karussell.«

»Was glaubst du, würde Bayol davon halten, wenn wir seine Menagerie um ein Nicht-Bayol-Pferd ergänzen?«

»Vergiss nicht den Hippogreif«, erwiderte sie lächelnd. »Ehrlich gesagt, glaube ich, es würde ihm gefallen. Zumindest nehme ich an, er würde sich freuen, dass wir seine *manège* vom Abgrund zurückholen. Und ich glaube, Maëlle würde sich auch freuen!«

»Ich glaube, da hast du recht.«

Sie gingen ein paar Blocks in geselligem Schweigen. Cady genoss es, sich durch das Gedränge von Einheimischen und Touristen zu schlängeln, während sie den quirligen Boulevard entlanggingen. Nach dem verschlafenen Saint-Véran fühlten sich die brechend vollen Brasserien und der ständige Verkehr belebend an. Trotzdem, dachte sie, wäre es nett, in die Ruhe und Stille des Landlebens zurückzukehren.

Sie sah zu Jean-Paul hoch. Sie hatte ihn attraktiv gefunden, als sie sich das erste Mal begegneten, aber jetzt konnte sie nicht aufhören, ihn anzusehen. Sie war dabei, sich schwer zu verlieben, und das Flattern in ihrer Magengegend drohte sich zu einer voll ausgewachsenen Panik auszuweiten.

»*Vergiss nicht zu atmen*«, hatte Olivia erwidert, als Cady sie angerufen und ihr berichtet hatte, was los war. *»Bleib im Augenblick, lass dein Herz offen für Möglichkeiten und amüsier dich! Was ist denn das Schlimmste, was passieren könnte? Du hast immer einen Platz auf meiner Couch … Aber im Ernst, ein französischer Liebhaber und die Restaurierung eines verloren geglaubten Karussells klingen nach weitaus mehr Spaß. Vielleicht kommen Sebastian und ich ja zur Fête du Muguet!«*

Daher versuchte Cady, nichts zu überstürzen. In diesem Moment, im Hier und Jetzt, schlenderte sie Hand in Hand mit einem freundlichen, begabten, gut aussehenden Mann über einen Pariser Boulevard. Sie war auf der Jagd nach drei letzten Karussellfiguren, um ein kostbares Bayol-Karussell zu vervollständigen, das einmal an die Geschichte verloren gegangen war. Sie hatte geholfen, einen alten Mann zumindest mit einem Teil seiner Familie zu versöhnen, und sie hatte einen Anschein von Zuhause, von Verbindung – wenn auch nur vorübergehend – in dem entzückenden Dorf Saint-Véran gefunden.

Cady Anne Drake hatte etwas bewirkt. Es war schwer zu sagen, was die Zukunft bereithielt, aber sie war entschlossen, offen dafür zu bleiben, wie auch immer diese Zukunft sich entfalten würde.

Die Dämmerung senkte sich bereits, als sie den Platz vor dem historischen Hôtel de Ville erreichten. Das dortige Karussell mit dem Namen Carrousel La Belle Époque war wie ein Weihnachtsbaum beleuchtet. Die zweistöckige *manège* war ein klassisches Beispiel eines Pariser Karussells: Pferde und Kutschen neben eher modernen Sportwagen, alle in grellen Rot-, Blau- und Gelbtönen bemalt, die Decken und ringsum verlaufenden Bretter mit Spiegeln und Schnitzarbeiten verziert. Cady hatte es fotografiert, als sie nach Paris gekommen war, vor einer gefühlten Ewigkeit.

Jetzt, nachdem sie so viel Zeit mit Bayols Bauernhoftieren verbracht hatte, sah es in ihren Augen anders aus. Sein überladener, verschnörkelter Stil bildete einen starken Kontrast zu der nüchternen, schlichten, aber doch entzückenden Eleganz des Karussells auf Château Clément.

Ein kleines Mädchen mit Pagenschnitt und einer leuchtend roten Jacke stand mit einem gebeugten grauhaarigen Mann, der sich auf seinen Rollator stützte, in der Nähe. Das Mädchen weinte wütende Tränen, die Arme fest vor der Brust verschränkt.

Cady fing den Blick des alten Mannes auf.

»Meine Enkelin hat Angst davor, allein auf dem Karussell zu fahren, aber ich schaffe das leider nicht mehr«, sagte der Mann.

»Quel dommage. Comment tu t'appelles?«, fragte Cady das Mädchen, das sie in missmutigem Schweigen anfunkelte.

»Das ist Agnès«, antwortete der Mann.

Cady lächelte. »Weißt du was, Agnès? Ich bin schon *sehr* lange auf keinem Karussell mehr gefahren. Nicht mehr, seit ich ungefähr in deinem Alter war. Möchtest du, dass ich mit dir zusammen fahre?«

Nach kurzem Zögern nickte Agnès widerstrebend.

Jean-Paul kaufte ihnen zwei kleine Eintrittskarten aus Papier. Als die blecherne Musik verhallte und das Gefährt zum Stehen kam, nahm Cady Agnès bei der Hand, und sie kletterten hinauf. Nach einigem Überlegen entschieden sie sich für zwei nebeneinander stehende Pferde.

Cady half Agnès auf eines der Pferde, dann schwang sie selbst ein Bein über das andere Tier und umklammerte mit einem erwartungsvollen kleinen Kribbeln die Stange.

Kurz darauf setzte sich das Karussell mit einem Ruck in Bewegung. Die Pferde galoppierten auf und ab, und Musik erfüllte die Luft. Als sie schneller wurden, begannen das Hôtel de Ville, die Cafés, die den Platz säumten, und die Autos und Fußgänger, die sich auf den umliegenden Boulevards drängten, alle zu einem undeutlichen Kaleidoskop aus Licht und Farbe zu verschwimmen.

Jedes Mal wenn ihr Pferd vorbeiwirbelte, winkte Agnès ihrem Großvater zu. Er lächelte und hob ebenfalls die Hand, jedes einzelne Mal.

Cady tat es ihr gleich und winkte dem Großvater des Mädchens und Jean-Paul und den Touristen und ganz Paris zu.

Zumindest in ihrer Fantasie winkten sie zurück.

Anmerkung der Autorin

Wer von uns hat nicht schon einmal mit einem Gefühl von Nostalgie an Karussells gedacht?

Vor Jahren, als ich als Sozialarbeiterin tätig war, war eine meiner Kolleginnen eine junge Frau, die als Pflegekind aufgewachsen war. Sie war einer der stärksten Menschen, denen ich je begegnet bin, sehr weise für ihr Alter, und doch fiel es ihr schwer, dazuzugehören und einen Beitrag zur Welt zu leisten. Sie erzählte mir, wie sie zu Elterntagen gegangen war, und insbesondere von einem, der in einem Park mit einem Karussell abgehalten wurde. Das bittersüße Bild ließ mich nicht mehr los … und inspirierte mich zu der Figur, die später Cady werden sollte.

Jahre später, bei einem Besuch in Paris, sah ich eine Karussellkuh mit einem süßen Gesicht, die auf einer Antiquitätenmesse im Marais zum Verkauf angeboten wurde. Der Verkäufer sagte, die Figur sei von dem berühmten französischen Karussellschnitzer Gustave Bayol geschnitzt worden. Bayol war bereits ein bekannter Bildhauer, als er in Angers eine der ersten französischen Karussellfabriken gründete, und selbst nachdem er die Fabrik an seine Vorarbeiter verkauft hatte, baute das Haus Bayol noch jahrzehntelang exquisite handgeschnitzte Karussells. Kürzlich hatte ich die Gelegenheit, eine professionelle Restauratorin antiker Karussells zu interviewen, Lise Liepman, die ihr Studio nicht weit von meinem Zuhause in Kalifornien hat. Lise hat im Laufe ihrer Karriere an mehreren Bayol-Figuren gearbeitet und mir geschildert, wie es sich anfühlt, an Meisterwerken mit solch entzückenden Gesichtern zu arbeiten.

Und so fügten sich die Ideen für *Das Karussell der verlorenen Träume* nach und nach zusammen. Ich besuche jedes Jahr Freunde und Verwandte außerhalb von Avignon und habe viele der Châteaus – in unterschiedlichen Stadien des Verfalls – besichtigt, die die französische Landschaft sprenkeln. Während ich an einem dieser verfallenen alten Herrenhäuser vorbeifuhr, erzählte mir mein einheimischer Begleiter, dass es von einem einsiedlerischen alten Mann bewohnt sei. Ich fragte mich … was, wenn Cady auf ihrer Suche nach einer Bayol-Karussellfigur irgendwie in eine solche Situation hineingezogen wurde? Als ich las, dass Bayol für eine Reihe begüterter Châteaubesitzer eigens angefertigte Karussells gebaut hatte, wusste ich, dass ich meine Geschichte hatte. Das war der Moment, in dem Maëlle, der aufstrebende Lehrling von Angers, begann, mir von ihrer eigenen Suche zuzuflüstern.

Château Clément beruht auf einem tatsächlich existierenden Haus, ist aber – wie auch das provenzalische Dorf Saint-Véran – ein gänzlich fiktiver Schauplatz. Und auch wenn ich die tatsächlichen Namen für die Romanfiguren des Gustave Bayol und seines Lehrlings Léon Morice verwendet habe, sind ihre Geschichten ausschließlich das Werk meiner Fantasie.

Danksagung

Ich danke, wie immer, meiner wundervollen Lektorin Kerry Donovan. Bis jetzt war es eine ziemliche Odyssee, und ich bin gespannt, was uns als Nächstes erwartet! Und ich danke meinem mich stets unterstützenden Agenten Jim McCarthy: Es ist ein Wunder, dich immer auf meiner Seite zu haben.

Ganz besonders danke ich der unvergleichlichen Künstlerin Lise Liepman, die ihr Fachwissen über die Kunst der Karussellrestaurierung – und ihre persönliche Bibliothek zur Geschichte des Karussells – mit mir geteilt hat. Ich danke Jessica H. und LaShawna J., die mir von ihren persönlichen Erfahrungen im Pflegekindersystem berichtet haben. Ich danke Marc-Antoine und Corinne Stauffenegger, die mir ihr Zuhause geöffnet und Avignon gezeigt und mich mit Fontaine-de-Vaucluse, der Sorgue und dem Rest der Provence bekannt gemacht haben. Ganz besonders danke ich auch Sylviane Lacroix und der Gang in Saint Pargoire und in Paris.

Dieses Buch erforderte eine Menge Recherchen von zu vielen Quellen, um sie alle aufzuzählen, aber von besonderem Nutzen waren Frederick Frieds *A Pictorial History of the Carousel* (Vestal Press, 1997) und Anne Sebbas *Les Parisiennes: How the Women of Paris Lived, Loved and Died in the 1940s* (Weidenfeld & Nicolson, 2016).

Ein ganz besonderer Dank gilt meinen Autorenfreunden, die im vergangenen Jahr meine geistige Gesundheit gerettet haben, insbesondere Rachael Herron, Sophie Littlefield, Chris Logan, Faye Snowden, Nicole Peeler und Muffy Srinivasan. Außerdem danke ich Anna Cabrera, Mary Grae, Bee Green Enos, Pamela Groves, Jan Strout, Wanda Klor, Bruce Nikolai, Sharon Demetrius, Suzanne Chan, Susan Baker, Kendall Moalem und Karen Thompson. Ich danke Hanna Toda dafür, dass ich sie »Tochter« nennen darf, meinen neuen Freunden am Meer, Dan und Denise Skinner, und dem Mira Vista Social Club. Und schließlich danke ich Steve McDonald: Wir vermissen dich.

Ich danke meinem Vater, Robert Lawes, einem stolzen Veteranen, der mich so vieles gelehrt und mir nie, aber auch nie das Gefühl gegeben hat, ungeliebt zu sein. Ich danke meiner Schwester Susan, die die Liebe der Familie zum Lesen und der Kunst teilt und all meine Bücher vorbestellt! Und ich danke voller Liebe Eric Paul Stauffenegger, der mein Französisch korrigiert, seinen Wein mit mir teilt, dafür sorgt, dass ich mich in Frankreich wie zu Hause fühle, und das Leben mit einer Schriftstellerin erträgt.

Und ich danke meinem wunderschönen Sohn Sergio. Immer.

Eine liebenswert-chaotische Familie und ein Sommer, der alles verändert

Die eine Sache, auf die in Stellas Leben immer Verlass war, ist ihr Elternhaus: die rote Tür, der atemberaubende Blick auf die Küste Cornwalls, die festen Plätze ihrer Eltern auf der Couch. Doch diesen Sommer kommt alles anders. Als Stella ihren Sohn von einem Besuch bei den Großeltern abholt, erfährt sie, dass ihr Vater verschwunden ist. Er hat nur einen Zettel hinterlassen, dass sich niemand Sorgen machen solle. Während Stellas Mutter erstaunlich ruhig bleibt, schaltet der Rest der Familie in den Krisenmodus. Gemeinsam begeben sie sich auf die Suche nach dem Familienoberhaupt – jeder mit seinen eigenen Problemen im Gepäck und ohne zu ahnen, dass ihnen eine Reise voller Überraschungen bevorsteht.

PENGUIN VERLAG